미스터리 한국전쟁

6월의 폭풍

이용우 다큐멘터리 대하소설

미스터리 한국전쟁

6월의 폭풍

제2부
거미줄에 걸린 호랑이

지우출판

미스터리 한국전쟁

6월의 폭풍

제2부 거미줄에 걸린 호랑이

인쇄 / 2024. 7. 20.

발행 / 2024. 7. 30.

지은이 _ 이용우

발행인 _ 김용성

발행처 _ 지우출판

출판등록 _ 2003년 8월 19일

서울시 동대문구 휘경로 2길3. 4층

TEL: 02-962-9154 / FAX: 02-962-9156

ISBN 979-11-94120-05-6   04810

ISBN 979-11-94120-03-2   04810 세트 전3권

lawnbook@hanmail.net

값 23,000원

차 례

1. 종이 호랑이

1950년 7월 4일 밤 10시

어디선가 지축을 뒤흔드는 육중한 굉음이 어둠 속을 뚫고 울려왔다. 아니나 다를까, 적의 소련제 T-34 탱크 20여 대가 보병도 거느리지 않고 국도를 따라 남진해 오고 있었다. 적은 한·미연합군이 포진하고 있는 사실도 모르는 듯 아군진지 앞을 유유히 스쳐 갔다.

이를 포착한 한국군 17연대 포대에서 스미스 기동부대로부터 공급받은 2.36인치 로켓포를 10여 발이나 발사했으나 웬걸 불꽃이 튀며 "핑 핑!" 소리만 날 뿐 끄떡도 하지 않았다. 적의 탱크부대는 뒤늦게 아군 포대에서 날아오는 로켓포를 발견하고 되레 전차포로 역습을 가해 왔다. 그러고는 순식간에 아군진지를 탱크로 포위해 평택까지 밀어냈다.

연대장 백인엽 대령은 이 과정에서 스미스 기동부대를 철수시키기 위해 통신 연락을 취했으나 전혀 교신이 되지 않았다. 한·미연합 작전은 처음부터 무산되고 말았다. 적의 역습을 받고 코가 납작해진 스미스 중령 역시 답답한 나머지 한국군과 교신을 취하려고 노력했으나 무전기가 불통이었다.

이 때문에 B중대 선임하사관 마르코 중사는 최전방 개인호 속에서 대원들과 함께 부슬비를 고스란히 맞으면서 적정을 관측하려고 백방으로 노력해 봤으나 자욱한 안개와 어둠 때문에 지척을 분간할 수 없었다. 들쥐가 지나가듯 바스락거리는 소리만 나도 소스라치며 전율하곤 했다. 코를 베어 가도 모를 만큼 짙은 안개와 어둠이 사방을 뒤덮고 있었다.

마르코는 자신의 지휘관인 스미스 중령이 맥아더 사령부 참모들의 전형적인 오만과 독선을 그대로 답습하고 있는 게 아닌가 하는 의문이 뇌리를 스치는 것을 의식했다. 순간 그의 불길한 우려는 그대로 적중하고 말았다. 안개 자욱한 적진에서 요란한 포성이 울려왔기 때문이다. 독립기념일 선물치고는 엄청나게 큰 선물인지도 모른다.

즉각 반격에 나선 스미스 기동부대는 개전 첫머리에 105밀리 박격포로 적진을 크게 위협하는가 했더니 웬걸 불과 한 시간도 못 돼 준비해 온 포탄이 바닥나 버렸다. 대치 중이던 북한 공산군은 마침 이때를 기다렸다는 듯 T-34 탱크를 앞세우고 강철 장갑의 위용을 과시하며 거침없이 쳐들어오기 시작했다.

적의 주력은 남침 사흘 만에 한국의 수도 서울을 점령한 최정예부대인 제105탱크사단과 제4돌격사단으로 자욱한 안개 속에서 주도면밀하게 진격해 왔다. 여기에 미 지상군 1개 대대가 맞서다니 처음부터 말도 안 되는 게임이었다. 적은 한국전선에 갓 배치된 미 지상군을 비웃기라도 하듯 작전 개시 30분도 안 돼 스미스 기동부대 전면에 탱크를 앞세우고 벌 떼같이 몰려온 것이다.

"대전차포를 발사하라!"

스미스 중령의 다급한 명령이 떨어지기 무섭게 포병대에서 2.36인치 바주카포를 수없이 발사했으나 탱크는 끄떡도 하지 않았다. 스미스 기동부대는 불행하게도 일본에서 출동할 때 T-34 탱크를 격파할 수 있는 3.5인치 바주카포를 공급받지 못했다. 더욱이 연합작전에 나선 한국군 제17독립연대는 대전차지뢰조차 한 발 가지고 있지 않았다. 적이

화력 면에서도 아군을 완전히 압도하고 있다는 사실을 뒤늦게 확인해 주는 순간이었다.

그 무렵 윌리엄 F. 딘 소장의 제24사단 지휘부가 일본에서 대전으로 날아왔으나 그의 휘하에는 오산에서 고전 중인 스미스 기동부대밖에 없었다. 딘 장군은 해군 함정 편으로 오고 있는 제34연대가 도착할 때까지 오산을 사수하라고 스미스 중령에게 무전으로 명령했다. 때마침 평택 상공에 나타난 9대의 미 공군 F-51 머스탱 전폭기 편대가 스미스 기동부대가 적과 교전 중인 오산의 적진을 향해 파상 공습에 나섰다.

그러나 북상하던 머스탱 전폭기 편대가 평택 상공에서 기수를 돌리는가 했더니 손을 흔들어 주는 한국군 17독립연대 병사들의 진지를 향해 기총소사를 가하는 바람에 100여 명의 사상자가 발생하고 말았다. 오폭이었다. 연대장 백 대령도 오른쪽 넓적다리에 관통상을 입고 후송되는 바람에 지휘체계가 흔들리기 시작했다. 부연대장 김희준 중령은 사태수습을 위해 현 전선에서 다시 2킬로미터가량 후퇴하지 않을 수 없었다.

스미스 기동부대와의 연합작전은커녕 거리만 점점 더 멀어지고 있었다. 이를 두고 스미스 중령은 "한국군이 적과 싸우려고 하지 않고 무작정 남으로 내려가기만 한다고 불평하면서 한국군의 후퇴를 막아달라"고 사단장인 딘 장군에게 무전으로 건의하는 소동까지 벌였다. 그것은 어쩌면 애초부터 백 대령의 충고를 외면하고 적정을 오판하다가 전황이 불리하게 돌아가자 자신의 과오를 덮기 위한 제스처였는지도 모른다.

어쨌든 딘 장군은 김홍일 한국군 전투사령관으로부터 "개전 이후 병사들이 피로에 지친 데다 잦은 미 공군의 오폭으로 희생이 속출하고 적의 탱크를 막을 길이 없어 일시 후퇴했다"는 해명을 들어야 했다. 하지만 딘 장군은 한국군의 일시적인 후퇴가 미군 병사들의 사기를 떨어뜨리고 있다고 판단했다.

적의 T-34 탱크는 따지고 보면 그렇게 신비한 위력을 발휘하는 괴물이 아니었다. 1940년대 초반 모스크바 전선에 투입되었던 이 탱크는 이미 낡은 전투 장비에 불과했다.

그렇지만 미 지상군은 이 시점에서 그들이 자랑하는 M-4 퍼싱 탱크 한 대 보유하지 못했고 적의 탱크를 쳐부술 만한 위력을 가진 3.5인치 자주포나 로켓포마저 공급받지 못한 채 한국전쟁에 투입된 것이었다. 이 때문에 발을 동동 구르며 그대로 당할 수밖에 없었다.

"어리석은 양키들! 에라 엿이나 먹어라."

"젠장, 개떡같이 앉아서 당하고만 있다니… 멍청한 놈들!"

수세에 몰려 고전하고 있던 최전방의 마르코 중사 등 전투경험이 풍부한 고참하사관들이 노골적으로 지휘관들의 무모한 지휘권 행사에 불만을 터뜨리기 시작했다.

사태가 명백하게 불리한 방향으로 돌아가자 땅을 치던 스미스 중령은 궁여지책으로 괴물 같은 적 탱크를 격파할 특공대를 조직하기에 이른다. 다가오는 적 탱크에 육탄으로 돌진하여 해치(뚜껑)를 열고 그 속에 수류탄을 집어넣거나 포신에 매달려 포구砲口 안으로 수류탄을 터뜨려 폭파하는 한국군의 원시적인 육탄전술을 그대로 답습하는 것이었다.

상황이 긴박하게 돌아가고 있는 가운데 무모하게 목숨을 바치겠다는 미치광이들을 지원병이라는 명목으로 30여 명이나 모아 5명씩 한

조가 되어 육탄공격에 나서기로 했다. 그것은 처음부터 미친 짓이었으나 적의 공격을 다소나마 지연시키는 데엔 그 방법밖에 없었다.

마르코는 아예 개죽음을 당하기 싫어 바보 같은 육탄용사가 되는 것을 피했다. 하지만 운 나쁘게도 그는 지원이 아닌 강압적인 명령에 따라 공격 조장으로 발탁되고 말았다. 모두 기왕에 나서는 것, 비장한 각오를 다지고 스스로 목숨을 내던지기로 작정하고 두 차례나 육탄공격을 감행했지만, 번번이 실패했다. 이 낯선 땅에서 고립되자 저마다 자신의 부대와 전우들을 구하기 위해 기꺼이 뛰어들었지만 돌아온 것은 그들의 처참한 죽음뿐이었다. 그렇게도 자신만만하게 큰소리치던 스미스 중령도 참담한 결과에 대해 침묵만 지킬 따름이었다.

그러나 마르코 중사가 이끄는 공격조와 또 다른 공격조가 불행 중 다행히도 세 번째 공격에 나서 적 탱크를 3대나 격파할 수 있었다. 그 중 한 대는 마르코의 공격조 대원이던 월포드 일병이 혼자서 해치운 것이다. 이제 겨우 19세. 전투경험이라곤 이 더러운 전쟁에 뛰어든 것이 처음이었다. 평소 말없이 자신의 임무에 충실해 온 그는 이 무훈으로 경이로운 존재가 되었다.

마르코의 공격조는 70고지에 불과한 구릉지에서 앞으로 돌진해 오는 시커먼 괴물을 발견하고 살짝 엎드렸다. 바로 그 순간 월포드가 누구의 명령도 받지 않고 마침 자신의 옆을 지나는 캐터필러를 의식하면서 몸을 벌떡 일으켰다. 이때를 놓칠세라 잠시 머뭇거리는 캐터필러를 밟고 그는 살짝 탱크 위로 뛰어올랐다. 순간적으로 민첩하게 취한 행동이었다.

이를 발견한 마르코와 대원들은 즉각 엄호사격에 나섰고 적 탱크에 오른 월포드는 마치 원숭이가 나무를 타듯 포신 위로 잽싸게 올라가 포구에다 수류탄 한 발을 집어넣는 데 성공한 것이다. 그리고 급히 몸을 날려 땅바닥에 굴러떨어지는 순간 요란한 폭음과 함께 포탑이 휘어지면서 적 탱크가 화염에 휩싸였다.

아무도 가르쳐 주지 않았다. 평소 일본 캠프에서도 그런 훈련을 한 번도 받아보지 못했다. 어쨌든 그는 용감무쌍한 지아이였다. 마르코는 급히 달려나가 땅바닥에 나동그라지는 그를 얼싸안고 등을 토닥여 주었다.

"월포드! 수고했어. 넌 영웅이야."

하지만 월포드는 말이 없었다. 그는 마치 넋이 나간 듯 멍청하게 두 눈만 멀뚱거리고 있을 뿐이었다. 미처 예측하지 못했던 엄청난 일을 스스로 해낸 것에 대해 전혀 실감이 나지 않은 모양이었다.

불타는 적 탱크에서 단말마적인 비명이 울려오고 해치가 열리는 순간 시커멓게 타버린 적 병사가 빠져나오려고 상반신을 드러내다 힘에 부쳐 맥없이 양팔을 축 늘어뜨리는 거였다. 훨씬 뒤늦게 밝혀진 사실이지만 이때 해치를 열고 불길을 피해 뛰쳐나오려다 숨진 적 병사는 단순한 전차병이 아니라 105탱크사단 정치 부사단장 전동수全東秀 대좌(대령)였다. 북괴군 최고사령부는 6·25 남침 전쟁 이후 고위급 지휘군관 중 최초로 전사한 전 대좌에게 전투 영웅 칭호를 추서했다는 뒷얘기가 나중에 생포한 포로를 통해 전해졌다.

전쟁 중에 가끔 기적 같은 행운도 따르지만, 이 같은 사실을 전혀 모르는 스미스 기동부대의 지아이들에겐 승리의 기쁨도 잠시 잠깐 사이에 스치고 지나갔다. 그들이 괴물 같은 적 탱크를 3대나 격파했다고 당장 전세가 유리한 방향으로 바뀌지 않았다. 화력과 병력에서 중과부적이었다. 그것이 지아이들에게 극도로 위협을 가했다. 적은 매우 집요하게 근접전으로 공격 해오면서 점차 아군 진지를 포위하기 시작했다. 아군 진영에서는 이미 기관총 사수며 소총수 등 70여 명이나 전사했고 이 때문에 각 진지에서는 전열이 흔들리기 시작하더니 마침내 적의 주 공격선에 완전히 노출되고 말았다.

마르코는 자신의 부하 대원인 월포드 일병이 적 탱크를 한 대 쳐부 쉈다고 해서 결코 기뻐할 일이 아니었다. 시간이 흐를수록 무모하게 지아이들의 죽음만 강요하는 지휘관의 명령에 화가 나 견딜 수 없었 다. 애초부터 이 전쟁을 우습게 봤던 지휘관들의 오판에 대해 단호한 비판을 주저하지 않겠다는 것이 그의 솔직한 심정이었다.

하지만 그가 개인적인 입장으로 생각해 볼 때 스미스 중령은 용감한 군인이었다. 기관총 사수가 적탄을 맞고 쓰러지자 자신이 직접 뛰어들 어 기관총 좌를 지키며 대원들을 독려하는 모습은 마치 불사신의 존재 와 같았다. 전쟁이란 작전 개념상 때로는 승리할 수도 있고 때로는 패 할 수도 있다. 하지만 부하들의 목숨을 책임지고 있는 지휘관의 판단 착오와 무모한 작전지휘로 인해 모두 전투다운 전투를 제대로 경험해 보지도 못한 채 우왕좌왕하기만 했다. 때문에, 전도가 유망한 젊은 병 사들을 떼죽음으로 몰아넣고 말았다.

그러나 고집불통인 스미스 중령의 머릿속에는 작전상 후퇴라는 개념 이 전혀 없었다. 아군보다 10배가 많은 공산군의 화력에 더 버틸 수 없 는 지경인데도 그는 명청하게 일방적인 공격명령만 내리고 있었다. 마 침내 적이 지척에까지 쳐들어오고 지휘계통이 무너지면서 전열이 흐트 러지자 그는 어쩔 수 없이 퇴각명령을 내렸다. 하지만 너무 늦은 상황 판단이었다.

"제기랄… 이 지옥을 어떻게 빠져나가야 하나?"

대다수가 신병인 지아이들은 퇴각명령이 떨어졌는데도 멍청하게 마르코 중사만 바라보며 안절부절못하고 발만 동동 굴렀다. 마르코는 묵묵히 적진을 응시하며 라이플을 든 손에 힘을 불끈 주었다. 이런 긴박한 상황에서 무슨 말이 필요한가.

"무조건 나를 따르라!"

그는 이렇게 외치며 용수철처럼 무섭게 땅을 차고 소낙비 내리는 듯이 쏟아지는 탄막을 뚫고 내달리기 시작했다.

지옥에서 생존하는 방법도 모르고 우왕좌왕하던 지아이들은 얼마나 다급했던지 라이플까지 팽개치고 마치 생명을 건 장거리 경주를 하듯 경쟁적으로 그의 뒤를 따랐다. 아무리 긴박한 상황이라 해도 자신의 생명을 지키고 보호해 줄 라이플까지 버리다니 미치광이 바보짓이 아닌가 말이다. 순식간에 지휘체계가 무너지면서 어이없게도 모든 일이 난장판으로 돌아가고 있었다. 하지만 단 일초, 일 분 후의 상황도 예측할 수 없는 판국에 라이플까지 버리고 맨몸으로 달아나다니 마르코는 생각할수록 기가 막히고 화가 났다.

'완전히 돌아버린 대원들을 어떻게 진정시킨단 말인가.'

적의 집중포화를 뚫고 경부선 철길을 넘어 미친 듯이 남쪽을 향해 탈출하는 과정에서 불행하게도 치명상을 입고 쓰러지거나 낙오된 병사들을 그대로 외면할 수밖에 없었다. 그는 냉혹하게도 사경을 헤매는 부상자들을 그대로 사살해버리기까지 했다. 어차피 구출하지 못할 바에야 적의 포로가 되느니 안락사라도 시켜 부상의 고통이나마 덜어줘야겠다는 것이 그의 신념이기도 했다.

그들 중에 누구 한 사람이라도 적의 포로가 된다면 위급한 상황에서 아군의 작전기밀마저 노출될 게 뻔한 일이 아닌가. 그는 일이 그렇게 뒤틀리고 개떡같이 돌아간 것을 스스로 운명이라고 자위할 수밖에 없었다. 어쩌면 이 비극적인 운명은 일본에서 한국전쟁에 투입될 때부터 이미 결정되었는지도 몰랐다.

"모든 게 운명이야. 운명에 맡길 수밖에…."

그는 목에 차오르는 숨을 고르며 혼잣말로 중얼거렸다. 태평양전쟁 당시 가끔 적진에서 낙오돼 일본군에 쫓기거나 작전에 실패했을 때 입버릇처럼 운명론으로 자조하던 습관이 몸에 밴 탓일까. 사람이 태어난다는 것은 운명이다. 그렇다면 죽는다는 것 또한 운명이 아니겠냐고 말이다.

하지만 적진에 낙오된 병사들의 가슴 속으로 파고드는 공포와 슬픔은 운명에 맡길 수가 없었다. 사무치는 생존 욕구는 너무도 엄숙하고 당연한 인간본능이기 때문이다. 일본에서 한국으로 출동할 때 배낭 속에 넣어온 C-레이션은 전선에 투입되기 전에 이미 바닥나 버렸고 이틀째 아무것도 먹지 못했다. 그래서인지 공산군에 쫓기는 상황에서도 허기가 져 견딜 수 없었다.

가까스로 안전지대에 당도하고 보니 그를 따르던 20여 대원들은 어디론가 다 사라져 버리고 월포드 일병만이 바싹 뒤쫓아 온 거였다. 역시 살아남을 자는 어딘가 달라도 달랐다. 마르코는 순간적으로 그렇게 생각했다. 그리고 또 하나, 이름도 성도 모르는 낯선 지아이가 당장 숨이 넘어갈 듯 헐레벌떡거리며 뒤따라오고 있었다. A중대 소속의 브라운 상병이라고 했다. 상병이라면 군대 생활이 어느 정도 익숙해졌을 텐데 라이플도 버리고 맨몸으로 달려왔다. 그 꼴을 발견한 마르코는 화가 나 견딜 수 없었다.

그는 참담한 심정을 주체하지 못해 치를 떨며 분통을 터뜨렸으나 그렇다고 해서 무엇 하나 일이 풀릴 리 만무했다. 밤새 뛰고 걷고 지친 몸을 이끌며 그 이튿날 새벽녘에서야 평택 부근의 독산성이라는 어느 마을을 지나게 되었다. 이때 한국 농민들의 고유의상인 바지저고리 차림의 민간인 대여섯 명이 마치 삼지창처럼 생긴 쇠스랑과 낫을 하나씩 들고 어디론가 급히 내달리다가 마침 마르코 일행과 맞닥뜨렸다.

"헤이, 시빌리언(어이, 시민들)!"

마르코는 우선 냉수라도 한 사발 얻어 마시기 위해 그들을 불러 세웠으나 왠지 그들은 하나같이 증오에 찬 눈빛으로 쏘아보며 그대로 지나치려 했다. 심지어 그들 중 한 명은 라이플마저 버리고 비무장 상태로 휘청거리며 불안에 떨고 있는 브라운 상병에게 낫을 휘두르며 사뭇 위협적인 태도로 나오는 거였다.

마르코는 울컥 화가 치밀었다. 순간 이성을 잃어버린 그의 총구에서 불을 토하고 말았다. 낫을 휘두르며 브라운을 위협하던 자가 심장에 구멍이 뚫리며 맥없이 뒤로 벌렁 나동그라졌다. 그러자 그들은 모두 '걸음아 날 살려라'며 달아나기 급급했다. 그러나 그들을 그대로 놔둘 수는 없었다. 마르코의 판단에 그들은 공산 게릴라가 아니면 지하에서 활동하던 공산 프락치들임이 분명했기 때문이다. 그래서 그는 달아나는 그들의 등을 향해 무차별 사격을 가해버렸다.

감정이 앞선 행위로 인해 양민학살이라는 오명을 남길지도 모른다는 우려가 퍼뜩 뇌리를 스치는 순간 등골이 오싹해졌으나 그 당시 상황판단으로서는 그럴 수밖에 없었다. 일을 저지르고 난 후 그는 비로소 교전수칙이라는 것을 생각해 봤다. 먼저 공격을 받지 않는 한 민간인을 사살해서는 안 된다는 것을….

그렇다면 흉기로 위협하는 도전적인 민간인을 교전수칙에 따른 공격으로 봐야 마땅한 것 아닌가? 잠시 헷갈리긴 했으나 한창 쫓기는 판국에 마치 교과서처럼 교전수칙을 따질 상황이 아니라고 생각했다. 그들은 단순히 도전적인 태도를 보였을 뿐 공산주의자라는 뚜렷한 증거가 없었고 달리 확인할 방법도 없었으나 어쨌든 일방적인 그의 판단이 옳았고 그는 할 일을 다 했을 따름이라고 자위했다.

오랜 군대 생활의 경험에서 터득한 육감이랄까, 증오로 일그러져 핏발마저 곤두선 그들의 눈빛을 본 순간 공산주의자라는 사실에 의심의 여지가 없었다. 물론 위협 사격으로 그들을 내쫓을 수도 있었으나 만약 그렇게 될 경우, 자신들의 정체가 탄로가 나서 적의 표적이 되는 것은 불을 보듯 뻔한 일이었다.

게다가 그들을 공산주의자로 단정해 생포한다고 해도 적에게 쫓기는 다급한 상황에서 포로수용소로 후송할 방법이 없었다. 순간적인 판단이었지만 전시상황에서 그런 일은 다반사로 벌어지게 마련이고 대부분 병사는 위기에서 벗어나기 위해 자위 조치로 쏴버리는 충동을 느끼기 일쑤였다. 설혹 마르코 자신이 아닌 다른 지아이라도 그들이 살아남을 수 있는 유일한 선택이 그것밖에 없었을 것이다.

그러나 후퇴하면서 생명처럼 아껴야 할 라이플까지 버리고 따라온 브라운을 바라보는 순간 마르코는 화가 치밀어 도저히 그대로 참을 수 없었다. 브라운이 만약에 라이플이라도 겨누고 있었더라면 신분이 불확실한 민간인으로부터 위협의 대상은 되지 않았을 것이다. 그는 홧김에 지아이의 기본정신마저 망각한 브라운을 앞뒤 가릴 것도 없이 개머리판으로 호되게 한 대 갈겨버렸다. 순간 뒤로 벌렁 나동그라진 브라운은 정신이 번쩍 드는 듯 쓰러지자마자 벌떡 몸을 일으키고 휘청거리며 부동자세를 취하느라고 안간힘을 쓰는 거였다.

"이 망할 자식! 라이플까지 버리다니 네가 군인이야?"

"자, 잘못했습니다. 용서하십시오."

브라운은 새파랗게 질려 사색이 된 얼굴로 손이 발이 되도록 빌며 살려달라고 울부짖었다. 마르코는 그 몰골을 보고 있자니 역겨움이 느껴져 더욱 견딜 수 없었다.

"야, 이 자식아! 너 지아이 맞아?"

"네, 잘못했습니다. 중사님!"

"최소한의 군인정신마저 망각한 너 같은 놈은 마땅히 즉결처분 감이야. 그래 죽여주마."

화가 머리끝까지 치민 마르코는 정말이지 제정신이 아니었다. 순간적으로 브라운을 즉결처분할 충동을 느꼈다.

전투상황에서 군령을 어기는 경우 즉결처분 대상이 아닌가. 당장 그를 처단할 명분도 생겼다. 이렇게 판단하자 머뭇거릴 필요도 없이 브라운의 가슴팍에 라이플을 들이대고 말았다. 조금 전 일단의 한국인들을 처단한 심리적인 부담감에서 벗어나지 못한 것인지도 몰랐다.

"그래, 넌 세상을 살아갈 자격도 없는 놈이야. 당장 지옥으로 보내주마."

버럭, 고함을 지르며 방아쇠에 손가락을 거는 순간 화들짝 놀란 브라운이 땅바닥에 머리를 처박고 두려움에 질려 와들와들 온몸을 떨었다. 바로 그 순간 안절부절못하고 망설이던 월포드가 결심한 듯 마르코의 총부리를 가로막고 나섰다.

"중사님! 진정하십시오. 그래도 전우가 아닙니까. 한 번 용서해 주십시오."

마르코는 극도로 흥분했지만, 땅바닥에 머리를 처박고 엉덩짝은 하늘로 치켜세운 채 온몸을 부들부들 떨며 마구 울부짖는 브라운의 나약한 꼬락서니를 보자니 어이가 없었다.

"멍청한 놈, 이런 게 지아이라니 빨갱이들한테 당하고도 싸지."

그는 마지 못해 라이플을 거두며 이렇게 한마디 내뱉고는 다시 앞장서 걸음을 재촉했다.

한국전쟁 최초로 참전했던 스미스 기동부대는 결과적으로 한낱 농민군 정도로 우습게 봤던 북한 공산군과의 첫 교전에서 엄청난 피해를 보고 패퇴의 쓴맛을 단단히 보고 말았다. 그야말로 미합중국 지상군 전투사상 씻을 수 없는 오욕을 남기고 만 것이다.

"빌어먹을… 국제경찰 좋아하네. 스미스가 완전히 웃겼다니까."

마르코는 일이 더럽게 돌아간 것에 대해 너무도 아쉽고 기가 막혀 끊임없이 쫓기는 상황에서도 이따금 멍하니 허공으로 시선을 보내며 한마디씩 중얼거리곤 했다.

천신만고 끝에 조치원까지 쫓겨와 본대와 합류하고 보니 득의양양했던 스미스 기동부대는 총병력 406명 중 생존자가 250명에 불과했다. 북한 공산군의 진격을 겨우 7시간 지연시키는데 156명의 희생자가 발생하다니 이보다 더 참담한 일이 어디 있을까. 누구도 이처럼 많은 희생자가 나리라고는 미처 상상도 하지 못했다. 물론 전투 수행 중에 어느 정도의 희생은 불가피 하지만 처음부터 지아이들의 피가 강요된 것은 아니었다.

하지만 공산군의 침공에 내몰린 한국인들의 희망과 기대를 안고 최초로 한국전선에 투입되었던 스미스 기동부대는 적들의 비아냥처럼 결국 종이 호랑이紙虎에 불과했다. 다만 한가지 위안이 될 수 있다면 그것은 월포드 일병이 수류탄 한 발로 육탄공격을 감행해 적 탱크를 파괴했다는 것과 그 탱크 안에 타고 있던 적 105탱크사단 정치 부사단장의 목숨을 거두었다는 영웅적인 얘기가 전설이 되고 있을 뿐이다. 그러나 그 당시엔 스미스 중령을 비롯한 지아이들은 북한 공산군의 거물인 전동수의 죽음에 대하여 아무도 알 수가 없었다.

2. 재등용

7월 7일 아침

한때 피아간에 치열한 포격전이 벌어졌던 한강 남안이 무거운 정적 속에 잠겨 자욱한 물안개만 피어오르고 있었다.

조선인민군 최고사령부 작전통제관에서 해임돼 대기령을 받았던 리학구 총좌는 치스지프를 손수 운전해 물안개 속에 놓여 있는 부교를 타고 한강을 건넜다. 바닥에 두꺼운 철판을 깐 소련제 조립식 부교는 작전도로를 연상케 할 만큼 탄탄하게 설치돼 있었다. 이 부교는 불과 닷새 전 전선사령부의 박길남 공병부장과 주덕근 부부장이 공병여단 병력과 장비를 총동원해 부서진 한강 인도교 옆에 설치한 것이었다.

6·25 무력남침 직전 조선인민군 최고사령부 작전통제관으로 전열 정비와 검열을 도맡았던 리학구는 한강 도하작전의 지연에 대한 책임을 지고 전선사령관 김책 대장으로부터 대기령을 받고 물러난 지 일주일 만에 풀려나 새로운 임지로 떠나는 길이었다. 호위군관(전속부관)은 커녕 수발을 들어줄 복무원(당번병)도 없이 홀로 지프를 운전하는 그의 모습은 어딘지 모르게 쓸쓸해 보였다.

그의 새로운 보직은 최고사령부 예비사단으로 개전 초기 신의주에 주둔해 있다가 제2집단군에 배속된 13보병사단 참모장이었다. 공교롭게도 그가 원래 제2집단군 사령부 작전부장이면서도 김일성 최고사령관의 특명에 의해 작전통제관으로 기세 당당하던 무렵 찬밥신세가 된 김무정의 수하로 다시 들어가다니 알다가도 모를 일이었다.

게다가 직속 상관인 사단장은 인민군대에서 폭압적인 독전가로 소문난 최용진 소장이 아닌가. 비야츠크 밀영 시절 88국제정찰여단에서 제1영장營長이던 김일성을 보좌하며 중대장(중위)을 맡았던 최용진은 "북반부에 들어와 왕총알받이로 내몰려야 하냐"며 평소 자신의 보직에 대한 불만이 많았다.

리학구는 비야츠크 밀영 시절부터 성질이 고약한 최용진과는 항상 거리를 두며 불가근불가원의 관계를 유지해 왔다. 어쩌다가 그런 사단장 휘하의 참모장으로 들어가다니 처음부터 썩 마음이 내키지 않았다. 하지만 지상명령이 아닌가. 전출 신고를 할 때 전선사령관 김책 대장이 자신에게 강조했던 말이 귓전을 맴돌았다.

"학구 동무! 너무 걱정마오. 이번 인사는 최고사령관 동지의 깊은 뜻이 담겨 있으니까니 기렇게 알구서리 임지에서 항상 최고사령관 동지를 보필한다는 일념으로 복무하기오."

어쩌면 김일성 최고사령관이 그를 대기령에서 풀어주며 조만간에 13사단장에 임명할 요량으로 항상 반기를 드는 김무정과 최용진의 동태를 잘 감시하라는 암시를 준 것인지도 몰랐다.

어쨌든 김일성 최고사령관의 복심인 그에게 다시 한번 큰 별 하나, 즉 대성일大星一을 달수 있는 기회가 다가오고 있는 것만은 분명해 보였다. 일선 전투사단 참모장이란 직책은 사단장 다음으로 서열 2위의 자리가 아닌가 말이다. 사단장의 유고가 발생 시 사단장 직무대리로 잘만 하면 바로 큰 별을 달고 사단장에 오를 수 있는 절호의 기회가 될 수도 있을 것이다. 그런 의미에서 그는 제13보병사단 참모장이라는 새로운 직책을 만족하게 받아들였다. 그래서 그는 김책 전선사령관에게 전출 신고를 마치자마자 임지로 출발할 채비를 서둘러 바로 한강을 건넌 것이다.

그가 참모장으로 부임하게 될 13보병사단은 신의주 제1민청훈련소 출신 하전사들과 강제징집한 신병들로 편성된 신설 부대였다. 때문에, 대부분의 병원兵員은 전투경험이 일천했다. 서울을 해방한 인민군대 주력이 한강을 도하하면서 제2진으로 남진대열에 들어서긴 했으나 전력에 상당한 문제가 있었다. 그러나 지금 그런 문제를 따질 때가 아니지 않은가. 날로 승승장구하는 인민군대의 남진 여세에 편승해 애초 중부전선에 투입되었던 13사단은 정치명령에 따라 경기도 용인을 거쳐 충북 괴산으로 이동하고 있었다. 최종 목적지는 남반부 경북 상주 방면의 낙동강 전선이었다.

치스지프로 잘만 달리면 중간에서 본대를 따라붙을 수 있을 것 같았다. 13사단의 주력은 상주군 낙동면 낙동리에서 곧장 낙동강을 도하한 후 대구로 진공하기 위한 주 공격로를 개척하게 된다고 했다. 대구를 침공하기 위해서는 무엇보다 왜관 동쪽 팔공산과 가산산성으로 향하는 다부동 국도를 확보하는 것이 시급했다. 미구에 이루어질 낙동강 총공세작전에 최전방 주력부대로 투입되는 것이다.

리학구는 새로운 임지로 떠나는 길에 수원에 잠시 들러 남진을 서두르고 있는 이른바 '서울사단'인 제4돌격사단 리권무 사단장을 만나 잠시 회포를 풀고 작별인사라도 나누고 싶었다. 조국해방전쟁 개시 하루 전날인 지난 6월 24일 밤 최고사령부 작전통제관으로 출동상황 점검차 제4돌격사단 지휘소를 찾아가 리권무를 만난 이후 2주일 동안 한번도 그의 모습을 보지 못했다. 이번에도 그를 만나지 못하면 또 언제 만나게 될지 모른다.

리권무는 지난 7월 3일 부교가 설치되자마자 남진의 선발대로 한강을 건너 이미 수원을 해방하고 베이스캠프를 설치한 뒤 속전속결로 대전을 향해 남진작전을 진두지휘하고 있었다. 그는 김일성 최고사령관이 혀를 내두를 만큼 놀라운 군사전략가였다. 리학구가 서둘러 수원의 제4돌격사단 베이스캠프에 들어서자 리권무가 반갑게 맞아 주었다.

"내레 사단장 동지의 건강한 모습을 뵈니까니 그럴 수 없이 기쁩네다."

"야, 학구 동무! 내레 학구 동무 소식 잘 들었시야. 최고 존엄의 깊은 마음을 단단히 새겨 두라우."

"아, 기러문요. 수령님의 존엄을 위해서라두 최선을 다 하갔습네다."

"기래, 앞으로 고생이 좀 될 기야. 퇴용딘(최용진)이 그 간나새끼레 그 무슨, 성딜 하나는 더러운 놈이디만 설마 학구 동무한테까지야 심하게 굴디 않갔디."

"내레 최용진 사단장 동지레 비야츠크 밀영시절부터 잘 알구 있습네다."

"기래, 그 간나 함부로 까불문 학구 동무가 먼저 한발 양보하라우. 기러문 맘 편할 기야. 그 간나레 성딜은 고약하디만 기것두 기때 뿐이야. 뒤끝이 없시야."

"네, 잘 알구 있습네다. 그나저나 한강 넘어올 때 국방군 종간나들이레 저항이 심하디 않았습네까?"

"아니, 그 핫바지들이레 우리 땅끄(탱크)를 보자마자 집싸구 달아나기 바쁘두만. 내레 그 종간나들 쓰레기 치우듯 확, 쓸어버렸디 않아. 긴데(그런데) 말이야. 내레 염려했던 대루 양코배기들이 나타났디 뭐니."

"양코배기라뇨? 미제의 해·공군이 참전했다는 소식은 들었습네다만…."

"아, 미데(미제)의 지상군이 바로 우리 코앞에 와 있었대니까니."

리학구는 미 해·공군에 이어 지상군까지 참전했다는 뜻밖의 소식을 접하고 아연실색했다.

아아, 이럴 수가… 그는 경악한 나머지 벌어진 입을 다물지 못했다. 출전을 앞두고 맥아더 원수의 개입을 우려했던 리권무의 예측이 그대로 적중했기 때문이다. 역시 리권무 다운 안목과 예리한 판단력에 혀를 내두르지 않을 수 없었다. 하지만 리권무는 눈도 한 번 깜짝하지 않고 태연자약했다.

"야야, 학구 동무! 뭘 기리 놀라는 기야?"

"아니, 놀라디 않구요. 사단장 동지께서 염려하신 대루 조국해방전쟁에 복병이 생긴 거이 아니외까?"

"아하하. 거, 양코배기 간나들 형편없는 지호紙虎(종이 호랑이)야. 지호… 내레 양코배기 종간나들이레 쳐들어왔대는 보고를 받구서리 1개 연대 병력과 땅끄 20대를 보냈더니만 제대로 총도 한 번 쏴보디 못하구서리 달아나 버렸다는 기야. 이거이 뭐, 로스케(소련군) 졸개보다 못한 것들 아니가."

"설마, 그럴 리가…."

"아, 내 말 못 믿갔으문 당장 서울 광화문으로 한 번 가보라우. 그 꼴이란 거, 거 무슨 삶은 소대가리가 웃을 꼴이 아닌가 말이야. 내레 양코배기 포로를 60여 명이나 붙잡아 갯구서리 전선사령부로 보냈디 않아. 그 종간나들, 시가행진을 시키며 선전선동에 써먹으라구 말이야."

사실 그랬다. 사기충천한 전선사령부에서는 한국전쟁에 최초로 투입된 스미스 기동부대와의 전투에서 투항한 미군 포로들을 광화문 네거리로 끌고 나와 미국의 한국전쟁 참전을 규탄하는 시민궐기대회를 열었다.

전선사령부 선전선동대는 누더기 전투복에 초췌한 모습으로 불안에 떠는 미군 포로들을 앞세워 〈미제 침략군을 혁명무력으로 분쇄하자!〉 〈리승만 괴뢰 통치배를 옹위하는 미제의 대조선 압살책동에 즉각 군사행동으로 대응하자!〉 〈미제와 리승만 력적패당을 모조리 불도가니에 쓸어넣어 버리자!〉 〈미 제국주의의 조선 침략은 세계평화를 위협한다!〉 는 등등 갖가지 소름 끼치는 플래카드를 펼쳐 들게 하고 시가행진을 벌였다.

조선인민군 최고사령부가 정치명령(작전명령)으로 하달한 총공격작전은 이른바 8월 대공세였다. 전선사령부는 김무정의 제2 집단군사령부 휘하 제1 · 5 · 8 · 12 · 13 · 15사단 등 6개 사단을 동해안 영덕을 기점으로 경북 동남부에 전개하면서 궁극적으로는 포항 · 영천 · 대구를 점령한 뒤 부산 진공을 최종목표로 삼고 있었다.

또 김웅 중장의 제1집단군사령부 휘하 제3 · 4 · 6 · 9 · 10사단 등 5개 사단은 제105탱크사단과 함께 김천에서 경남 진주선線에 전개, 통영과 거제도 및 밀양과 부산으로 진출하면서 대구의 배후를 찌를 계획이었다. 부산 침공을 위한 작전의 최우선권은 제1집단군사령부에 주어졌다. 제1집단군 산하에 막강 3 · 4 · 6돌격사단이 버티고 있었기 때문이다.

그 무렵 제2전선을 형성하기 위해 전면 남침을 결행한 인민군대는 제4돌격사단이 수원을 점령하고 제105탱크사단은 수원과 경부선 안성선으로 분산해 남진하고 있었다.

또 3사단과 6사단이 경부선을 따라 남진한 뒤 진천~청주선과 온양~공주선을 거쳐 금강선에서 대전의 배후를 찌를 계획이었다. 중동부 전선에서는 인민군 제1사단이 수원과 이천을 거쳐 충주 방면으로 진로를 틀었고 12사단은 홍천을 거쳐 원주를 점령했으며 5사단과 766군 유격부대는 동해안을 타고 삼척을 지나 남진을 계속하고 있었다.

최선봉부대 리권무의 제4돌격사단과 함께 대전을 치고 김천을 거쳐 남진키로 한 제3돌격사단은 왜관에서 방향을 틀어 리학구가 참모장으로 부임하는 제13사단을 지원하기 위해 낙동강 중류 다부동 방면에서 합류하게 돼 있었다. 제3 돌격사단과 1사단, 13사단은 다부동에서 대구를 해방하고 내처 부산으로 돌진할 계획이었다. 하여 중부 전선에서 이화령과 화령장을 거쳐 남진하는 북괴군 1사단과 15사단은 선두부대인 3사단과 13사단의 후속 부대로 낙동강을 건너 교두보를 확보하게 된다.

조선인민군 산하 전소 전투사단을 공격선에 배치, 속전속결로 남진하여 낙동강에서 제2전선을 구축한 다음 파상공세로 경상남북도를 휩쓸고 8월 15일 이전에 부산을 최종 해방한다는 것이 김일성의 흔들림 없는 전략개념이다. 이에 따라 전선사령부는 최정예 돌격부대인 제3·4사단에 각각 1개 탱크연대씩을 배속시켜 대전을 점령할 주력부대로 삼으려 했다. 대구 침공을 최종목표로 삼고 있는 제3돌격사단은 애초 대전을 점령한 다음 김천을 거쳐 낙동강의 전략요충지인 왜관을 점령키로 돼 있었다.

또 3돌격사단과 함께 대전을 점령한 제4돌격사단은 김천에서 독자적으로 전북 진안, 장수를 치고 경남 합천을 공략한 뒤 도하작전으로 낙동강 동안의 고령과 창녕을 침공할 계획이었다. 그러고는 곧이어 밀양을 거쳐 부산으로 진격하는 선봉부대가 되는 것이다. 역시 '서울사단'의 명예칭호 제1호인 제4돌격사단은 김일성의 친위부대답게 남침작전 개시이래 줄곧 선봉이 되어 왔다.

그 후속 부대로는 제2·9·10보병사단이 경북 성주~경남 의령으로 진격해 낙동강 우안右岸에 병력과 장비를 집결시킨 뒤 선봉인 제4돌격사단의 배후에서 총공격에 나설 계획이었다. 그리고 개성에서 남진한 6사단은 금강선에서 대전을 거쳐 중부내륙으로 빠진 다음 남원~하동~사천을 거쳐 남해안으로 깊숙이 침투해 진주에 지휘소를 설치하고 마산 공략에 나서기로 했다. 여기에다 6사단의 1개 특수연대는 전주~광주~여수~순천을 거쳐 남쪽 땅끝 통영을 점령한 뒤 남해안 거제도를 기점으로 부산을 바싹 조일 계획이었다.

한편 동해안을 타고 내려온 인민군 8사단은 경북 북부의 거점도시인 안동을 점령한 뒤 의성을 거쳐 영천으로 쳐내려와 대구 배후를 노리고 이어 창녕에서 청도와 밀양을 치고 부산 공략에 돌입하는 제4독립사단과 합류하게 돼 있었다. 이밖에 동해안에서 남진한 5사단은 영덕을 지나 동해안을 타고 포항을 공략하기에 이른다.

이로써 6·25 남침 이래 지칠 줄 모르고 속전속결로 남진해 온 북괴군집단은 바야흐로 서울·경기·충청·전라·강원도를 완전히 점령하고 경상남북도 일부와 제주도만 남기고 탱크사단은 낙동강 전 전선에 걸쳐 각 연대와 대대별로 나누어 보병 전투사단에 T-34 탱크를 배속시켜 효과적인 보전포步戰砲 공격을 주도하기로 돼 있었다.

그동안 서울 중앙청에 베이스캠프를 설치했던 전선사령부도 중부 전선을 타고 장호원을 거쳐 충북 수안보로 이동을 완료했다. 전 인민군대가 남북 1300리里에 걸친 낙동강을 거점으로 총집결하는 것이었다.

리학구 총좌와 함께 대기령을 받고 해임되었던 전선사령부 공병부장 박길남 대좌 역시 대기령이 해제돼 원직으로 복귀했다. 그는 대기령 중에도 불철주야로 한강교의 단선 철교를 복구하고 부교 설치에 온갖 심혈을 기울인 공로를 인정받아 재등용이 된 것이다.

그가 주덕근 중좌와 함께 공병 공작조를 이끌고 부서진 한강 철교 복구와 부교 설치작업에 나섰을 때 한강 남안에서 방위선을 구축한 국군이 81밀리와 105밀리 박격포를 무차별로 쏴대며 극렬하게 저지 작전을 폈으나 용케도 잘 버텨냈다. 그 결과 제105탱크사단과 제3, 4돌격사단이 주 공격로를 다시 트고 박길남은 이 공로로 김책 전선사령관의 재신임을 받게 된 것이었다.

주덕근도 박길남이 약속했던 대로 대기령에서 풀려났으나 그에게는 또 다른 임무가 주어졌다. 주덕근이 맡은 새로운 임무란 긴장과 위험을 동반하는 대전차지뢰 운반작업이었다. 서울을 점령한 이후 공병여단에서 녹번동 반곡의 비밀창고에 은밀히 보관하고 있던 2만여 발의 대전차지뢰를 한강 도하작전과 동시에 수원 동굴로 옮겨 놨으나 이를 다시 미 지상군의 탱크부대가 투입될 곳으로 예상되는 금강과 낙동강 전선의 배후인 대전과 김천으로 각각 수송하는 작업이 기다리고 있었다. 미 지상군이 이미 부산항과 포항의 구룡포항으로 속속 입항하면서 최신형 M-4 퍼싱 탱크가 본격적으로 전선에 투입되고 있기 때문이었다.

미 지상군의 퍼싱 탱크는 2차 세계대전 당시 나치 독일의 롬멜 전차군단을 박살 낸 전설적인 패튼전차군단의 주력 탱크를 모델로 최근 새로 개발되었다고 했다. 이 최신형 M-4 퍼싱 탱크에는 90밀리 포가 장착돼 있어 76밀리 스탈린포로 위력을 과시하던 소련제 T-34 탱크는 비교 상대가 되지 않았다. 그래서 전선사령부는 무엇보다 퍼싱 탱크가 북상하는 길목을 대전차지뢰로 차단하는 일이 시급했다.

그런 중대한 임무가 주덕근에게 주어진 것이다. 자칫 임무 수행에 차질이 빚어진다면 대기령은 고사하고 당장 숙청대상으로 전락할지도 모른다. 생각만 해도 끔찍했다. 하지만 현재 그가 처한 상황으로 볼 때 이런 임무도 감지덕지할 수밖에 없었다. 105탱크사단과 제4돌격사단이 이미 수원을 해방하고 내처 안산까지 쳐 내려가고 있었다. 대전 해방도 시간 문제라고 했다.

그 무렵 제4돌격사단은 스미스 기동부대를 일시에 궤멸시키고 곧장 국도를 따라 파죽지세로 평택을 거쳐 천안으로 밀고 내려가는 중이었다. 그러나 뜻밖에도 복병을 만나 막대한 손실을 보고 전열이 흐트러지면서 고전을 면치 못했다. 이제 막 한국전선에 투입된 미 극동공군의 최신형 F-86 세이버 전폭기 편대가 날아와 순식간에 남진하던 105탱크사단의 선두 탱크부대를 박살내고 말았다.

이 때문에 105탱크사단은 완전히 발이 묶여 옴짝달싹 못 하고 주저앉아 버렸다. 미 공군의 세이버 공습에 이어 B-26 폭격기와 F-51 머스탱 전투기 등 30여 대가 번갈아 오가며 5시간 동안 융단폭격과 기총소사로 쑥밭을 만드는 바람에 개전 이래 최초로 엄청난 피해를 보고 말았다. 전사들은 기총소사를 피해 도로 양쪽으로 흩어졌으나 탱크 15대와 트럭 30대 등 각종 전투 장비 200여 대 중 절반인 100여 대가 완전히 파괴돼 버렸다. 스미스 기동부대가 당한 것을 미 공군이 통쾌하게 보복한 셈이었다.

105탱크사단장 류경수 소장은 미 공군의 주 공습 목표가 T-34 탱크라는 사실을 뒤늦게 깨닫고 개전이래 줄곧 타고 있던 자신의 전용 탱크에서 빠져나와 치스지프로 옮겨 탔다. 이 때문에 인민군은 부득이 남진 속도가 더디더라도 탱크부대의 주간이동을 절대 중지하고 도로변이나 산 계곡 등에 위장해 있다가 미 공군의 공습이 없는 야간전투에 치중할 수밖에 없었다.

개전초기 서울 상공을 제멋대로 누비며 파상 공습을 감행하던 소련제 IL-10 경폭격기나 야크-9 전투기는 아예, 상대가 되지 않았다. 제공권이 개전 3일 만에 참전한 미 공군에 의해 완전히 장악돼 버렸기 때문이다. 여기에다 제해권마저 미 해군을 비롯한 유엔군이 장악해 한반도의 동서, 양 해안을 봉쇄하고 함포사격을 퍼붓는 바람에 김일성이 자신만만하게 의도했던 전면 남침에 브레이크가 걸리고 만 것이다.

유엔군의 참전을 전혀 예상치 못했던 김일성은 애초 스탈린이 미국의 개입을 우려했던 것과는 달리 속전속결로 치고 나갈 경우, 한반도의 적화통일은 시간 문제라고 장담했었다. 그러나 미 지상군 선발대인 스미스 기동부대가 경기도 오산에 나타난 것을 알고서 당황하기 시작했다. 김일성은 초조감을 감추지 못했으나 이제 기댈 데라곤 인민군대의 군사력밖에 없었다. 다소의 희생을 각오하더라도 내처 부산까지 쳐내려가야 한다는 절박한 심정이 그의 속전속결주의에 끊임없이 불을 지피고 있었다.

그래서 자신의 친위부대로 '서울사단'이라는 명예 칭호까지 부여한 105탱크사단과 제3, 4돌격사단을 더욱 독려했다. 그러나 개전 초부터 엄청난 위력을 과시하며 파죽지세로 남진을 계속해온 105탱크사단이 마침내 천안에서 녹아나기 시작했다. 때문에, 천안과 조치원을 점령하는데 2~3일이면 충분할 것을 일주일이 지나도록 이들 두 곳을 완전히 점령하지 못한 채 외곽에 머물러야 했다.

　북괴군은 당초에 미 증원군이 오기 전에 금강과 소백산맥을 단숨에 돌파하여 대전을 공략하고 내처 낙동강으로 남진할 계획이었다. 하지만 남진 작전은 뜻대로 풀리지 않았다. 김일성은 궁여지책으로 인민군 대 주력의 공격속도를 다그치기 위해 예비사단인 13, 15보병사단을 중부 전선에 긴급 투입하고 남진을 재촉한 것이었다.

3. 진퇴양난

리학구 총좌가 참모장으로 부임해가는 조선인민군 제13사단 주력은 이천, 여주를 거쳐 충주를 점령한 뒤 다시 소백산과 속리산을 넘어 낙동강변인 경북 상주 방면으로 진격해가고 있었다.

　전선사령부는 한·미연합군이 대전을 방어하기 위해 금강과 소백산맥에 저지선을 구축하고 있다는 적정을 입수하고 제4돌격사단과 105탱크사단에 대전을 유린하라는 정치명령을 긴급 하달했다. 그러나 미 공군의 공습에 시달려온 제4돌격사단과 105탱크사단은 전열도 제대로 정비하지 못해 작전을 지연시키고 있었다. 미 공군의 공습으로 치명상을 입고 주간전투는 아예 엄두도 낼 수 없었기 때문이다.

　개전 이래 계속 남침작전의 선봉에서 막강한 화력을 과시하며 거침없이 남진하던 T-34 탱크도 점차 그 위력을 상실해가고 있었다. 미 공군 B-26·29 중폭격기와 세이버, 머스탱 전폭기가 잇달아 치명상을 입히는 데다 일본 열도를 떠난 미 지상군이 부산과 경북 동해안에 속속 상륙했기 때문이다. 낙동강 전선으로 총집결하는 미 지상군은 북괴군의 T-34 탱크 킬러인 M-4 퍼싱 탱크를 선두에 투입하여 압력을 가해 왔다. 하지만 전선사령관 김책의 독전은 이 같은 전황을 아예 용납하지 않았다.

　김책은 개전 초 중동부 전선의 소양강 전투에서 아군 6사단에 녹아났던 2보병사단을 대전 공략의 선봉 부대인 제4돌격사단의 배후에 포진시켜 남침전력을 더욱 강화했다. '6월의 폭풍' 개전 3일 만에 사단장마저 교체된 2보병사단은 일제강점기 김일성의 빨치산부대 동료이자 보천보 전투 영웅으로 알려진 최현 소장이 부임해 충북 진천에서 전열을 정비하던 중이었다. 제 이름 석자도 쓸 줄 모르는 일자 무식꾼인 최현은 빨치산 시절부터 포악한 인물로 소문나 있었다.

그러나 최현이 2사단 전투병력을 이끌고 진입한 진천 문안산文案山 고지엔 이미 아군 수도사단이 먼저 포진해 있었다. 수도사단장 김석원 장군 역시 일본군 대좌(대령) 출신으로 "내 사전에 후퇴란 단어는 없다"고 말할 정도로 격에 맞지 않는 닛폰도日本刀를 휘두르며 공격 일변도의 전술만 고집하는 지휘관이었다. 그러니 피아간에 작전상 철수는커녕 마주 보고 달리는 열차처럼 한 치의 양보도 없이 맞부딪힐 수밖에 없는 상황에 돌입한 것이다.

김석원 장군은 북괴군 2사단장 최현과는 공교롭게도 두 번째 마주치게 되는 악연이 있었다. 그는 북괴군의 6 · 25 남침 1년 전 국군 1사단장 당시 개성 송악산 전투에서 당시 최현이 지휘하는 38경비여단이 침공해 오는 것을 치열한 접전 끝에 패퇴시킨 관록이 있다. 그런 그에게 최현은 이번에 또다시 치욕적인 패배를 당할지도 모를 운명을 맞이하게 되었다.

막강한 팔로군 산하 조선의용군 출신들로 조직된 적 2사단은 어쩌면 남침작전 개전 초부터 마가 끼었는지도 모른다. 하필이면 우습게 봤던 아군 6사단에 당하고 이번에는 또 수도사단에 당하다니… 남침작전을 치밀하게 준비해온 김일성으로서는 굴욕이 아닐 수 없었다.

최현의 인민군 2사단은 7월 8일 진천전투에서 1개 대대가 전멸했고 2차 반격도 실패하고 말았다. 문안산 고지에서 진천 시가지를 내려다

보며 전개하는 아군 수도사단의 효과적인 전술에다 미 공군 세이버 전폭기의 엄호사격이 북괴군을 섬멸하는 데 결정적인 역할을 해주었다. 후퇴를 모른다는 무지막지한 최현의 독전으로 문안산 409고지의 적 진지에는 쇠사슬로 다리가 꽁꽁 묶인 북괴군 시체가 즐비했다.

최현은 서울을 비롯한 남한 점령지에서 강제로 끌어온 의용군 출신 하전사들의 후퇴를 막기 위해 그런 끔찍한 만행을 저지르고도 눈도 한 번 깜짝하지 않았다.

"이런 종간나, 똥가이(똥개) 새끼들이레 밥은 똥구멍으로 쳐먹네?"

원래 무식해 막말과 욕설이 입에 발려 있는 그는 불리한 전황을 전혀 고려하지 않은 채 오로지 돌격만을 고집했다.

첫 공격에서부터 연거푸 실패하자 휘하 연대장들에게 마구 욕설을 퍼부어대며 무모하게 공격명령만 내리자 아군 수도사단은 한때 우회로 침투해 온 적 주력에 포위당하기도 했으나 미 공군의 엄호사격으로 무사히 빠져나올 수 있었다.

북괴군 2사단은 애초 제3, 4돌격사단의 후속부대로 대전 공격에 나설 계획이었으나 진천전투에서 워낙 많은 병력과 장비의 손실을 보게 되어 결국 대대적인 8월 총공세작전에도 차질을 빚고 말았다.

"김석원! 거, 무슨 삶은 소대가리 같은 국방군 종간나 새끼레 아주 못된 놈이야. 그 간나레 개성 송악산에서부터 따라다니며 괴롭히구 있구만 기래."

최현은 상황이 긴박하게 돌아가고 내내 쫓기게 되자 극도의 피해망상에 사로잡혀 침을 튕겨가며 욕설로 일관했다.

충북 음성군 금왕읍 무극리無極里

개전 초기 춘천의 소양강 전투에서 일방적으로 남진해 오는 북괴군 2, 7사단을 맞아 대승을 거둔 김종오 장군의 국군 6사단은 전략적 철수를 거듭하던 끝에 7월 5일 음성에 집결했다. 전체 전선의 균형을 유지하고 곧 증원될 미 지상군과의 연합작전을 준비하기 위해서였다.

아군 6사단은 음성에 집결하자마자 가엽산加葉山에 포진하고 있던 북괴군 15사단과 맞닥뜨렸다. 적 15사단은 분대장급 이상 상전사들이 모두 중공의 팔로군 산하 조선의용군 출신들로 강력한 조직력과 76밀리 스탈린포 등 최신 전투장비를 과시하며 콧대가 센 편이었다. 그러나 개전 이래 계속 예비사단으로 후방에 처져 있다가 김일성의 긴급출동 명령을 받고 중부 전선에 투입돼 남진하던 중 음성에 포진한 것이다.

소양강 전투에서 혁혁한 수훈을 세운 아군 6사단 7연대 예하 2대대는 7월 6일 새벽 5시를 기해 금왕읍 소재지인 무극리에 진출하고 이어 대대장 김종수 소령의 지휘하에 가엽산 전방 644고지에 포진했다. 김 소령은 경계태세에 돌입한 대원들을 독려하며 고지 정상에 오르던 중 뜻밖에도 고지 아래 동락 국민학교 교정에 적의 대규모 병력이 집결해 있는 것을 발견했다. 즐비한 병력이나 장비로 보아 1개 연대 규모는 족히 되고도 남았다.

하지만 주위에 경비 보초 하나 세워두지 않은 채 군사 군관이며 상·하급 전사할 것 없이 대부분의 병원兵員이 드넓은 운동장에 드러눕거나 앉아서 휴식을 취하는 등 거의 무방비상태였다. 콧대 높기로 유명한 팔로군이 아마도 개전 초부터 내내 쫓기기만 하던 아군을 우습게 보고 있는 것이 분명한 것 같았다. 그야말로 아군에게 천운이 찾아온 것이다. 기습공격을 가하기에 절호의 기회가 아닐 수 없었다.

대대장 김 소령은 즉각 "전투배치!" 명령을 내리고 5중대와 6중대를 동락 국민학교 앞뒤로 은밀히 배치해 포위작전에 나서게 하는 한편 7중대는 학교 정문 앞 논바닥에 매복시켜 적의 퇴로를 차단키로 했다. 그러나 아군의 전투병력은 300여 명에 불과했다. 개인화기를 제외하면 중화기라곤 81밀리 박격포 1문과 기관총 2정에 불과했다.

이에 비해 적은 위력을 과시하는 76밀리 스탈린포를 12문이나 배치하고 있었다. 적의 스탈린포가 조준을 마치고 일제히 포문을 열 경우, 아군은 여지없이 전멸할게 불을 보듯 뻔했다. 하지만 김 소령은 이 절호의 기회를 결코 놓칠 수 없었다. 다행히도 적의 스탈린포는 포문을 허공으로 향하고 있었다. 아마도 미 공군 전폭기의 기총소사에 대비하고 있는 모양이었다.

김 소령은 연대 작전참모에게 지원 요청할 겨를도 없이 독자적으로 작전계획을 착착 진행시켰다. 연대본부에 보고할 시간적 여유가 없을 만큼 다급했기 때문이다. 오후 5시를 기해 일제히 공격명령을 내리고 불과 300여 미터 거리를 두고 적이 밀집해 있는 스탈린포대를 정조준해 단 1문뿐인 박격포를 발사했다. "슛!" 하고 포신을 뚫고 날아간 박격포탄은 여지없이 적의 포대를 명중시키고 아군 병사들은 미리 짜놓은 화망 구성에 따라 일제히 집중사격을 개시했다.

태무심하고 있다가 뜻밖의 기습을 당한 적은 응전은커녕 우왕좌왕 흩어지면서 달아나기 바빴으나 이미 사방이 포위돼 독 안에 든 쥐와 다름이 없었다. 곱다시 몰죽음을 당할 상황에 몰리고 있었다. 요행히 학교 정문으로 뛰쳐나와 큰길로 달아나던 적 병사들도 아군의 집중사격으로 외마디 비명을 지르며 등짝이 벌집으로 변해 무더기로 쓰러졌다. 아군의 집중사격은 총열이 벌겋게 달아오르고 땅거미가 내려앉을 때까지 계속되었다.

학교 운동장과 교문 앞 길바닥에 적의 시체가 산더미처럼 쌓여갔다. 거의 전멸이었다. 아군이 소양강 전투이래 또 한 차례 북괴군을 전멸시키고 승전고를 울리는 순간이었다. 이 기습작전으로 아군은 적 사살 800여 명, 포로 90여 명에 노획무기는 스탈린포 12문에 박격포 35문, 기관총 47정, 각종 차량 60여 대 등 대단한 전과를 올렸다. 무극리 전투의 대승으로 아군 제7연대는 전 장병이 일 계급 특진의 영광을 안았다.

한편 개전 이래 계속 남침작전의 선봉 부대로 전쟁을 이끌었던 북괴군 리권무 소장의 제4돌격사단과 류경수 소장의 제105탱크사단은 최현 소장의 제2사단 증원 소식을 전해 듣고 화력을 총동원하여 금강 도하를 시도하고 있었다. 그러나 한미연합군의 완강한 반격작전에 부딪혀 번번이 실패하고 단 한 발짝도 전진할 수가 없었다.

여기에다 곧 투입되리라던 최현의 2사단이 진천에서 녹아나는 바람에 전력에 차질을 빚고 말았다. 문제가 심각했다. 전선사령부는 어쩔 수 없이 공주로 우회해 대전을 치기로 작전계획을 변경했다. 하지만 한미연합군과 맞서 있는 상황에서 대병력과 장비를 일시에 빼돌리는 작전 변경도 그리 쉬운 일이 아니었다. 어쨌든 다수의 희생을 각오하고서라도 전 화력을 동원, 한미연합군의 완강한 저지선을 뚫고 나갈 방법밖에 없었다.

7월 14일 이른 새벽. 스미스 기동부대의 마르코 중사는 천신만고 끝에 본대를 찾아 조치원에 당도하고 보니 부산에 상륙했던 미 제24사단의 주력인 21연대가 이미 조치원까지 올라와 지연 작전 태세를 갖추고 있었다. 여기에다 34연대도 천안에 도착해 포진하기 시작했으나 미처 전열이 갖춰지지 않은 상태였다. 21연대는 마르코 중사가 소속된 스미스 기동부대(1대대)의 본대였다. 대대장인 스미스 중령은 만신창이가 돼 절반으로 줄어든 병력을 가까스로 수습해 조치원에서 연대본부와 합류했다.

연대장 스티븐즈 대령은 대전에 지휘부를 둔 딘 사단장으로부터 "한국군 수도사단이 아군의 금강 방어선 구축을 지원하기 위해 청주 · 진천에서 지연 작전을 전개 중이니 조치원을 사수하고 대기하라"는 명령을 받고 있었다. 그는 조치원 북방의 안개 자욱한 능선에 연대 병력을 포진했다. 유유히 흐르는 금강을 사이에 둔 전선은 짙은 물안개로 인해 지척을 분간할 수 없었다.

이때 어디선가 한국어로 말하는 소리가 들려왔다. 이 소리에 소스라친 지아이들이 무턱대고 방아쇠를 당겼다. 연대장 스티븐즈 대령이 즉각 사격중지 명령을 내렸다. 스티븐즈와 참모들은 인근에 포진해 있는 한국군으로 착각했으나 그것은 너무도 어이없는 오판이었다.

미 지상군이 주춤하는 순간 적의 박격포탄이 고지를 휩쓸고 캐트필러가 구르는 탱크의 엔진소리가 요란하게 울려왔다. 아군의 포대에서 박격포와 야포로 반격을 가해 오던 적을 일단 침묵시켰다. 그러나 아군 지원포대의 유선과 무선이 모두 끊겨 아군 포대마저 침묵 속으로 빠져들고 말았다.

개인호 속에서 숨을 죽이고 있던 마르코 중사는 점차 안개가 걷히자 고개를 내밀어 적정을 관찰했다. 이때 어디선가 "피웅!" 하고 총탄이 날아와 철모를 스쳤다. 적의 저격병이 매복하고 있던 것이다. 그는 순간적으로 고개를 숙이며 사격중지 명령을 내린 연대장 스티븐즈 대령이 오판했다는 사실을 직감했다.

한국 땅에 첫발을 내디딘 지 불과 나흘 만에 지옥에 떨어져 전투다운 전투를 치러보지 못한 채 사선死線을 수없이 넘나들어야 했던 마르코는 이미 동물적인 육감으로 적을 판별할 수 있을 만치 최전선 사정에 밝았다. 그는 누구보다 일개 농민군의 불장난 정도로 우습게 알았던 북한 공산군과 막상 부딪쳐 보니 태평양전쟁에서의 전투경험은 아무 쓸모가 없다는 사실을 깨달았다. 해안이나 평지가 아닌 한국의 험준한 산악지대에서는 치열한 전투에 제대로 적응할 수 없었던 것이다.

때문에, 그는 한국전쟁에 투입된 이래 북한 공산군의 화력에 내내 쫓기기만 했다. 그 과정에서 생사의 고비마다 신의 가호로 생존의 끈을 가까스로 잡을 수 있었지만 앞으로의 운명이 어떻게 돌아갈지 전혀 예측할 수 없었다. 다만 이 더러운 전쟁에서 어떻게 해서라도 개죽음만은 당하지 말아야 한다는 절박한 소망과 끊임없는 신의 가호를 기대할 뿐 달리 생존할 방법이 막막했다.

짙은 안개 속에서도 아군은 방어선을 구축하고 T-34 탱크를 앞세운 북한 공산군과 치열한 포격전을 벌였으나 자동화기를 마구 쏴대며 전진해 오는 적 탱크에 대해서는 속수무책이었다. 곧 배치된다던 M-4 퍼싱 탱크는 아직도 감감무소식이었다. 천안에 포진하고 있던 34연대도 파죽지세로 공격해 오는 북한 공산군 제4돌격사단과 105탱크사단의 엄청난 화력에 견디다 못해 궤멸직전에 놓여 있었다.

이런 와중에 연대장 로버트 마틴 대령은 우스꽝스럽게도 마치 독불장군처럼 혼자서 적의 탱크와 맞서기 위해 시가전에 나섰다. 상황은 이처럼 다급하게 몰리고 있었다. 마틴 대령은 파괴력이 형편없는 2.36인치 바주카포를 손수 메고 적 탱크의 캐터필러가 구르는 언덕을 향해 돌진했다. 그도 역시 2차 세계대전 당시 용맹을 떨친 역전의 지휘관이었다. 그러나 그의 휘하에는 선임하사관과 전령 등 겨우 2~3명의 부하밖에 없었다.

이 때문에 벙커에서 작전지도를 펼쳐놓고 주도면밀하게 연대병력을 지휘해야 할 연대장이 스스로 형편없는 바주카포를 들고 적 탱크와 맞서는 기이한 현상이 벌어지고 만 것이다. 그것은 한마디로 미치광이 짓이었다. 작전 개념상 말도 안 되는 행동을 연대장이 앞장서 행하고 있다니 참으로 어이가 없었다.

그는 마침내 유명한 한국의 민요가 탄생한 바로 그 천안 삼거리에서 캐터필러를 굴리며 요란한 굉음을 울리는 공산군 탱크를 발견했다.

"망할 자식들! 따끔한 맛을 보여주고 말 테다!"

입을 악다문 채 적의 탱크가 불과 25미터 거리를 두고 다가올 때까지 바주카포를 정조준에 고정하고 기다렸다가 방아쇠를 당겼으나 실패하고 말았다. 일개 포사수가 맡아 전투를 치러야 할 바주카포를 연대장이 직접 메고 나서다니 참으로 황당했다.

졸병이 나서야 할 최전선에 연대장이 뛰어든다고 해서 상황이 특별히 나아질 리 만무하지만 오죽 다급했으면 그랬을까. 마틴 대령은 다가오는 적 탱크의 정면을 정조준에 맞춰 정확하게 방아쇠를 당겼으나 불행하게도 포탄은 강철 장갑을 뚫지 못한 채 부딪쳐 화염만 내뿜을 뿐이었다. 불과 나흘 전 경기도 오산에서 스미스 중령이 당했던 것처럼 마틴 대령이 되풀이해서 수모를 당하고 있었다.

3.5인치 바주카포가 아니면 도저히 당해낼 재간이 없는데도 불구하고 마틴 대령은 화력이 형편없는 2.36인치 바주카포로 적 탱크를 쳐부수겠다며 고집스레 방아쇠만 당기고 있었다. 안타깝게도 계란으로 바위 치기를 하듯 멍청한 짓거리를 반복하기 몇 차례… 이때를 놓칠세라

적의 탱크에서 발사된 76밀리 스탈린 포탄이 날아와 끔찍하게도 마틴 대령의 몸뚱이를 두 동강으로 날려버리고 말았다.

"오, 저런… 하느님 맙소사!"

그를 지켜보던 선임하사관이 참담하다기보다 황당하고 기가 막혀 아예 말문을 잇지 못했다.

2차 세계대전을 승리로 이끈 세계 최강국 미합중국의 육군대령이 이 보잘것 없는 조그만 나라의 전투에서 무모한 행동을 반복하다가 끔찍한 죽임을 당하다니 참으로 기가 막혔다. 하지만 그것은 엄연한 현실이었다. 어쨌든 마틴 대령의 안타까운 전사는 장엄한 죽음으로 평가해야 할 것이다. 하지만 따지고 보면 그의 비극적인 죽음은 애초 한국전쟁을 농민군의 반란 정도로 우습게 봤던 미 지휘관들에게 경종을 울리게 한 계기가 되었다.

천안에 포진했던 미 제34연대는 연대장의 장렬한 전사로 인해 지휘 체계가 완전히 무너지고 큰 혼란에 빠져버렸다. 운 좋게 살아남은 병사들도 하나같이 전의를 상실한 채 어찌할 바를 몰라 전전긍긍했고 진지마다 패잔병들만 우글거렸다. 그들은 최소한의 기본무기인 라이플마저 내 던지고 적의 포위망을 뚫고 탈출하는 데만 급급했다.

지옥에서 살아남은 병사들은 175명에 불과했다. 그들도 어느 순간에 흔적도 없이 사라질지 몰랐다. 연대 지휘부의 축을 이루고 있던 연대장과 참모 등 연대본부 장교들은 이미 전사했거나 어처구니없게도 적의 포로가 되고 말았기 때문이다.

적은 마침내 금강 도하를 강행했고 미 24사단의 방어선은 붕괴 직전에 놓여 있었다. 적은 곧이어 전 병력과 전투 장비를 대전으로 집결시켰다. 미 지상군은 맹렬한 적 탱크부대의 포화에 휩쓸려 연대장을 비롯한 지휘 장교 대부분이 전사하거나 실종되고 전투병력과 장비 등 전력의 60% 이상을 손실하고 말았다.

딘 소장이 지휘하는 비운의 미 24사단은 한국전쟁에 투입된 이래 그야말로 치욕적인 연전연패를 거듭했다. 이는 어쩌면 아시아의 침략자 일본 천황으로부터 무조건 항복을 받아낸 태평양전쟁의 영웅 맥아더 원수의 체통에도 먹칠을한 결과로 나타났다. 아니 그보다도 어쩌면 국제경찰을 자임해온 미합중국의 권위가 땅에 떨어진 역사의 수치스러운 한 페이지를 장식하게 된 것인지도 모른다.

세계 최강을 자랑해온 미합중국 군대가 한낱 종이호랑이에 불과하다는 사실이 도처에서 현실로 드러나 한낱 미개한 농민군으로 봤던 북한 공산군을 고무시키기에 충분했다. 황당하게도 북한 공산군은 미 지상군의 철모만 봐도 혼쭐이 나 달아날 것이라고 큰소리를 치던 미군 지휘관들의 예측이 완전히 빗나갈 정도로 강력한 전투력을 과시하고 있었다.

천안과 조치원에서 막대한 손실을 당하고 다시 대전으로 퇴각한 미 24사단의 주력이 끓어오르는 분루를 삼키며 부대를 재편성하고 대전을 사수하기 위한 최후의 방어선을 구축하기에 이른다. 그러나 현대적인 소련제 전투장비로 무장한 북한 공산군 제3돌격사단과 4돌격사단, 105탱크사단은 막강한 화력을 과시하듯 3면 포위 작전으로 방어선을 더욱 조여왔다. 한국인들이 극한 상황에 처할 때마다 흔히 말하는 풍전등화風前燈火, 즉 바람 앞의 등불과 같은 상황으로 그 긴박감은 이루 말로 표현할 수가 없었다.

4. 패장의 운명

미 제24사단의 주력부대가 조치원과 천안에서 무참하게 당하고 대전으로 후퇴하기 하루 전인 7월 13일. 미 8군 사령관 월튼 H. 워커 중장은 유엔군 총사령관 맥아더 원수의 명령에 따라 한국으로 날아와 미 지상군의 작전지휘권을 행사하게 된다. 하지만 워커 장군 역시 최일선 장병들이 라이플 한 번 제대로 쏴보지 못하고 떼죽음을 당하는 작전상의 오류를 전혀 고려하지 않은 채 사태를 너무도 낙관적으로 판단했다.

그는 금강과 소백산 일대에 이른바 '워커 라인'을 설정, 금강선에서 적의 침공을 막으면 대전은 충분히 방어할 수 있을 것으로 판단하고 대전 방어를 위한 작전명령 제1호를 발령했다. 한국전쟁 발발 18일 만에 발령한 유엔군 최초의 군사작전 명령이었다.

이미 포항에 상륙한 미 제1기병사단이 북상 중인 데다 미 25사단이 충북 괴산 북방 중부 산악지역의 방어전에 돌입해 있어 전황이 아군에게 유리한 방향으로 흐르고 있다고 판단했기 때문이다. 그러나 전반적인 전황은 워커 장군의 안이한 판단과는 달리 아군에게 매우 불리한 방향으로 전개되고 있었다.

그 무렵 마르코 중사는 스미스 기동부대의 일원으로 한국전선에 최초로 투입돼 북한 공산군과의 전투경험을 쌓았다는 조그만 관록 때문에 멜로이 대령의 제19연대로 배속명령을 받았다. 19연대는 대전의 경부선 철도 본선인 대평리大平里에 포진해 있었다.

사단 G-3(작전참모부)에서 그를 전투경험이 풍부하고 우수한 지휘능력을 갖춘 고급하사관이라며 금강 방어전에 수색정찰팀장으로 투입했다. 아마도 그는 스미스 기동부대 출신 지아이들 가운데 제법 값나가는 소모성 용도품 정도로 평가받은 모양이었다. 그러나 미 19연대가 금강 방어전에 돌입하기 직전인 11일 북한 공산군 제4 돌격사단의 주력이 이미 금강 도하작전을 감행하고 있었다. 너무 늦은 미 24사단의 전략이었다. 적은 이미 유엔군의 작명이 발령된 13일 오후부터 금강 남안南岸의 미군 진지에 맹렬한 포격을 가해 왔다.

미군은 현 진지를 사수하기 위해 완강하게 버텼으나 금강 도하작전에 성공한 적은 미63 포병대대를 유린했다. 이어 19일에는 적 3, 4돌격사단 등 2개 보병사단과 1개 탱크사단이 포위망을 좁히면서 마침내 대전 시내로 진입하기 위한 총공격을 개시한 것이다. 미 24사단은 거의 절망적인 상황으로 몰리고 있었다. 치열한 공방전이 혼전을 거듭하면서 대평리에 포진했던 19연대도 적의 집중적인 공격을 받아 위기에 몰리고 있었다.

피란민 행렬에 뒤섞여 대전 시내로 잠입한 공산 게릴라들이 본격적으로 후방 교란작전을 전개하기 시작했다. 저들은 흡사 평택 독산성에서 마르코 중사와 맞닥뜨렸던 민간인들처럼 바지저고리를 걸치고 밀집모자를 눌러쓴 농부 차림이었으나 가끔 지아이들과 조우할 때면 무서운 전사戰士로 돌변하곤 했다. 그러나 저들은 가능한 한 미군과의 조우를 피하고 주택가 깊숙이 침투해 들어가

미처 피란을 떠나지 못한 주민들을 무자비하게 학살하거나 약탈과 겁탈을 일삼았다. 그리고 나서 저들이 저지른 만행의 현장에 귀순을 권고하는 유엔군의 전단을 뿌려 놨다. 그것은 마치 미 지상군에 의한

만행으로 위장하여 한국 국민에게 지아이들에 대해 적개심을 품도록 하는 고도의 심리전이었다.

마르코는 이 같은 사실을 목격할 때마다 평택 독산성에서 낫을 휘두르며 브라운 상병을 위협하던 일단의 민간인들 모습을 떠올리곤 했다. 그는 사뭇 도전적이던 그들을 가차 없이 쏴 죽이고 한때나마 마음의 갈등을 삼켰던 일을 기억하며 긴 한숨을 내쉬곤 했다. 대전에서도 그 같은 공산 게릴라들의 만행을 직접 목격하고 보니 자신이 독산성에서 순간적으로 판단하고 처리했던 일이 정의로웠다는 신념을 더욱 굳게 했다.

전쟁터에서 서로 죽이고 죽는 일이 다반사로 일어나는 것은 한순간에 일어나는 작전수행의 과정일 뿐, 일일이 기억할 수도 없고 기억할 필요도 없었다. 하루아침에 세상이 뒤바뀌자 공산치하에 들어간 지역 주민들은 서울에서처럼 너나 할 것 없이 서로 살아남기 위해 팔에 빨간 완장을 두르고 인민재판을 주도했다. 미처 피란을 떠나지 못한 지주계급과 지식층의 인사들은 이들 빨간 완장들에 의해 무참하게 학살당했다. 그것이 북한 공산집단이 추구하는 전쟁의 본질이었다.

게다가 한때 지하에서 암약하던 토착 빨갱이들은 아예 빨간 완장도 두르지 않고 순수한 농민 차림으로 변장하여 끔찍한 일을 밥 먹듯 저지르는 바람에 누가 진짜 빨갱이고 누가 가짜 빨갱이인지 분간할 수도 없었다. 극한 상황에서 서로 죽이고 죽는 악순환이 반복되면서 그야말로 아비규환의 생지옥이 도처에서 펼쳐지고 있었다.

7월 20일 새벽

마르코 중사가 배속된 멜로이 대령의 19연대가 대평리에서 엄청난 타격을 입고 유성온천 방면으로 퇴각하면서 공산 게릴라 색출 작전에 돌입해 있을 무렵 느닷없이 캐터필러의 굉음을 울리며 적의 T-34 탱크 3대가 대전 시내로 돌진해 왔다.

그러나 19연대 병사들은 달려오는 적 탱크를 멍청하게 바라보고만 있을 수밖에 없었다. 오만한 적 탱크를 쳐부술 3.5인치 바주카포가 보급되지 않아 안타깝게도 발만 동동 구를 뿐이었다. 어쩌면 대전이 무너지는 것은 시간문제가 아닌가 싶었다. 대전 시내로 돌진해 오던 적 탱크 중 한 대는 아무런 거리낌도 없이 미 24사단 지휘소 앞을 유유히 지나가며 76밀리 전차포를 마구 쏴대는 거였다. 미 지상군 병사들은 이 황당한 광경을 지켜보고 웃어야 할지 울어야 할지 도무지 종잡을 수 없는 감정에 사로잡혔다. 실로 참담한 심정을 가늠 수 없었다.

하지만 사단장 딘 장군은 지휘소 앞을 유유히 지나는 적 탱크를 발견하자마자 이제 막 일본에서 공수되어 온 신형 3.5인치 바주카포를 직접 메고 대기 중이던 자신의 지프에 올랐다.

"레츠 고 어헤드Let's go ahead!"

그는 다급한 목소리로 운전병에게 외쳤다.

"오, 마이 갓Oh, My God(오, 저런)⋯."

딘 장군은 지프를 타고 적의 탱크를 뒤쫓으며 3.5인치 바주카포를 정조준하여 단 한 발에 적 탱크를 명중시켜 버렸다.

"오, 굿 파이터Good Fighter!"

순식간에 화염에 휩싸인 적 탱크에서 해치를 열고 뛰쳐나온 공산군 탱크병들이 미처 불길을 피하지 못한 채 단말마적인 비명을 지르다가 쓰러지곤 했다. 실로 개전 이래 처음으로 맛보는 통쾌한 승리의 순간이었다.

그러나 냉정히 따지고 보면 딘 장군의 다급한 군사행동 역시 비극적인 죽음을 자초한 34연대장 마틴 대령과 조금도 다름이 없었다. 그것은 군대의 생명줄이나 금과옥조와 다름없는 지휘계통이 무너진 상식 밖의 일이었다. 하물며 뉴욕 뒷골목의 마피아 두목도 은밀한 곳에서 자신의 정체를 숨기고 조직을 지휘하며 보호하지 않던가.

　　그런데도 양쪽 옷깃에 반짝이는 별을 두 개씩이나 단 사단장이 거대한 정규군의 전투조직을 외면한 채 일개 바주카포 사수가 되다니 참으로 황당한 일이 아닐 수 없다. 물론 상황이 긴박하다 보면 그럴 수도 있겠지만 아무리 생각해 봐도 도가 지나친 행위임이 분명했다.

　　천안전투에서 마틴 대령이 바주카포 사수가 되어 무모하게 적진으로 돌진하다가 전사하더니 이번에는 사단장인 딘 장군마저… 하지만 딘 장군이 직접 바주카포를 쏴 적의 탱크를 쳐부순 것은 어쩌면 한국전쟁이라는 특수한 상황에서 벌어질 수 있는 불가피한 작전이었는지도 모른다. 전황이 긴박하게 전개되다 보면 지휘계통이 무시되고 기이한 일이 다반사로 벌어지는 것 또한 이 더러운 전쟁터에서는 흔히 볼 수 있는 일이기도 했기 때문이다.

　　어쨌든 마르코 중사는 우연히 이 광경을 목격하고 개인적으로는 딘 장군의 용감무쌍한 전투행위를 높이 평가하고 싶었다. 그는 부끄럽게도 전의를 상실한 대원들을 이끌고 대전 시내에서 퇴각하던 중이었다.

　　"오, 그레이트 제너럴Oh, Great General(오, 위대한 장군)!"

　　그는 딘 장군의 용감한 전투장면을 직접 목격하고 감동한 나머지 엄지손가락을 치켜들며 큰소리로 외쳤다. 그러고는 진심에서 우러난 거수경례를 올려붙였다. 그 순간, 딘 장군에게 경의를 표하는 그의 목소리는 몹시 떨렸다.

"유얼 아너 제너럴Your honour General(장군님 영광입니다)."

"땡큐!"

딘 장군은 사단 캠프로 철수하는 지프에 올라탄 채 여유만만하게 오른쪽 손가락으로 V자를 만들어 보였다. 땀에 잔뜩 절은 추레한 전투복에 까맣게 그을린 얼굴… 낡아빠진 전투복 양쪽 깃에 두드러지게 반짝이는 두 개의 별이 그가 위엄 있는 장군임을 밝혀줄 뿐 행색은 너무나도 초라했다.

그러나 장군은 긴박한 상황에서 조금도 당황하지 않았다. 자신감에 넘쳐 있었다. 그것이 부하들에게 보여준 딘 장군의 마지막 모습일 줄이야.

같은 날 오후 5시

전황은 걷잡을 수 없는 방향으로 흐르고 있었다. 끊임없이 압박을 해오는 적의 공세는 미 지상군을 미치게 했다. 한마디로 중과부적이었다. 막강한 탱크사단의 지원을 받은 공산군 2개 돌격사단이 마침내 미 24사단의 최후 저지선을 뚫고 대전 시내로 밀고 들어왔다.

아군의 전력이 점차 무너지는가 했더니 궤멸 직전에 놓이고 대전시가지는 지옥으로 변하고 말았다. 또다시 당하는 통한의 패퇴였다. 지휘체계도 완전히 무너지고 아비규환의 생지옥에서 운 좋게 살아남은 지아이들은 분노와 절망을 삼키며 그야말로 각개약진으로 알아서 살길을 찾아 나서야 했다.

마르코 중사는 한동안 어둠 속에서 길을 잃고 헤매다가 다행히도 낙오된 10여 명의 지아이들과 함께 대평리 경부본선京釜本線으로 철수해 19연대 잔존 병력과 사주경계를 펴면서 철길을 따라 무조건 남쪽으로 퇴각했다.

　한상준 대위가 지휘하는 국군 제17 독립연대 예비대는 적의 게릴라 침투에 대비, 대전 시내 요소요소에 분대별로 병력을 분산 배치하는 바람에 여순반란사건의 군 죄수들이 수감 돼 있는 대전 형무소에는 겨우 1개 소대 병력밖에 배치하지 못했다. 그동안 본대에 증원을 요청했으나 최전선의 상황이 워낙 다급한지라 예비병력이 바닥나 버렸다. 이런 와중에 적이 대거 파상공세를 취해 왔다. 거대한 파도가 걷잡을 수 없이 밀려오는 것 같았다.

　게다가 공산 게릴라들이 대전 형무소로 끊임없이 침투해 오고 있었다. 본대와의 무전통신도 끊긴 상태였다. 한 대위는 대전 형무소가 게릴라로 변신한 남로당원들에게 포위당할 무렵 1개 소대에 불과한 병력으로 군 죄수들이 수감 돼 있는 형무소 건물을 폭파하기로 결심했다. 독단적인 판단이었다. 다급한 상황에서 그 방법밖에 달리 선택의 여지가 없었다.

　그 당시 대전 형무소에는 1500여 명의 군 죄수들이 수감 돼 있었다. 애초엔 2000여 명이었으나 7월 1일 탈옥 사건 때의 진압 작전에서 500여 명을 사살했기 때문이다. 비상용으로 남겨두었던 TNT를 다 긁어모아 감방이 밀집된 건물에 은밀히 설치하고 한 대위의 명령에 따라 조동식 중위가 발파 스위치를 확보하고 있었다. 여차하면 누를 판이었다.

　병사들은 모두 형무소 정문 앞으로 집결해 일제히 사격태세에 돌입했다. 적 게릴라들은 이미 지척에까지 침투해 오고 있었다. 시간이 긴박했다. 병사들의 얼굴에는 긴장감이 팽팽하게 번졌다. 잠시 손목시계를 들여다보고 있던 한 대위가 오른손을 들었다가 내리는 순간 조 중위는 이를 신호로 발파 스위치를 눌렀다. 대전 형무소 폭파는 그렇게 감행되었다.

진동하는 폭음과 함께 검붉은 화염이 하늘 높이 치솟았다. 순간 대전 형무소는 불바다로 변해 버렸다. 단말마적인 비명이 귀청을 찢었다. 시간은 7월 20일 오후 6시가 조금 지나고 있었다. 하지만 탈출의 기회는 없었다. 적은 이미 대전 형무소 주변에서 포위망을 좁혀오고 있었다.

"따, 따르르…."

"따콩, 따콩…."

피아간에 치열한 총격전이 벌어졌다. 아군에겐 중과부적이었다. 한 대위를 비롯한 국군 병사들은 적당한 거리를 두고 한곳으로 모여 점차 조여드는 적을 향해 필사적으로 방아쇠를 당겼다.

땅거미가 지고 날이 어두워지기 시작했으나 타오르는 화염으로 인해 아군 진영이 그대로 노출되면서 전황은 더욱 불리해지고 있었다. 여기저기서 병사들이 적탄을 맞고 쓰러져 갔다. 이러다가는 오도 가도 못하고 전멸당할지도 몰랐다. 이렇듯 긴박한 상황 속에서도 한 대위는 놀랄 만치 냉정하고 침착했다. 부하들의 생사가 그의 한 손에 달린 시점이 아닌가. 어떠한 결정적인 명령을 주저한다는 것은 있을 수 없는 일이라고 생각했다. 적진의 총탄은 더욱 맹렬한 기세로 위협해 왔다.

현실을 빈틈없이 투시하고 있던 한 대위는 그 날카롭고 싸늘한 시선으로 병사들을 돌아보다가 쨍한 목소리로 외쳤다.

"할 수 없다. 모두 각개약진으로 후퇴한다. 가능한 한이면 인근 주택가를 엄폐물로 삼아 퇴각하라. 목적지는 경부선 대평리다. 그곳에서 미군의 도움을 요청하라. 그렇지 못할 때는 무조건 철도연선을 따라 남쪽으로 퇴각하라. 그러면 아군을 만날 수 있을 것이다." 한 대위가 먼저 기관단총을 휘두르며 쏜살같이 달리기 시작했다. 순간 조 중위를 비롯한 모든 병사가 용수철처럼 벌떡 몸을 일으키기 무섭게 검붉은 화염을 헤치며 한 대위의 뒤를 따랐다.

적의 각종 화기는 내달리는 병사들의 등을 향해 미친 듯이 불을 토해댔다. 외마디 비명을 지르며 쓰러지는 전우를 돌아다볼 겨를도 없었다. 전우들의 처참한 최후를 보고도 속수무책인 병사들의 마음은 마구 터질 듯 아프게 저려왔다.

"뒤를 돌아보지 마라. 앞만 보고 달려라!"

한 대위의 처절한 외침이 자욱한 초연 속에 울려 퍼졌다. 어디서 듣던 목소리 같았다. 그렇다. 개전 초 개성에서 적의 포위망을 뚫고 임진강으로 탈출할 때 한 대위가 자신을 따르던 병사들을 향해 외치던 그 목소리 그대로가 아닌가.

얼마나 달렸을까, 비 오듯 쏟아지는 탄막을 뚫고 목에 숨이 차도록 한참을 달리다 뒤돌아보니 조 중위와 선임하사관 김기봉 상사만 뒤따라오고 있을 뿐 나머지 병사들은 아무도 보이지 않았다. 어둠 속에서 경부선 철둑길이 어렴풋이 시야에 들어왔다. 터덜거리며 철둑으로 막 올라서려는 데 총기의 노리쇠를 당기는 금속성이 귓전을 울렸다. 어둠 속의 발성체는 미 지상군 병사들이었다.

그들 중 중사 계급장을 단 지아이가 불쑥 앞에 나서며 외쳤다.

"프리즈Freeze(꼼짝 마)!"

경부선 철길을 따라 영동으로 철수하던 마르코 중사 일행이었다.

"레이즈 유얼 핸즈Raise Your Hands(손들엇!)"

금방이라도 쏠 듯한 자세로 살벌하게 총구를 들이대며 한 대위 일행을 에워싼 그들은 우선 총기부터 빼앗았다.

마르코는 한 대위 일행에게 다짜고짜 투항을 강요했다.

"유 알 어 써렌더You are a Surrender(당신은 투항자다)."

죽음의 문턱에서 적진을 뚫고 헤어 나와 도움을 요청하는 동맹군의 장교를 보고 투항자라니 한 대위는 기가 막혔다.

"오 노노! 아이 엠 캡틴 한! 리퍼브릭 오브 코리아 아미. 유 노우?Oh No, No! I am captain Han! from Republic of Korea Army. You Know?(오, 나는 대한민국 육군대위 한이다. 알겠나?)"

한 대위는 비록 서툰 영어지만 손짓 발짓까지 곁들여가며 자신의 신분을 밝혔으나 마르코는 아예 믿어주지 않았다.

"유 알 프리즈너 오브 워You are Prisoner of War(당신은 전쟁포로다)."

"오 노! 헬프 미 플리즈. 위 알 유얼 솔저Oh No! Help me Please. We are Your Solider(아니, 제발 도와달라. 우린 당신의 전우다)."

그러나 마르코는 완고했다. 아무리 설명해도 막무가내로 믿어주지 않았다.

그는 평택 독산성의 농민을 가장한 공산 게릴라들을 상기시키며 동맹군인 한국군마저 부정적인 시각으로 보고 있었다. 그렇다고 맞서 싸울 수도 없었다. 미군 병사들이 한국군의 전시작전권마저 제멋대로 행사하고 있기 때문이었다.

이승만 대통령은 유엔군의 참전과 동시에 한국군의 전시작전권을 유엔군 총사령관인 맥아더 원수에게 넘겨주고 말았다. 비록 조국의 운명이 백척간두에 서 있는 상황이긴 하지만 우리나라의 자주권마저 빼앗겨 버린 것이 한스러울 뿐이었다.

양키들의 완고한 고집은 결국 한 대위 일행을 전쟁포로로 낙인찍어

포로수용소로 후송하고 말았다. 난데없이 이런 황당한 일을 당하다니 참으로 기가 막혔다. 그 당시 미군은 한상준 대위 일행뿐만 아니라 국군 낙오병들과 관할작전지역에서 피란 가던 민간인들까지도 무조건 붙잡아 포로수용소에 가두는 횡포를 일삼았다.

북괴군의 점령하에 들어간 대전에서 끝까지 남아 용감하게 싸운 미 제24사단장 윌리엄 F. 딘 소장은 천신만고를 겪으며 적진을 헤매다가 불행하게도 자신을 안내하던 마을 주민의 신고로 북괴군의 포로가 되고 말았다. 그것은 한마디로 굴욕적인 사건이었다. 딘 장군 개인의 명예 실추는 말할 것도 없지만 미합중국의 국위를 추락시킨 참담한 사건이기도 했다.

"빌어먹을 옐로 멍키(황색 원숭이)들! 너희들의 자유와 평화를 지키기 위해 이 낯선 땅에 찾아와 싸우고 있는데 그렇게 엿 먹일 수가 있단 말인가. 망할 자식들!."

개떡같은 인생… 지아이들은 믿었던 한국인들에게 철저하게 배신당한 꼴이 되고 말았다. 이럴 수가… 그들은 치를 떨며 통탄했다. 미군 병사들은 그 무렵부터 완전히 이성을 잃고 미친 듯이 날뛰며 냉혹하고 잔인한 양키의 본성을 드러내기 시작했다. 그것은 어쩌면 한국인들이 자초한 일인지도 모른다. 결과적으로 한국인의 배신행위에서 비롯되었기 때문이다.

딘 장군 실종 이후 미군 병사들은 낙동강 전선까지 철수하는 과정에서 한국의 선량한 피란민들까지도 전선에서 맞닥뜨리게 되면 무조건 전쟁포로로 붙잡아 포로수용소로 보냈다. 더욱이 순순히 투항하지 않고 저항하는 자들은 가차없이 무차별 사격을 가해버리기 일쑤였다.

따지고 보면 그것은 이데올로기에 광분하는 한국인들의 자승자박이었다. 지아이들 눈에 그들은 적어도 공산주의자들이거나 아니면 공산주의 동조자들로 볼 수밖에 없었다. 그들은 이미 미 지상군 병사들에게 신뢰감을 잃어버린 것이다. 아마도 한국인에 대한 이 같은 적대감은 전선에 투입된 미군 병사들 대다수의 공통된 인식이었는지도 몰랐다.

게다가 낙오된 미 24사단장 딘 장군이 적진에서 아군진지를 찾아 헤매다가 주민의 신고로 포로가 돼버린 이후 미군들은 그들의 작전지역에서 발견되는 한국인은 모조리 공산주의자로 내몰았다. 하지만 사살하지 않고 포로수용소로 보내는 것만도 천만다행이 아닐 수 없었다.

5. 대전차지뢰

7월 22일

조선인민군 전선사령부 공병부부장 주덕근 중좌는 수원으로 떠날 채비를 서둘렀다. 공병여단에서 수원으로 옮겨놓은 2만여 발의 소련제 대전차지뢰를 대전과 김천까지 수송하기 위해 화차 적재를 서둘러야 했기 때문이다. 그 지뢰는 현재 수원역 북방 10킬로 지점의 견고한 터널 속에 숨겨져 있었다. 그 터널은 태평양전쟁 막바지에 일본군이 제로센零戰 전투기를 숨겨 두고 비상시에 서해를 통해 중국대륙으로 출격하기 위해 뚫어 놓은 동굴 격납고였다.

주덕근은 명색이 전선사령부 공병부부장인 자신이 비록 비당원이긴 하지만 2만여 발이나 되는 대전차지뢰가 숨겨져 있다는 사실을 그동안 까맣게 모르고 있었다. 하나부터 열까지 붉은군대 군사고문단장인 스티코프 대장의 영향력에서 벗어나지 못하고 있는 조선인민군 상층부는 그만큼 공산주의의 비밀보수가 준엄했다.

전선사령부는 현재 조국해방전쟁의 주력으로 대전을 점령하고 내처 남진 중인 105탱크사단에 맞설 미제美帝의 퍼싱 탱크가 투입되었다는 정보에 따라 전방에 대전차지뢰 매설작업을 급히 서두르게 되었다. 덕근이 수원역에서 그 지뢰수송을 지휘하게 된 것이다.

그러나 덕근은 그것보다 북한의 정치교화소에서 만나 한때나마 아버지처럼 따랐던 임호걸의 고명딸 경옥을 만나야 한다는 생각에 마음이 들떠 있었다. 국제공산주의 이론가로 공화국에서 타의 추종을 불허하던 임호걸은 이미 고인이 돼 버렸지만, 사랑하는 딸에게 꼭 전해달라고 맡긴 편지를 소중하게 보관하고 있었다. 그는 그동안 품속에 고이 간직해온 봉함 편지를 살짝 꺼내 보았다. 누렇게 빛이 바래 있었다. 이 편지는 이미 유서로 뒤바뀌어 버렸지만 어쩌면 구구절절 혈친에 대한 그리움으로 점철돼 있을지도 몰랐다.

"주 동무! 이거이 김책 전선사령관 동지의 긴급 정치명령임메. 반드시 차질없이 임무를 수행해야 하오."

공병부장 박길남 대좌는 출발신고를 하는 덕근에게 새삼 강조했다. 벌써 귀에 못 박히도록 몇 차례나 반복해서 들어온 추상같은 명령이었다.

"저저, 1만 개는 대전으로 보내구서리 나머지 1만 개는 김천으로 보내야 함메. 양코배기들이 북상할 경우 우리 공병은 이 지뢰로 미제의 졸도들이 자랑하는 땅끄부대를 까부셔야 함메."

그러나 대전차지뢰의 운반수단이 문제였다.

"네, 잘 알갔습네다만 운반은 어케(어떻게) 해야 합네까?"

"동굴에서 수원역까지 운반할 도라쿠(트럭)는 없슴. 도라쿠란 도라쿠는 모조리 전선으로 다 끌고가 버렸슴메. 허나 수원역에 유개有蓋화차 네 량이 준비돼 있슴. 거기에 5천 개씩 적재하도록 함메."

"넷, 알갔습네다. 직방(금방) 출발하갔습네다."

"아 참, 수원 로동당에서 우리 공병여단의 지뢰 적재를 위해서라무네 내무서와 인민위원회를 통해 적재일꾼 3천 명을 긴급 동원키로 했슴. 주 동무의 임무는 어디까지나 공병부장이니끼니 공병의 책임만 질 뿐임메. 그러니끼니 적의 기습을 받지 않는 한 전투는 삼가토록 하오."

박길남은 입에 침을 튕겨가면서 지시사항을 일일이 늘어놨다.

"넷, 잘 알갔습네다."

"물론 잘 알갔디만 각별히 신관을 주의해야 하오. 적재일꾼들이 함부로 만지다가 폭발하는 날엔 주 동무는 말할 것도 없디만 인차 막 대기령에서 풀려난 내레, 숙청이란 말임메. 숙청!"

박길남은 오른손으로 자기 목을 베는 시늉까지 해 보였다.

"넷, 명심하갔습네다."

"물론 주 동무레 어련히 알아서 하갔디만 지뢰와 신관을 반드시 따로따로 분리해서라무네 신주 모시듯 조심스럽게 다루어야 함메."

"넷, 잘 알갔습네다."

"어쨌든 이번 일은 모두 주 동무에게 위임하오."

하지만 박길남은 정작 중요한 문제는 제쳐둔 채 두루뭉수리만 늘어놨다. 그래서 덕근은 그의 말을 건성으로 받아넘기다 말고 또 다른 문제를 제기하지 않을 수 없었다.

"부장 동지! 지뢰 적재는 운반일꾼들에게 맡긴다고 해도 수송이 문제란 말입네다. 지뢰를 화차에 싣고 수송하는데 수원에서 대전까지, 또는 김천까지 누가 책임지고 호송합네까?"

"아, 그런 건 걱정마오. 전선사령부에서 차출된 정치보위군관과 여단부의 공병군관이 호위전사 20여 명을 인솔해서라무네 내일 새벽에 떠나기로 했슴. 하니끼니 주 동무는 오늘 밤 중으로 적재 임무만 마치구서리 정치보위부가 수원에 도착하는 즉시 인계하고 전선사령부로 철수하문 될 거외다."

하지만 덕근의 생각에는 일이 그렇게 녹록지 않았다. 자그마치 2만 발의 대전차지뢰를 오늘 밤중에 적재하는 것도 문제지만 차질이 빚어진다면 호송군관에게 인계할 수도 없는 일이 아닌가 말이다.

물량의 규모나 일의 처리능력을 감안하지 않고 상부에서 일방적으로 명령만하는 것 역시 소련식 업무처리 방법 그대로였다. 그러니 매사 예정보다 늑장을 부릴 수밖에 없었고 책임은 고스란히 아랫사람이 지게 된다. 책임을 완수하지 못하면 으레 처벌받게 마련이었다.

하여 덕근은 이것만은 분명히 짚고 넘어가야 했다. 지뢰에 대해 사전 지식도 없는 사람들이 3000명이 아니라 3만 명이 온다고 해도 적재작업을 오늘 밤 중으로 완료한다는 것은 거의 불가능했다. 트럭도 없이 신중히 다루어야 할 지뢰를 10킬로나 떨어진 동굴에서 소달구지나 리어카로 옮겨다 놓고 화차에 적재하는 작업 자체가 그만큼 더디고 위험이 따른다는 것이 그의 판단이었다. 게다가 현재의 보관상태가 어떤지 그것도 일일이 확인, 점검해볼 필요가 있었다.

"부장 동지! 물론 현지에 가서 일일이 점검해 봐야갔디만 내레 판단하기엔 무엇보다 중요한 거이 완벽한 지뢰의 성능입네다. 보관상태가 부실하거나 적재과정의 실수로 못 쓰게 된다면 성능이 떨어진 불량품까지 몽땅 보낼 수야 없디 않갔습네까?"

"아, 그렇습메. 주 동무 말이 옳소. 그래서라무네 현장 파악을 명확히 하고 될 수 있으문 문서화도 해놔야 상부의 수표(결제)를 받을 수 있을 것임메. 그래서라무네 나중에 문제가 발생하문 주 동무가 책임을 면할 게 아니외까. 내레 김책 전선사령관 동지께 보고 올려서리 시간을 넉넉하게 주리다. 철저한 점검이 필요하니끼니."

"감사합네다."

"사실은 내레 처음엔 적재 임무뿐만 아니라 호송 임무도 주 동무에게 일임할까 했는데 사정이 좀 있어서리…."

박길남은 쑥스런 표정을 감추지 못했다.

덕근은 말꼬리를 얼버무리는 박길남이 더 말하지 않아도 충분히 알 것 같았다. 자신이 비당원이기 때문에 호송 임무에서 제외되었다는 사실을… 그는 외려 다행으로 생각하며 안도의 한숨을 삼켰다.

열차로 호송하는 도중에 덜커덩거리는 레일의 충격이나 하역작업 때 잘못 다루어 폭발사고라도 난다면 그 피해는 엄청날 것이다. 그런 사고가 안 난다고 누가 보장할 수 있겠는가. 게다가 제공권을 장악하고 하늘을 새까맣게 뒤덮고 있는 미 공군의 공습을 받는 날엔 여지없이 불바다로 변할 게 눈에 선했다. 대공對空 대책도 없이 대전역이나 김천역에 도착해서는 또 어떻게 할 것인가? 근심 걱정이 한두 가지 아니었지만 다행히도 주덕근으로서는 굳이 그런 것까지 신경 쓸 필요가 없게 되었다.

"부장 동지! 내레 수원에 도착하문 우선 현장점검부터 서둘러야 하갔습네다. 직방 현지 상황을 조사해서라무네 내무서의 전화로 그 결과를 보고 올리갔습네다."

"그렇게 하오. 내레 주 동무의 보고를 기다리겠슴."

"전화 통화시의 암호는 바지, 저고리로 하갔습네다. 바지는 신관, 저고리는 지뢰!"

"하하. 바지, 저고리라… 그거 듣기 좋구만 기래. 알았슴. 꼭 기렇게 전화하기오."

주덕근은 부동자세를 취하며 거수경례를 올려붙였다. 박길남은 자리에서 일어나 악수를 청하며 덕근의 어깨를 살짝 토닥여 주었다. 그는 매우 만족한 표정이었다.

덕근은 전선사령관 김책 대장 명의로 된 신용장을 휴대하고 후방국

보급소에서 3일분의 식량과 부식을 수령 했다. 전선사령부 지휘부는 진작에 수안보에 베이스캠프를 설치했으나 공병부는 한강교 복구사업과 대전차지뢰 수송 등 후속업무가 많아 공병여단과 함께 서울에 그대로 눌러앉았다.

그것 역시 전선사령관 김책 대장의 특명이었다. 신용장이란 상급군관이 중대한 임무를 수행하는 과정에서 언제 어디서든 노동당이나 내무서, 인민위원회 등의 협조를 받을 수 있는 신분확인서였다. 전선사령관의 신용장이라면 무소불위의 권한을 행사할 일종의 왕조시대 마패馬牌와 같은 위력이 있었다.

미 공군의 폭격과 기총소사가 잦아지면서 한강에서 주간도하가 금지돼 있었으나 주덕근은 서울 상공에 전폭기가 없는 틈을 타 재빨리 모터지클(삼륜오토바이)을 몰아 부교를 타고 건넜다. 그 길로 내처 국도를 따라 수원으로 달렸다. 수원역에 도착한 즉시 조차장에 대기 중인 유개화차 4량을 확인하고 수원역 남쪽에 있는 동굴 격납고로 달려가 본 결과 소련제 대전차지뢰 2만 발이 터널 속에 가득 쌓여 있었다.

그러나 예측한 대로 보관상태가 엉망이었다. 게다가 박길남의 말과는 달리 관리 요원도 하급공병군관(중위) 1명과 공병전사 4명밖에 없었다. 지뢰를 습기가 많은 터널 속에 보관할 때엔 반드시 밑바닥에 나무 판자를 깔고 그 위에 차곡차곡 쌓아야 하는데도 숫제 습기 많은 맨바닥에 그대로 쌓아두고 있었다. 게다가 일부 지뢰 상자는 파손된 채 방치돼 있었고 얼핏 보아 녹이 슬고 폐품으로 변해버린 것도 상당수 눈에 띄었다. 그도 그럴 것이 2차 세계대전 말기에 제조된 대전차지뢰는 1946년부터 소련의 바이칼호 이르쿠츠크에서 시베리아철도를 통해 북한으로 들여온 것이 대부분이었다.

게다가 그동안 마땅한 보관장소도 물색하지 못한 채 여러 차례 열차나 트럭에 실어 옮긴 데다 관리 소홀로 폐품이 될 정도로 방치하여 왔었다. 심지어 붉은 제국에서 보내온 전쟁물자라 하여 무조건 비밀에 부치기에만 급급했을 뿐 품질검사 한 번 하지 않았다. 덕근은 이런 보관상태를 진작에 짐작하고 있었으나 그동안 비당원이라는 이유로 그에게 지뢰를 관리할 기회마저 주지 않아 자연 관심 밖의 일로 생각해왔다. 하지만 지금에 와서 보니 그게 아니지 않은가.

수원 동굴에 은닉되어있는 지뢰는 입고入庫 수량이 시베리아의 이르쿠츠크에서 수송할 당시의 출고出庫 수량과 동일했다. 하지만 얼핏 눈에 드러나는 것만도 거의 폐품에 가까운 불량품이 수천 발은 되고도 남았다. 일일이 셀 수도 없었고 손볼 시간도 없었다.

'이걸 어케(어떻게) 적재하며 어케 인계한단 말인가. 전선사령부의 책임군관으로서 아무에게나 함부로 떠넘길 수도 없지 않은가.'

박갑출이라고 했던가. 이름마저 이상했다. 덕근은 지뢰 관리를 책임지고 있는 박갑출 초급군관을 불러 세워놓고 호되게 꾸짖었다.

"군관 동무! 이 썩어빠진 걸 어케 출고하란 말이가?"

"네, 저도 인수한지 며칠되지 않아 제대로 파악하지 못했단 말입네다."

"하다못해 부서진 지뢰 상자에 못질이라도 해 둘 거이디 이 따위로 방치해 놓고 마냥 늘어지게 자빠져 있다니, 내레 이대로 상부에 보고하문 군관 동무레 당장 숙청감이라는 걸 모르오?"

"아, 죄송합네다. 부부장 동지! 실은 여단부에서 손도 대지 말구서리 잘 보관하라는 지시만 받았단 말입네다."

초급 공병군관 박갑출은 온몸을 벌벌 떨면서 연방 머리만 조아리는 거였다.

덕근이 눈짐작으로 대충 훑어봐도 30% 정도는 사용이 불가능했다. 즉각 박갑출 군관을 대동하고 수원역으로 달려가 보니 인민위원회에서 동원한 운반일꾼이 2000명에 불과한 데다 대부분이 부녀자들이었다. 기가 막혔다. 인민위원회 인솔자에게 "남자 일꾼들은 왜 보이지 않느냐?"고 물어봤더니 글쎄 고작 대답한다는 것이 실소를 금할 수 없었다.

"종간나 새끼들이레 모두 숨어버리구서리 에미네(부인)와 에미나이(계집아이)들만 남아 있습네다. 간나 새끼들이레 붙들리문 모조리 인민군대에 의용군으로 끌려가 영영 돌아올 수 없다구 말입네다."

여기서도 부수상 겸 외무상인 박헌영이 식은 죽 먹듯 내뱉어온 말이 모두 날조된 허언이었음이 드러나 있었다. 인민군대가 38선을 넘기만 하면 남조선 인민들이 혁명무력으로 돌변해 민중봉기를 일으킨다는 말…

"쯔쯧…"

덕근은 기가 차서 달리 할 말을 잃고 말았다.

그는 그 길로 노동당 수원지부에 찾아가 당 조직비서에게 김책 전선사령관의 신용장을 내보이며 따지고 들었다. 자신이 비록 비당원이긴 하지만 중앙당도 아닌 지방의 당비서에게까지 주눅들 필요가 없었다.

"비서 동무! 이거이 뭐하는 짓이외까. 종간나 새끼들이레 다 도망가 버리구서리 에미네와 에미나이들만 남았다니, 이거이 이래도 되는 거외까?"

"아, 내레 죄송합네다. 종간나 새끼들 중에는 반동분자들이 워낙에 많아 애를 먹고 있단 말입네다."

"그렇다문 좋소. 당에서 선전선동을 소홀히 해 반동분자들만 양산하구서리 조국해방전쟁 수행에 지장을 초래했다구 내레 상부에 그대로 보고하리다.”

이렇게 엄포를 놓자 당 조직비서는 찍소리 못하고 새파랗게 질리는 거였다.

“아이고! 기거이 아니란 말입네다. 내레 직방(당장) 내무서원과 남로당원들이라두 동원해서 올리갔습네다.”

“비서 동무! 지금 나한테 꽝포(공갈)치는 기요?”

“아이고, 아닙네다. 꽝포라니오. 천만에 말씀입네다. 우선 급한 대로 내무서원과 남로당원들이라두 동원하구서리 반동종간나 새끼들을 다 잡아들이갔습네다.”

이렇게 윽박지른 덕분에 가까스로 지게꾼 300여 명과 우마차에 리어카까지 동원할 수 있었다. 덕근은 비로소 한숨을 돌리며 노동당지부에서 전선사령부로 연결되는 직통전화를 걸어 박길남 공병부장에게 보고했다.

“부장 동지! 상당수의 바지, 저고리가 못 쓰게 되었단 말입네다. 대충 파악한 결과 5000여 개는 사용이 거의 불가능합네다.”

“뭐이 어더레?”

“네, 기거이 수원역까지 운반하고 적재해 봐야 실제 수량을 파악할 수 있을 것 같습네다만 현재 상태는 한마디로 엉망진창이란 말입네다.”

“어이 주, 주 동무!’

“네, 부장 동지!”

“그 관리책임을 맡고있는 종간나 새끼레 대체 뭐하는 놈임메?”

“박갑출 군관이라구, 초급 공병군관입네다.”

“그 종간나 새끼레 직방 처형하라우!”

옆에 서 있던 박갑출은 수화기를 통해 울려오는 박길남의 화난 목소

리를 듣고 새파랗게 질리며 안절부절 어찌할 바를 몰라 후들거리기만
했다.

"네, 실은 이 자도 초급군관이라 바지, 저고리에 대한 지식이 별로 없는
데다 인수한 지 며칠 되지 않아 책임 추궁에도 문제가 있단 말입네다."

"아, 기거이 나중에 공병여단부에 따지구서리 그 종간나 새끼레 직방
반역으로 다스리도록 하랑이."

"네, 우선 파손된 바지, 저고리 중 폐품으로 못 쓰게된 5천여 개에 대
한 처리 문제가 시급합네다. 전선사령관 동지께 보고 올려 빨리 수표
(결재)해주시기 바랍네다."

"알았슴. 오늘 밤 전선사령부 작전지도층의 긴급회의에 수표를 상정
하도록 전화를 내겠슴. 우선 전화상으로나마 주 동무 말을 그대로 수
안보 작전지도층에 보고하구서리 그 회답을 내일 수원에 가는 정치보
위부 군관을 통해 전하리다."

주덕근이 수화기를 내려놓자 주위에 둘러서서 안절부절못하던 당 조
직비서가 연방 머리를 조아리며 두 손을 싹싹 비비고 있었다.

"아이고, 이 긴박한 상황에서 부부장 동지께 누를 끼쳐드려 송구합
네다. 어디가서 저녁 요기라도….."

"저녁 요기는 비서 동무나 하시구레. 내레 다른 일이 있어서리….."

덕근은 퉁명스럽게 한마디 쏘아주고 자리에서 벌떡 일어났다. 이미
해가 저물어 가고 있었다.

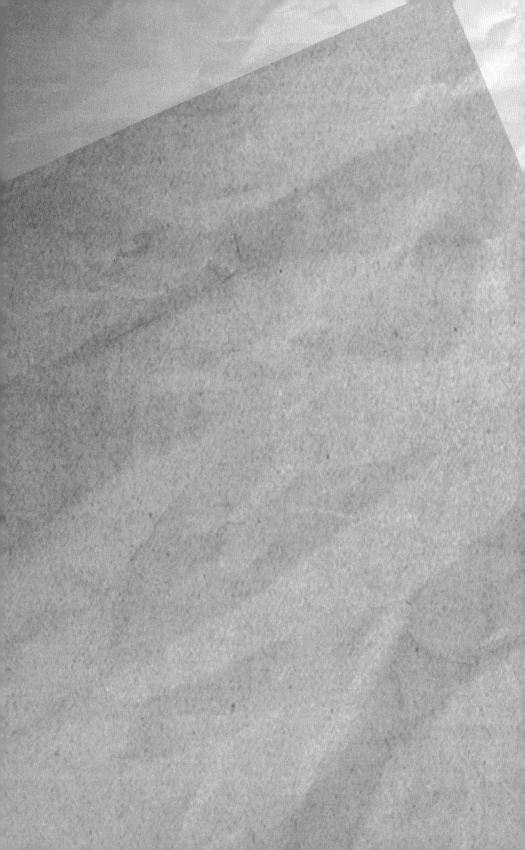

6. 포인세티아(성성초·猩猩草)

'그곳이 화성군 팔탄면 해창마을이라고 했었디.'

주덕근은 헤드라이트를 켜고 모터지클의 가속 페달을 힘껏 밟았다. 그는 지금 임경옥을 찾아 화성으로 달려가는 길이었다.

'벌써 2년이라는 세월이 흘렀구만 기래. 임호걸 어르신과 헤어진 거이… 그때 경옥 양의 나이 21세라고 했었디. 지금은 23세… 어떤 체니 (처녀)인지 몹시 보구 궁금하구만.'

바다가 가까워지면서 후덥지근한 바람이 불어왔다. 파도가 하얀 포말을 일으키며 끊임없이 밀려들고 쓸려나갔다. 저 멀리 외딴 초가집이 눈에 들어왔다. 덕근은 불현듯 어릴 때 흥얼거렸던 클레멘타인이라는 애조 띤 노래가 떠올랐다.

'넓고 넓은 바닷가에 오막살이 집 한 채~ 고기잡는 아버지와 철모르는 딸 있네~ 내 사랑아, 내 사랑아 나의 사랑 클레멘타인~ 늙은 아비 혼자 두고 영영 어디 갔느냐~.'

이 노래는 원래 미국 서부 개척시대에 황금을 찾아 캘리포니아로 떠난 사람들을 지칭하는 포티나이너fortyniner들이 이별의 슬픔을 달래기 위해 부른 노래라고 했다.

마을과 동떨어진 바닷가에 홀로 살아가는 경옥이네 외딴 초가집은 생각보다 쉽게 찾을 수 있었다. 아버지가 일본, 중국 등지서 활동한 국제 빨갱이었고 그 뒤를 이어 오빠가 여순반란사건을 일으킨 군사 빨갱이인 데다 남동생마저 남로당원으로 지하에 숨어든 골수 빨갱이 집안이었던 탓에 본동本洞에서는 이미 오래전부터 '빨갱이네'로 소문나 있었다.

그러나 경옥은 마을 주민들을 원망하지 않았다. 비록 외떨어져 살고 있긴 하지만 마을에서 쫓겨나지 않은 것만도 얼마나 큰 다행인데⋯ 매주 일요일 성당의 미사를 보기 위해 본동을 거쳐 지나다 교우들이나 주민들과 눈이 마주칠 때면 으레 고개 숙여 공손히 인사를 건네곤 했다. 주민들은 그런 경옥을 빨갱이 가족으로 내치기보다 외려 연민의 정으로 받아들였다.

"쯔쯧⋯ 가련한 것."

주민들은 경옥을 볼 때마다 거의 습관처럼 혀를 차며 동정 어린 말 한마디씩 내뱉는 것도 잊지 않았다. 세상이 그렇게 만들어버린 거라고⋯. 경옥이 성당을 찾는 것도 이데올로기의 피바람을 일으킨 아버지를 비롯한 가족들의 죄를 사하고 '빨갱이' 딸로 태어난 자신의 운명적인 삶의 질곡에서 스스로 헤어나고 싶었기 때문이다.

가톨릭에 귀의해 '로사'라는 영세명을 얻고 새로운 삶을 시작한 지 5년. 이제 누가 뭐래도 그녀의 착한 성품을 잘 아는 주민들만은 그녀에게 손가락질 하지 않았다. 그러다가 갑자기 세상이 확 뒤바뀌고 어제까지만 해도 태극기가 휘날리던 본동에 인공기가 내걸리자 불안해진 주민들은 경옥이네 집을 기웃거리며 그녀의 눈치를 살피기에 바빴다.

게다가 인근 수원의 여맹(여성동맹)에서는 사흘이 멀다고 찾아와 "혁명가의 가족"이라며 여맹 간부로 나서 줄 것을 간청했으나 그녀는 단호히 뿌리쳤다. 외진 곳에서 홀로 조용히 살고있는 사람을 부디 건들지 말고 그냥 내버려 두라고 말이다. 이데올로기 때문에 망가진 지난날의 가정 풍파를 생각하면 빨간 완장만 봐도 그녀는 소름이 끼쳤다.

하여 경옥의 일상은 예나 지금이나 조금도 변함이 없었다. 날이 새면 언제나 바닷가에 나가 바지락을 캐고 그것을 팔아 혼자서 생계를 이어 갔다.

그러나 경옥은 하루아침에 세상이 뒤바뀌었다는 소문을 듣고 돌담 사이에 엮어둔 사립짝을 살짝 열어 두었다. 아버지와 오빠는 지은 죄가 워낙 크니까 이미 유명을 달리했을지도 모르겠지만 어린 나이에 세상천지 분간할 줄도 모르고 빨갱이 소굴로 뛰어든 남동생 경철은 어디선가 살아 있을 것이란 기대를 저버리지 않았다.

그래서 언젠가는 집으로 돌아올 것이라고 기대하면서 은근히 기다려 왔던 것이다. 하지만 그동안 경철은 코빼기도 보이지 않았다. 그런데 난데없이 야반에 오토바이 한 대가 눈부시게 헤드라이트를 켜고 사립짝 앞에 나타난 거였다. 일제강점기에 흔히 겐페이(일본군 헌병)들이 타고 다니던 사이드카가 옆에 달린 삼륜 오토바이였다. 경옥은 빨갱이 남동생이 살아 돌아온 줄 알고 방문을 열어젖히기 무섭게 버선발로 뛰쳐나갔다. 그러고는 숨넘어가듯 외쳤다.

"경철아!" 그러나 꿈에도 잊지 못하던 남동생 경철이가 아니라 웬 낯선 인민군 상급군관이 가죽 장화를 저벅거리며 불쑥 마당으로 들어서는 거였다.

"주덕근이라고 합네다. 이거, 놀라게 해서라무네 대단히 미안합네다."

어둠 속에서 낯선 인민군 상급군관을 확인한 경옥은 그만 풀썩 주저앉고 말았다. 그리고 그녀는 마치 넋 나간 사람처럼 풀죽은 목소리로 중얼거렸다.

"경철아~."

덕근은 경옥이가 그토록 애타게 기다린 사람이 남동생 경철이라는 사실을 금방 알아차릴 수 있었다. 이미 임호걸 어른을 통해 그의 가족사를 다 들어 알고 있었기 때문이다.

"기다리던 동생이 아니어서 실망이 크갔습네다."

덕근은 경옥을 부축해 일으키며 운을 뗐다.

"아니, 제 동생을 아세요? 제 동생이 어떻게 되었나요?"

"우선 들어가서 차분하게 내기(얘기)하기요. 초면에 결례입네다만 방안에 좀 들어가도 되갔습네까?"

"네."

그제야 경옥은 정신을 가다듬으며 앞장서 덕근을 방으로 안내했다.

말끔히 치워진 방안에는 전기가 들어오지 않아 침침한 호롱불이 너풀거렸다. 그녀는 조그만 화장대 서랍에서 양초를 꺼내 촛불부터 밝혔다. 성당의 미사에 쓰이는 아주 큰 양초였다. 방안이 금방 환해지기 시작했다.

화장대 벽 위 한가운데에 십자고상十字苦像이 걸려 있고 바로 그 아래엔 성모 마리아와 예수그리스도의 초상이 나란히 걸려 있는 것이 덕근의 눈에 생소한 광경으로 보였다. 숙연한 분위기였다. 경옥은 오른손에 묵주를 들고 있었다. 묵주신공을 하던 중이었다.

그러나 덕근은 신앙의 깊은 뜻을 전혀 알 턱이 없었다. 북한에서는 일제 암흑기에도 종교의 자유가 허용되었으나 광복 후 김일성의 일국일당一國一黨체제가 수립되면서 정치사상적인 유물론(마테리알리즘materi-alism)만 존재할 뿐 아예 신앙의 자유를 봉쇄하고 말았기 때문이다. 이른바 종교단체라 하여 천도교·기독교·불교 등의 간판은 아직도 걸려 있긴 하지만 그것은 대외에 과시하는 선전물에 불과했다. 종교란 한낱 부르주아의 잔재로 프롤레타리아 혁명의 청산대상이기 때문이었다.

그녀는 덕근의 앞에서 잠시 묵주를 걸친 손으로 이마와 가슴과 양어깨에 십자성호를 긋고 신공을 마쳤다. 하늘거리는 촛불에 비친 그녀의 홍조 띤 모습… 마치 주홍색의 아름다운 잎사귀를 상징하는 포인세티아(성성초猩猩草)와 같았다. 포인세티아는 원래 흰색의 유즙에 독성이 있으나 치명적이지는 않다고 했다. 러시아 제국에서는 예부터 남녀 간에 사랑의 상징으로 여기는 꽃이라고 했다. 화장기 하나 없는 그녀의 하얀 이목구비가 감히 근접하기조차 두려울 만큼 선명하고 청아해 보였다. 마치 포인세티아의 유즙처럼….

시골 여인네들이 흔히 즐겨 입는 하얀 저고리에 까만 치마… 하지만 무릎에 두 손을 얹고 다소곳이 앉아 있는 그 평범한 옷차림 또한 너무도 청초했다. 과연 임호걸 어른이 입에 침이 마르도록 딸 자랑할 만큼 조신하다는 생각이 얼핏 뇌리를 스쳤다.

"좀 전에는 경황이 없었습네다만 다시 한번 정식으로 인사 드리갔습네다. 내레 주덕근이라고 합네다."

"임경옥이에요."

"예, 잘 알고 있습네다. 경옥 동무!"

"아니, 저를 어떻게…?"

"하하. 경옥 동무를 오늘 처음 뵙습네다만 내레 오래 전부터 경옥 동무를 잘 알고 있습네다. 아버님을 통해서 많은 내기(얘기)도 들었구요(들었구요)."

"아니, 그렇담 제 동생 경철이 땜에 오신 게 아니구 아버지 땜에 오셨군요."

"예, 그렇습네다. 놀라게 해서라무네 죄송합네다."

"아아, 저의 아버지가 살아계셨군요."

경옥의 눈에 갑자기 눈물이 그렁그렁해지기 시작했다.

"…."

덕근은 그만 말을 잇지 못했다. 이런 경우 어떻게 처신해야 하나. 경옥이가 '아버지'라는 말 한마디에 그동안 생사를 알 수 없었던 아버지가 살아 있다고 스스로 단정해 버렸기 때문이다. 덕근은 품속에서 임호걸이 남긴 빛바랜 편지를 꺼내 말없이 경옥이 앞으로 디밀었다.

"이, 이게 뭐에요?"

"아버님, 아버님 편지입네다."

덕근은 아버님이 남긴 유서라고 말하고 싶었으나 경옥의 충격이 너무 클 것 같아 간단히 얼버무렸다.

임호걸이 남긴 편지 내용은 대저 이러했으나 문맥마다 함축성이 절절이 스며 있었다.

〈사랑하는 내 딸 경옥아!

못난 아비는 항상 너를 생각할 때마다 죄스러움에 몸을 떨고 있단다. 온전한 살붙이로 너 하나밖에 남지 않았는데 아비의 도리도 못하고 너무 가혹하게 내버려두었구나. 여기 마침 남으로 가는 행편幸便이 있어 급히 몇 자 적어 보낸다.

이 편지를 전하는 주덕근 군은 아비와 우연히 만나 인연을 맺고 보니 꼭 네 오라비 경식이와 너무도 닮았더구나. 한 6개월간 함께 지내면서 가끔 네 오라비가 살아 돌아온 것 같은 착각을 느낄 때가 한두 번이 아니었다.

이 아비는 평생을 어둠 속에서 살아왔다만 이제 통일된 조국이 성립된다면 너희들에게도 밝은 세상이 찾아올 것이다. 멀리서나마 너희들의 행복을 기원하마. 동토凍土에서 못난 아비가.〉

사뭇 떨리는 손으로 편지를 펴보고 있는 경옥의 눈에서는 연방 눈물 방울이 볼을 타고 흘러내렸다. 마침내 편지를 다 읽고 난 그녀는 다시 곱게 접어 봉투에 넣고는 덕근에게 시선을 보냈다.

"저의 아버지는 지금 어디서 무얼 하고 계시는지요?"

그녀는 목소리마저 떨렸다.

"저어…."

덕근은 경옥의 애잔한 모습이 하늘거리며 타들어 가는 촛불에 반사되자 차마 입이 떨어지지 않았다. 하지만 경옥은 이미 예견하고 있는 것 같았다. 특히 동토라는 말이 마음에 걸렸다. 그동안 젊은 나이에 험한 일을 너무도 많이 겪었기 때문인가.

"돌아가셨군요. 그렇죠?"

그녀는 덕근을 똑바로 쳐다보며 다그치듯 스스로 고개를 끄덕였다. 진작에 그럴 줄 알았다는 듯이 그녀는 아버지의 죽음 또한 너무도 쉽게 받아들이는 것 같았다.

"예, 그렇습네다. 작년, 재작년에…."

"그럼 이 편지가 바로 유서군요."

"그런 셈이디오."

"불쌍한 우리 아버지! 흐흑…."

경옥은 다시 한번 이마와 가슴과 양어깨에 십자성호를 긋고 난 뒤 그만 두 손으로 얼굴을 감싸며 어깨를 들썩였다. 설움에 복받쳐 견딜 수 없었기 때문이리라.

이럴 때 어떻게 처신해야 하나. 덕근은 안타깝게도 아직 여자를 경험해보지 못했다. 그래서 어깨를 들먹이며 흐느끼는 경옥을 잠시 지켜보다가 손수건을 꺼내 가까이 다가앉았다. 그러고는 자신도 모르게 그녀의 어깨를 살포시 안아 주며 눈물로 얼룩진 곱디고운 얼굴을 닦아 주었다.

경옥은 그의 일방적인 행동에 전혀 거부감을 나타내지 않았다. 그대로 덕근의 품에 몸을 맡긴 채 한없이 흐느끼기만 했다. 그녀는 그만큼 인간이 그리웠는지도 모른다. 둘은 그렇게 마주 앉아 밤을 하얗게 밝히며 도란도란 얘기를 나누었다.

"이런저런 사정도 고려치 않구서리 당돌하게 찾아와서라무네 혹시 이웃의 찬 시선이 경옥 동무한테 쏠리지 않을까 걱정되누만요."

"어차피 온 동네가 아는 빨갱이 집안인걸요."

경옥은 자조하듯 아무 거리낌 없이 말했다. 그런 면에서 경옥은 상당히 개방적이었다.

"기래두 이 밤중에 체니(처녀) 혼자 사는 집에 외간 남자가… 그것도 린민군대 군관이 찾아왔다는 걸 이웃이 알문 경옥 동무 립장(입장)이 난처해지지 않갔습네까?"

덕근은 사실 그 점이 은근히 걱정되었다. 하지만 경옥은 오히려 태연한 모습이었다.

"어쩌면 빨갱이 집에 인민군이 드나드는 게 당연하잖아요. 하지만 전 빨갱이가 아니거든요."

"하하. 그렇습네까."

"이웃 주민들도 다 이해해 주실 거에요. 어쩜 오랫동안 소식 끊었던 오라버니가 오신걸로 착각할지도 모르니까요."

"그렇다문 다행이구요. 어쨌든 경옥 동무는 아버님이 생전에 늘 따님 자랑을 하시던 모습 그대로구만요."

"전 솔직히 아버지 얼굴도 기억할 수 없어요. 너무 오랫동안 헤어져 있었고 가정을 버려가면서까지 평생을 사상투쟁으로 일관하신 당신이 원망스럽기도 하구요. 그래서 전 아버지를 잊은지 오래 되었답니다."

"그렇디만 혈친의 정은 쉽사리 끊을 수가 없는 기야요. 아버님은 언제나 가족을 버린 죄책감에 괴로워 하셨습네다. 내레 옆에서 늘 지켜봤시요. 특히 홀로 남은 경옥 동무 걱정으로 한숨짓기 일쑤였대니까. 그런 아버님이레 조국과 민족만 생각하시다가 반역으로 몰리구서리 장탄식으로 세월을 보냈디요."

"저의 아버지는 언제, 어떻게 돌아가셨나요? 북에서 흔히 말하는 숙청인가요?"

경옥은 정색을 하고 말했다.

"저어, 그러니까니 그게…."

덕근이 갑자기 당황한 표정으로 잠시 망설이자 경옥은 다시 한번 다그치듯 말했다.

"뭐, 일개 아녀자가 알아본들 별수 없는 일이지만 그나마도 아버지 기일엔 제사라도 모시고 자식된 도리를 해야 하잖아요."

이 말에 덕근은 결심한 듯이 말문을 열었다.

"실은 자진하셨습네다."

"자진…?"

경옥은 별로 놀라는 기색도 없이 긴 한숨만 연거푸 삼켰다. 어릴 때부터 그만큼 험한 꼴을 많이 겪어온 탓인지도 몰랐다.

"잘 아시다시피 아버님이레 공화국에서 으뜸가는 혁명 리론가(이론가)로 명망이 높았댔시오."

덕근은 임호걸이 1947년 남로당과 북로당이 합당한 이후 소련의 꼭두각시 노릇만 하는 김일성에게 환멸을 느끼고 조만식 선생의 조선민주당과 손을 잡다가 숙청당한 저간의 사정을 소상히 얘기해 주었다.

그리고 자신도 스탈린을 비난하다가 강제수용소인 정치교화소에 끌려가 경옥의 아버지 임호걸을 만나 부자지간처럼 서로 의지하며 지낸 일이며 그가 교화소에서 풀려난 지 사흘 만에 임호걸이 자진했다는 소식을 전해 들었다는 얘기도 가감없이 털어놨다. 속에 담아두고 경옥의 눈치만 살피느니 차라리 속 시원히 다 털어놓고 싶었기 때문이다.

그러나 경옥은 그렁그렁한 눈빛에 비웃음을 머금었다.

"저의 아버지가 명망높은 혁명가였다구요?"

"예, 혁명가…."

"제가 알기엔 불쌍한 우리 아버지는 진정한 애국자도, 애족자도 아닌 광신적인 사상가였을 뿐이에요."

그녀는 덕근의 말을 진부하게 받아들이며 머리를 절레절레 흔들었다. 그러면서도 아버지에 대한 뼈에 사무친 그리움으로 설움을 삼켰다.

7. 지뢰 수송작전

이튿날 아침.

주덕근은 후방국보급소에서 타온 3일분의 식량과 부식을 경옥이네 집에 풀어놓고 수원역으로 나와 대전차지뢰 적재작업을 진두지휘했다. 노동당과 내무서를 그렇게 다잡았는데도 동원된 운반일꾼은 부녀자 2000명과 남자는 지게꾼과 리어카꾼을 포함해 1000명 정도에 불과했다. 내무서에서는 애초 약속한 대로 3000명의 숫자 맞추기에만 급급했던 모양이었다.

적재일꾼들이 운반해오는 대전차지뢰를 일일이 점검한 결과 폐품처리 할 지뢰는 눈짐작으로 예측했던 대로 5000발이 훨씬 넘었다. 그나마도 온전한 지뢰는 1만2000여 발에 불과했다. 나머지 3000여 발 정도는 수리하면 그런대로 사용할 수 있을 것 같았다. 우선 각 화차에 온전한 지뢰를 3000발씩 적재하고 수리 후 사용할 수 있는 지뢰는 별도 표시를 해 동굴 속에 보관해 두었다. 사실 수리할 수 있는 지뢰도 성능을 예측할 수 없는 일종의 TNT(폭약)에 불과했다.

이는 인민군대의 극단적인 비밀주의와 노동당의 지나친 권력 남용과 간섭에서 비롯된 결과였다. 그래서 그는 다시 박길남 공병부장에게 보고해 이의 처리문제도 상부에서 결정해 주라고 요청했다. 그래야만 나중에 문제가 생길 경우 책임에서 벗어날 수 있기 때문이었다. 박길남이 강조하던 말마따나 지뢰 현황을 종류별로 일일이 수첩에 기록해 두는 것도 잊지 않았다.

새벽에 온다던 호송 팀은 오전 8시가 지나서야 수원역에 모습을 드러냈다. 호송팀을 인솔해온 정치보위부 소속 정치군관은 소성사小星四(남한의 대위) 계급장을 달고 있었으나 아직 풋내기의 티를 벗지 못한 듯 행동거지가 어설프게 보였다. 게다가 호송관으로 따라온 공병군관 역시 지뢰에 대한 경험이나 지식이 전무했고 상·하급 전사 20여 명도 마찬가지였다. 주덕근의 눈에 비친 그들은 한마디로 한심한 졸도들에 불과했다.

덕근은 우선 정치군관을 동굴로 안내하여 폐품으로 방치된 대전차 지뢰 현황을 확인시켜 주고 기술적인 면에서 수리도 불가능하다고 설명해 주었다. 실상을 확인한 정치군관도 분개했다.

"박길남 공병부장 동지의 말씀이 관리책임자인 공병군관을 책벌(책임을 물어 처벌)해야 한다는 의견입네다."

"내레 그런 생각도 해 봤다만 기거이 공병군관만 책임질 일이 아니외다."

"왜서(왜) 그렇습네까?"

"아, 공병군관 동무레 지뢰를 인수해서라무네 보관한 죄밖에 없디 않아요."

"그렇디만 복무태만 아니외까?"

"아, 기술적인 문제는 생각 안 해 보오? 내레 굳이 책임추궁을 한다문 시베리아의 이르꾸쯔끄(이르쿠츠크)에서 출고돼 우리 공화국으로 입고된 이후부터설라무네 그간 관리해온 실태를 죄 조사해야 할 거외다. 관리소홀의 원인부터 규명해야 한단 말이다."

"…?"

"왜서(왜) 그러냐 하문 폐품이 되기까지 오랜 세월이 흘렀기 때문이야요. 한마디로 노후… 노후되었단 말이외다."

"아하, 듣고 보니까니 리해가 가누만요."

"기것보다두 호송군관이나 전사들을 보니까니 한심한 생각밖에 들디 않아요. 지뢰에 대한 지식이나 기술력이 없어서리 기거이 큰 걱정이야요."

주덕근은 정치군관과 함께 다시 수원역으로 돌아와 호송팀을 집합시켜 놓고 고성능 폭약의 기본상식부터 운송상의 주의사항 등 간단한 안전교육부터 실시했다.

특히 대전차지뢰나 TNT 등은 도화선과 뇌관을 분리하고 운송 중에는 반드시 '위험물'이라는 표시와 함께 붉은 기를 달아야 하지만 지금은 전시 중이라 그럴 수도 없고 오히려 위장해야 한다는 주의사항도 주지시켰다.

그러나 적재일꾼들의 운반작업이 애초 예상했던 것보다 그리 수월치 않았다. 동굴에서부터 이 열 종대로 늘어서서 릴레이식으로 소달구지나 리어카로 옮기고 지게로 져 나르는 등 순조롭게 진행되는가 싶더니 웬걸 오후가 되면서 차질이 빚어지기 시작했다. 아침에 인민위원회의 성화에 못 견뎌 노력 동원차 나왔던 3000명의 적재일꾼 중 이 핑계, 저 핑계, 제법 그럴싸한 핑계를 대며 하나, 둘씩 사라지더니만 점심시간이 되자 거의 절반이나 자취를 감추고 말았기 때문이다.

오후 5시 작업이 끝날 즈음엔 1000명도 남지 않았다. 애초 계획과는 달리 가까스로 대전차지뢰를 6000발 정도 적재하는 것으로 하루일과를 마칠 수밖에 없었다. 정치군관이 당과 내무서, 인민위원회 등을 찾아다니며 고함을 지르고 발을 동동 굴렀으나 그들은 덕근에게 말했던 것처럼 "반동 종간나 새끼들이 노력동원을 기피해 애를 먹고 있다"는 고충만 털어놨다.

하여 또 하루해가 저물자 정치군관이 전선사령부에 그 전말을 자세히 보고하고 부득이 적재작업을 하루 더 연기할 수밖에 없었다. 이런 일은 정치보위부 소관이어서 전적으로 정치군관이 알아서 처리했고 그 덕분에 주덕근은 한결 마음이 가벼워졌다. 작업을 마칠 때까지 함께 있던 당과 내무서, 인민위원회 간부들이 "내일은 차질이 없도록 가일층 다그치겠다"며 "저녁 식사를 대접하겠다"고 제의했으나 덕근은 "피곤하다"는 이유를 대며 사양하고 정치군관과 공병군관만이 회식에 참석했다.

덕근은 경옥이에게 달려가고 싶은 마음이 간절했다. 불과 하룻밤을 함께 가슴에 맺힌 한을 삼키며 쌓은 정이었지만 오랫동안 속 깊은 사랑을 나눈 사이처럼 덕근은 애틋한 심정을 가눌 수 없었다.

'경옥이레 피바람 속에 휘말린 자신의 처지를 생각해서라무네 초령(아예) 나를 거부할지도 몰라. 하디만 부지상면不知相面에 일야동침一夜同寢의 인연을 어찌 잊을 것인가. 그네를 결코 놔 주지 않으리라. 그네 아버지 호걸 어르신도 지하에서 우리 둘의 인연을 기뻐하실 게 아닌가.'

마침 경옥은 저녁상을 차려놓고 촛불을 밝히며 덕근을 기다리고 있었다. 덕근은 뜻밖의 성찬에 형언할 수 없는 감동을 받았다. 대체 이게 얼마 만인가. 4년 전 고향 무단장牧丹江을 떠나 국공내전에 휩쓸렸을 때 잠시 집에 들러 "밥이라도 한 끼 먹고 가라"며 어머니가 지어주신 밥상을 받아본 후 처음으로 따뜻한 집밥 냄새를 맡게 되었으니 말이다.

"아니, 이거이 웬 저녁상이외까?"

"아침에 쌀과 부식을 두고 가셨잖아요."

"그렇디만 밥해달라는 부탁은 하디 않았는데⋯."

"제가 해드릴 수 있는 게 이것밖에 없잖아요."

"어쨌든 고맙수다레. 경옥 동무!"

경옥은 모처럼 포구에까지 나가 연안의 정치 망에서 갓 잡아 올린 싱싱한 횟거리도 좀 사고 갯벌에서 손수 캔 바지락으로 반찬을 만들어 덕근을 위한 저녁상을 마련한 것이다. 여기에다 농주도 한 주전자 곁들이고 보니 그녀의 정성이 우러난 밥상은 그야말로 조촐하면서도 기품이 넘쳐났다.

경옥은 사뭇 침울하던 어젯밤의 모습과는 달리 구김살 하나 없이 한결 밝은 표정을 지어 보였다. 비록 살은 섞지 않았지만, 그녀는 밤을 하얗게 밝히며 설움을 삼키다가 불과 하룻밤 사이에 덕근을 스스럼없이 대하게 되었다. 덕근은 경옥이와 둘이 마주 앉아 조촐한 겸상을 하고 보니 마치 오순도순 신접살이에 재미 붙인 신혼부부처럼 느껴졌다. 마치 꿈속 같은 감회에 젖기도 했다. 경옥은 자리에 앉자마자 젓가락부터 드는 덕근의 손을 제지하고는 잠시 이마와 가슴과 양어깨에 십자 성호를 긋고 감사의 기도부터 올렸다. 극히 짧은 순간이었지만 두 눈을 감고 경건하게 기도하는 경옥의 모습이 하늘거리는 촛불에 비칠 때 그럴 수 없이 아름답게 보였다.

"배고픈데 뭘, 그런 거를 꼭 챙겨야 합네까?"

덕근이 은근한 미소를 머금으며 농삼아 한마디 건넸다.

"오늘도 일용할 양식을 주시고 하루를 무사히 지내도록 보살펴 주신 하느님의 가호에 감사해야지요."

"경옥 동무!"

덕근은 그녀의 성실성에 감탄하지 않을 수 없었다.

"네, 덕근 씨!"

경옥이 정색을 하고 말했다.

"예, 경옥 동무부터 먼저 말씀하시라요."

"한 가지 부탁을 드릴까 하는데 이제부터 저를 동무라고 부르지 말았으면 좋겠어요. 어쩐지 듣기가 거북해서 그래요."

"아하. 내레 동무라는 말이 입에 발려서 그만… 경옥 씨 미안하외다."

"경옥이보다 로사라고 불러주세요."

"로사…?"

"하느님이 지어주신 이름이거든요. 제 영세명이에요. 신앙·희망·사랑을 의미하는 십자고상이 달린 이 묵주를 로사리오rosario라고 부른다네요. 기도하는 사람이란 뜻의 로사! 그게 제 본명이에요. 경옥이란 이름은 이미 이 세상에서 사라지고 없는걸요. 다만 로사만 여기 앉아 있을 뿐이에요."

"아, 로사! 당신은 정말 천사같은 사람이외다."

덕근은 로사를 으스러지게 끌어안고 싶은 충동이 올라왔으나 가까스로 참았다.

이튿날 새벽.

주덕근은 모터지클의 가속 페달을 힘껏 밟으며 수원으로 달리고 있었다. 밤사이 매섭게 휘몰아치던 바람도 한결 잔잔해지고 조는 듯한 바다에는 파도 소리마저 숨을 죽이고 있었다. 코끝이 서늘한 새벽공기가 그렇게도 상쾌할 수 없었다.

지뢰 적재작업에 동원된 일꾼들의 동작이 어제보다 훨씬 더 느렸고 중간에 빵소니치는 자들도 여전했다. 하지만 노동당 일꾼과 내무서원,

인민위원들까지 팔을 걷어붙이고 나서는 바람에 해 질 녘에서야 모든 적재작업을 완료할 수 있었다. 덕근은 대전차지뢰를 적재한 화물열차가 수원역을 미끄러져 나가는 것을 확인하고 호송팀을 향해 손을 흔들어 작별인사를 하는 것으로 마침내 긴장에서 풀려났다.

그는 전선사령부로 전화를 걸어 박길남 공병부장에게 "임무를 완수했다"는 보고와 함께 하룻밤 더 묵고 가겠다는 허락을 받은 뒤 경옥이네 집으로 달렸다. 경옥이와 사흘 밤을 함께 지내고 내일은 어차피 떠나야 한다는 강박관념에 사로잡히자 무엇에 쫓기듯 안절부절 어찌할 바를 몰랐다.

'경옥이, 아니 로사! 이제 헤어지문 언제 또 만나지. 차라리 로사와 함께 어디 멀리 달아나 버릴까. 하디만 어디 갈 데가 없디 않아. 밀선을 타구서리 외국으로 망명할 수도 없구… 국방군에 귀순이라두 할까. 한창 쫓기고 있는 국방군을 어디서 찾는다? 국방군에 귀순한다고 해서라무네 살아남을 보장이 없디 않은가. 내레 상급군관으로 초령(당연히) 전쟁의 책임을 벗어날 수 없으니까니.'

덕근은 마음의 갈등에 휘말리면서 별의별 생각을 다 해봤으나 별 뾰족한 방법이 떠오르지 않았다.

'하디만 경옥이, 아니 로사에게 이것 하나만은 꼭 밝히구서리 약속을 받아내야갔어. 우리 결혼하자구 말이야. 내레 어전(이제) 로사 없이 못 살것 같아야.'

이런저런 생각에 골몰하면서 달리다 보니 어느새 경옥의 집 앞에 당도했다. 경옥은 어제처럼 정성 들여 저녁상을 마련해 놨다.

"로사! 우리 결혼합시다레."

덕근은 경옥이와 마주 앉자마자 들뜬 마음으로 철부지가 보채듯 단도직입적으로 말했다. 이 말에 경옥은 눈이 휘둥그레지면서 어리둥절한 표정으로 어찌할 바를 몰랐다.

"로사! 내레 진심이외다. 아버님께서도 우리의 결혼을 권유하지 않았소. 내레 로사 없이는 못 살아요. 뭐든지 로사가 하자는 대로 다 하갔시다. 부디 결혼을 약속해 주시구레."

덕근은 얼마나 다급했던지 자신도 모르게 무릎을 꿇고 앉아 호소하듯 말했다.

"글쎄 덕근 씨! 너무 덤비는 것 같군요. 우린 아직 서로를 잘 모르잖아요. 결혼이란 명색이 일생에 딱 한 번뿐인 인륜지대사人倫之大事라고 하는데 좀 더 생각할 여유를 가지셔야죠."

"아, 생각하구 자시구 할 거 없시오. 내레 아버님을 통해서라무네 로사네 사정을 훤히 알고 있으니까니."

"하지만 절차가 있잖아요."

경옥은 덕근의 느닷없는 청혼이 싫지는 않은 모양이었다.

"아, 절차구 뭐구 우린 아직 순결을 지키고 있디만 이미 일야동침―夜同寢의 연을 맺지 않았습네까."

"그렇지만 전 신부님 앞에서 혼배성사를 해야 해요."

"설마, 신의 사랑과 인간의 사랑을 혼돈하는 건 아니갔디요?"

"아무리 인간의 사랑이 깊다 해도 신의 허원許願을 받아야 하는 거예요. 성당에서 신부님을 주례로 모시고 혼배성사를 하는 것이 신의 허원을 받는 절차거든요."

"아, 기렇담 뭘 기렇게 하디 뭐. 기거이 뭐 어려운 거이 아니외다."

"일이 그렇게 간단치가 않아요. 무엇보다 천주님의 허원을 받기 위해서는 덕근 씨가 우선 천주교에 귀의해야 되는 거예요. 공산주의자는 그렇게 할 수 없잖아요? 공산주의 자체가 신앙이니까요.”

“아, 기렇구만 기래. 하디만 내레 비당원이외다.”

덕근은 갑자기 목소리를 낮춰 말을 계속 이었다.

“실은 내레 경옥씨를 만나기 전부터서라무네 공산주의를 증오해 왔시오. 갈등을 많이 느껴 왔다, 이거외다. 원래 비당원인 데다 정치교화소 출신으로 인민군대에서 일촌(한마디로) 한계를 느꼈단 말이외다. 언제 숙청 당할지두 모르구서리… 솔직하니 내기해서라무네 내레 고민 중이야요. 귀순… 언젠가 국방군에 귀순할 결심이외다. 기러문 경옥씨, 아니 로사처럼 내레 하느님을 믿을 자유를 누리고 결혼도 할 수 있을 거 아니외까.”

“기다리고 있겠어요.”

“결혼! 수표(약속)하는 거디요?”

“네에.”

“오, 고맙시다레. 내레 경옥 씨 사랑하오. 죽을 때까지, 아니 죽어서라두 경옥 씨, 아니 로사 한 사람만 바라볼 거외다. 결혼! 수표해 줘서라무네 정말 고맙시다레.”

덕근은 경옥을 으스러지게 끌어안으며 행복감에 젖어 들었다. 난생 처음으로 느껴보는 황홀한 감정이었다.

주덕근은 공병부로 철수한 후에도 수원의 동굴 속에 보관 중인 3000여 발의 대전차지뢰를 수리한다는 핑계로 사흘이 멀다고 수원을 드나들었다. 수리해 쓸만한 지뢰를 제외하고도 폐품으로 완전히 못 쓰게 된 5000여 발의 처리문제도 시급했다. 불을 지르거나 폐기처분 해야 하는데 상부에서는 책임 문제를 거론하면서 미적거리기만 했다. 공병부 자체의 문제보다 전선사령부, 나아가서는 최고사령부 관계자들까지 서로 책임을 회피하고 있었기 때문이다.

게다가 어렵사리 대전차지뢰 1만2000여 발을 싣고 남으로 내려가던 유개화차가 천안역 구내에서 조차操車하던 중 미 공군의 공습을 받아 모조리 폭발해버렸다는 것이었다. 호송팀도 절반 이상 죽고 호송을 책임진 정치군관은 행방불명이라고 했다. 기관사는 불에 탄 화차를 지선支線에 방치해 놓고 그대로 달아나버렸다고 했다. 한마디로 개판이었다. 박길남 공병부장은 이럴 때 어떻게 대처해야 할지 몰라 암담한 심정에 사로잡혀 있었다.

"주 동무! 사람도 없구 차도 없구 시간도 없구, 이럴 때 어떡하문 좋갔슴?" 박길남이 오죽 답답했으면 덕근에게 하소연할까. 덕근은 박길남이 동감해주리라 예감하면서 이렇게 답했다.

"호송에 책임을 지고 있는 정치보위부에서 애초 지뢰를 보관, 관리해왔던 공병여단부와 함께 현장을 수습 중이라니 그 후과를 봐서라무네 대처할 방법을 강구해야 하디 않갔습네까."

"그렇디. 그렇게 해야 합지비."

"하디만 상부에서 문제를 삼든 묵과하든 궁극적으로는 우리 공병부도 책임에서 벗어날 수 없단 말입네다."

"우리 공병부도 책임에서 벗어날 수 없다? 기렇갔지비(그렇겠지)."

"우선 수리가 가능한 3000여 개라도 날래 완제품으로 복구해야갔습네다."

"기래, 기거이 좋갔구만. 내레 주 동무만 믿슴. 기래 시간은 얼마나 걸릴 것 같슴메?"

"기거이 기술적인 문제라 아무한테나 맡길 수도 없구서리 내레 혼자서 일일이 고쳐야 하는 어려움이 있습네다."

"쯔쯧… 갈수록 태산이라더니 일이 자꾸 꼬이누만 기래. 여하튼 주 동무만 믿슴. 잘 처리함메."

"최선을 다 하갔습네다만 적어도 2~3주일 정도는 걸릴 것 같습네 다. 하루 종일 매달려도 150개 정도 복구할까 말까 하니까니…."

"아, 날래날래 하기요."

이런 문제가 꼬일수록 주덕근의 행동은 한결 자유로워졌다. 걸핏하 면 고장난 대전차지뢰 수리와 폐품 점검을 이유로 자리를 뜰 수 있고 누구의 간섭도 받지 않았기 때문이다.

특히 박길남 공병부장은 책임 문제가 자신에게 떨어질지도 몰라 전 전긍긍하면서 지뢰 문제에 관한 한 전적으로 덕근에게 일임하고 있었 다. 따라서 덕근은 복잡한 출장 신고도 생략한 채 무시로 수원을 드나 들었고 그럴 때마다 그는 후방국보급소에서 충분한 식량과 부식을 수 령하여 화성의 경옥이네 집에서 2~3일간씩 묵곤했다. 그 무렵 그는 마치 신혼의 단꿈에 젖어 있는 것과 다름이 없었다.

그러나 그들에게도 작별의 시간이 점차 다가오고 있었다. 최고사령 관 김일성이 장담한 대로 8·15 광복 5주년이 지나도록 부산은커녕 대 구도 해방시키지 못한 채 조선인민군은 낙동강 전선에서 한미연합군 에 꽁꽁 묶이고 말았기 때문이다.

전선사령부 작전지휘부도 최일선이 가까운 수안보에까지 내려가 집 단군과 돌격사단을 독전하는데 여념이 없었으나 공병부만은 계속 서 울에 남아 있었다. 대전차지뢰도 중요하지만 전세가 역전돼 남진했던 전투부대가 언제 서울로 철수할지도 몰랐다. 모든 상황이 긴박하게 돌 아가고 있었다.

3000여 발이나 되는 대전차지뢰는 예상했던 대로 15일 만에 완전복구했으나 수송이 문제였다. 이 지뢰를 낙동강 계선界線까지 옮기기 위한 철도 이용은 화차 조달이 아예 불가능했고 트럭으로 운반하는 방법밖에 없었다. 트럭 10대에 1개 중대 병력이 필요했다.

　주덕근은 대전차지뢰 수송에 대한 대책을 박길남 공병부장에게 건의했다. 하지만 박길남 역시 속수무책이었다.

　"디금 우리한테 도라쿠(트럭)가 어디 있으며 병력은 어디 있슴메? 더욱이 후방국엔 지름 한 방울도 없는데…."

　박길남은 장탄식으로 땅이 꺼질 듯한 한숨만 푹푹 내쉬었다.

　사실 인민군대의 병참 지원은 말이 아니었다. 전선사령부 작전지휘부가 이동하고 난 후 방어선 하나 없는 서울은 텅 비어있다시피 했다. 8월 초순까지만 해도 서울 시내엔 오가는 행인들도 눈에 많이 띄었고 상가도 활기찬 편이었지만 중순으로 접어들면서 미 공군의 집중공습으로 거리는 이미 공황상태에 빠져 있었다. 인민군과 내무서원, 인민위원들만 공습을 피해 분주하게 오갈 뿐이었다.

　현실적으로 아무런 대책이 없었다. 그나마도 주덕근이 수원을 오가는 모터지클의 연료는 동굴 지뢰 창고에서 사용하기 위해 비축해둔 휘발유 한 드럼에서 조금씩 빼내 쓰고 있는 형편이었다. 박길남 공병부장이 살짝 전하는 얘기로는 조국해방전쟁이 심각한 양상으로 흐르고 있다는 것을 예감할 수 있었다.

　"주 동무! 조국해방전쟁은 심각하게 돌아가고 있슴. 한두 곳의 국지전은 승리할지 모르갔디만 전반적으로 크게 밀리고 있다는 소식임메. 조국해방전쟁의 승리는 요원하외다. 무엇보다 보급선이 너무 길어서라무네 우리 인민군대 전사들이 내내 굶고 있다는 내기(얘기)오. 예비병도 없구서리 무기, 탄약도 다 떨어졌는데 보급은 안 되구… 이거, 이거이 야단났구만 기랴."

박길남은 주덕근을 손짓으로 살짝 다가오게 한 뒤 귀엣말로 이런 정보도 전했다. 김일성 최고사령관이 최근 박헌영 부수상 겸 외무상을 단장으로 한 군사원조단을 베이징에 파견한 결과 중공의 마오쩌둥 주석은 '시불리'時不利를 지적하며 일단 한강 이북으로 철수하는 편이 낫다고 충고했다는 거였다. 모든 병력과 장비를 한꺼번에 낙동강 전선에 집중하는 유엔군의 전력을 분산시켜야 승기를 잡을 수 있기 때문이라고 했다.

개전 초부터 속전속결만 주장하며 남침을 강행해온 최고사령관 김일성이 느닷없이 서해안 방위사령부를 신설한 것은 아마도 이 같은 마오쩌둥의 충고를 받아들여 서울 방어에 관심을 기울였는지도 몰랐다. 그러나 너무 늦었다. 그럼에도 김일성은 낙동강 임계점에서 대구와 마산을 점령해 부산으로 진격한다는 집념을 버리지 못해 마지막으로 제5차 총공격을 감행하게 된다. 이른바 낙동강 대회전大會戰!

8. 태극기냐, 인공기냐

"콰앙, 쾅!"

충북 괴산을 지나 남하하는 길목 이화령梨花嶺 쪽에서 간단없이 포성이 울려왔다. '하얀 배꽃이 피는 고개'라는 아름다운 이름의 이화령이 빨간 핏빛으로 물들어가고 있었다.

조선인민군 전선사령부의 속전속결 전략에 따라 낙동강 전선으로 향하고 있는 인민군대 13사단 지휘부에서는 계속 정치명령을 내려 진격의 고삐를 죄고 있는 긴박한 상황이었다. 그러나 사단 주력부대는 이화령에서 고전을 겪고 있는 1사단의 배후에서 발이 묶여 좀체 남진의 기회를 포착하지 못하고 있었다.

북괴군 1사단이 전면 공격에 돌입해 있는 이화령은 아군의 입장에서 본다면 지리적으로 산줄기가 병풍처럼 둘러싸여 천혜의 요새를 형성하고 있는 중부 산악지대의 방어적 전략요충지였다. 이화령에 포진하고 있는 국군 제6사단은 아군에게 유리한 지리적 여건을 최대한 활용, 방어선을 구축하고 화전리 전방 고지와 수안보, 풍암리 등지에서 적의 낙동강 진출을 저지하기 위해 지연 작전을 전개하고 있었다.

적 지휘군관들은 '국방군 6사단'이라는 말만 들어도 치를 떨었다. 개전 초 소양강 전투에서 적 2사단과 7사단이 녹아난 악몽 때문이었다. 하지만 이화령 전투에서도 아군 6사단은 만만치 않았다. 김종오 장군이 지휘하는 아군 6사단은 개전 초부터 적과의 교전에서 연전연승하며 적장敵將의 가슴에 통한을 심어주고 있었다. 특히 충북 음성의 무극리에서 팔로군들로 무장한 적 15사단의 1개 연대를 초전에 박살내고 연풍~문경 간으로 이동을 전개, 이화령에서 적 1사단을 위협하고 있었다.

이는 대전에서 격전 중인 미 제24사단이 경부선 철도를 따라 철수할 것에 대비, 미군에 퇴로를 터주고 낙동강 방위선으로 공격해 오는 적을 저지하기 위한 사전 포석이었다. 그 무렵 충주를 점령한 적 1사단은 탱크대대를 앞세우고 단양을 거쳐 이화령으로 전면 공격을 개시해 왔다. 아군 6사단은 이미 적의 주공로를 파악하고 이를 저지하기 위해 함병선 대령의 제2연대를 화천리 전방고지에, 민병권 대령의 19연대는 수안보에 각각 배치하고 1개 대대를 예비부대로 남겨 사단본부와 함께 풍암리에 포진하고 있었다.

그러나 육군본부에서 다른 전선과의 균형을 유지하고 낙동강 전선을 정비하기 위해 6사단에 철수 명령을 내리는 바람에 야간을 이용하여 문경으로 철수할 수밖에 없었다. 김종오 사단장은 문경 국민학교에 사단지휘소를 설치한 뒤 이화령에서 적을 저지키로 하고 7월 13일 문경 서쪽에서 동쪽으로 이어지는 능선 일대에 새로운 방어선을 구축했다. 이에 따라 6사단 주력인 제2연대는 문경~연풍 간 주도로를 따라 남하하는 적을 막기 위해 이화령에 제1대대 및 3대대를, 북쪽 능선의 633고지에 2대대를 각각 배치했다.

천연의 요새 이화령은 지척을 분간할 수 없을 정도의 짙은 안개가 자주 끼는 바람에 아름다운 이름만큼이나 웅장한 자태가 농무濃霧 속에 가려지기 일쑤였다. 게다가 험준한 고지를 오르내리는 데 외길뿐이어서 적의 기동력을 묶어버리는 천혜의 자연환경까지 고루 갖추고 있었다. 이 때문에 아군은 효과적으로 적을 방어할 수 있었으나 적은 적대로 짙은 안개를 이용해 끊임없이 침투해 왔다. 피아간에 지척을 분간할 수 없는 고지에서 기습과 백병전이 반복되었다.

어떤 때에는 피아를 구별하지 못한 채 뒤섞여 자다가 안개가 걷히거나 먼저 깨어나는 자가 상대방의 적을 발견하고 백병전을 벌이는 웃지 못할 사태까지 벌어지기도 했다. 심지어 연대장까지도 백병전에 휩쓸리는 등 현대전에서 상식적으로 있을 수 없는 일들이 도처에서 벌어지고 있었다. 그 과정에서 이화령은 주인이 5번이나 바뀌고 피아간에 사상자가 속출했으나 아군은 적의 장갑차 3대와 트럭 8대, 스탈린포 3문을 노획하는 전과를 올렸다.

최전방 사선에서는 소총수들의 총격전이 치열하게 전개되고 있었다. 피아간에 목표물에 대한 정조준도 없이 마구잡이로 쏘아대는 따발총과 M-1 소총의 총격전이 캄캄한 허공에서 불꽃 튀는 공방전으로 이어졌다. 요란한 총성과 수류탄의 폭발음이 귀청을 찢듯 울려 퍼지기도 했다.

적 1사단은 결국 3일간에 걸친 치열한 공방전 끝에 T-34 탱크를 앞세우고 이화령을 돌파했다. 교전 3일 만에 적이 대공세를 취해 오는 바람에 문경이 함락되고 만다. 그러나 아군 6사단이 이미 전략상 철수하고 난 후에 적이 침공해온 것이다. 아군 6사단은 육군본부의 철수 명령에 따라 이화령에서 야음을 타고 영천 신령 방면으로 빠져나와 대구 방어전에 투입되었다.

"우르르… 콰쾅!"

포성은 멀리 서쪽 속리산 방면에서도 간단없이 울려 퍼지고 있었다.

"휘이익, 휘이익!"

마치 미진처럼 대지를 은은히 울리는가 했더니 어느새 회오리바람이 불어닥치듯 세찬 바람 소리와 함께 아주 가까운 곳에서 굉음이 울리며 지축을 뒤흔들곤 했다. 속리산 방면에서는 적 13사단과 함께 예비사단으로 뒤처져 있던 제15사단 예하 부대가 남진해 오고 있었다.

　적 13사단 탱크대대가 상주에 진입하자 참모장 리학구 총좌는 낙동강이 지척에 있다는 생각에서 당장 다부동을 거쳐 대구로 진격하고 싶은 이상야릇한 흥분에 사로잡혔다. 13사단보다 먼저 문경 새재를 거쳐 상주 함창까지 진출한 1사단은 그 여세를 몰아 낙동강 도하작전을 서두르고 있었다.

　그렇지만 주간에는 제공권을 장악한 미 공군 전폭기 편대의 공습으로 지상공격이 지연되기 일쑤였다. 때문에, 주로 야간을 이용해 눈 한 번 못 붙이고 강행군으로 진격하다 보니 발바닥이 부어오르고 물집이 생겨 종래에는 도저히 속보로 걸을 수 없게 되고 말았다.

　일이 이 지경으로 돌아가자 독전대에서는 일선 군사 군관들과 전사들에게 일제히 먹물을 보급했다. 발바닥과 발가락 사이에 생긴 물집을 따고 부어오른 상처 부위에 먹물을 바르는 지극히 원시적인 민간요법이긴 했으나 먹물 속에 함유된 강한 소독작용의 효험으로 그나마도 강행군에 상당한 도움이 되었다.

　그러나 속전속결로 승승장구하며 걷잡을 수 없이 남진하던 북괴군은 날이 가고 달이 바뀔수록 전세가 불리해지면서 사상자들이 속출하는 등 점차 피해가 늘어나기 시작했다. 특히 서울에서 천리 길로 이어진 전선이 점차 길어지고 이동외과병원과는 너무나 먼 거리에 떨어져 있었다. 때문에 응급가료를 받지 못한 부상자들은 제대로 손 한 번 써보지 못한 채 죽어갔다.

파죽지세로 밀어붙이기만 하던 적은 낙동강이 가까운 경북 내륙으로 깊숙이 침투하면서 이미 병력과 장비가 거의 소진되거나 한계에 도달하고 있었다. 의약품은커녕 식량과 피복 등 각종 보급품이 제대로 조달되지 않아 부상병들은 민가에서 노획한 광목천을 붕대로 만들어 약초를 발라 사용하거나 발싸개를 만들어 신어야 했다.

게다가 급식 문제도 수단과 방법을 가리지 않고 자체 해결토록 하는 바람에 초급 군사군관들과 하졸下卒(일반전사)들은 허기가 지면 단위부대별로 논밭에 자라는 날벼와 콩 등 농작물을 훑어 먹거나 뱀, 개구리까지 잡아먹기 일쑤였다. 그만큼 병참 지원이 엉망이었고 일선 전사들의 사기가 떨어져 말이 아니었다.

전쟁터에서 오가다 똥개라도 한 마리 발견해 잡아먹는 날에는 그야말로 목구멍에 때 벗기며 포식으로 영양보충을 할 수 있었다. 그러나 군사군관이나 전사할 것 없이 모두 눈에 불을 켜고 임자 없이 떠돌아다니는 개를 원체 많이 잡아먹는 바람에 시간이 흐르면서 똥개 한 마리 잡기가 하늘의 별 따기만큼이나 어려워졌다.

일이 이 지경으로 돌아가자 일부 상급 지휘군관들은 쑥밭으로 변해버린 마을을 뒤져 주민들이 자신의 목숨보다 소중히 여기는 소를 징발하는 횡포까지 부렸다. 농가의 재산목록 1호인 소를 빼앗긴다는 것은 그야말로 농민이 자신의 목숨을 내놓는 것과 다름이 아니었다. 그러나 농민들은 가슴팍에 총부리를 들이대며 소를 징발해가는 데 달리 피할 방도가 없어 전전긍긍했다.

"다른 거는 다 가져가도 이 소만은 절대 안 됩니더예. 지 목숨보다 더 소중한 기라 카이께네요. 제발 좀 살려 주이소."

무릎을 꿇고 두 손으로 싹싹 빌면서 아무리 하소연해도 눈이 뒤집힌 그들은 막무가내였다.

"종간나 새끼! 소를 내놓을 기야, 네 모가지를 내놓을 기야, 아앙?"

"조국전선에서 목숨 걸고 투쟁하는 우리 인민군대를 뭘루 아는 기야. 이런 반동 간나새끼!"

총부리로 농민의 가슴팍을 쿡쿡 찌르면서 협박할 땐 배겨낼 재간이 없었다. 그나마도 그들은 일말의 양심에서 〈황소 한 마리 접수함. 소값은 북남통일후 조선인민공화국에서 수표(보상)함〉이라는 엉터리 접수증까지 써주고 나뭇가지를 꺾어 소의 엉덩이를 툭툭 치면서 끌고 가기 일쑤였다.

그러고는 잔인하게도 징발해간 소의 관자놀이에다 권총을 들이대고 방아쇠를 당기고 만다. 단 한 발에 그 큰 소가 푹 꼬꾸라지자 우르르 달려들어 대검으로 쇠가죽을 벗기고 살점을 도려내 날고기를 그대로 먹어치우기에 한눈팔 사이도 없었다. 사람이 아닌 잔혹한 동물과 무엇이 다르랴.

북괴군들이 마구잡이로 농가에서 기르던 소를 징발해가자 이에 반발한 일부 농민들은 목숨을 걸고 무장녹군화武裝綠軍化해 소를 강제징발하는 북괴군에게 저항한다는 소문도 들려왔다. 그 소문의 진원지는 소만 보면 약탈하기 일쑤인 북괴군 전사들의 입에서 흘러나왔다고 한다. 녹군이란 소련의 볼셰비키혁명 직후 약탈을 일삼아온 스탈린체제를 반대하여 무장봉기한 이른바 '나야 아르미아(농민군)'를 가리키는 말이다.

"조국광복 5주년이 되는 8월 15일까지는 어떠한 일이 있어도 남반부 전역을 해방구로 만들어야 하오. 우리 인민군대의 전투력을 모조리 쏟아부어서라무네 죽을 각오로 대공세를 취하라우. 이거이 남반부를 까부실 마지막 기회외다."

조선인민군 최고사령관 김일성은 지난 7월 18일 자못 서슬이 파래져서 전선사령부가 포진해 있는 수안보에까지 내려와 독전했다고 한다.

전선사령관 김책 대장은 낙동강을 도하 대구로 진격할 제4차 작전계획을 수립하고 김일성의 현장지도에 따라 남진 주력인 제3돌격사단에 13보병사단을 합류시켰다. 그리고 그 배후에 제1사단과 15사단을 배치해 전력을 보강, 일제히 공격에 나서도록 정치명령(작전명령)을 하달했다.

그러나 15사단은 충북 음성의 무극리에서 1개 연대의 전투력을 상실한 데 이어 불과 열흘 만에 경북 상주 북방 화령장에서도 막대한 손실을 당하고 만다. 중부 전선에서 경북 안동으로 이동을 전개하던 아군 제17독립연대와 맞붙었기 때문이다. 1개 사단과 1개 연대의 전투. 얼핏 보기엔 애초부터 승산이 없었다. 그러나 때론 기적을 이룰 수 있는 행운이 따르게 마련이다.

충북 진천에서 방어전에 돌입했던 아군 17연대는 7월 17일 오후 "경북북부의 안동 쪽이 위급하니 즉시 출동하라"는 육군본부의 작명을 받고 보은에 집결했다. 출동 준비를 마치고 야반에 이동을 전개하던 중 우연히 경북 상주군 화서면 신봉리의 외진 산길에서 한 백발노인을 만나게 된다. 어쩌면 그 백발노인이 행운의 산신령인지도 몰랐다.

"약 십 리쯤 떨어진 화령장 뒤편 달천이라는 개울 건너편에 인민군이 우글우글하다"는 노인의 제보를 받고 연대장 김희준 중령은 정신이 번쩍 들었다. 절호의 기회였다. 설마한들 이 깊은 산속에 적이 포진해 있으리라곤 상상도 하지 못했기 때문이다.

부연대장이던 김 중령은 평택에서 미 공군의 오폭으로 연대장 백인엽 대령이 부상을 당하고 후송되는 바람에 연대장 직무대리를 맡고 있었다. 우선 침착하게 수색정찰부터 실시한 결과 충북 음성에서 아군 6사단에 깨진 적 15사단의 1개 연대가 분산, 포진해 있는 것을 확인하고 전 병력과 화력을 집중배치하며 포위 작전에 돌입했다. 동이 틀 무렵 적의 대병력이 무극리에서 아군 6사단에 녹아날 때처럼 북괴군 전사들이 달천 개울가에 나와 양치질을 하거나 세수를 하는 등 한가롭게 흩어져 있는 것이 사정권 안에 들어왔다.

김 중령은 즉시 공격명령을 내렸다. 아군의 일제사격이 개시되자 적은 전투장비도 버리고 혼비백산 달아나기에 바빴다. 달천 건너 금곡리에서는 마침 적의 연대장과 참모들이 닭백숙과 닭찜 등이 푸짐하게 차려진 아침 밥상을 받으려다 아군의 기습공격을 받고 숟가락도 들어보지 못한 채 달아나는 촌극을 빚기도 했다.

이 전투에서 아군은 일방적인 공격으로 자그마치 1000여 명의 적을 사살하는 대단한 전과를 올리고 2600여 명의 전 병력이 일 계급씩 특진했다. 특히 연대장 직무대리로 연대를 지휘해 왔던 김 중령은 대령 승진과 함께 정식으로 연대장에 취임하는 영광을 안았다.

수안보에까지 내려와 김책 전선사령관을 독전하던 김일성은 15사단이 무극리에 이어 화령장에서도 연거푸 녹아났다는 보고를 접하고 그 자리서 사단장 박성철 소장을 인책, 해임하고 대기령을 내렸다. 전체 3개 연대 병력인 15사단은 2개 연대가 잇따라 녹아나는 바람에 결국 부대가 해체위기에 놓이고 말았다.

대구 방어를 위한 국군 제6사단의 전략상 철수로 이화령을 돌파한 북괴군 1사단은 전력을 재정비, 낙동강을 도하를 위해 문경과 함창을 거쳐 상주 읍내로 진입했다. 13사단은 1사단이 마침내 상주로 진입했다는 무전 통보를 받고 주공로를 의성과 군위 방면으로 틀었다. 이제는 남한의 3대 도시 중 하나인 대구시를 공략하기 위한 대대적인 낙동강 도하작전을 감행하기에 이른다.

낙동강이 가까워질수록 남진을 서두르는 북괴군 주력부대와는 달리 북행길에 오른 북괴군 부상병들과 국군포로, 납북인사들의 행렬도 끊이지 않았다. 적의 후방으로 후송되는 부상병들은 앰뷸런스의 지원도 받지 못한 채 들것에 실리거나 목발에 의지하고 절룩거리며 걸어가고 있었다. 그런가 하면 국군포로나 우익인사들은 하나같이 죄수들처럼 포승에 묶여 개 끌리듯 끌려갔다. 국군포로들은 대부분 생포 당시 얼마나 얻어맞았는지 어디 하나 성한 구석이 없이 피멍이 들거나 심한 타박상을 입은 상태였고 반동분자로 몰려 북으로 끌려가는 납북인사들 역시 얼굴과 온몸이 상처투성이였다. 그들의 비참한 행렬 양쪽에는 따발총으로 무장한 내무서원들이 빈틈없이 감시의 눈초리를 번득이고 있었다.

"야, 이 반동! 종간나 쌔끼들이레 날래 걸어라잇!"

"간나 쌔끼들! 멈추면 직방 총살이라는 거 잘 알갔지비? 내레 꽝포를 놓는 기 아이라, 좋게 말할 때 고분고분하기오."

"반동쌔끼들이레 무시기 동작이 이렇게 느림메? 이거 안 되갔구만. 에잇, 직방 총살루다 어디 본때를 보여줘야 알간."

내무서원들은 끌려가는 납북인사들을 향해 갈 길을 재촉하며 제각기 신경질적으로 고함을 지르곤 했다. 하지만 탈진한 상태로 끌려가다 낙오할 경우 그들은 가차 없이 방아쇠를 당겨 개죽음으로 몰아가기 일쑤였다.

동토의 땅을 향해 끌려가는 행렬 중에는 뒤로 양팔을 묶인 채 울음을 터뜨리며 흐느적거리는 부녀자들도 상당수 눈에 띄었다. 아마도 저들의 말마따나 반동분자나 반혁명분자들의 가족 또는 부역자들인 모양이었다.

게다가 한 내무서원의 비아냥거림은 아연실색하지 않을 수 없었다. 독기 서린 내무서원의 목소리가 너무도 끔찍하게 들려왔기 때문이다.

"이 보라우! 이 간나들은 반동 에미네(부인), 국방군의 에미나이(계집애), 리승만 졸도들의 에미네들이니끼니 직방 총살해두 총알이 아깝시다. 내레 죽창으루 기냥 가랭이를 쑤셔 열창이 벌어지도록 죽여야디. 고럼, 고럼…."

그러나 부녀자들 가운데 배고픈 국군에게 밥을 지어주거나 부상병을 치료해준 단순한 부역자까지 반동분자로 몰린 경우가 대부분이었다. 북괴군 부상병들도 중환자들마저 앰뷸런스 한 대 구하지 못해 제 몸 하나 추스르기도 힘든 국군포로나 납북인사들을 운반일꾼으로 동원하여 들것에 실어 후송하고 있었다. 팔·다리와 머리를 다친 부상병들은 민가에서 노획한 광목천으로 상처 부위를 감은 채 팔걸이를 하거나 목발을 짚고 절룩거리며 걸어가고 있었다. 심지어 부상병들을 치료해야 할 간호군관이나 위생전사들도 중상을 입고 들것에 실려가는 모습이 보였다. 전쟁은 예상외로 북괴군에 불리한 방향으로 전개되고 있는 모양이었다.

리학구는 이미 그런 낌새를 이화령 전투에서부터 감지하고 있었다. 유엔군의 절대적인 지원을 받는 국방군의 화력이 엄청나게 증강되었다는 사실…. 그런데도 이따금 흙먼지를 일으키며 북쪽을 향해 달리는 인민군대 트럭에는 부상병이나 군수품이 아닌 값비싼 고급전리품이 가득 실려 있었다. 그것은 어쩌면 김일성 최고사령관에게 바칠 진상품인지도 몰랐다. 부상병들은 전리품을 싣고 과속으로 질주하는 트럭을 향해 손을 흔들며 태워달라고 애원했으나 트럭은 그들의 처절한 하소연을 외면한 채 흙먼지를 일으키며 지나치기 일쑤였다.

따발총을 어깨에 멘 내무서원들에 의해 마치 짐승처럼 끌려가는 국군 포로들의 가슴에는 '국방군 포로', 납북인사들 가슴엔 '반역자' 또는 '반동분자' 등의 인식표가 붙어 있었다. 또 북한 출신 납북인사들은 '월남 반동'이라는 나무 패말을 개목걸이처럼 목에 걸고 있었다. 그들 북한 출신 납북인사들은 대부분 광복 후 38선을 넘어 월남한 사람들로 북괴군 점령지역에서 준동하는 남로당 프락치들에 의해 검거된 자들이었다.

전쟁으로 인해 기존질서가 완전히 무너지면서 주종관계도 바뀌어 과거 머슴살이로 숨소리를 죽이고 살아가던 자들이 하루아침에 빨갱이로 변신하기도 했다. 그들은 주로 마을에서 인민위원회를 구성하고 인민재판이라는 이름으로 평소 원한을 산 주민들을 학살하는 등 악랄한 횡포를 부리기 일쑤였다.

북괴군이 진주하기 전까지만 해도 상전의 눈치만 살피던 그들이 붉은 깃발이 나부끼자 느닷없이 빨간 완장부터 두르고 자신들이 섬기던 상전과 그 가족들을 끌어내 죽창으로 잔인하게 학살했다. 그러고는 재산을 송두리째 약탈하는 만행을 자행했다.

그나마 살아서 내무서원들에게 끌려가는 인사들도 어차피 개죽음을 당하기 마련이었지만 무엇보다 하루아침에 공산주의자로 변신한 수하들에게 참혹한 학살을 면한 것이 어쩌면 다행한 일인지도 몰랐다. 그들은 누구인가? 따지고 보면 좌익도 아니고 우익도 아닌 순박한 농민에 불과했다. 미처 피란을 떠나지 못한 주민들은 억지춘향이처럼 살아남기 위하여 이·동 단위 인민위원회에서 책임자까지 내세워 장맛비를 맞아가며 진공해 오는 북괴군을 환영하기에 여념이 없었다.

그러나 순박한 농민들은 하나같이 한 손에 태극기를, 또 다른 한 손에는 인공기를 들고 거리로 뛰쳐나와 태극기를 흔들다가 인공기를 흔들고 인공기를 흔들다가 태극기를 흔드는 등 차마 웃지 못할 해프닝을 연출하기도 했다. 왜 그랬을까? 국군과 북괴군이 낙동강 교두보를 사이에 두고 피아간에 서로 뺏고 빼앗기는 치열한 공방전을 전개하고 있었기 때문이다. 하루에도 몇 차례나 밀고 밀리는 과정이 되풀이되자 주민들은 과연 어느 편에 서야 목숨을 부지할 수 있을지 몰라 전전긍긍할 수밖에 없었다.

그래서 혼란을 느낀 나머지 아예 태극기와 인공기를 둘 다 만들어 양쪽 손에 들고 나왔다가 퇴각하는 국군을 향해서는 태극기를, 곧이어 나타난 인민군을 환영하면서 인공기를 흔들어 주는 판에 박힌 행동을 반복할 수밖에 없었다. 주민들은 그만큼 정체성의 혼란을 겪어야 했다. 참으로 기막힌 현실이 아닐 수 없었다.

9. 도하작전의 비극

굳은 날씨가 모처럼 맑게 갰다.

리학구가 참모장으로 부임한 북괴군 13사단 선발대가 낙동강변에 당도할 무렵 뒤따라오는 1사단 주력부대의 도하작전을 먼저 예인하라는 전선사령부의 정치명령이 사단 작전부에 떨어졌다. 북괴군 1사단 주력이 도하작전에 나서야 할 곳은 낙동리와 강 건너 의성군 단밀면 낙정리를 잇는 하폭河幅 500여 미터의 낙동강 중류.

애초 1사단은 낙동리에서 화령장을 넘어오는 15사단과 합류할 계획이었으나 15사단이 무극리에 이어 화령장에서 박살 나는 바람에 부대를 재편하느라고 13사단과 그 후속 부대인 1사단이 먼저 도하작전에 나서게 되었다. 그러나 북괴군은 개전 초기부터 유엔군에 제공권을 빼앗기는 바람에 미 공군 전폭기 편대의 간단없는 공습을 우려, 부교를 설치하거나 배를 띄운다는 것은 아예 엄두도 내지 못했다.

때문에, 사단 작전부에서는 특수공작대에 정치명령을 내려 낙동강 동서 양안兩岸에 마닐라 로프를 설치하고 전사들이 그 로프에 매달려 도하작전을 감행하도록 예인계획을 마련한 것이다. 하지만 장마로 엄청나게 불어난 강물에 무모하게 뛰어들어 헤엄쳐 강을 건너다가는 익사하기 십상이었다.

예년 이맘때 비해 유달리 굳은 날이 많아 비가 오면 으레 강물이 범람하고 급류를 이루기 마련이었다. 흙탕물이 불어나 소용돌이치며 도도히 흐르는 낙동강에 뛰어든 예인대원들은 우선 비교적 물살이 약한 낙동리 강안에 큰 말뚝을 박아 2개의 로프를 고정시켜 놓고 그 로프의 끄트머리를 양쪽 어깨에 감아 물속으로 뛰어들었다. 나중에 힘에 부칠 것을 감안하여 처음부터 유속流速을 타고 흐르는 물결에 몸을 맡기면서 서서히 헤엄쳐 나갔다.

강둑에 늘어선 대원들이 그런 모험을 멍청하게 지켜보고만 있었다. 거센 물살을 헤치며 한 절반쯤 건넜을 때 비로소 자신감이 생겨나 비교적 여유 있게 헤엄쳐 갈 수 있었다. 그리고 마침내 500여 미터나 되는 하폭을 건너 무사히 낙정리 둑에 도착한 뒤 말뚝을 박고 로프를 연결하는 데 성공한 것이었다.

낙정리에 로프를 고정시킨 특수공작대가 강 건너 대기 중이던 주력부대를 향해 서둘러 손을 흔들자 군사군관과 하전사들이 줄줄이 강물로 뛰어들어 로프를 이용, 급류를 헤치며 도하작전을 감행하기 시작했다. 그러나 이 무슨 참극이란 말인가. 1사단 주력부대가 본격적으로 도하작전을 감행하던 중 뜻밖에도 미 공군 전폭기 편대의 파상적인 공습을 받고 말았다. 애초부터 불같이 다그치던 사단 작전부의 독전으로 주력부대가 황급히 강을 건너는 바람에 북괴군 전사들이 마치 벌 떼처럼 몰려들어 줄줄이 로프에 매달린 것이 크나큰 화근이었다.

이 과정에서 일부 전사들은 강 한가운데로 쏠려 목에까지 강물이 차오르는 바람에 허우적거리며 로프에 매달려 가까스로 낙정리 강안에 도달하고 있었다. 하여 거의 1개 대대 병력이 로프에 매달려 한창 도하작전을 감행하고 있을 무렵 아니나 다를까, 난데없이 귀청을 찢는 듯한 굉음을 울리며 나타난 4대의 미 공군 전폭기 편대가 기총소사로 공습을 가해 오는 것이 아닌가. 미처 피할 겨를도 없이 순식간에 벌어진 사태였다.

애초 우려했던 대로 전선사령부의 무모한 독전에 밀려 위태로운 주간 도하작전을 감행하다가 엄청난 피해를 보고 만 것이다. 게다가 강둑에 집결해 있던 북괴군 전사들이 비명 한 번 제대로 못 지르고 떼죽음을 당했다.

"으악~."

도하작전 중이던 전사들의 외마디 비명이 도도히 흐르는 낙동강 물에 씻기면서 처절하게 울려 퍼지기도 했다. 로프에 매달려 강을 건너던 전사마다 외마디 비명과 함께 무더기로 소용돌이치는 흙탕물 속에 잠겼다가 다시 솟구치는가 했더니 이내 급류에 휘말리면서 깊은 강물 속으로 가라앉아 버리곤 했다.

미 공군 전폭기 편대가 저공으로 비행하면서 무자비하게 쏴대는 기총소사에 전사들이 무더기로 수장되는 순간, 마치 붉은 꽃이 피어오르듯 시뻘건 핏물이 끔찍하게도 소용돌이치는 강물을 핏빛으로 물들였다. 전사들의 얼굴과 목이 달아나고 창자가 튀어나오는가 하면 팔다리가 잘려나가는 등 전폭기 편대의 무자비한 파상공격으로 인해 북괴군 전사들은 하나같이 낙동강을 시뻘건 피로 물들이면서 처참하게 죽어갔다.

북괴군의 도하작전을 저지하는 미 공군 전폭기 편대의 파상공격이 간단없이 전개되자 전선사령부의 정치명령을 맹목적으로 접수하고 무조건 남진을 닦달하던 사단 독전대에서는 뒤늦게 주간 도하작전을 중단해 버렸다. 결국, 현실 여건을 무시하고 전승에 도취한 나머지 수많은 군사군관과 전사들을 개죽음으로 몰아넣고 말았다.

그러나 그들은 남진을 멈출 수 없었다. 북괴군 1사단은 낙동리 강안의 숲속에 은신해 밤이 되기를 기다렸다가 미 공군 전폭기가 출격하지 않는 야간을 이용하여 또다시 도하작전을 감행했다. 전선사령부의 선봉부대로 줄곧 전선을 장악해오던 1사단은 우여곡절을 겪으며 수많은 희생의 대가를 치르고 기어이 낙동강을 건너 대구를 공략하기 위해 다부동 방향으로 남진을 재촉했다.

북괴군은 38선을 돌파한 이래 남침 전선이 천 리 길이나 뻗치면서 보급로가 길어진 데다 최근에는 이 보급선마저 미 공군의 공습으로 완전히 끊겨버린 상태였다. 때문에 식량이 바닥나 먹을 것이라곤 아무것도 없었다. 병참 지원이 전무한 상태에서 이런 곤경을 겪으면서 낙동강 전선까지 진격해 왔다니 어쩌면 기상천외한 일인지도 몰랐다.

생각할수록 희한한 전법이 아닐 수 없다. 중국에서 국공내전 당시 국부군에 쫓겨 대장정에 나선 팔로군이 그랬다. 공산주의 사상으로 똘똘 뭉친 북괴군의 전법 또한 상상을 초월했다. 그러나 따지고 보면 그들이 헐벗고 굶주리면서도 파죽지세로 밀고 내려올 수 있었던 것은 철저한 사상교육 때문이다. 독전대에서는 "이제 남은 것은 남조선의 적화통일뿐"이라며 사상무장과 함께 적화통일 의지를 주입하고 개인적으로 감상에 젖거나 정신이 해이해지는 것을 용납하지 않았다.

만일 사상적으로 해이해질 경우 가차 없이 자아비판이 뒤따랐고 심지어 반당분자로 몰려 즉결처분을 당하게 마련이었다. 그래서 젊은 초급군관이나 하전사들은 감히 고향에 두고 온 부모 형제 생각도 못 해보고 오직 조국해방전쟁의 승리만 외쳐야 했다.

비운의 미 지상군 24사단은 스미스 기동부대를 시발로 한국전쟁에 참전한 이래 전투다운 전투를 제대로 전개해보지 못한 채 패퇴를 거듭했다. 게다가 대전 철수작전 당시에는 사단장 딘 소장이 적진에서 헤매다가 북괴군의 포로가 되고 한국전쟁에 투입된 지 불과 한 달 만에 낙동강 전선까지 밀려나 잔존병력이 가까스로 경남 창녕에 포진하게 된 것이다.

북괴군 전선사령부는 이미 남한 국토의 70% 이상을 유린한 가운데 낙동강을 사이에 두고 대구와 부산을 점령하기 위한 최후의 결전을 서두르고 있었다. 낙동강 전선에서 마주친 적은 공교롭게도 대전전투에서 미 24사단에 치명적인 타격을 가했던 북괴군 최정예 4돌격사단(명예 칭호 서울사단)이었다.

미 제24사단은 낙동강 전선까지 밀려나 경남 창녕에 포진할 당시 존 H. 처치 소장이 지휘하고 있었다. 그는 스미스 기동부대가 대전역에 도착할 무렵 맥아더사령부 전방지휘소를 지휘하면서 "북쪽에 전투상황이 약간 있을 것"이라며 한국전쟁을 낙관했던 인물. 그런 그가 준장에서 소장으로 승진해 신임 24사단장이라니 마르코 중사는 코웃음이 나왔다.

대전전투에서 엄청난 피해를 본 미 24사단은 보병연대의 경우 고작 1000명 미만의 2개 대대로 편성되었고 포병부대의 야포도 사단 전체에 불과 32문밖에 남지 않았다. 전력이 통상 보병사단의 절반 수준에도 못 미치고 있었다. 이같이 전력이 약화 된 데에는 애초부터 북한공산군을 우습게 봤던 처치 장군도 결코 자유로울 수 없었다. 그럼에도 워커 미 8군 사령관은 그를 딘 장군의 후임으로 발탁한 것이다.

미 24사단은 전력상 열세에도 불구하고 방대한 지역에 걸쳐 분산 배치되었다. 개전 이래 연전연패하던 24사단은 그런 악조건에서 또다시 막강한 북괴군의 화력과 맞서야 했다. 온전한 정신으론 배겨낼 재간이 없었다. 하지만 닥친 운명을 어찌하겠는가.

8월 2일

미 24사단은 시시각각 옥죄어 오는 불리한 전황에도 불구하고 개인호를 파고 대대적인 방어진지 구축에 나서고 있었다. 하지만 엎친 데 덮친 격으로 이 난리통에 전선 인근의 민간인들을 대피시키는 문제도 심각한 걸림돌로 작용하고 있었다. 일단 원만한 전투 수행을 위해서는 아군의 작전지역으로 몰려드는 피란민들을 안전지대로 대피시키는 것이 급선무였다. 따라서 그들이 포진해 있는 창녕과 인근에 흩어진 사방 8킬로 이내의 민간인 3만여 명을 부산방면으로 철수시키는 또 다른 작전을 수행할 수밖에 없었다.

그러나 강 건너 서쪽 경북 고령의 우곡면 포리浦里 방면에서도 1만여 명으로 추산되는 피란민들이 강을 건너 아군의 교두보로 몰려들 기미를 보이고 있었다. 만약 그들이 이쪽으로 몰려든다면 미군은 제대로 손도 써보지 못하고 작전상 낭패를 보게 되고 적의 눈앞에 놓여 있는 포리 지역은 어느 한순간 적의 수중에 떨어지고 말 그런 상황이었다.

특히 포리에서 강을 건너 창녕 방면으로 가기 위해 구름처럼 몰려오는 피란민들 중 민간인 복장을 한 공산게릴라들이 침투해 있다는 정보가 속속 들어오고 있었다. 그것이 전투 수행상 크나큰 문제점으로 부각되었다. 그들이 얼마나 되는지 정확하게 파악할 수 없지만 분명한 것은 피란민을 가장한 공산게릴라들이 집요하게 아군진지로 침투해오고 있다는 사실이다.

사단 작전지휘부가 적정상황을 판단한 결과 강 건너 포리 지역에는 아직 북괴군이 진격해오지는 않았으나 그곳에서 40여 킬로 정도 떨어진 고령 읍내는 이미 적의 점령하에 들어가 있었다. 이 때문에 사단 지휘부는 일단 낙동강 서안西岸지역을 적진으로 간주하지 않을 수 없었다. 낙동강 서안에는 적의 4개 보병사단이 대회전大會戰을 위해 집결하고 있었다.

미 24사단 작전지휘부는 이 같은 상황에 직면해 피란민 행렬에 뒤섞인 공산게릴라들의 침투를 우려한 나머지 포리 쪽에서 강을 건너오는 피란민들의 대피문제는 포기하기로 방침을 세웠다. 인도적인 문제보다 작전상의 현안이 최우선으로 채택되었기 때문이다.

그것은 곧 실행에 옮겨졌다. 피란민들에게는 그들을 사지로 몰아넣는 가혹한 조치가 될지 모르겠지만 아군 포병부대에서는 명령이 떨어지기 무섭게 강을 건너려는 피란민 행렬 전면에 야포를 발사하기 시작했다. 피란민들로 하여금 혼비백산하여 오던 길을 되돌아가도록 유도하기 위한 군사작전의 일환이었다. 그렇게 하여 그들 수많은 피란민은 결국 죽음의 계곡으로 내몰리고 말았다.

아무리 전쟁상황이라지만 피란민들을 우선으로 보호해야 할 미 지상군이 그들을 모조리 적진으로 내몰아버리다니… 참으로 안타까운 일이 아닐 수 없었다. 그렇지만 한편으로 생각하면 미 지상군은 그동안 피란민을 가장한 공산게릴라들에게 속아 전력상 엄청난 손실을 보았던 것도 분명한 사실이었다. 심지어 끝까지 대전을 사수하려다가 실종된 전임 24사단장 딘 소장이 아군진지를 찾아 헤매던 중 북괴군의 포로가 된 것도 따지고 보면 적 게릴라들의 소행이었다. 하여 지아이들은 누구나 한국인 피란민들이 순수하게 보이지 않았고 일단 의심의 눈초리부터 보낼 수밖에 없었다. 어쩌면 그것은 참전 이래 내내 쫓기기만 했던 지아이들의 패배의식에서 비롯된 사고방식인지도 몰랐다.

북괴군 전선사령부 통신부에 속속 접수되는 전문을 보면 연일 미 공군의 북폭으로 공습에 시달리고 있는 평양 모란봉의 최고사령부에서도 움직임이 심상치 않았다. 최고사령관 김일성은 개전 초부터 선제공격만 주장해 왔으나 전세가 역전되자 후수後手에 후수만 쓰다가 연속적인 붕괴를 자초하고 말았기 때문이다.

최고사령부는 낙동강 전선 전 지역이 고전하고 있는데도 불구하고 남진 중이던 증원부대를 서울로 빼돌리는 기현상까지 벌였다. 뒤늦게 유엔군의 서해안 침투작전을 우려한 나머지 서울을 방어할 서해안 방위사령부를 신설했기 때문이다. 무보직 상태인 민족보위상 최용건을 방위사령관으로 임명했지만 그의 휘하에는 호위군관(전속부관)과 복무원(전령), 운전병밖에 없었다.

무력남침 3일 만에 제2, 7사단이 소양강 전투에서 녹아나는 바람에 전선사령관직에서 해임됐던 최용건이 허울뿐인 서해안 방위사령관으로 복귀했으나 실제 서해안을 방위할 병력과 장비가 전무한 상태였다. 이를 두고 서울의 고위간부들 사이에 "방위사령관은 있어도 방위사령부는 없다"는 자조적인 비판이 나돌기도 했다.

최고사령부는 최용건의 강력한 요청에 따라 우선 철원에서 25여단을 긴급편성해 서울지역에 투입, 수색을 포함한 서울의 방어선을 구축하도록 하고 내무성 산하 107경비연대에 김포평야의 방어를 명령했다. 하지만 대부분 병력이 신병들이나 점령지에서 강제징발한 의용군인 데다 훈련을 제대로 받지 못해 병력 운용에도 문제가 많았다.

그 외에 서울에 주둔해 있는 모든 경비기관, 검찰·법무기관, 후방국 병참부대에 이르기까지 전 병력을 서둘러 전투요원화 했지만 별 기대를 걸 수 없었다. 그래서 최고사령부는 낙동강 전선 지원을 위해 천안까지 내려가던 18사단의 남진을 정지시키고 서울로 긴급 철수할 것을 명령했다. 최고사령부는 그만큼 상황이 다급했으나 서울은 겉으로 보기엔 평온을 유지하고 있었다.

8월 6일 새벽 낙동강 전선.

북괴군 전선사령관 김책 대장은 이미 남한 국토의 70% 이상을 유린한 상황에서 마지막 고삐를 조이며 낙동강을 사이에 두고 대구와 부산을 공략하기 위한 최후의 결전을 서두르고 있었다.

개전 초부터 '서울사단'의 명예칭호를 받은 리권무 소장의 제4돌격사단을 선봉으로 2·9·10사단과 107탱크연대를 투입시킨 김웅 중장의 제1 집단군이 낙동강 우안右岸 도하작전을 일제히 전개했다. 경북 고령군 우곡면 포리에서 경남 의령군 지정면 봉곡, 두곡리에 이르는 낙동강 남안 최후의 공격작전이었다. 낙동강 대회전의 서전을 장식하면서 창녕 읍내와 영산을 점령하고 밀양을 거쳐 부산으로 진격하는 것이 최종목표였다.

그러나 낙동강 전 전선에 걸쳐 중무장으로 포진하고 있는 한미연합군은 처음부터 북괴군에 엄청난 출혈을 강요하고 있었다. 북괴군으로서는 개전 이래 가장 견디기 힘든 처참한 전투를 자초하게 된 것인지도 몰랐다. 특히 전력을 재정비한 미 제24·25사단은 평야 지대를 한눈에 바라볼 수 있는 유리한 고지에 포진해 155·150·122 밀리 중포를 집중적으로 배치하고 주도면밀한 응전태세를 갖추고 적이 공격해 오기만을 기다리고 있었다.

이 같은 미 지상군의 전력을 아예 무시한 북괴군 4돌격사단의 주력 16연대가 합천에서 기동하여 의령, 봉곡, 두곡리에서 나룻배로 낙동강 도하 후 창녕으로 돌진해 왔다. 칠흑 같은 어둠을 뚫고 낙동강 상공에

붉은색과 노란색의 조명탄을 유성처럼 쏘아 올리며 창녕 남쪽 오항烏項으로 기습도하에 성공하여 이른바 '낙동강 돌출부'로 진격해 온 것이다.

'낙동강 돌출부'란 창녕군 영산면 서쪽으로 튀어나온 낙동강 연안 지역으로 거창·합천·창녕지구로부터 영산을 거쳐 부산 인근인 밀양과 삼랑진으로 이어지는 전략적 요충지대를 말한다. 만일의 경우 미 지상군이 이 '낙동강 돌출부'를 잃게 된다면 임시수도 부산이 크게 위협받게 되고 북괴군은 최고사령관 김일성이 호언장담했던 대로 광복 5주년이 되는 8월 15일까지 부산을 점령하는데 유리한 거점을 확보할 수 있다. 때문에 피아간에 사생결단하고 최후의 결전을 벌일 수밖에 없는 상황이었다.

낙동강 동쪽 창녕에 베이스캠프를 설치한 미 24사단은 공교롭게도 대전에서 엄청난 타격을 입고 패퇴의 쓰라린 악연을 가졌던 북괴군 4 돌격사단과 낙동강전선에서 또다시 맞붙게 되었다. 사단장 딘 장군이 적의 포로가 된 24사단으로서는 절치부심 대전에서 당한 참패를 설욕할 기회가 찾아온 것인지도 모른다. 그러나 미 24사단의 병력은 한국전쟁 개전 초기부터 막대한 손실을 입은 채 제대로 보충을 받지 못해 전력상 절대적으로 불리한 위치에 놓여 있었다.

이 때문에 사단 작전지휘부(G-3)에서는 기동방어전략을 세우고 적 주력부대의 주 공격로로 판단되는 창녕 전면에 예하 21연대, 영산 전면에는 34연대를 전진 배치했다. 그리고 제19연대를 사단본부 주변에 예비대로 포진케 했다. 21연대와 34연대는 개전 초기 조치원, 천안에서 북괴군에 녹아난 부대가 아닌가. 그런 34연대가 방어하고 있는 오항에서 불길한 징조가 나타나기 시작했다.

칠흑 같은 어둠을 뚫고 낙동강을 도하한 북괴군은 오항 인근 고지에 진을 치고 있던 미 34연대의 최전방 3대대 본부에 기습공격을 감행해 온 것이다. 종이호랑이 34연대가 천안에 이어 또다시 교활한 북괴군의 기습전략에 우롱당하는 순간이었다. 날이 밝아올 무렵까지 반격에 나섰던 1대대가 적의 맹렬한 공격으로 사상자만 내고 퇴각했다. 패퇴의 원인은 천안에서 쓴맛을 본 34연대가 적의 도하 지점을 창녕 오항이 아닌 의령 박진 나루터로 잘못 판단하고 작전을 전개했기 때문이었다. 작전지휘부에서 또 오판을 하고 만 것이다.

미 지상군이 포진하고 있는 낙동강 돌출부에서 도하작전을 완료한 적의 주력 16연대와 치열한 공방전이 벌어져 하루에도 몇 번씩 주인이 바뀌는 혼전을 거듭했다. 이런 와중에 피란민을 가장한 공산게릴라들이 미 24사단과 25사단의 유일한 연락통로이던 남지교를 습격, 보급선을 차단하는 바람에 파국적 위기에 몰리기도 했다.

긴박한 상황에 부닥친 미 8군사령부에서는 8월 17일 마침내 전략적 요충지인 낙동강 돌출부의 영산~밀양선線을 사수하기 위해 미 해병대 제3여단의 투입을 결정하기에 이른다. 대전에 이어 고전을 면치 못하고 있던 비운의 24사단은 이때부터 비로소 숨통이 트여 전투태세를 재정비할 수 있었다.

그 무렵 미 24사단의 중앙을 주 공격로로 설정하고 있던 북괴군 4돌격사단도 엄청난 곤경에 처해 있었다. 4500여 명의 소총수만으로 3개 연대를 편성한 적은 낙동강 돌출부 대봉리 전면에서 무모한 기습공격을 반복하다가 완강하게 저항하는 미 지상군의 화력에 막대한 피해를 보았기 때문이다. 보충병이 속속 도착했지만 그중에는 궁여지책으로 남한 점령지에서 강제로 끌고 온 의용군이 대부분이었으며 그들은 기초적인 군사훈련은커녕 기본무기조차 제대로 다룰 줄 몰랐다. 게다가 강제로 끌려온 바람에 대부분 기회가 닿는 대로 탈출하기에 여념이 없었다.

북괴군 4돌격사단장 리권무에겐 이런 전투상황보다 더 견디기 힘든 고통은 사방이 막혀 보급로가 거의 끊기고 있다는 사실이다. 식량은 완전히 바닥나 버렸고 심지어 낙동강 돌출부에서 격전을 치르고 있는 보병부대에 탄약을 조달하는 긴박한 일마저 시간이 흐를수록 더욱 힘들어지고 있었다. 남침작전의 선봉부대로 공격을 전개할 당시 소지해온 탄약은 이미 오래전에 바닥나 버렸고 서울을 점령한 이후 250마일이나 남진해 오는 동안 모든 전선이 지나치게 길어져 보급로가 거의 끊긴 상태였다.

북괴군 2·9·10사단 등 후속 부대도 사정은 마찬가지였다. 따발총이나 아카보총 같은 기본화기만 소지한 채 저돌적으로 공격하다가 미지상군의 화력에 노출되어 사상자가 속출했다. 애써 설정한 계선界線까지 진출해도 엄호 화력이 없어 번번이 패퇴하기 마련이었다. 폭우처럼 쏟아지는 한미연합군의 열탄을 당해낼 재간이 없었다. 여기에다 한미공군 전폭기 편대의 집중폭격과 네이팜탄 투하, 광란적인 기총소사는 북괴군 전사들을 미치게 했다.

초전에 위력을 떨쳤던 소련제 T-34 탱크도 성능이 뛰어난 미군의 M-4 퍼싱 탱크가 본격 투입되면서 맥을 못 추고 박살 나 곳곳에서 꼴사납게 방치돼 있었다. 병력 소모와 무기손실이 실로 엄청나게 늘어났다. 그동안 한미공군의 공습을 피해 주로 야간공격을 감행해 왔으나 그것도 이미 시대에 뒤떨어진 전략전술에 불과했다. 한미공군 전폭기에서 조명탄을 투하하고 지상군은 지상군대로 진지에서 조명탄을 쏘아 올리는 바람에 하늘과 땅, 천지를 대낮같이 밝히고 역습을 해오는 바람에 마땅히 숨을 곳도 없었다.

어디 그뿐인가. 부상한 전사들은 아예 치료도 제대로 받지 못한 상태에서 최일선에 재배치되기 일쑤였고 중상자들을 그대로 방치하는 바람에 사망자가 속출했다. 그것이 전선에 배치된 북괴군의 현실이었다. 그러나 국공내전 당시 중국대륙에서 풍부한 전투경험을 쌓은 팔로군 출신 조선의용군 군사군관들과 상전사들은 이런 역경에도 불구하고 좀체 사기가 꺾일 줄 몰랐다. 그들은 맨주먹으로도 싸울 자신감에 넘쳐 있었다.

때문에, 반격작전에 돌입한 미 지상군은 상대적으로 고전을 면치 못했다. 현재의 낙동강 돌출부를 뚫어야만 창녕을 거점으로 낙동강을 도하하여 북진할 수 있으나 상황은 악화일로로 치닫고 있었다. 낙동강 돌출부에 역전의 전통에 빛나는 미 해병대 3여단이 투입되면서 코르세어 전투기의 엄호를 받으며 대대적인 북괴군 소탕 작전에 들어갔으나 "고양이에게 쫓기던 쥐가 퇴로를 잃게 되면 되레 고양이를 문다"는 격으로 적은 완강하게 저항하며 역습을 해오기 일쑤였다.

10. 낙동강 교두보를 사수하라

강릉에서 재편성된 북괴군 8사단은 동해안을 타고 평창·제천·단양을 거쳐 같은 방향으로 철수 중이던 아군 제8사단을 추격해 이미 전투상황에 돌입한 국군 수도사단 18연대 방위지역인 낙동강 상류 예천으로 침공해 왔다. 공교롭게도 피아간에 같은 보병 8사단끼리 쫓고 쫓기는 공방전이 벌어진 데다 아군 수도사단 18연대도 정면에서 공세를 해오는 적과 맞닥뜨린 것이다.

　이에 앞서 영주를 점령한 북괴군 12사단은 안동 방면으로 밀고 들어가 예천의 8사단과 합동으로 양면작전을 시도했다. 적의 목표는 낙동강 상류를 도하 의성을 거쳐 대구의 배후도시인 영천을 공략하는 것이었다. 낙동강 상류 교두보의 전면전을 예고하는 전초전과 다름이 없었다.

　그러나 바로 그 무렵 작전지도를 위해 치스지프를 타고 안동 북방까지 전선시찰을 나왔던 북괴군 총참모장(남한의 합참의장) 강건 대장이 아군이 설치해 둔 지뢰에 걸려 타고 있던 지프가 곤두박질치면서 그 자리에서 즉사하고 만다. 만주의 동북항일연군 시절부터 최고사령관 김일성과 각별하게 지낸 인연으로 북괴군 최고위직에까지 올랐던 그는 안동에서 그리 멀지 않은 경북 상주 출신이었다.

　어릴 때 부모를 따라 북만주로 이주한 뒤 성장기를 동북 3성에서 보내고 항일빨치산 활동에 뛰어들어 비야츠크 밀영시절에는 김일성과 같은 소련군 까피탄(대위)에 올랐고 북반부로 귀환한 후에는 최용건과 함께 조선인민군 창군에도 관여했다. 그런 그가 공교롭게도 고향 인근에서 아군의 지뢰지대를 지나다가 급사했다는 소식을 전해 들은 북괴군 지휘관들은 절망감과 함께 분노가 하늘을 찔렀다.

한편 동부전선에서는 개전 초부터 줄곧 동해안을 따라 공격 전선을 유지해온 북괴군 5사단의 주력이 강릉~삼척~울진~영덕으로 진공해 왔고 삼척 해안에서 태백산으로 침투해 온 766군 유격부대는 경북 영양 일월산을 거쳐 청송 진보까지 진출했다. 게릴라 전술의 권위자로 알려진 오진우 총좌가 지휘하는 766군부대는 남로당의 공비들을 흡수한 혼성 유격부대로 동해안을 진공 중인 5사단의 일부 전투병력을 지원받아 안동을 우회해서 포위 작전으로 나올 계획이었다. 아군으로서는 낙동강 최북단의 교두보인 안동이 절체절명의 위기로 몰리지 않을 수 없었다.

영주와 안동의 임계선에서 지연 작전을 펴던 아군 8사단은 안동 북방의 옹천에 지휘소를 두고 예하 21연대를 동북방의 349고지에, 16연대는 낙동강 지류인 내성천 남방 능선에, 10연대는 내성천 좌측 482고지에 각각 포진, 적 2개 사단의 안동 진출을 방어하고 있었다. 근접해 있던 수도사단의 1연대도 8사단 10연대의 좌측 조운산에 포진해 적의 내성천 도하작전에 대비하고 있었다.

그런데 7월 31일 오후 난데없이 한미연합군의 작전지휘권을 행사하고 있는 미 8군 사령관 워커 중장이 "낙동강 교두보의 전반적인 전선 정비를 위해 8월 1일 새벽 5시까지 수도사단과 8사단을 안동방위선에서 철수시키라"는 전략상 퇴각명령을 내렸다. 설상가상이었다. 접적接敵이 없는 상황에서도 2개 사단의 병력과 장비를 하룻밤 사이에 이동하기가 불가능한데 한창 공방전을 치르고 있는 최전선의 전투부대를 빼낸다는 것은 전선상황을 전혀 고려하지 않는 무모한 짓이었다. 특히 아군의 야간 후퇴작전은 미 공군의 제공권이 무력해지는 상황에서 사생결단하고 공세를 해오는 북괴군에 기름을 안고 불로 뛰어드는 것과 다름이 없었다.

그러나 미 8군에서 안동 철수작전을 급히 서두른 것도 그럴 만한 이유가 있었다. 미 24 · 25사단과 1기병사단이 낙동강 주 저항선에 배치되기 시작했으나 전반적인 전황은 7월 25일부터 위기상황에 몰리고 있었기 때문이다. 당시 금강선線과 소백산맥을 돌파한 적의 주력이 낙동강 교두보 한미연합군의 주 저항선으로 대대적인 공세를 취해 압박의 강도를 높이고 있는 돌발상황을 맞은 것이다.

그 무렵 미 8군 사령관 워커 중장은 사실상 대구사수가 어렵다고 판단, 만일의 경우 낙동강 교두보를 포기하고 대구에 있는 베이스캠프를 부산으로 철수할 것도 고려하고 있었다. 그래서 그는 일본 도쿄의 유엔군 총사령부 참모장 아먼드 중장에게 "대구를 포기하고 부산으로 철수하겠다"고 건의하기에 이른다.

보고를 접한 유엔군 총사령관 맥아더 원수는 아먼드 참모장과 함께 7월 27일 대구로 날아와 워커 장군을 설득하고 대구사수를 결심한다. 왜냐하면 대구를 포기할 경우 낙동강 전선에서 적의 주력을 묶어놓고 인천상륙작전을 감행한다는 맥아더 원수의 원대한 작전계획이 자칫 수포가 되고 한국전쟁의 승산도 예측할 수 없었기 때문이다.

그 당시 한국군 8사단은 낙동강 상류의 예천 내성천 일대에서 안동을 사수하기 위해 치열한 공방전에 나서고 있었으나 엄청난 적의 화력에 견디다 못해 막대한 피해를 보고 혼란에 빠진 상황이었다. 적이 예천에서 안동으로 밀고 들어와 낙동강을 단숨에 도하하려는 의도에서 파상적인 공세를 취해오고 있었고 국군 수도사단이 8사단의 공백을 메우기 위해 뛰어들었으나 중과부적이었다.

그러나 한미연합군의 지휘권을 행사하고 있는 미 8군 사령부의 작전명령대로 급히 서둘러 퇴각할 만큼 위급한 상황은 아니라는 것이 수도사단장 김석원 장군을 비롯한 한국군 지휘관들의 상황판단이었다. 안동을 사수하겠다는 국군의 결사 항전태세는 강렬했다. 이런 가운데 "수도사단은 엄호사단으로, 8사단은 선발 철수사단으로 후퇴하라"는 한국군 제1군단 사령부의 작명이 떨어졌다. 이 역시 사단 전체의 후퇴작전은 예하 부대의 조직적인 엄호하에 이루어져야 한다는 전략상 원칙을 무시한 조치였다.

이 때문에 8월 1일 새벽에서야 대대 단위까지 작명이 전달되는 우여곡절을 겪어야 했고 중 · 소대 등 하급부대에는 제대로 작명을 전달하지 못해 근접 교전 중이던 일선 중 · 소대들이 고립되기도 했다. 16연대의 경우 낙동강 이남의 철수지역까지 도달한 병력이 260명에 불과했다. 대부분 실종되거나 전사한 것으로 알려졌다.

수도사단장 김석원 장군은 후퇴명령을 받고도 자신의 전략과 배치된다며 "내가 있는 한 더 이상 후퇴는 없다"며 〈우리 국군은 절대 후퇴하지 않는다〉는 벽보까지 안동 시내 곳곳에 써 붙여 놓고 불안에 떠는 시민들을 안심시키려 했다. 게다가 전선 후방에 헌병독전대를 배치, "후퇴하면 사살한다"고 장병들을 다그쳤으나 결국 지휘체계 혼란으로 안동이 함락되고 시가지가 불길에 휩싸이고 만다.

김석원 장군은 안동 시내에 적의 박격포탄이 비 오듯이 쏟아지고 극도의 혼란 속으로 빠져들었는데도 "안동시민들에 대한 약속을 깨고 절대 후퇴할 수 없다"며 "장수는 싸우다 죽어야 한다"고 한사코 버텼다. 그 와중에 옹천지구에서 적 12사단의 주력과 격전을 치르던 수도사단 1연대는 500여 명의 희생자를 내고 잔존병력 2개 대대가 안동 시내로 후퇴했다.

그러나 안동교가 이미 폭파돼 4킬로나 떨어진 상류로 올라가 강을 건널 수밖에 없었다. 장맛비로 상류에도 강물이 불어나 적의 공격에 쫓기며 목까지 차오르는 강을 건너다 결국 수많은 희생자를 내고 말았다. 안동 철수작전의 실패는 적전 지휘관들의 불화와 안동교의 조기 폭파, 미 8군의 급속한 후퇴명령과 이에 따르는 각 전투부대 간의 횡적 연락 두절 등 복합적인 문제가 겹친 결과였다.

특히 안동교 조기 폭파는 8월 1일 날이 밝아올 무렵 제1군단 참모장 최덕신 대령의 명령에 의해 군단 공병대가 단행했으나 최 대령은 8사단장 이성가 장군의 승낙을 받아 폭파했다고 주장하고 이 장군은 잔존병력이 철수한 다음에 폭파하라고 건의했다며 서로 상반된 주장을 내놓고 있었다. 마치 6월 28일 새벽 한강교 폭파사건의 경위와 흡사했다. 안동교 폭파를 주도한 최덕신은 훗날 자진 월북함으로써 그의 정체가 드러난다.

아군 8사단 10연대는 그나마도 간발의 차이로 조금 일찍 철수하는 바람에 인명 피해가 비교적 적은 편이었으나 21연대, 16연대와 수도사단 1연대 등은 안동교가 폭파된 이후 적의 공세에 쫓기며 분산 철수하기에 급급했다. 이 때문에 수천 명의 병력이 쏟아지는 적탄을 피해 강물로 뛰어들었다가 급류에 휩쓸린 데다 적의 집중사격으로 강물을 시뻘건 피로 물들이며 숨지고 적의 포로가 된 장병만도 300여 명에 달했다.

수도사단은 애초 안동사범학교에 지휘소를 두고 8사단을 지원하면서 안동 일원을 집중적으로 방어하고 있었다. 김석원 사단장은 널리 알려진 대로 돌격 일변도인 일본군 대좌(대령) 출신이었다. 그는 최일선에 우뚝 서서 닛폰도를 휘두르며 "내 사전에 후퇴란 없다!"고 외치는 다혈질의 장군이기도 했다. 그러나 탄약 보급과 병력 증원이 제대로 이루어지지 않아 내내 고전했다. 게다가 전선의 상황을 외면한 채 제때 탄약 보급도 안 해주고 잇달아 후퇴명령만 내리는 상부에 대한 불만도 컸다.

그러던 중 제1군단 부군단장 김백일 장군이 전선시찰을 나왔다. 계급은 같은 준장이지만 부군단장이라면 사단장보다 한 단계 높은 보직이다. 하지만 군 경력이나 나이로 봐 새까만 차이가 났다. 이미 50줄에 들어선 김석원 장군은 30대 초반의 새파란 김백일 장군을 평소 어린아이 취급했다. 그뿐 아니라 둘은 1947년 38선의 남북간 물물교환 당시 독직으로 번진 북어 사건의 처리문제를 두고 갈등을 빚은 구원(舊怨)관계도 있었다.

그런 김백일 장군과 맞닥뜨린 순간 김석원 장군은 명색이 부군단장에 대한 예의도 무시한 채 "이놈아! 탄약과 병력도 안 주고 어떻게 싸우란 말이야. 너는 도대체 뭐하는 놈이냐"며 권총을 빼 들고 버럭 고함부터 질렀다고 했다.

참모들 앞에서 느닷없이 지휘 체계상 명령권자의 권위에 도전을 받은 김백일 장군도 흥분한 나머지 "뭐야! 난 부군단장이다!" 하고 동시에 권총을 빼 들었다. 일촉즉발의 살벌한 분위기에서 부사단장 김응조 대령이 가로막고 참모들이 두 장군의 권총을 빼앗아 무마했으나 긴박한 상황에서 두 지휘관이 감정적인 적전 분란을 일으킨 것은 문책의 대상이 되고도 남았다.

8월 16일.

미 공군의 B-29 중폭격기 99대가 북괴군 5개 사단이 집결 중인 낙동강 중류의 왜관 상공에 출격하여 제2차 세계대전 이후 최대의 융단폭격을 감행했다. 이 폭격으로 북괴군은 엄청난 피해를 보고 왜관 일대가 초토화 되었으나 팔공산 뒤편 군위 방면까지 밀려났던 적은 그 이튿날인 17일 4개 사단 규모로 병력과 장비를 수습, 대구를 향해 총공격을 준비하고 있었다.

대대적인 공세에 나선 적은 백선엽 장군이 지휘하는 아군 제1사단이 포진 중인 대구 근교 가산산성과 다부동까지 접근해 왔다. 여기에다 적 8사단과 15사단의 일부가 철수 중이던 아군 8사단의 배후를 치면서 영천으로 공격해 오고 있었다. 공교롭게도 피아간에 8사단끼리 또다시 맞붙게 되었다.

영천회전會戰. 영천은 서쪽으로 대구, 동쪽으로 경주, 남쪽으로는 경산·청도를 거쳐 밀양으로 빠질 수 있는 전략적 요충지였다.

영천회전에서 적의 집중포화와 기습공격에 밀려 아군 방어선이 일시 뚫리게 되자 대구가 일촉즉발의 위기상황에 몰리기도 했다. 심지어 적의 포탄이 대구 도심에까지 떨어지는 등 위험에 빠지자 이승만 대통령은 급기야 정부를 다시 부산으로 옮기고 8월 18일을 기해 대구 시내에 소개령을 내린다.

이에 앞서 무초 주한 미 대사는 8월 16일 미 국무성에 긴박한 낙동강 전선의 상황과 한국 정부의 동향을 긴급히 타전했다.(2급 비밀)

〈워커 미 8군사령관은 7월 28일 한국 정부가 대구에서 보다 안전한 후방으로 옮겨야 될 것 같다고 제의했다. 이에 본 대사는 그러한 상황과 관련하여 뒤따르게 될 한미연합군의 사기와 심리적 요인을 지적하며 군사정세가 적어도 8월 15일 이후까지 버틸 수 있도록 한국 정부의 천도는 지연되어야 한다고 워커 사령관에게 요청하는 이의를 제기했다.

국무성에서도 이미 알고 있다시피 북한 공산군은 지난 2주일 동안 대구에서 불과 10~15마일 떨어진 여러지점에 침투해 있었고 병력과 장비를 계속 증강하고 있다. 워커 장군은 유엔군이 대구를 계속 장악할 수 있을 것이라고 장담하면서 맥아더 원수도 같은 생각이라며 한국 정부가 보다 안전한 지역으로 옮겨가는 것은 유엔군의 원활한 반격작전을 위한 조치라고 한국정부의 천도를 재차 요청했다.

따라서 본 대사는 오늘 이승만 대통령과 그의 전시각의戰時閣議에 이 문제를 제기했으나 한국 정부는 더 이상의 천도는 바람직하지 않다는 의견을 개진했고 이 대통령 역시 대구를 떠나고 싶지 않다고 단호한 태도를 취했다. 그는 "대구를 떠나느니 차라리 대통령직을 사임하고 의용군 대장으로 공산군과 싸우겠다"고 결연하게 말했다.

그러나 상황이 워낙 긴박하게 돌아가는지라 이 대통령도 군사작전의 중요성을 감안, 조만간 부산으로의 정부 천도를 동의할 것으로 보인다.〉

이승만 대통령은 무초 대사의 예견대로 불과 이틀 만에 고집을 꺾고 부산 천도를 결정했으나 유독 내무장관 조병옥은 "대구사수!"를 외치며 내무부의 부산 이전을 완강히 거부했다.

"대구가 함락될 경우 아무리 유엔군이라 해도 부산을 지키지 못하는 비극을 초래할 가능성이 있으므로 대구 철수를 절대 반대해야 합니다."

그는 이렇게 주장하면서 유엔군에 배속된 한국 전투경찰대를 직접 지휘하겠다고 나섰다.

게다가 그는 부산으로 이동할 준비작업에 들어간 워커 미 8군사령관을 찾아가 주한 미군 지휘부의 부산 이동에 대한 부당성을 주장하며 설득전을 폈다. 그 결과 워커 사령관은 대구에 주둔 중인 미 8군사령부의 부산 이동계획을 철회하며 이렇게 말했다.

"내가 이제부터 사령관실에 야전침대를 갖다 놓고 전반적인 작전을 지휘할 것이오. 그러니 조 장관께서도 한국 경찰군을 잘 지휘해 우리 군사작전에 적극 협조해주기 바라오."

조 장관은 경북도청에 있는 임시 내무부로 돌아와 경찰 간부들에게 총동원령을 내리고 "이탈자는 전시군법을 적용해 엄단하겠다"며 대구 사수령을 발동했다. 그의 이 같은 방침은 민심의 동요를 막는 일대 영단이 아닐 수 없었다. 그는 영천과 하양으로 좁혀진 최일선에까지 나가 국군장병들을 격려하며 반격전을 촉구하기도 했다. 하여 그는 대구 사수의 주역으로 역사에 길이 빛나는 인물이 된 것이다.

대구를 눈앞에 두고 일진일퇴를 거듭하면서 영천시가지를 뺏고 빼앗기길 4차례. 경산 하양에 베이스캠프를 두고 있던 유재흥 제2군단장은 전방지휘소를 적진인 영천 시내로 옮겨 영천 사수의 결의를 다졌다. 그 당시 한국군의 전선은 대구를 배후에 둔 영천~경산~군위로 이어지고 칠곡 다부동이 낙동강 전선 최후의 마지노선을 형성하고 있었다.

문경에서 영천 신령으로 철수했던 아군 6사단 본부 군수처 변규영 상사는 육군소위로 현지 임관돼 19연대 1대대 1중대 1소대장으로 신령 고개에 배치된다. 당시 치열한 공방전이 전개되는 과정에서 마치 일회용 소모품처럼 일선 소대장들의 전사자가 속출하자 사단장 재량으로 전투경험이 풍부한 중·상사 등 고급하사관들을 현지 임관해 일선에 투입했다. 변 소위도 그중 한사람이었다.

변 소위가 갓 임관돼 미처 소대 병력을 장악하기도 전에 적의 T-34 탱크 14대가 헤드라이트를 켠 채 영천 시내를 공격하기 위해 막 신령 고개를 넘어오고 있었다. 마침 적 탱크는 아군이 모두 퇴각한 줄 알고 보병의 엄호도 없이 12킬로나 떨어진 영천 시내를 향해 탱크포를 쏴대며 다가왔다. 변 소위는 이때를 놓칠세라 대원 두 명을 선발, 수류탄 10발씩 나눠주고 "내가 적 탱크에 올라가면 수류탄을 공급하고 나를 엄호하라!"는 명령과 함께 "나를 따르라!"는 말을 남기고 적진을 향해 돌진했다.

변 소위가 고갯길에서 매복하려는 순간 선두 탱크가 아군의 지뢰지대에 걸려 전복되면서 뒤따르던 탱크가 일시에 멈춰서기 시작했다. 이어 영천~신령 간 교량을 건너던 적 탱크 한 대도 교량에 설치한 아군의 TNT가 폭발하는 바람에 개울에 처박히고 말았다. 이 때문에 10여 대의 탱크가 오도 가도 못 하고 발이 묶이게 되자 변 소위가 멈춰서 있는 탱크 위로 올라가 해치를 열고 대원들이 건네주는 수류탄을 집어넣는 식으로 혼자서 적 탱크를 6대나 파괴하는 전과를 올렸다. 그는 기적 같은 무훈을 세워 임관 일주일 만에 중위로 특진했다.

9월 4일.

북괴군 전선사령관 김책은 최고사령관 김일성의 밀명密命에 따라 의성에서 기동 중이던 8사단과 상주 화령장에서 아군에 패퇴한 15사단을 재편성해 영천을 뚫고 들어가 청도와 밀양을 공략해 부산으로 직행하도록 무모한 정치명령(작전명령)을 하달한다.

특히 북괴군 15사단은 개전 초기 예비사단으로 후방에 머물렀다가 중부 전선에 투입된 이후 줄곧 아군에게 당하기만 했다. 때문에, 사단장 박성철 소장이 해임되고 후임으로 팔로군 산하 조선의용군 지대장 출신인 조광철 소장이 부임했다. 그는 무정군단(제2집단군) 김무정 사령관이 가장 아끼는 지휘관으로 부임하자마자 분대장급 이상 상전사(하사관)를 모두 팔로군의 조선의용군 출신들로 교체해 돌격부대로 개편했다. 그러고는 8월 공세 때 다부동의 전면에서 미 제1기병사단 및 한국군 제1사단과 격렬하게 대치하다가 13사단과 교대한 후 동쪽으로 우회하여 영천을 공략하게 된 것이다.

9월 5일 새벽. 적 15사단은 T-34 탱크 10대를 앞세우고 아군 8사단이 방어 중이던 영천 자양 방면으로 기습공격을 감행해 왔다. 이어 이날 밤에는 군위 효령, 의흥 방면으로 침투해 온 적 8사단과 협공으로 영천을 점령하고 만다. 적의 집중포화로 영천의 밤하늘은 온통 검붉은 화염에 휩싸였다.

아군 제8사단과 북괴군 8사단은 같은 8사단끼리 영주에서부터 예천~안동을 거치는 동안 내내 격돌해온 숙적 중의 숙적이었다. 게다가 영천을 방어하고 있던 아군 8사단은 전투병력이 16·21연대 등 2개 연대에 불과했다. 예비대로 뒤처져 있던 10연대를 포항 일원에서 작전 중인 제3사단에 배속했기 때문이다.

억수장마로 연일 폭우가 쏟아지는 바람에 아군은 영천회전에서 공군 전폭기의 지원도 제대로 받을 수 없었다. 그래서 이번에도 사생결단하고 덤벼드는 적을 제대로 막지 못하고 밀려나야 했다. 영천이 적의 수중에 떨어지면서 전세가 역전돼 대구를 비롯한 낙동강 교두보가 일대 위기상황에 빠져들고 있었다.

하양의 전방지휘소를 지키고 있던 제2군단장 유재흥 장군은 영천이 적의 수중에 떨어졌다는 보고를 접한 즉시 백선엽 1사단장과 김종오 6사단장에게 긴급지원을 명령. 다부동 전선과 그 북방에서 전투 중이던 1사단 11연대와 6사단 19연대를 빼돌려 황급히 영천대회전에 투입했다.

영천 시내를 방어하고 있던 아군 21연대가 고립무원에서 사흘 동안 버티고 있을 무렵, 마침 다부동 전선의 미 제1기병사단에서 M4 셔먼 탱크 7대를 지원하고 아군 7사단 8연대가 다시 증원돼 19연대와 함께 반격작전에 들어갔다. 여기에다 아군 11연대가 영천 남쪽 금호강변에서 영천 시내로 진격해오고 포항공방전에 배속되었던 10연대가 복귀하면서 3면 협공이 이루어져 마침내 영천회전의 승기를 잡게 된다.

19연대장 김익렬 대령은 작전상황을 점검하기 위해 호위병 1개 소대를 이끌고 영천 서북쪽 탑동 삼거리를 지나던 중 뜻밖에도 북괴군 트럭과 마차 등 150여 대가 탄약과 식량 등 보급품을 가득 싣고 영천 시내로 들어가는 것을 발견했다. 적은 영천을 방어하고 있던 아군 8사단이 완전히 퇴각한 것으로 착각하고 아예 무장호송도 하지 않았다. 김 대령은 그 자리서 1개 소대 병력을 지휘해 모조리 파괴해 버렸다.

그는 이어 영천역 동쪽 과수원에 적 15사단 지휘소가 있다는 정보를 입수하고 1개 대대 병력을 차출, 포위 작전으로 소탕전을 벌이던 중 누군가 백마를 타고 쏜살같이 달아나는 것을 발견했으나 아쉽게도 그만 놓치고 말았다. 이후 확인한 사실이지만 백마를 타고 달아난 자가 바로 사단장 조광철이었다. 적 15사단 역시 돌격사단으로 개편했다고 과시했지만 명색이 사단장이 백마타고 달아나는 조조군사에 불과했다. 심지어 탱크포를 쏴대던 T-34 탱크 5대도 연료가 떨어져 기동을 못하자 아군 특공대가 달려가 그대로 노획하고 전차병들을 모두 생포하는 일까지 벌어졌다.

김일성은 낙동강 전선의 8월 총공세에 이어 9월 총공세에서도 초반부터 패색이 짙어갔으나 결코 영천을 포기하지 않았다. 영천만 확보하고 공격 방향을 동남쪽으로 틀 수만 있다면 대구는 굳이 공격하지 않아도 자연스럽게 고립되고 내처 부산으로 진격할 수 있을 것이라고 판단했기 때문이다.

영천 공략에 이어 청도와 밀양을 거쳐 대한민국의 임시수도인 부산으로 밀고 들어가면 그가 애초 목적했던 대로 한반도의 적화통일을 이룰 수 있을 것이라는 신념에는 변화가 없었다. 그런 점에서 영천은 매우 중요한 전략적 요충지였다. 하여 김일성은 영천을 점령하는 데 마지막 도박을 걸었던 것이다. 영천은 서쪽으로는 대구 후면後面에 위치해 있으나 동쪽으로는 경주와 지척의 거리였다. 그리고 남쪽으로는 경산과 청도, 밀양이 있어 부산을 공략하기 위한 길목으로는 안성맞춤이었다.

아군 8사단은 증원부대가 투입되자 영천 탈환 작전에 돌입했으나 적 2개 사단의 화력이 워낙 강력한 데다 일부 주력이 영천을 빠져나와 경주 방면으로 남하하는 바람에 이를 저지하기 위해 영천 탈환 작전에 투입된 병력과 장비를 다시 빼돌려 경주 방어에 투입해야 했다.

적 8사단이 영천을 빠져나가 경주로 향한 것은 경주 입구 건천에서 바로 청도를 치고 밀양을 점령할 계획이었기 때문이다. 오직 부산 점령만 외치는 김일성의 독전에 그만큼 다급한 것이었다. 밀양만 점령하면 양산과 구포를 거쳐 부산은 바로 지척의 거리였다. 아군의 입장에서는 영천을 다시 탈환하지 못한다면 대구~영천~경주~포항을 잇는 낙동 강 방어선의 유일무이한 보급로가 끊겨 아군은 고립무원의 처지에 놓 이게 되고 부산 함락도 시간문제였다.

영천 북방 자양 방면에서 사주 방어진을 치고 있던 아군 21연대는 적 15사단의 주력인 45·73·103연대 등 3개 연대가 한꺼번에 몰려와 포위하는 바람에 고립무원에 빠지고 말았다. 그러나 아군 21연대장 김 용배 대령은 침착하게 긴박한 상황에 대처했다. 집중공격을 해오는 막 강한 적에 비해 연대 전력이 극히 열세한 점을 감안, 가능한 한 대규모 의 정면 대결을 피하는 면밀한 작전계획을 세웠다.

그는 우선 넓게 퍼진 연대의 사주 방어망을 4킬로 안으로 좁히면서 용의주도하게 유리한 지형을 이용해 엄폐와 차폐를 반복하며 적을 지 치게 만들었다. '강력한 곳을 피하고強而避之 방비가 없는 곳攻其無備을 불의에 기습하라出其不意'는 손자병법을 원용한 이른바 '김용배 병법'이 었다. 그 무렵 아군 군단지휘소와 사단지휘소에서는 21연대가 적에 완 전히 포위돼 전멸한 것으로 알고 있었다.

김 대령은 각 대대장들에게도 대대나 중대 단위의 접전을 피하고 그 대신 1개 분대 또는 2개 분대씩 특공대를 조직, 여러 방향에서 적을 기 습하며 적진을 교란하도록 명령했다. 손자병법의 '출기불의出其不意전 략'이었다. 그 결과 예상외로 적에게 많은 타격을 주며 적 지휘체계에 혼란을 일으켰다. 특히 9월 7일의 아군 승전보는 한마디로 기적 같은 대승이 아닐 수 없었다.

이날 새벽 5시쯤 2대대 5중대 2소대가 매복해 있는 진지에서 500미터 정도 떨어진 345고지를 적이 점령한 데다 안개 자욱한 300미터 전방의 고지 아래에서는 적 1개 대대 병력이 전투 대형을 갖춰 올라오고 있었다. 이를 관측한 소대장 김재의 소위는 중대본부에 급히 보고하려 했으나 유·무선이 모두 불통이었다. 진퇴양난… 그러나 용장勇將 밑에 용병勇兵이 있다고 김용배 대령의 지휘에 단련된 김 소위는 과감하게 소수병력으로 대응키로 결심한다.

그는 개인호 속에 경기관총 2문과 자동소총 3문으로 화망 구성을 해놓고 사수들을 제외한 전 대원들을 현 위치에서 관측이 쉬운 고지 아래에 매복시켰다. 아군진지의 위쪽 345고지를 이미 적이 점령하고 있기 때문이었다. 김 소위의 민첩한 화망 구성과 병력배치를 전혀 눈치채지 못한 적은 유유히 능선을 타고 고지로 오르기 시작했다.

김 소위는 우측 1분대를 능선으로 오르는 적을 향해 배치하고 좌측 3분대는 능선 아래 계곡에 머물러 있는 적의 정면에 배치했다. 그러고는 중앙의 2분대와 경기관총 사수는 후속 부대로 증원되는 적이 사정권 안에 들어오기를 기다리다 일제히 사격을 개시했다.

뜻밖의 기습에 혼비백산한 적은 미처 응사할 겨를도 없이 우왕좌왕하다가 그대로 나뒹굴며 떼죽음 속으로 휩쓸려 갔다. 3시간여 일방적인 공격으로 사격을 가하다 보니 실탄이 바닥나기 시작했다. 대원들은 실탄을 아끼면서 적진을 향해 수류탄을 자그마치 150여 발이나 던졌다. 적진에서도 아군을 향해 방망이 수류탄을 던졌으나 계곡 아래에서 위쪽으로 투척하기란 그리 쉬운 일이 아니었다. 자칫하다간 그것이 되돌아와 자폭하기 때문이다.

게다가 살아남은 적 전사들마저 능선 아래로 도망치다 독전대의 총격을 받고 다시 고지를 오르는 순간 아군의 집중사격으로 외마디 비명을 지르며 몰살당하는 등 그야말로 아비규환의 생지옥을 방불케 했다. 아군 2소대는 천혜의 지형지물을 이용해 적 1개 대대를 섬멸하는 엄청 난 전과를 올렸다. 이 전투에서

무기를 버리고 무조건 투항하는 적 군사군관 3명을 비롯해 전사 83 명을 생포하기도 했다. 김 소위는 이어 2킬로나 떨어진 적 연대지휘소 까지 추격전을 벌여 마침 총성을 듣고 뛰쳐나오던 적 연대장까지 사살 하는 기염을 토했다.

북괴군은 마침내 아군 7사단이 증원되면서 막강한 전력으로 버티는 유엔군과 국군의 대구방어선을 뚫지 못하고 퇴각한 뒤 우회로 남부의 마산을 집중공략하려 했으나 이 작전마저 무위로 끝나고 말았다. 9월 6일부터 14일까지 9일간에 걸친 영천대회전에서 적 15사단은 완전히 궤멸되고 8사단도 조직이 해체될 정도로 큰 타격을 입고 영천에서 퇴 각했다. 그동안의 전과는 적 사살 3천200여 명, 생포 309명, 탱크 5대 를 비롯한 장갑차 2대, 각종 중포 53문을 노획한 것이다.

11. 대역전

동부전선의 포항전투도 낙동강 교두보의 운명을 판가름하는 혈전이었다. 미 8군 사령부는 애초 적의 수중에 떨어진 포항을 탈환하기 위해 의성에 포진해 있던 수도사단에 17독립연대를 배속시켜 안강·기계지역에서 배수진을 치도록 작명을 하달했다. 여기에다 동해에 떠 있는 미 해군 순양함 미주리호와 구축함대에서 적의 진공로인 영일만 흥해지역에 함포 1500여 발을 쏴 불바다로 만들었고 포항시가지는 미 공군 전폭기의 파상적인 공습과 포·폭격에 의해 쑥대밭으로 변했다.

　그 결과 포항은 마침내 수복돼 동부전선의 위기가 일단 사라졌으나 아군의 희생도 컸다. 특히 전투경찰대와 학도의용군의 희생은 엄청났다. 그중에서도 학도의용군은 거의 매일 200~300명씩 전선에 배치되었지만 꽃다운 생명들이 총도 한 번 제대로 쏴 보지 못하고 하룻밤 사이에 거의 전멸하다시피 했다.

　아군 3사단은 포항 탈환 이후 안강전투에 투입되었으나 사단장 김석원 장군은 부임한 지 한 달도 못 돼 또다시 해임되고 만다. 작전 수행상 공훈의 대상에 올라도 시원찮을 텐데 역시 김백일 부군단장과의 악연 때문이라고 했다. 두 장군은 9월 초순 안강에서도 전략상의 견해 차이로 옥신각신했었다. 이 와중에 영덕 강구에서 국군 3사단을 해상으로 몰아내고 남진을 계속해온 적 5사단이 포항 북방까지 밀고 내려왔다. 포항이 또다시 아슬아슬한 위기상황에 몰리기 시작했다.

적 12사단과 766군 유격부대는 아군의 반격작전에 밀려 일단 포항을 포기했지만, 형산강을 중심으로 경주 근교 강동·안강·기계·건천 일원에서 아군에 출혈을 강요하는 공방전을 계속하고 있었다.

낙동강 교두보의 동쪽 거점인 동부전선 영덕지구를 방어하고 있던 아군 제3사단은 개전 이래 계속 동해안을 타고 파죽지세로 밀고 내려온 적 5사단을 맞아 연일 혈전을 반복했다. 대구에서 동북으로 80킬로 떨어진 영덕지구는 지형상 앞에 동해가 탁, 트여 있으나 배후에는 청송·영양·안동으로 뻗어 나간 험준한 산악지대로 가로막혀 있다.

적의 진공로는 동해안 도로를 타고 포항으로 쳐들어가는 국도와 안동·의성·영천을 거쳐 대구의 배후를 잇는 국도 등 두 갈래 길밖에 없었다. 그래서 아군 지휘부는 이 두 길목만 막으면 적의 침투를 충분히 방어할 수 있을 것으로 판단했다. 이미 영덕에 배치된 3사단 외에 안동에서 철수한 8사단과 수도사단을 내륙도로 교차점인 의성을 중심으로 방어망을 구축한 이유다.

그러나 적 8사단은 안동을 점령한 이후 내처 의성으로 진로를 틀어 아군 8사단과 수도사단을 끈질기게 추격했고 적 5사단은 이 틈을 이용해 영덕으로 밀고 들어 왔다. 이와 동시에 8사단에 이어 안동으로 쳐들어온 적 12사단은 청송을 거쳐 포항으로 방향을 틀었다. 애초 안동을 우회 포위하려던 766군 유격부대도 아군이 안동을 포기하자 다시 동해안으로 빠져나와 포항을 거쳐 안강으로 진격하기 위해 비학산으로 집결했다.

이 작전은 제2집단군(일명 무정군단) 사령관 김무정 중장의 전략에서 나왔다. 그는 국공내전 당시 팔로군 산하 조선의용군 총사령관 출신으로 게릴라전법에 능했던 인물이지만 한동안 소련파에 밀려 한직에 머물러 있었다. 그런 그가 개전 초 중동부 전선에서 2사단과 7사단이 아군 6사단의 주도면밀한 방어작전에 말려들어 치명상을 입고 물러나고 대로한 김일성이 김광협 제2집단군 사령관마저 해임하자 그 후임으로 부임했다.

그래서 날개를 단 그는 당장 김일성의 비위를 맞추기 위해 766군 유격부대에 포항으로 진격해 형산강교를 폭파하고 미 5공군의 출격기지인 오천 비행장과 아군의 후방기지로 활용되고 있는 구룡포항을 봉쇄하도록 정치명령을 내린다. 766군 유격부대는 그뿐 아니라 포항을 점령하고 안강을 거쳐 대구 남방의 청도로 침투해 경부선 철도보급로인 청도 터널(일명 남성현 터널)을 폭파하라는 명령까지 받았다. 만약 이 두 개의 작전이 성공한다면 아군에 치명적인 타격이 아닐 수 없었다.

아군의 영덕지구 방어전은 사실상 7월 중순부터 시작되었다. 적의 공세가 워낙 강력해 강구까지 밀려나 공방전을 벌인 끝에 강구 후면 181고지를 탈환했으나 하루 만에 빼앗기자 22연대장 김종원 중령은 그 책임을 물어 소대장과 하사관을 각각 1명씩 즉결처분하는 소동을 벌였다. 이 사실이 미 군사고문단에 알려져 김 중령이 해임되는 사태까지 몰고 왔다.

게다가 8월 6일 22연대가 181고지를 탈환하기 위해 야간공격을 전개할 무렵 사단 전방지휘소에 적의 포탄이 날아들고 전사자가 속출했다. 이때 작전을 지휘하던 이준식 사단장과 참모들이 주변의 개인호 속으로 잠시 피신했으나 이 사실이 워커 미 8군 사령관에게 잘못 보고돼 사단장까지 지휘소를 이탈했다는 이유로 해임되고 말았다.

후임 사단장은 안동지구전투에서 김백일 부군단장과 적전 분란을 일으키고 수도사단장에서 해임되었던 김석원 장군. 그러나 김석원 사단장이 부임하자마자 적 5사단 주력이 해안선을 끼고 강구 쪽으로 우회해서 남진하는 바람에 181고지 탈환 작전에 나섰던 22연대가 적의 공세에 밀려나고 만다. 이 과정에서 적의 공격을 저지하는 데만 급급했던 연대장 강태민 중령은 아군의 철수상황을 제대로 파악하지도 않고 강구 오십천교를 조기 폭파해버렸다. 한강교와 안동교에 이어 아군의 희생을 자초한 세 번째 교량 조기 폭파였다.

이 때문에 미처 다리를 건너지 못한 2대대 병력 350여 명은 강구 북쪽 해안에 갇혀 바다로 뛰어들었다가 무더기로 익사하고 말았다. 이 사건으로 연대장 강 중령마저 해임되는 등 아군 3사단의 고위지휘관들이 작전 잘못으로 잇달아 해임되는 사태까지 벌어졌다. 비운의 3사단은 미 해·공군의 지원을 받아가며 고군분투했으나 결국 영덕과 강구를 잃고 후방 퇴로마저 막혀 버렸다. 안동에서 청송을 거쳐 내려온 적 12사단이 우회해서 포항으로 공격해 들어갔기 때문이다.

그 무렵 동해에 출동한 미 해군 순양함 미주리호를 비롯한 구축함 3척이 영덕 해안과 포항 흥해지역을 향해 8인치 함포와 16인치 주포로 밤낮없이 함포를 쏴댔다. 그러나 육·해·공의 관측 차질로 명중률이 떨어져 적진을 침묵시키기에는 역부족이었고 오히려 오폭으로 흥해·청하·송라 일대의 동해안 민가에 많은 피해를 입혔다. 이로 인해 아군 3사단이 철수할 길은 전혀 보이지 않았다.

남쪽(적 12사단)과 북쪽(적 5사단), 서쪽(적 766군 유격부대) 등 3면에 포위돼 있었고 동쪽은 망망대해밖에 없었기 때문이다. 부임하자마자 사면초가에 몰린 김석원 사단장은 고민 끝에 가까스로 육군본부와 연락이 닿아 8월 14일 "LST(해군수송함) 4척을 보낼 테니 해상으로 철수하라"는 극비명령을 받고 영덕 남방 장사 해안에서 철수하기 위한 양동작전에 들어간다.

　아군이 마치 대대적인 반격작전에 돌입한 것처럼 모든 장비를 동원하고 야간에 불을 훤히 밝힌 트럭 행렬을 오르내리게 하며 위장 전술로 적의 공세를 저지하는 한편 3사단 병력과 경찰 1만여 명 외에도 주민 1천여 명까지 구룡포항으로 무사히 철수시킨 것이다. 구룡포항에 상륙한 아군 3사단은 8월 17일 숨돌릴 사이도 없이 즉각 포항 방어전에 투입되었다. 포항이 적의 수중에 떨어지면 낙동강 교두보에 대한 공중지원기지인 오천 비행장을 포기할 수밖에 없고 낙동강 전선도 파국적 위기에 직면할지도 모르기 때문이었다.

　포항 방어전에는 미 8군 별동부대인 브래들리 부대가 투입된 데 이어 경남 진주에서 작전 중이던 아군 민기식 부대(이하 민부대)에도 급파 명령이 떨어졌다. 그만큼 포항 방어전이 위급했다. 이들 두 별동부대는 미 해·공군의 지원을 받으며 방어전에 돌입했으나 병력과 화력의 열세로 고전 중이었다.

　특히 민 부대보다 먼저 도착한 브래들리 부대가 오천 비행장을 사수하기 위해 효자동 방면의 동해남부선 철도 터널 주변에서 형산강을 건너려다 비학산을 타고 넘어온 적 766군부대의 기습을 받고 치열한 교전을 벌였다. 하지만 첫 교전에서 엄청난 적의 화력에 견디다 못해 100여 명의 희생자를 내고 효자동을 거쳐 형산강교橋 방면으로 철수했다.

　그 무렵 구룡포에서 오천으로 이동한 아군 제3사단은 지휘소를 오천 비행장 입구인 찬내(냉천)에 설치하고 23연대를 형산강으로 급파했다. 불과 100여 미터의 접전 거리를 두고 강 건너 브래들리 부대와 민부대가 협공작전으로 형산강교를 탈환했지만 희생이 너무 컸다. 죽어나자빠진 적 기관총 사수들의 발목이 하나같이 쇠사슬로 묶여 있는 것으로 봐 독전대에서 일선 전사들의 후퇴를 막기 위해 무자비한 만행을 저지른 것 같았다.

피아간에 전사자가 속출하고 형산강을 시뻘겋게 물들이며 포항 앞바다로 쓸려갔다. 이로써 2개월간에 걸친 낙동강 전선의 공방전은 승패가 판가름 나고 북괴군은 패주 일로로 치닫게 된다.

낙동강 동안東岸 돌출부에서는 8월 6일부터 미 해병대 3여단과 북괴군 주력인 4돌격사단이 피아간에 치열한 공방전 끝에 적은 개전 12일 만인 8월 18일 오후 엄청난 손실을 보고 패퇴해 버렸다.

적은 미 해병대 3여단 진지 앞에 자그마치 1200여 구의 전사자를 유기한 채 겨우 3000여 명만 살아남아 낙동강을 다시 건너 서쪽 합천과 고령 방면으로 후퇴했다. 승전의 깃발은 마침내 미 지상군을 향해 나부끼기 시작했다. 북한 공산집단이 일으킨 6·25 남침전쟁 개전 이래 최선봉에서 서울을 점령하고 내처 수원, 대전을 유린하면서 김천을 거쳐 내내 거침없이 남진을 계속해온 북괴군 4돌격사단은 낙동강 돌출부에서 결국 부대해체 위기를 맞았고 사단장 리권무는 패장이 되고 말았다.

미 지상군의 피해도 적지 않았다. 사생결단하고 달려드는 적과 맞서 백병전까지 치르다 보니 하루에도 100여 명의 사상자를 감수해야 했다. 그것은 한마디로 미치광이 짓이나 다름이 없었다. 미 제24사단 주력 34연대는 8월 19일 이른 아침 낙동강 변에서 북괴군 소탕 작전을 주도해온 미 해병대와 합류했다. 미 24사단이 한국전쟁에 참전한 이래 낙동강 돌출부에서 최초의 승리를 맞이하는 순간이었다.

경남 진주에서 마산과 통영 공격에 나선 적 6사단도 한국 해병대 김성은 부대와 마산에 투입된 미 지상군 25사단에 녹아나고 있었다. 한때 호남 전역과 남해안을 거의 휩쓸었던 적 6사단은 미 공군의 파상공습에다 M-4 퍼싱 탱크와 셔먼 탱크의 집중포화에는 견뎌낼 재간이 없었다.

북괴군은 개전 이래 제5차 총공격 때까지 불과 2개월 사이에 엄청난 전력 손실을 입었다. 이 과정에서 소대장·중대장 등 초급군관은 70% 이상, 대대장·연대장 등 상급 지휘군관은 50% 이상 전사하거나 교체되었고 사단장은 개전 초기 주력부대를 지휘했던 제3·4·6돌격사단의 리영호·리권무·방호산 사단장 외 연대·대대장급은 땜질식으로 모두 교체되었다.

소련제 낡은 통신 시설도 북괴군의 패주에 한 몫을 했다. 애초 소련의 군사원조로 제공된 통신 시설은 2차 세계대전 초기에 사용하던 노후 장비로 고장이 잦은 데다 한미연합군의 집중포화에 두절되기 일쑤였다. 이 때문에 적은 사단본부와 연대 간에 횡적인 통신 연락이 되지 않아 개전 초기 우리 국군이 겪었던 것처럼 조직적인 퇴각이 이루어지지 않아 전력 손실이 더욱 가중되기도 했다.

북괴군은 창황하게 퇴각하는 과정에서 통신수단의 부실로 연대는 대대에 철수 명령을 제대로 하달하지 못하고 대대 또한 중대나 소대에 알릴 겨를이 없어 뿔뿔이 흩어져 달아나기에만 급급했다. 때문에, 각급 지휘군관들은 휘하의 전사들을 잃고 전사들은 지휘군관을 찾아 우왕좌왕하는 촌극이 빚어지기도 했다. 특히 부상병들은 응급처치도 제대로 받지 못한 상태에서 낙오되거나 길거리에 방치되었다. 무모한 공격 일변도가 초래한 참극이었다.

북괴군 최고사령관 김일성은 제5차 총공격마저 참혹한 실패로 돌아갔지만 자숙하기는커녕 평양방송을 통해 황당한 전황을 발표했다.

〈위대한 조선인민군의 현재 전황은 김무정 중장의 제2집단군이 완강히 저항하는 미제의 침략군과 연일 맹렬한 전투를 벌이며 남반부의 칠곡·왜관·다부동 남방 팔공산 일대에서 금호강에 육박, 대구를 위협하고 있다. 제2집단군 예하 일부 전투사단은 이미 포항·경주·영천을 함락시켰다.

락동강 중류까지 진출한 김웅 중장의 제1집단군은 미제의 우세한 공세에 부딪히고 있으나 락동강 계선을 사수하고 부산으로 진격하기 위해 최후의 공격전에 돌입하고 있다. 위대한 우리 조선린민군의 진격에 당황한 미제와 남조선 졸도들은 예비병력까지 모두 쓸어 넣고 대량의 전폭기와 땅끄, 중포의 지원 아래 강력한 반격을 해오고 있다.

이 때문에 우리 공화국 린민군대는 현재 전 전선에 걸쳐 난관을 무릅쓰고 가열한 혈투를 전개하고 있다. 우리 조선린민군은 6월 25일 남조선 도당의 북침에 반격을 개시한 이래 막대한 타격을 가하고 서울을 비롯한 남반부의 전 지역을 거진(거의) 해방했다.

그러나 불청객으로 뛰어든 미제 침략군이 대규모의 반격작전을 전개하였기에 락동강 대안對岸의 괴뢰들을 완전히 소탕하지 못해 고전하고 있다.〉

이는 적아敵我의 전력이 완전히 역전돼 가는 상황에서 무모하게 총공격을 감행하다 실패한 김일성의 5차 총공격을 은폐하기 위한 술책에 불과했다.

북괴군은 최고사령관 김일성의 황당한 작전지도로 고전을 면치 못하는 데다 퇴로가 막혀 조직적인 후퇴는 아예 엄두도 못 내고 각개약진으로 뿔뿔이 흩어질 수밖에 없었다. 낙동강 전 전선에 걸쳐 비참한 후퇴작전에 돌입한 것은 바로 이 때문이었다. 그런데도 평양방송은 여전히 터무니없는 선전 선동에 열을 올리고 있었다.

〈조선인민공화국 인민이여! 미제 침략군을 격퇴하기 위하여 총궐기하라! 용감무쌍한 우리 조선인민군 연합부대는 드디어 남조선의 남단 대구 해방을 위한 총공격을 개시하였다.

우리 인민군대는 도처에서 원쑤들의 방어진지를 돌파하고 대구시 중심부에까지 돌진하여 미제 침략군을 여지없이 격파하고 있다.

대구는 지금 큰 혼란에 빠져 있으며 부산도 총포성의 혼란 속으로 빠져들고 있다. 아군의 별동부대는 이미 마산에 돌입해 부산을 압박하고 있으며 미제 침략군은 비좁은 마산지역에서 내몰려 부산 방어를 위하여 최후의 발악을 하고 있다.〉

8월 초순부터 9월 초입에 들기까지 거의 한 달 동안 각종 미 공군기가 서울 상공을 새까맣게 뒤덮었고 공습경보가 끊일 날이 없었다. 이미 전 시가지가 잿더미로 변해버리고 시민들은 공습을 피해 거의 시골로 피란을 떠나 도심은 텅 비었는데도 미 공군의 열탄은 연일 서울과 평양을 불바다로 만들고 있었다.

"락동강에서 거대한 불바람이 불어오고 있다."

지하 방공호에 몸을 숨긴 북괴군 정찰국 요원들이 공공연히 한마디씩 내뱉고 있었다. 수안보까지 내려갔던 전선사령부도 곧 서울로 철수할 것이라는 소문이 파다했다. 그러나 그들은 조만간 서해안에서 인천으로 불어닥칠 거대한 불폭풍을 전혀 눈치채지 못하고 있는 것 같았다.

주덕근은 경옥이네 집에서 간밤을 꼬박 뜬눈으로 지새웠다. 경옥이와의 마지막 밤이었다. 이제 그녀를 만나기 위해 수원을 드나들어야 할 명분이 없어졌기 때문이다.

　상황이 긴박하게 돌아가고 있는 가운데 박길남 공병부장이 최용건 서해 방위사령관에게 각별히 건의한 결과 수표(결재)가 떨어져 천안에서 되돌아오는 18사단의 공병중대와 트럭 10대를 차출했다. 이 병력과 장비로 수원의 동굴에서 수리 완료한 대전차지뢰 3000발과 폐품 5000발을 서울 녹번동의 반곡창고로 다시 옮겨야 하기 때문이다. 이는 서울과 수도권 방위를 위해서도 반드시 확보해 둬야 할 전략무기였다. 이로써 그동안 수원에서 수행해온 덕근의 임무도 끝나게 되었다.

　"쿠웅, 쿠웅, 쿵!"

　어디선가 은은한 포성이 울려오고 마치 미진처럼 대지가 흔들렸다.

　"로사! 저 소리 들려?"

　"네, 불안해요."

　"저 포성은 머지않아 우리 린민군대가 붕괴한다는 신호인지도 몰라."

　"그럼, 그대는 어떻게 되나요?"

　"내레 일촌一寸(한마디로) 앞이 안 보이는구만. 저 포성이 내 인생의 파국을 예고하는 것 같구려."

　"그럼, 전 어떡하구요?"

　"어전(이제) 지긋지긋한 공산주의에 환멸을 느꼈시다."

　"그대의 파국은 저의 파국이기도 해요."

　그렁그렁한 눈빛으로 덕근의 가슴을 파고드는 경옥의 목소리가 떨렸다.

　"내레 결심했시다. 국방군이나 유엔군에 귀순하기로…."

"그럼 어떻게 되는거에요?"

"아마, 국방군에 귀순해 잘만 하문 국방군 중령으로 특임될 수도 있을 것 같아. 거기에 희망을 걸어 봐야디 안캈어. 긴데 국방군을 만나야 귀순이구 뭐구 할 거이 아니냐구. 아직두 린민군 천지인데 말이야. 기거이 걱정이야. 일단 결심을 하구서리 궁리를 해 봐야갔어."

덕근은 그제야 생각난 듯 품속을 뒤져 조그만 보석상자를 꺼내 뚜껑을 열었다. 그 속에는 십자고상十字苦像이 달린 황금 목걸이가 들어 있었다. 그 목걸이는 서울이 적화된 이후 폐점상태에 빠져버린 남대문시장의 금은방을 샅샅이 뒤지다시피 해 어렵사리 마련한 것이었다.

그는 말없이 진지한 표정으로 그 목걸이를 경옥의 목에 걸어 주었다. 그러고는 두 손으로 경옥의 홍조 띤 얼굴을 감싸며 가볍게 입맞춤을 해주었다.

"로사! 사랑해."

경옥은 그렁그렁한 눈빛으로 말없이 덕근을 쳐다보았다.

"이거이 내 사랑의 징표야. 로사! 당신이 나의 청혼을 받아주었으니 우리 다시 만나 혼배성사를 올릴 때까지 이 징표를 꼭 간직하라."

"전, 그대에게 아무것도 못해 주었는데…."

"아, 마음을 주디 않았어? 영원한 사랑의 마음을… 내레 로사의 사랑하는 그 마음을 고히 간직하겠시다."

둘은 와락 끌어안고 미친 듯이 몸을 떨었다.

"내레 로사와 함께 멀리 떠나 낯선 나라에 가서 살구 싶구려."

"그렇게만 할 수 있다면 얼마나 좋겠어요. 북은 어때요?"

"거긴 지옥이야."

"이곳 남쪽도 마찬가지예요. 광복 이후 지금까지 얼마나 많은 사람이 죽었는지 몰라요. 억울하게 빨갱이로 몰려 당한 사람들도 너무 많아요."

"북쪽도 마찬가디지. 애먼 사람들이 반역자로 몰리구, 반동으로 몰리구서리… 내레 그랬잖아. 아버님과 정치교화소에 끌려간 거… 그런 거이 다 민족의 비극이야."

이런 생각에 잠길수록 덕근의 결심은 그야말로 철심처럼 굳어졌다. 그는 자신의 결심을 실행에 옮긴 후 반드시 경옥을 찾아오기로 굳게 약속했다. 경옥은 펑펑, 흐느꼈다. 이별의 슬픔은 여자의 눈물로 표현하는가 보다. 그 눈물을 닦아주지 못하고 돌아서는 덕근의 심정도 괴롭기는 마찬가지였다.

"겨우 손꼽을 정도의 짧은 기간이었지만 그동안 행복했어요."

"내레 로사를 만난 거이 크나큰 행운이었시오. 국방군 중령의 제복을 차려입구서리 늠름한 모습으로 반드시 로사 앞에 나타나리다."

"기다리겠어요. 손꼽아 기다리겠어요."

"그땐 우리 떳떳하게 혼배성사도 하구 동네 사람들한테서리 축복도 받읍시다레. 울지 말라. 서러운 이별 후엔 더 기쁜 만남이 있을 거이 아닌가. 오, 그대 내 사랑 로사!"

덕근은 작별인사를 하고 돌아서는데 차마 발길이 떨어지지 않았다. 이때 경옥이 한 발짝 다가서며 살짝 작별의 키스를 했다. 그렁그렁한 눈빛이었다.

"로사! 돌아올 때까지 기다려 줘."

"네, 기다리겠어요. 언제까지나…."

12. 최후의 생존자

주덕근이 서둘러 서울 중앙청의 공병부로 돌아와 보니 총 비상대기
령이 내려져 있었다. 〈모든 공병기술과 전투 기자재로 미 제국주의 침
략도당을 격파, 좌절시키라.〉는 일반명령이었다.

　박길남 공병부장이 다급하게 덕근을 불렀다.

　"주 동무! 아직은 크게 염려할 바 아니오만 만일의 사태에 대비해야
하갔습메. 주 동무는 한강 도하지점을 일일이 점검해 둡세. 아군이 락
동강 전선에서 철수한다문 다리가 다 끊겨 어차피 소규모로 분산해 강
을 건너야 하디 않갔습?"

　"네, 알갔습네다."

　"그리구 또 하나, 이거이 퇴룡건 방위사령관이 내린 중요한 명령임
메. 적의 땅끄나 장갑차의 도하를 저지할 지뢰지대를 미리 설정할 것
과 반전차호反戰車壕, 중량장애물 설치, 교량파괴, 도로차단 등 전반적
인 저지 작전을 미리 계획해 둡세. 시간이 얼마 남디 않았으니끼니 빨
리 서둘기오."

　이때 노크도 없이 공병부장실 문이 열렸다. 불쑥 들어서는 사람은
뜻밖에도 최용건 서해 방위사령관이었다. 박길남이 자리에서 벌떡 일
어나 거수경례를 붙이고 최용건 앞으로 다가갔다. 덕근은 얼떨결에 그
자리에서 석고처럼 굳은 자세로 서 있었다.

　최용건은 뒷짐을 진 채 뚜벅뚜벅 창가로 걸어 나가 광화문 네거리를

내려다보았다. 잠시 심로心勞한 표정으로 서울 도심을 바라보던 그는 다시 응접소파로 돌아와 털썩 주저앉았다. 그러고는 긴 한숨을 삼키며 호주머니에서 담뱃갑을 꺼내 한 개비 뽑아 입에 물었다. 박길남이 얼른 호주머니에서 라이터를 꺼내 불을 켰다. 최용건은 담배를 길게 한 모금 내뿜고는 비로소 말문을 열었다.

"박길남 동무!"

"넷, 방위사령관 동지!"

"디금(지금) 남에서 오는 우리 땅끄부대가 한강을 도하한다문 어느 철교를 리용할 수 있는가?"

"가운데 단선철교 뿐입네다."

"부교는…?"

"부교는 몇 차례 미제의 공습을 받고 수리했습네다만 주간에는 공습에 노출될 우려가 높습네다."

"단선철교로 땅끄 한 대 통과하는데 시간은 얼마나 걸리는가?"

"넷, 한시간 쯤 걸릴 겁네다. 하디만 땅끄의 순번을 바짝 쪼이문 하룻밤 사이 한 30대는 건널 수 있을 겁네다."

"하룻밤에 땅끄 30대라…."

최용건은 고개를 끄덕이며 자리에서 일어나 뒤도 돌아보지 않고 뚜벅뚜벅 밖으로 발걸음을 옮겼다. 그러고는 뒤쫓아가며 배웅하는 박길남을 향해 이렇게 얼버무리는 거였다.

"디금(지금) 오기탄(찬) 소장의 25여단이 서울로 오고 있는 데…."

그러나 25여단에는 탱크부대가 전혀 배속되지 않았다. 최용건이 얼버무리는 말투로 보아 있지도 않은 오기찬 소장의 탱크부대가 아니라 비밀스런 다른 의미가 담겨 있는 것 같았다. 어쩌면 유엔군의 인천 상륙과 서울수복을 염두에 두고 있는지도 몰랐다.

최용건을 배웅하고 돌아온 박길남은 자리에 앉자마자 주덕근에게 다시 정치명령을 하달했다.

"주 동무는 작전계획 수립과 실행에 18사단에서 차출한 공병중대와 도라꾸(트럭)를 무한정 활용하도록 함메. 내레 방위사령관 동지께 수표(승인) 받았으니끼니… 기럭하구 일의 진척도에 따라 그때그때 수시로 보고하기오."

"네, 잘 알았습네다. 댁각(즉각) 실행에 옮기갔습네다."

"그래야 합지비. 내레 주 동무의 공로를 담보(보장)하리다."

"넷, 부장 동지의 배려에 감사드립네다."

"그럼 수고합세."

주덕근은 박길남에게 거수경례를 붙이고 돌아섰다. 평소와는 달리 박길남의 표정이 매우 침통해 보였다.

'부장 동지의 표정이 왜 저럴까? 비밀주의로 일관하디만 무슨 심각한 상황을 예견하고 있는 거이 아닐까? 지금 유엔군이 물밀듯이 몰려 북상하고 있다지 않은가 말이야. 하디만 내레 이거이 박길남 부장과의 영영 이별이 될지두 몰라. 부장 동지! 안녕, 영원히 안녕!'

덕근은 착잡한 심정을 가눌 수 없었다. 그나마도 박길남은 그동안 그에게 이데올로기를 떠나 인간적으로 의지가 되었던 상관이었다.

밤이 깊어갔다. 주덕근은 등화관제 때문에 미등만 켠 모터지클을 몰고 광화문통을 지나 홍제동 방면으로 달렸다. 영천 고개를 넘어설 무렵 흰옷 입은 사람들이 줄을 지어 걸어가는 모습이 희부옇게 눈에 띄었다. 가까이 다가가 보니 납북인사들이었다. 4열 종대를 이루어 끌려가는 행렬은 어림짐작으로 봐 수천 명에 달할 것 같았다. 포승에 묶이거나 쇠사슬에 묶여 발걸음을 제대로 옮기지 못하는 사람들도 상당수 눈에 띄었다. 이른바 반역·반동으로 몰려 서대문형무소에 갇혀 있던 정치범들인지도 몰랐다.

덕근은 모터지클의 엔진을 끄고 잠시 멈춰 선 채 참담한 북송행렬을 지켜봤다. 형언할 수 없는 고통을 이겨내려는 신음소리로 보아 분명 사람의 행렬이었으나 끌려가는 형국은 개몰이만도 못했다. 납북행렬 양측에는 자동소총으로 무장한 내무성 호송병들이 2~3보 간격으로 빈틈없이 늘어서 갈 길을 재촉하고 있었다. 인간이 인간이기를 거부하는 만행이 곳곳에서 벌어지고 있었다.

"날래 날래 걸어랏! 멈추면 직방 총살이다이!"

북송행렬의 중간에는 수십 명의 부녀자도 섞여 있었다. 그들은 무슨 큰 죄를 지었는지 몰라도 팔을 뒤로 묶인 채 흐느끼며 무거운 발길을 옮기고 있었다. 어쩌면 하나같이 사랑하는 가족들과 생이별을 하고 고향과 가정을 등진 채 암흑의 나라, 동토의 땅을 향해 개 끌리듯 끌려가고 있었다.

덕근은 이 처참한 광경을 바라보다가 언뜻 경옥의 모습을 떠올렸다.

'아니야. 우리 경옥은 저런 꼴을 당하지 않을 기야. 온 가족이 빨갱이었으니까. 명색이 혁명가족이 아니냐구.'

그렇지만 경옥이 사는 본동 마을이 어느 날 갑자기 또 한 차례 확 뒤집어지면서 인공기가 내려지고 태극기가 휘날린다면 이번에는 또 빨갱이로 몰려 비참한 꼴을 당할지도 몰랐다.

'내레 경옥이네 집에 드나든 것두 동네 사람들이 다 지켜봤디 않아. 국방군 헌병이나 특무대들이 경옥일 부역자로 몰문 어떡한다? 아니야. 경옥은 동네에서 인심을 잃지 않았시야. 성당의 신부님이 경옥이를 잘 보호해 줄지두 몰라야. 아니, 우리 로사는 하느님이 지켜주실 기야. 하느님을 믿는 사람이니까니. 성부와 성자와 성령의 이름으로….'

덕근은 이런저런 생각으로 착잡한 심정을 가누지 못했다.

'누가 저 흰옷들을 암흑천지로 몰아넣었는가. 누가 이 금수강산을 폐허로 만들었는가. 침략의 원흉 스탈린과 김일성에게 패배 있으라!'

덕근은 합정동 나루터에서 대기 중이던 공병 중대를 찾아갔다. 트럭에는 대전차지뢰 500발과 200킬로의 폭약이 실려 있었다. 트럭째 도하할 배도 준비돼 있었다. 하지만 덕근은 "중량 때문에 한꺼번에 건너면 위험하다"며 병력은 따로 건너도록 했다.

모처럼 맑게 갠 밤하늘엔 별들이 총총했다. 이 세상의 비극을 송두리째 삼킨 한강은 언제 그랬느냐는 듯 도도히 흐르고 있었다.

'경옥이도 저 별빛을 보면서 나를 그리워 하고 있겠지.'

덕근은 그렇게 자위했다.

무사히 도하를 완료한 뒤 지뢰 매설지역을 찾아 영등포로 이동하는데 한강 남안의 내무서 건물이 불타고 있었다. 반동분자들이 침투해 불을 지른 모양이었다. 2층 베란다에 걸려 있던 스탈린과 김일성의 대형 초상화가 불길에 휩싸여 있는 것이 눈에 들어왔다.

'연옥에 갇힌 스탈린과 김일성! 부디 지옥불에 떨어져라!'

덕근이 모터지클의 엔진을 걸며 선두에서 뒤따르는 트럭을 에스코트하려는 데 공병중대장이 헐레벌떡 달려왔다.

"부부장 동지! 최고 존엄이신 스딸린 대원수와 수령님의 존영이 불타고 있습네다. 저 불을 빨리 꺼야 하디 않갔습네까?"

공병중대장이 안타까운 표정으로 말했다.

"중대장 동무! 우린 불 끄는 소방수가 아니외다. 진화작업은 내무서원들에게 맡겨두고서리 빨리 떠나야 하오. 우리의 임무가 더 엄중하고 다급하오."

이 말에 공병중대장은 경외의 눈길로 불타고 있는 대형 초상화를 잠시 바라보다가 거수경례를 붙이고는 트럭에 올랐다.

'어리석은 녀석!'

덕근은 속으로 비웃음을 머금었다. 인민군대 군관들이란 으레 상하에 관계없이 이른바 '일국일당일인一國一黨一人 절대주의'의 스탈린과 김일성을 숭배하는 맹목적인 세뇌 공작에 놀아나고 있었다.

영등포에서 경수가도로 빠져나와 적의 진공로로 예상되는 주요지점에서 대전차지뢰 매설작업을 서둘렀다. 지뢰 매설지역이란 개전 초기 인민군대가 T-34 탱크를 앞세워 한강을 도하 후 경수국도를 따라 남진하던 주요지점과 별반 차이가 없었다. 피아간에 전략적으로 이용하는 지점이 비슷하기 때문이다.

원래 지뢰원 구성에는 매설지도를 작성해야 하지만 그럴 겨를이 없었다. 전후방을 차단하고 보초선을 설정한 뒤 공병중대 기술전사들을 동원해 한창 지뢰 매설작업을 진행하던 중 전방에서 저벅거리는 소리가 들려 왔다. 칠흑 같은 어둠 속이라 앞을 분간할 수 없었다.

혹시 일단의 피란민들인지도 몰랐다. 최근에 적색 지구에서 백색 지구로 넘어가는 피란민들이 자주 눈에 띄었다. 그들을 통해 적정을 파악하는 것도 중요한 임무 중 하나였다. 그러나 뜻밖에도 그들은 인민군대였다. 보초선에 걸려들 때까지 기다렸다가 공병중대장이 소규모의 행군이라는 사실을 직감하고 다가오는 그들에게 목소리를 낮춰 수하誰何를 명령했다.

"쉿! 누구야?"

"인민군댑니다."

"소속을 말하라."

"원소속은 제25여단입네다."

이때 주덕근이 권총을 빼 들고 나섰다.

"오기찬 소장이 지휘하는 25여단은 서울에 있지 않은가?"

"넷, 저희들은 현재 내무성(남한의 경찰)에 배속돼 있단 말입네다."

"그래, 어디서 오는 길인가?"

덕근은 그제야 긴장을 풀며 뽑아 든 권총을 거두었다.

"장호원 남방 남한강에서 오는 길입네다."

"내무성도 본부가 서울에 있는 데 왜서(왜) 남한강까지 간 기야?"

"내무성 호송임무를 완수하고 귀대하는 길입네다."

덕근의 질문에 앞에총 자세로 서서 답하는 자는 초급 군사군관으로 그가 지휘하는 대원은 30여 명의 1개 소대 병력에 불과했다. 그들은 남한강변 고수부지에서 북송하던 반당·반동분자들과 국군포로들을 처형하고 귀대하는 길이라고 했다.

"그중에는 군율을 위반한 인민군 하전사와 인민위원회의 열성분자들도 다수 포함돼 있습네다."

"변절자들이구만."

"그렇디만 리해가 되지 않습네다. 통상 변절자는 교화소에 보내는데 총살로 숙청하다니 너무 끔찍하단 말입네다."

내무성 초급군관은 비교적 순진한 편이었다.

"지금 전시가 아닌가."

덕근은 그렇게 얼버무리고 말았지만 수틀리면 아군도 죽이고 인민도 죽이는 것이 인간 백정과 다름없는 공산집단이라는 사실에 치를 떨었다.

내무성 군관이 전하는 얘기로는 그 수가 자그마치 500명은 족히 되고도 남았다고 했다. 60대 이상의 노인들과 젊은 부녀자들도 상당수 포함돼 있었다는 것이다. 이때 옆에서 듣고 있던 공병 중대장이 한마디 거들고 나섰다.

"그런 에미네(부인), 에미나이(젊은 여성)는 죽어 마땅하당이. 반동! 부르주아! 리승만 졸도들의 애첩들이니까니."

세상이 온통 지옥으로 떨어져 끔찍한 상황으로만 치달고 있었다.

북괴군 최고사령관 김일성은 낙동강 돌출부를 점령해 밀양과 마산을 거쳐 부산의 목을 죄려던 8월 대공세가 결국 실패로 돌아가자 공격 방향을 다시 대구 방향으로 틀었다. 이른바 9월 총공세. 낙동강 서안 상주 방면에 집결해 있던 1·13·15사단 등 3개 사단의 주력부대가 야음을 틈타 도하작전을 완료하자 어느새 희읍스름한 먼동이 트고 있었다.

전선사령부는 8월 총공세에서 남은 잔존병력과 전투장비를 모조리 대구 인접지역인 다부동 전선으로 집결시켰다. 낙동강의 중부지역 교두보에서 제2전선을 구축, 대구를 집중공략하기 위한 전략이었다. 그래서 김천을 지나 왜관으로 집결 중인 3돌격사단과 105탱크사단도 낙동강을 도하한 이들 3개 보병사단과 합류토록 정치명령을 하달한 것이다.

8월 총공세에서 입은 손실로 인해 절대 병력과 장비가 부족한 상황이지만 전선사령부는 편제상 총 13개 보병사단에 1개 기갑사단, 2개 기갑여단 등 10만 대군으로 9월 총공세를 서두르고 있었다. 주 공격로는 대구 전면前面. 1·3·8·13사단 등 4개 보병사단으로 대구 북방 왜관~다부동의 주 공격선에서 맹공을 가하기로 했다. 이에 맞선 한미연합군은 왜관 동쪽 다부동 방면에 포진한 한국군 제1사단과 서쪽의 미 제1기병사단이 주 저항선을 형성, 방어전에 돌입해 있었다. 전투부대의 규모로 봐서는 한미연합군의 화력이 막강했으나 전투병력은 절반밖에 되지 않았다.

이 때문에 낙동강 남안 다부동 일대에 넓게 퍼진 유학산을 비롯한 작오산, 수암산 등 전략적 요충지인 고지 쟁탈전에서 피아간에 치열한 수류탄 전까지 벌이며 연일 시산혈하를 이루기 일쑤였다. 그러나 북괴군은 8월 총공세에서 미 공군의 집중폭격과 한미연합군의 완강한 방어작전에 휘말려 엄청난 타격을 입고 미처 전열 정비도 제대로 갖추지 못한 채 사기가 크게 떨어져 말이 아니었다.

개전 초부터 위력을 과시하며 남침작전의 선봉에 섰던 북괴군 105탱크사단도 궤멸 직전에 놓여 있었다. 낙동강 전선까지 밀리며 전열 정비를 완료한 미 지상군은 3.5인치 바주카포와 80밀리 대전차포 등 최신무기를 갖추고 T-34 탱크 킬러로 변신해 있었다. 여기에다 미 공군의 공습이 끊임없이 감행돼 북괴군은 전반적으로 패색이 짙어가고 있는 상황이었다.

특히 남침의 주력으로 그동안 유감없이 위력을 과시했던 105탱크사단은 조치원, 천안 등지에서 미 공군의 파상적인 융단폭격으로 많은 타격을 입은 데다 대전을 점령한 이후 남진하면서 점차 위력을 잃기 시작했다. 게다가 새로 보충되는 탱크 승무병들이 운전과 포 조종술을 제대로 익히지 못해 전복사고를 일으키는 경우도 허다했다.

김천에서 새로 보충받기로 한 탱크 32대 중 12대가 운전 부주의로 전복되거나 미 공군의 폭격으로 파괴되고 20대만 겨우 낙동강 전선에 투입되었다. 게다가 이마저도 야간이동 중 통상 주간에만 출격하던 미 공군이 야간폭격을 감행하는 바람에 화염에 휩싸이기 일쑤였고 뒤따르는 보병연대도 사상자가 속출했다. 이 때문에 105탱크사단은 전체 3개 연대 중 2개 연대가 궤멸적 타격을 입고 1개 연대만 가까스로 낙동강 전선에 도착한 것이다.

북괴군은 한미연합군의 대대적인 반격작전으로 지옥의 전장을 헤매며 엄청난 수난을 겪고 병참 지원이 전무한 상태에서도 낙동강 전선을 돌파하기 위해 미련한 곰처럼 공격 일변도만 고집했다. 어쩌면 기상천외한 군사작전인지도 몰랐다. 생각할수록 희한한 전법이 아닐 수 없었다. 중국대륙에서 초기 국공내전 당시 국부군에 쫓겨 대장정에 올랐던 팔로군이 그랬던가. 공산주의 사상으로 똘똘 뭉친 북괴군의 전법 또한 상식을 초월했다.

남침 사흘 만에 서울을 점령하고 기고만장해진 김일성이 마침내 남침 한 달째인 7월 25일 충북 수안보에 주둔 중인 전선사령부 작전부에 들러 현지 작전지도를 하고 돌아갔다. 이후 8월 중순에는 그보다 훨씬 이남인 낙동강 중류 왜관까지 내려와 대구 진공을 위한 지형정찰을 마치고 돌아갔다는 설도 파다하게 나돌았다.

그 무렵 김책 전선사령관은 "대구 해방은 시간 문제"라고 김일성에게 자신 있게 보고했다는 거였다. 그래선지 몰라도 이때부터 김일성 교시에 따른 전선사령부의 정치명령이 전 예하부대에 빗발치기 시작했다. 그러나 기대와는 딴판으로 전쟁은 하루가 다르게 북괴군에 불리한 양상으로 돌아가고 있었다. 무엇보다 보급선이 끊겨 화력이 절대적으로 부족한 상황에서 앞으로 한두 곳의 국지전에서 승리할지 몰라도 전반적으로 패색이 짙어가고 있었다.

최일선에서 악전고투하는 초급군관들과 하전사들의 눈에 비친 상황도 그런 징후가 점차 뚜렷해지고 있었다. 일선 전투부대가 하나같이 겪고 있는 가장 큰 애로사항은 보급문제였다. 최일선에서 전쟁을 치러야 하는 전사들은 고스란히 굶주리고 있는 데다 보급선이 너무 길어 탄약 한 상자 공급받는데도 2~3일이 걸리기 일쑤였다.

그러니 탄약이 떨어지면 맨주먹으로 싸우지도 못하고 고스란히 죽음을 각오할 수밖에 없는 상황이 비일비재했다. 종래에는 사용 방법이 좀 서툴긴 해도 개전 초 퇴각하던 국방군으로부터 노획한 무기와 탄약으로 싸우는 데 별 지장이 없었다. 하지만 노획 무기마저 바닥나고 전세가 불리해지면서 노획은커녕 갖고 있던 무기마저 되레 탈취당하는 사태까지 벌어졌다. 교체할 예비병력도 없어 전사들은 기진맥진한 상태에서 사기가 떨어질 대로 떨어져 말이 아니었다.

그야말로 전쟁 수행의 기본조건인 병력과 장비와 화력이 한계에 부닥치고 말았다. 개전 당시 T-34 탱크와 122밀리 곡사포, 78밀리 스탈린포 등 소련제 중화기로 무장하고 기세 좋게 선제공격을 가해 낙동강 전선까지 밀고 내려왔지만 그동안 각종 무기와 병참장비가 거의 절반 이상 파괴되거나 훼손된 데다 보충이 전혀 이루어지지 않았기 때문이다.

이에 비해 최신 미국제 무기와 병참 장비로 중무장한 아군은 낙동강 교두보를 최후의 방어선으로 구축, 작전개념을 방어에서 공격으로 전환하여 치명적인 타격을 가하고 있었다. 한미연합군의 이점은 무엇보다 상대적으로 보급선이 짧았다. 부산항을 통해 무진장으로 들어오는 각종 무기와 군수품이 포장도 뜯기지 않은 채 하루 만에 낙동강 전선에 조달돼 주 저항선마다 연료 드럼과 탄약 박스가 피라미드처럼 쌓이고 베이스캠프에는 태극기와 성조기와 유엔기가 나란히 게양돼 마치 승전보를 알리는 듯 펄럭이고 있었다.

어디 그뿐인가. 기동력이 강한 트럭과 드리쿼터, 지프 등 각종 차량이 체증을 일으키며 전선을 누볐다. 부산에서 낙동강으로 이어지는 주요 도로마다 북상하는 최신형 M-4 퍼싱 탱크와 M-26 셔먼 탱크, 장갑차, 포차 행렬이 끊이지 않았다. 문자 그대로 포화상태를 이루어 넘쳐나는 전투 장비와 군수물자에 기가 질리지 않을 수 없었다. 여기에다 병사들은 C-레이션 상자를 산더미처럼 쌓아놓고 영양가 높은 비상식량을 양껏 먹어가며 최신 무기로 싸우고 있으니 사기가 충천할 수밖에 없지 않은가 말이다.

북괴군 전선사령부에 입수되는 적정은 한마디로 풍전등화처럼 불안만 가중시키는 상황뿐이었다. 게다가 전반적인 전황은 제1·2집단군의 모든 전선부대가 하나같이 엄청난 타격을 입고 거의 탈진상태에 빠져 있다는 것이었다. 그나마도 '서울사단'의 명예칭호를 받고 김일성의 친위부대임을 자랑하는 제3돌격사단은 주 공격선을 유학산의 병풍 줄기가 팔공산으로 이어지는 다부동 전면에 개진, 13사단과 함께 대구 공격을 준비하고 있었다.

그러나 국군 제1사단과 미 제1기갑사단을 주축으로 한 한미연합군은 왜관~다부동 간의 낙동강 전선 요충지에 강력한 주 저항선을 형성하고 있어 자칫 만만하게 덤벼들었다간 큰코다칠 우려도 없지 않았다.

13. 총반격작전

8월 22일.

미 육군참모총장 로튼 콜린즈 대장과 해군참모총장 포레스트 셔먼 제독이 워싱턴에서 일본 도쿄를 거쳐 한국 대구 공군기지(K-2)로 날아와 낙동강 전선을 시찰했다. 그들은 도쿄에서 유엔군 총사령관 맥아더 원수와 가진 일련의 군사협의에서 교착상태에 빠진 한국전선의 전세를 반전시킬 중요한 전술과 전략 문제를 논의했다.

"유엔군은 120마일 낙동강 교두보를 유지할 자신이 있으며 이를 위해 미 극동해군과 해병대를 증강하겠다"는 것이 한국전선 시찰에서 밝힌 그들의 공식견해였다. 그러나 왜 낙동강 전선의 지상 전투에 해군과 해병대를 증원하겠다는 것인가? 그 당시 미묘한 뉘앙스를 풍기는 이들 미군 수뇌부의 코멘트를 이해하는 사람은 별반 없었다. 그러나 이승만 대통령과 한국군 주요 지휘관들은 그 말의 핵심을 잘 알고 있었다. 한국전쟁사에 길이 빛날 '인천상륙작전'이 극비에 진행되고 있다는 사실을….

그 무렵 한국 해군·해병대와 특수유격부대가 이미 서해상에서 인천상륙작전의 전초전에 돌입해 있었다. 한국 해병대는 8월 20일 서해상의 전략적 요충지인 덕적도를 탈환한 데 이어 인천 남서방의 외딴섬 서어도와 선갑도를 탈환했다. 23일에는 영흥도, 9월 10일에는 연평도 등 주변의 크고 작은 섬을 모두 탈환하고 심지어 북쪽 해주만에까지 상륙, 유엔군의 인천상륙작전에 따른 해안 교두보를 확보해 나갔다.

한국 해병대가 덕적도에 상륙한 시점, 상륙부대를 실은 유엔군의 대수송선단과 기동함대는 부산항을 떠나 인천으로 향하고 있었다. 이 수송선단의 행방과 목적지의 비밀유지를 위해 미주리호를 비롯한 일부 전함과 전폭기들은 동서 양 해안에서 무차별 함포사격과 폭격을 감행했다. 적의 관심을 다른 곳으로 돌리기 위한 양동작전이었다. 김일성이 병력과 장비도 없이 다급하게 서해방위사령부를 신설한 이유다.

그 무렵 북한 깊숙이 압록강 변에서도 심상치 않은 징조가 나타나고 있었다. 어쩌면 입소문으로만 나돌던 중공군의 개입이 현실로 나타나고 있는지도 몰랐다. 콜린즈 미 육군참모총장과 셔먼 해군참모총장이 낙동강 전선을 시찰하고 있던 8월 22일 오후. 압록강 남쪽 수풍댐 부근 북한 상공 7000피트 상공을 선회 중이던 미 극동공군의 B-29 중폭격기를 향해 압록강의 남만주 쪽에서 50여 발의 대공포가 발사되었으나 피해는 없었다.

그로부터 이틀 후인 24일에도 북한 신의주 부근 1만 피트 상공을 비행 중이던 B-29 중폭격기에 대해 압록강 만주 쪽 같은 장소에서 40여 발의 대공포가 발사되었으나 역시 피해를 받지 않았다. 하지만 한반도의 남단 낙동강 교두보에는 이러한 중공군의 도발에도 아랑곳없이 한미연합군이 최후의 반격작전에 돌입해 있었고 유엔군 후속부대가 속속 부산으로 상륙하고 있었다.

낙동강 반격전에 투입된 유엔군은 마산에서 왜관에 이르는 전 전선에 걸쳐 한국군 제1사단과 미 육군 제2·24·25사단, 제1기갑사단, 미 해병대 3여단, 영국군 27여단이 전면에 배치되고 그 배후에는 한국군 수도사단과 제3·6·8사단이 포진하고 있었다. 이로써 유엔군은 낙동강 전선에 철통같은 방어선을 구축하고 개전 이래 내내 밀리기만 하던 철수와 지연 작전에서 벗어나 전면적인 반격작전에 돌입할 태세를 갖추었다.

전황은 역시 북괴군에 매우 불리한 방향으로 돌아가고 있었다. 엄청난 병력ㆍ장비 손실과 함께 전력이 절대적으로 약화 돼 있었기 때문이다. 특히 미 공군 B29 중폭격기 편대를 비롯한 각종 전폭기 편대가 하루 평균 100여 차례나 갈가마귀 떼처럼 날아와 낙동강 전선 전역에 걸쳐 융단폭격과 네이팜탄 투하로 불바다를 이루곤 했다.

이 때문에 북괴군은 대구 북방의 주 공격선이 일시에 무너지고 T-34 탱크 21대를 비롯한 병력과 장비가 막심한 피해를 보고 말았다. 밤낮 없이 장대비처럼 쏟아지는 피아간의 각종 포화로 해발 839미터의 유학산을 비롯한 작오산ㆍ황학산ㆍ오계산ㆍ금무산 등 다부동 전선 북괴군의 주 공격선은 병풍 줄기의 껍질을 완전히 벗겨버려 나무 한 그루, 풀 한 포기 찾아볼 수 없을 만큼 벌거숭이 민둥산으로 변해 버렸다.

북괴군은 따발총이나 AK 자동소총 같은 기본경화기만 소지하고 번번이 노출된 상황에서 저돌적으로 공격을 감행하다가 유엔군의 집중 화력에 궤멸 돼 갔다. 최일선의 전사들은 천신만고 끝에 각 전투사단의 지휘부에서 설정한 공격계선까지 진출해도 제공권을 완전히 상실한 상태에서 지상의 엄호화력도 지원받지 못했다. T-34 탱크와 곡사포ㆍ박격포ㆍ스탈린포 등 중화력은 개전 이래 천리길로 이어진 전선을 형성하는 과정에서 대부분 파괴돼 버렸기 때문이다.

저들은 개전 초기 "국방군은 인민군대의 밥"이라고 비웃었지만 이제 낙동강 전선에서 "인민군대가 한국군과 유엔군의 밥"이 되어가고 있었다. 중화기를 미리 조준해놓고 기다리는 유엔군 포병대에서는 공격계선에 노출된 적의 주력부대에 마치 폭우처럼 열탄을 퍼붓고 전투기의 광란적인 기총소사와 폭격기의 네이팜탄 투하는 북괴군을 미치게 했다.

북괴군은 전투병력의 소모가 너무 심해 가급적 주간공격을 자제하고 야간공격에 나섰지만 역시 중국대륙에서 항일 게릴라 전 때에 써먹던 구시대적 전술에 불과했다. 조명탄을 우박처럼 터뜨리며 캄캄한 밤하늘을 대낮같이 밝히고 파상공격을 가하는 유엔군의 전략 전술에 당할 재간이 없었다.

마침내 북괴군의 주 공격선이 곳곳에서 무너지고 소대·중대 단위의 보병전사들은 현 진지를 사수하기 위해 아예 기본화기인 소총 사격마저 걷어치우고 온종일 수류탄 투척으로 소모전을 벌여야 했다. 그러다 보니 전사들은 저마다 팔과 어깨가 퉁퉁 부어오르고 온 삭신이 욱신거려 견딜 수 없었다. 게다가 독전대에서는 사선射線에 배치된 하전사들이 임의로 후퇴하는 것을 막기 위해 후방에서 즉결처분이나 어이없게도 역공격을 가하기 일쑤였다. 이 때문에 오도 가도 못 하는 하전사들은 아예 전의를 상실하고 투항의 기회만 노렸다. 그것만이 살아남을 수 있는 유일한 길이었다.

다부동 전선의 고지전에선 시간이 흐를수록 한미연합군의 파상공격이 더욱 고삐를 조여가고 있었다. 북괴군은 현 진지를 사수하려는 무리한 독전으로 작전상 후퇴할 타이밍마저 놓쳐 버렸다. 전 전선에 걸쳐 문자 그대로 전사자들의 시체가 이른바 시산혈하의 혈전에 휘말려 진퇴양난에 빠지고 말았다. 거대한 낙동강 물줄기는 바야흐로 지리멸렬해가는 북괴군의 선혈을 삼키며 도도히 흐르고 있었다. 그런데도 적독전대는 전황이 불리해 철수하는 전사들을 향해 무자비하게 총을 겨누며 공격만 고집했다.

'이제 구원을 받을 곳이라곤 백기를 들고 투항하는 길밖에 없다.'

북괴군 전사들은 저마다 그런 생각에 사로잡혀 있었다. 마지 못해 현 전선을 사수하느라고 곳곳에서 악을 바득바득 쓰며 밀고 밀리다가 결국 남진 이래 최대의 참패위기에 몰리고 말았다. 마침내 지휘계통이 무너지고 전사들은 저마다 백기를 들고 투항하기 시작했다. 궤멸하고 있었다.

8월 15일까지 대구와 부산을 점령, 제주도를 제외한 남한 전역을 적화통일한다는 북괴군 최고사령관 김일성의 무모한 작전계획이 한낱 망상에 불과했다는 것이 현실로 드러나고 있었다. 한미연합군의 파상 공세에 버티다 못한 북괴군 전선사령관 김책은 마침내 전열 정비를 위한 퇴각을 결심하기에 이른다. 김일성의 정치명령을 외면한 그의 일방적인 조치였다.

우선 사방이 막혀 있는 상황에서 지리멸렬해가는 낙동강 하류의 제1집단군 예하 전투사단의 퇴각을 지원하기 위한 거점 확보가 시급했다. 그래서 김책은 다부동을 거쳐 대구 접경지역인 칠곡군 동명까지 진출해 있던 제3돌격사단에 일단 왜관 북방으로 퇴각해 경부국도를 사수하라는 정치명령을 내렸으나 때를 놓치고 말았다. 미 제1기갑사단과 낙동강 남안 돌출부에서 북상한 24사단이 이미 왜관을 탈환하고 경부국도를 장악, 김천으로 진격해가고 있었기 때문이다. 북괴군은 이미 퇴로가 막혀버린 것이다.

팔공산 입구 칠곡군 동명까지 진출해 금호강을 건너 대구로 진격하려던 제3돌격사단장 리영호는 전선사령관 김책의 명령에 따라 왜관 북방으로 철수하려다가 최신형 M-4 퍼싱 탱크의 강력한 화력을 앞세운 미 제1기갑사단과 맞닥뜨렸다. 이 전투에서 제대로 싸워보지도 못하고 포위되어 결국 1개 연대가 전멸하고 나머지 병력은 상주 방면으로 패주하는 수모를 겪었다.

때문에, 전선사령부가 내린 정치명령만 믿고 왜관 방면으로 들어오던 북괴군 4돌격사단도 퇴로가 막혀 황급히 고령 쪽으로 후퇴하는 고난의 행군에 돌입하지 않을 수 없었다. 최고사령관 김일성으로부터 '서울사단'이라는 명예칭호까지 받고 남침 사흘 만에 서울을 점령했던 막강한 3·4돌격사단은 마침내 궤멸 직전에 몰리고 말았다.

김일성의 친위부대이기도 한 이들 2개 돌격사단은 사실상 남침작전의 원천이라 해도 과언이 아니었다. 이른바 조국해방전쟁의 선봉에 선 리영호·리권무 두 사단장은 광신적인 공산주의자들로 나름 자부심과 위세를 갖추고 있었다. 그래선지 그들은 아직도 잘 싸웠다는 자만심에서 벗어나지 못했지만 결국 형편없이 쫓기는 패장으로 전락해버린 것이다.

제4돌격사단을 뒤따르던 이방남 소장의 10사단도 미 제24사단의 강력한 반격전에 밀려 전투 장비를 다 버리고 성주 방면으로 퇴각했다. 적 2사단 역시 병력과 장비를 대부분 상실하고 최현 사단장과 지휘부만 고령, 성주를 거쳐 간신히 한미연합군의 포위망을 뚫고 달아나기 급급했다.

특히 박효삼 소장이 지휘하는 적 9사단은 마산에서 미 제25사단에 쫓겨 철수과정에서 창녕, 함안 방면으로 진출했다가 강물이 불어나는 바람에 도하작전마저 포기할 수밖에 없었다. 적 9사단은 한동안 퇴로를 찾아 헤매던 중 갑자기 나타난 미 공군 F-86 세이버 전폭기 편대의 기총소사로 대부분 병력이 낙동강 흙탕물 속에 수장되는 비극적인 운명을 맞이했다.

6·25 남침전쟁 개전 초기 옹진반도와 개성을 치며 서울을 점령하고 경기도와 충남, 전남북을 거쳐 경남 통영까지 진출했던 방호산 소장의 6사단은 잔존병력 4000여 명을 이끌고 가장 멀고도 험한 후퇴작전에 돌입했다. 그러나 진주·산청·거창 방면에서 퇴로가 막혀 대부분의 주력이 지리산과 덕유산 일대로 들어가 빨치산으로 변신했다. 이들은 대부분 지리산 빨치산부대 이현상의 남부군에 들어가 공비가 되었다.

6사단과 함께 남해안까지 진출했던 7사단은 박성석 사단장이 전사하고 역시 퇴로가 막혀 지리멸렬해 버렸다. 6사단장 방호산 소장 역시 동북항일연군 출신으로 연안파의 핵심이었으나 소련파에 밀린 여느 장령(장성)들과는 달리 김일성의 신임을 받고 조선인민군 최고사령부 정보부사령관까지 겸직했지만 한낱 패장으로 전락해 버렸다.

다부동에서 대구 진공의 망상에 사로잡혔던 북괴군 1사단은 13사단과 합동작전으로 백선엽 장군이 철통같이 지키고 있는 아군 1사단과 미 제1기병사단을 맞아 10여 일 동안 치열한 공방전 끝에 대구기점 12킬로까지 진출했지만 탄약이 바닥나는 바람에 자그마치 2500여 명의 사상자를 버린 채 패주하고 말았다.

북괴군의 각급 지휘군관들은 8월 대공세와 9월 대공세에서 잇달아 패전의 고배를 마시고 퇴각하면서 움직일 수 없는 중상자들은 물론 가까스로 몸을 추스를 수 있는 부상자들에게까지 퇴각에 방해가 된다며 수류탄 한 발씩을 나눠주며 자폭하도록 종용하기도 했다. 최후의 발악이었다. 수많은 부상병이 상부의 비인간적인 처사를 규탄하며 함께 가기를 애원하자 심지어 부상병들을 후송시켜주겠노라고 속이고는 모두 동굴 속에 가둬 놓은 뒤 수류탄을 터뜨려 참혹한 죽음으로 몰아넣기도 했다. 인간이 인간이기를 거부하는 끔찍한 만행이 아닐 수 없다.

한미연합군은 일주일 동안의 혈전에서 왜관 일원을 비롯한 낙동강 전선에서만 적 사살 1만1142명, 포로 1098명의 전과를 올렸다. 북괴군의 패색이 날로 짙어가고 있는 가운데 하루가 멀다고 장맛비가 계속 퍼붓고 있었다. 그러나 피아간에 치열한 공방전은 끊임없이 계속되었다.

9월 13일 정오. 동해안에서 양동작전을 전개했던 미 전함 미주리호를 비롯한 순양함과 구축함 등 유엔군 함대가 서해 영종도 주변으로 집결해 인천 연안 북괴군의 군사시설에 대한 무차별 함포사격을 개시했다.

한국 해병대 수색대는 이 틈을 이용, 인천 앞바다 서해상의 청도靑島에 기습상륙하여 경계태세에 들어갔다. 한국 해병대는 적 포대의 위치를 정확하게 파악, 유엔군 함대에 무전으로 연락을 취했다. 이와 때를 같이해 새까맣게 날아온 함재기들이 해안선에 구축된 적의 포상砲床(해안 토치카)을 한순간에 침묵시켜 버렸다.

한국 해병대는 8월 20일 인천상륙작전의 전초전에 돌입한 이래 덕적도와 영흥도 · 연평도 · 서어도 · 선갑도에 이은 여섯 번째의 기습상륙이었고 주변의 크고 작은 섬에는 민간인 반공투사들로 조직된 특수유격대원들이 포진해 있었다. 본격적인 인천상륙작전을 유도하기 위한 사전 포석이었다.

9월 15일 오전 6시 30분.

마침내 대규모의 상륙작전을 알리는 D-데이 H-아워가 다가왔다. 한국 해병대와 혼성부대를 편성한 미 해병대 제1상륙사단 5연대 3대대와 11포병중대가 상륙주정에 옮겨 타고 파도를 가르며 적전 상륙을 개시했다. 한미 해병대는 불과 28분 만에 적이 방대한 요새를 구축 중이던 월미도 상륙작전에 돌입했다. 이 과정에서 월미도를 수비 중이던 적 1개 대대 병력 400여 명 중 108명이 사살당하고 136명이 생포되었으며 나머지는 동굴 속에 갇힌 채 생매장당하고 말았다.

이를 시발로 한미 해병대 혼성 제5연대가 밀물을 이용해 레드 비치 Red Beach에, 제1연대는 블루 비치Blue Beach에 각각 상륙을 감행했다. 그 뒤를 이어 미 육군 7사단과 영국 해병대, 한국 육군 17독립연대 등이 상륙하고 끊임없는 함포사격과 전폭기 200여 대의 파상 공습으로 인천시가지를 비롯한 반경 25마일 권역이 말 그대로 불바다로 변해 연옥煉獄을 방불케 했다. 역사적인 유엔군의 인천상륙작전!

그 무렵 유엔군 총사령관 맥아더 원수는 미 해군 순양함 마운트 매킨리호號 함교에 승선해 파이프 담배를 입에 문 채 자신이 진두지휘한 이 세기의 도박을 묵묵히 관전하고 있었다. 그러나 그가 애초 자신이 계획한 이 세기의 도박을 찬성한 미군 수뇌부는 아무도 없었다.

합참의장 오머 브래들리 원수를 비롯한 육군참모총장 콜린즈 대장, 해군참모총장 셔먼 제독 등은 "낙동강 교두보에서 싸우고 있는 정예 해병대 등 주요 병력을 인천상륙작전의 선봉 병력으로 이동시킬 경우 대구와 부산의 방어가 벽에 부닥치기 때문에 무모한 작전"이라며 처음부터 반대했었다.

설혹 인천상륙작전이 성공한다고 해도 낙동강 전선과 300마일 이상 떨어져 있어 "낙동강 교두보를 잃으면 결국 예비병력도 없는 상륙군부대는 붕괴하고 만다"는 것이 가장 중요한 반대 논리였다. 하여 콜린즈 대장과 셔먼 제독이 8월 21일 워싱턴에서 도쿄로 날아가 일련의 군사

협의를 가진 것도 맥아더 원수의 고집을 꺾기 위한 설득이 목적이었다. 그러나 그들은 되레 원수에게 설득을 당하고 그 이튿날 한국 낙동강 전선을 시찰한 것이다.

맥아더 원수는 트루먼 대통령과 오머 브래들리 원수의 뜻을 전하며 인천상륙작전을 포기하도록 설득하는 이들 육·해군의 최고 지휘관을 만나 이렇게 설득했다.

"북한 공산군의 주요 보급로는 모두 서울에 집결해 각 전선으로 뻗어가고 있소. 이것이 바로 적의 약점이오. 그러므로 인천과 서울을 탈환하면 적의 보급로가 완전히 끊어지고 한반도의 남반부가 북으로부터 차단돼 낙동강 전선에 집결해 있는 적의 전력이 마비되고 말 것이오.

적은 탄약과 식량 보급이 끊어지면 당장 큰 혼란 상태에 빠질 것이며 상대적으로 충분한 보급로를 확보하고 있는 아군은 손쉽게 적을 압도할 수 있을 것이오. 패배를 승리로 일변시킬 수 있는 이 계획을 지금 실행에 옮기지 않는다면 피비린내 나는 한국전쟁은 낙동강 방어선에 묶여 승산없이 질질 끌게 될 것이오. 지금 우리가 행동하지 않으면 죽음만이 남을 것이오."

맥아더 원수의 치밀한 적정분석과 작전계획에 감동한 셔먼 제독이 벌떡 자리에서 일어나 부동자세를 취했다. 그는 인천상륙작전의 최고 지휘관으로 내정돼 있었다.

"감사합니다 각하! 위대한 목적을 달성하기 위해 위대한 결단을 내리셨습니다."

후일 미 해병대가 편찬한 〈한국전쟁 참전기〉에도 인천상륙작전을 이렇게 전하고 있다.

〈전쟁에서 100%의 승리를 약속하는 작전은 없다. 어떤 작전도 도박

의 요소가 포함돼 있다. 그런 점에서 도박에 강한 지휘관과 약한 지휘
관이 있다. 맥아더 원수는 도박에 강했다. 그래서 그는 이 대담한 도박
에 승부를 걸었던 것이다.〉

인천상륙작전은 한마디로 제2차 세계대전에 결정적인 전기를 마련
한 프랑스의 노르망디상륙작전에 버금가는 역사적인 도박이었다. 한
미연합군과 유엔군으로 편성된 7만여 명의 병력과 각종 함정 261척,
미 공군의 폭격기 · 전투기, 항공모함의 함재기 등 항공기 3000여 대가
출동, 인천 앞바다의 하늘을 뒤덮었다. 인천항은 물론 그 주변 지역에
이르기까지 불바다로 만들어 자만심에 가득찼던 북괴군 최고사령관
김일성의 간담을 서늘하게 만든 것이다.

9월 16일. 한반도의 허리를 자른 유엔군의 역사적인 인천상륙작전
이 극적으로 성공하자 낙동강 교두보에서도 교착상태에 빠져 있던 한
미연합군에 숨통이 트이기 시작했다.

한미연합군은 지난 2개월 동안 낙동강 교두보에서 북괴군 13개 사
단의 끊임없는 맹공으로 숨 막히는 공방전을 반복하면서 몇 차례나 아
슬아슬한 위기를 넘기기도 했다. 특히 대구가 함락될 위기에 처하자 8
군 사령부를 부산으로 철수시킬 계획까지 마련하기도 했었다. 그러나
이제 수세에 몰리기만 했던 설욕을 딛고 분노를 풀 기회가 눈앞에 다
가오고 있었다.

월튼 워커 미 8군 사령관은 인천상륙작전이 순조롭게 진행 중인 상
황을 확인하고 이날 오전 9시를 기해 낙동강 교두보에 포진해 있던 한
미연합군에 총반격 명령을 내린다. 바야흐로 한미연합군의 20만 병력
이 M-26 퍼싱, M4-A3 셔먼, M-46 패튼 등 최신형 탱크 650대를 앞

세우고 대대적인 반격작전에 돌입하기 시작했다. 반격작전에 투입된 미군 탱크만도 북괴군이 38선을 뚫고 전면 무력남침을 감행할 당시의 T-34 탱크 240대보다 3배 가까이 많은 엄청난 전력이었다.

이 때문에 다부동 일원과 영천에서 대구 점령을 위해 한 달여 동안 시산혈하屍山血河를 이루었던 북괴군 제3돌격사단과 1사단, 13사단 및 8사단, 15사단은 완전히 퇴로를 잃고 지리멸렬한 상태로 빠져들기 시작했다. 이 반격작전의 다부동 전선에서만도 하루 동안 5천700여 명이 사살되고 T-34 탱크 23대와 포차 50대, 자주포·박격포 등 중화기를 비롯한 각종 화력이 모두 파괴되는 엄청난 손실을 봤다.

하지만 북괴군은 그때까지만 해도 완강하게 저항하고 있었다. 게다가 아군은 장맛비가 줄기차게 쏟아지는 바람에 포·폭격을 제대로 감행할 수도 없었다. 이 같은 악천후는 쫓기는 적에게 오히려 유리한 조건으로 작용했다. 그래서 김일성은 최후까지도 대구·부산 공략에 대한 미련을 버리지 못했다. 한반도 적화통일의 대업을 눈앞에 두고 도저히 물러날 수 없었기 때문이다.

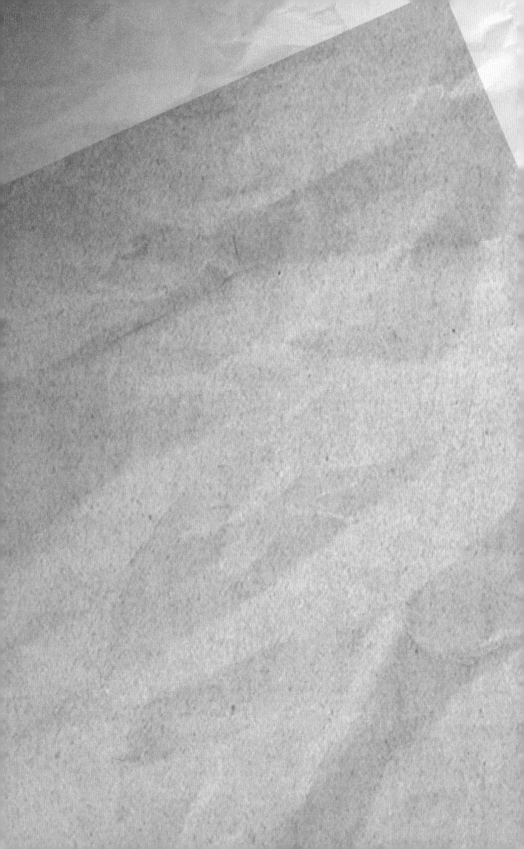

14. 불폭풍

한미연합군이 낙동강 전선에서 총반격전에 돌입한 이후에도 대구에 근접한 북괴군 13사단의 맹렬한 포격은 멈출 줄 몰랐다. 대구 분지가 한눈에 내려다 보이는 팔공산에는 이미 북괴군 선발대가 침투해 오고 있었다. 그런 가운데 낙동강 전선 동부지역 포항과 안강, 기계 방면에서 치열한 공방전을 벌였던 국군 제3사단과 수도사단도 승기를 잡고 반격작전에 돌입했다.

수도사단은 경주 전면에서 안강 회랑을 거쳐 기계로 진출해 완강히 저항하는 적 12사단을 비학산 방면으로 철퇴하고 아군 3사단은 포항의 형산강 남안에 진출하여 시가전으로 적 5사단을 몰아냈다. 때문에, 4차례나 치열한 공방전을 벌였던 영천지역에는 적의 그림자조차 구경할 수 없게 되었다. 그럼에도 적은 게릴라 전술로 전환하면서 아군을 계속 압박했다.

김일성으로서는 유엔군의 인천상륙작전이 땅을 치고 통곡하고 싶을 정도로 원통했을 것이다. 그러나 대세의 흐름은 아무도 막을 수 없었다. 북한 공산집단은 시간이 흐를수록 패전의 징조가 더욱 뚜렷해지고 있었다. 낙동강 교두보에서 항전하다가 김천으로 퇴각한 제1집단군은 물론 중동부 전선의 제2집단군도 지휘부부터 무너지기 시작했다.

워커 미 8군 사령관은 "적중 깊숙이 돌진하여 포위나 우회 작전으로 북괴군의 퇴로를 막고 조직적으로 후퇴를 저지하라"는 대 추격작전을 명령한다. 개전 초기 최초로 한국전에 투입되었다가 대전에서 패퇴하며 사단장 윌리엄 딘 소장이 북괴군의 포로가 되는 치욕을 겪었던 미 24사단이 선봉에 섰다. 치를 떨며 복수전에 불타 있던 미 24사단은 낙동강 교두보를 박차고 북진하는 각종 전투장비에 〈대전을 잊지 말자!〉는 슬로건을 내걸고 대전 탈환을 목표로 삼았다.

순조롭게 북상하던 미 24사단은 김천에서 적 105기갑사단의 T-34 탱크 10여 대와 맞닥뜨려 탱크전이 벌어지기도 했으나 아군의 M-46 패튼 탱크에 상대가 되지 않았다. 미 24사단은 그 길로 김천을 탈환하고 경부국도를 따라 추풍령과 영동 황간의 험로를 지나 9월 27일 옥천에까지 진출했다. 김천에서 적의 필사적인 저항에 부딪힌 것 외에 별다른 교전도 없이 파죽지세로 밀고 북상한 것이다. 이 진격로는 미 24사단이 2개월여 전 대전에서 퇴각하던 한 맺힌 길이었다.

그러나 이날 오전 6시쯤 진격을 재개한 24사단은 대전으로 진입하는 동쪽 능선에서 최후의 방어전에 돌입한 적과 조우했다. 이 능선은 24사단 병사들에게는 악몽이 깃든 원한의 능선이기도 했다. 지난 7월 20일 이 능선 아래의 터널에서 퇴로가 막혀 뿔뿔이 흩어진 채 낙동강 교두보까지 밀려났기 때문이다.

그 무렵 사단장 딘 장군도 이 능선을 따라 퇴각하다가 길이 막혀 36일간 적진을 헤매던 끝에 전북 진안 마이산 아래에서 좌익성향의 주민 신고로 적의 포로가 되고 만 것이다. 미 24사단으로서는 치욕의 능선이 아닐 수 없다. 미군 병사들이 공군 전폭기의 지원을 받아서 가까스로 능선을 탈환하고 보니 김천과 성주 방면에서 내내 쫓기던 북괴군 9·10사단 잔존병력이 저항해 왔다. 미 24사단은 대전 소탕전에서 적의 T-34 탱크 34대를 격파하고 2000여 명의 패잔병을 포로로 생포하는 전과를 올렸다. 낙동강 전선에서 밀려난 7개 사단의 북괴군 패잔병들이 대전에 집결해 있었던 것이다.

북괴군 최고사령부는 지휘부를 이끌고 김천 방면으로 후퇴하던 제1집단군사령관 김웅 중장에게 긴급전문으로 황당한 정치명령을 하달한다. 김천은 공교롭게도 김웅이 태어나 자란 고향이기도 했다. 하지만 그는 내내 한미연합군에 쫓기느라고 어릴 때의 고향에 대한 감회를 느낄 여유가 없었다.

〈조선인민군 제1 집단군은 예하 주력부대 일부를 빼돌려 서울 · 인천 방어선으로 철수시키고 잔여 부대는 소백산 계선과 낙동강을 사수하라.〉

김웅은 김일성의 이런 황당한 정치명령을 접수하자마자 갑자기 안색이 붉으락푸르락해지면서 펼쳐 들고 있던 작전지도를 집어던지고 양손으로 자신의 머리를 쥐어뜯다가 중국어로 버럭 고함을 질렀다.

"타마디! 초우 타마디!(망할 자식! 고약한 새끼!)"

제1집단군의 주력부대는 이미 낙동강 남안에서 지리멸렬한 상태였다.

"금강산! 지리산!"의 암호명을 아무리 외쳐 봐도 주력부대는 감감무소식이었다. 그런데도 주력부대를 서울 · 인천으로 빼돌리라니 완전히 미친 짓이 아닌가 말이다. 김웅의 노기 띤 고함에 군사위원들과 참모들이 새파랗게 질리며 안절부절못했다. 중국어로 "타마디, 초우 타마디"란 최고사령관 김일성을 향한 직설적인 욕설이었기 때문이다.

김웅은 결국 김일성의 명령을 묵살하고 잔여 부대의 전열을 정비하면서 지휘부를 이끌고 김천 북방 낙동강 중류 선산방면으로 후퇴했다. 하지만 김웅의 독단적인 행동이 훗날 제2집단군사령관 김무정과 함께 반혁명 · 반당분자로 몰려 패전의 책임을 지고 숙청의 고배를 마시는 구실(이적행위)이 되고 만다. 여차하면 패전의 책임을 연안파에 돌리는 김일성의 속셈을 미처 깨닫지 못한 탓이었다.

김무정이 중국대륙에서 팔로군 산하 조선의용군 총사령관으로 있을 무렵 김웅은 휘하 지대장이었고 6사단장 방호산은 중대장을 맡아 한 때 중국 인민해방군 틈바구니에서 조선의용군의 핵심을 이루었다. 그러나 입조 이후 6 · 25 남침전쟁의 선봉에 섰다가 형편없는 패장으로 쫓기고 있는 게 아닌가.

교착상태에 빠져 있던 동부전선에서도 8월 하순부터 북괴군의 패색이 짙어지고 있었다. 포항의 기계 방면과 경주의 안강 방면에서 오지도 가지도 못하고 발이 묶여버린 북괴군 12사단은 1만여 병력을 소진하고 겨우 1500여 명만 살아남아 비학산 방면으로 쫓겨났다. 전선사령부는 766군 유격부대를 12사단에 배속시켜 5000여 명의 잔존병력으로 부대를 재편성하고 안강 · 기계 방면에 재투입했으나 중과부적이었다.

동해안의 영덕 · 강구를 치고 포항 점령을 시도하던 북괴군 5사단도 고전하기는 마찬가지. 그러나 무엇보다 시급한 것은 청도 남성현 터널 폭파 작전이었다. 766군 유격부대는 특공대를 투입해 안강을 정면 돌파하고 경주와 건천을 거쳐 청도로 공격해 쳐들어갈 계획이었지만 역시 쉽지 않았다. 안강에는 이미 아군 3사단이 포진해 있었고 수도사단이 증원돼 기계 방면에서 반격작전에 돌입해 있었기 때문이다. 그야말로 사면초가가 돼 어디에서도 뚫고 나갈 여지가 없었다.

북괴군 최고사령부는 안동전투에서 독전에 나섰던 강건 총참모장이 지뢰 폭발사고로 죽고 지휘체계가 흔들리면서 얼마나 다급했으면 격전이 벌어지고 있는 경주 북방의 곤기봉(203고지)에 김책 전선사령관을 직접 독전관으로 내려보내기까지 했다. 곤기봉 전투에는 12사단의 잔존 병력과 766군 유격부대의 혼성부대가 투입돼 있었으나 무엇보다 청도 남성현 터널을 돌파하기 위한 출구전략이 시급했다.

김책은 곤기봉 전선에 직접 나타나 "나는 전선사령관 김책 대장이다. 영웅적인 조선인민군 전사들아! 앞으로 나가라. 물러서는 자는 인민의 적이다!" 하고 악을 바득바득 쓰며 독전했으나 입만 바싹바싹 타들어 갈 뿐이었다. 북괴군은 무모하게도 끈질기게 공격만 고집하다가 유엔군의 인천상륙작전 이틀 만인 9월 17일 하룻밤 사이에 결국 자취를 감추고 말았다. 포항의 비학산으로 물러난 북괴군은 마침내 남진할 때의 진공로인 동해안을 따라 후퇴작전에 돌입한 것이다.

낙동강 전선에 몰려 있던 북괴군 전사들은 밤낮없이 폭우처럼 쏟아지는 한미연합군의 열탄에 완전히 노출된 채 저마다 패배의식에 사로잡혀 있었다. 그들은 이제 독전대의 싸늘한 총구도 두렵지 않았다. 전장의 병사들은 누구나 마지막이라는 결단을 내렸을 때 가장 용감해진다고 했다. 그들이 구원을 받을 수 있는 곳이라곤 백기를 들고 한미연합군 진지로 투항하는 길밖에 없었다.

북괴군 전투병력 대부분이 현 전선을 사수하느라고 쇠사슬에 묶인 채 곳곳에서 악을 바득바득 쓰며 밀고 밀리다가 결국 남진 이래 최대의 패전위기에 내몰리고 말았다. 마침내 통신이 두절되고 지휘계통이 무너져 최일선에 배치되었던 군사군관들과 전사들이 뿔뿔이 흩어지면서 저마다 백기를 들고 투항하기에 여념이 없었다. 이러한 장면은 6·25 남침전쟁 초기 아군진지 곳곳이 무너지던 아수라장과 흡사했다.

김일성의 무모한 무력남침 중 최대의 격전을 치른 낙동강 유역의 모래펄과 들판, 능선 등 폐허로 변한 곳곳에는 부서진 T-34 탱크와 포차의 잔해만 전쟁의 상흔처럼 을씨년스럽게 나뒹굴고 기총소사에 찢긴 북괴군의 시체 더미가 낙동강을 휘감는 탁류에 휩쓸리고 있을 뿐이었다.

9월 15일 밤. 주덕근은 그때까지만 해도 유엔군의 인천상륙작전이 감행된 사실을 전혀 모르고 있었다. 다만 "8·15 광복 5주년을 부산에서 맞이하자"던 최고사령관 김일성의 호언장담이 물거품으로 사라진 지 한 달이 지났다는 것만 기억하며 지긋지긋한 전쟁에 환멸을 느끼고 있었다.

그는 인천이 불바다로 변해버린 줄도 모르고 밤이슬이 찬 한강 변 백사장에 드러누워 잠시 조는 사이 이상한 꿈을 꾸었다. 하늘을 훤히 밝히는 등광燈光이 중천에 걸려 빙글빙글 돌아가는 순간 그 불빛은 불덩어리로 변해 지상으로 낙하하는 그런 꿈이었다. 그것은 전쟁터에서 흔히 봐온 조명탄이 아니라 죽음을 뜻하는 이른바 조광탄弔光彈이 아닌가. 소스라치며 눈을 떠보니 캄캄한 밤하늘엔 별들이 총총했다.

최고사령부 작전통제관이던 리학구 총좌가 6·25 남침작전을 알리는 적색 조명탄을 발사했을 때에도 해와 달이 빛을 잃고 암흑 속에 파묻힌 하늘에서 천둥과 번개가 치지 않았던가. 그리고 그 빨간 색깔의 조명탄이 결국 불소나기로 변해 불바람과 불폭풍을 일으켜 온 세상을 할퀴고 지나갔다. 그래서 하늘도 울고 땅도 울었다. 그런데 비록 뒤숭숭한 꿈자리이긴 했으나 이번에도 하늘을 밝히는 조명탄이 아닌 죽음을 알리는 조광탄이라니 어째 불길한 생각을 지울 수 없었다. 또 무슨 큰 변고가 생길 징조가 아닌가 말이다.

그 불폭풍이 남쪽에서 불어올지 서해안에서 불어올지 예측할 수 없었다. 파다하게 들려오는 소문에 따르면 이미 패색이 짙어진 낙동강 전선은 대구와 부산을 눈앞에 두고 강둑이 터지는 바람에 전 인민군대가 홍수에 휩쓸려 버렸다고 했다. 그리고 서해상에서 거대한 전함군단이 몰려와 인천에 불소나기를 퍼부을 것이라고 했다. 유엔군의 인천상륙작전을 예고한 것이다.

그러나 박길남 공병부장은 남쪽에서 불어오는 불폭풍에만 신경을 곤두세우고 있었다. 경수가도에 대전차지뢰를 묻은 것도 남쪽, 즉 낙동강에서 불어오는 불폭풍을 우려한 때문이다. 서해 방위사령관 최용건 대장은 어쩌면 남쪽의 불폭풍보다 서해안의 불소나기에 신경을 쏟고 있는지도 몰랐다. 그제야 덕근은 뭔가 이상한 느낌을 받았다. 최용건이 탱크 한 대 없는 25여단이 서울 방위를 위해 투입된다며 침통한 표정으로 내뱉던 말도 생각났다.

"박길남 동무! 땅끄 한 대가 한강을 건너는데 시간이 얼마나 걸리는가?"

그것은 한마디로 조선인민군의 T-34 탱크가 아니라 유엔군의 M-4 퍼싱 탱크와 셔먼 탱크를 말함이었다. 최용건은 이미 유엔군이 서해안으로 상륙해 인천을 불바다로 만들고 내처 김포반도를 거쳐 서울로 쳐들어올 것이라고 예견하고 있었던 것이다. 그런데도 박길남 공병부장은 한강과 경수가도에만 신경을 쏟았다.

낙동강 전선에서 철수하는 인민군대의 위치와 적정, 도로망, 지형 등을 파악하라는 광범위한 정치명령이 주덕근에게 떨어졌다. 그는 우선 공병중대장을 깨워 5~6개 조의 정찰반을 짜고 각 소대장과 특무장(선임하사)의 인솔하에 지형정찰에 나서도록 명령했다. 그러나 유엔군의 동향을 전혀 알 길이 없었다. 서울을 비롯한 수도권이 미 공군의 공습 외에는 적의 그림자조차 찾아볼 수 없을 만큼 너무도 조용하고 평화로웠기 때문이다.

밤을 새워 대전차지뢰 매설작업을 마치고 날이 밝아왔을 때 덕근은 박길남 공병부장에게 보낼 전투보고서를 작성했다. 그러나 그는 전투보고서를 전달하고 돌아온 복무원(연락병)을 통해 또 다른 정치명령서를 접수한다. 모든 공병기술과 전투 기자재로 미제의 침략군을 격퇴할 준비를 서둘라는 일반명령이었다.

정치명령과 함께 새로 하달된 공병부의 작전 임무는 서울~김포가도, 영등포~인천가도, 수원~인천가도 등 3개 방면을 차단하여 침략군을 저지하라는 거였다. 그중 덕근이 지휘하는 공병중대에는 서울~김포 간의 전투 임무가 주어졌다. 그제야 덕근은 비로소 소문으로만 떠돌던 유엔군의 인천상륙작전이 감행되었다는 사실을 직감했다.

서해 방위사령관 최용건은 월미도가 순식간에 함락되었다는 보고를 무전으로 접수하고 서울 방어에 나서고 있던 18사단 22연대를 인천으로 긴급출동시켰으나 우박처럼 쏟아지는 유엔군의 함포와 함재기의 공습탄막을 뚫고 나갈 수가 없었다. 거기에다 미 해병대 제5연대가 월미도 북쪽 방파제인 레드 비치를 타고 상륙한 데 이어 남쪽의 블루 비치에는 제1연대가 상륙해 해안교두보를 확보하고 즉각 인천으로 진격해오고 있었다.

인천 방면에서 간헐적으로 울리던 포성이 점점 가까이 다가오고 지축이 흔들리곤 했다. 인천 앞바다를 뒤덮고 있는 유엔군 함대에서 마구잡이로 함포를 쏴대고 있다는 적정보고가 덕근에게도 접수되었다. 포성은 밤새 멎지 않았다. 요란한 포성이 울리고 마치 지진이 일어난 것처럼 지축이 흔들릴 때마다 200여명의 공병들이 하나같이 전율하며 불안에 떨었다.

9월 16일 저녁 으스름이 깔릴 무렵. 공병부의 복무원이 오토바이를 타고 달려와 '극비지급極秘至急'이라고 육필로 갈겨쓴 빨간 봉투를 전했다. 한참을 들여다봐야 내용을 알 수 있는 박길남 공병부장의 독특한 친필이었다.

〈전선사령부는 최고사령부의 명령에 따라 38도선 이북으로 철수할 계획임. 지뢰매설작업, 교량폭파, 도로차단 등 일체의 전투 임무를 중지하고 전원 공병부로 철수하여 다음 정치명령에 대비할 것.〉

복무원이 전하는 얘기로는 수안보에서 철수한 전선사령부가 일대 혼란에 빠져 있다는 거였다. 전선사령부는 조만간 중앙청을 폭파하고 철원 방면으로 철수할 계획이라고 했다. 그동안 전황을 몰라 전전긍긍하던 덕근은 전 인민군대가 패퇴하고 있다는 사실을 비로소 직감할 수 있었다. 함포사격과 파상적인 공습으로 미루어 볼 때 인천에 상륙한 유엔군의 서울 진격도 시간문제였다.

그러나 덕근은 오히려 마음이 차분했다. 일종의 보복심리랄까, 안도의 한숨도 나왔다. 그가 바라던 대로 자신의 결심을 실행에 옮길 때가 다가오고 있기 때문이었다. 그는 박길남 공병부장의 명령에 따라 철수할 게 아니라 유엔군 진지를 찾아가 귀순해야겠다는 결심을 굳히기 시작했다.

'암흑천지로 철수하느니 차라리 광명천지로 전진하고 싶다. 앞으로 가면 광명이고 뒤로 가면 암흑이다. 자유를 찾아 광명의 세계로 가야 한다. 그래야만 사랑하는 경옥이를 만나 새로운 인생을 개척할 수 있을 것이다.'

그는 공병중대장을 불러 모든 전투 임무를 중지시키고 공병부로 철수할 것을 명령했다. 그가 인민군 중좌의 계급장을 달고 부하군관에게 마지막으로 내리는 명령이었다.

공병중대장이 말했다.

"부부장 동지는 어떡하시렵네까?"

"내레 모터지클이 있으니까니 걱정하지 마오. 전선을 한 번 둘러보구서리 공병부로 갈터이니까니 날래날래 출발하기오."

"넷, 기럼 먼저 출발하갔습네다."

공병중대장은 부동자세를 취하며 거수경례를 올려붙이고 급히 돌아서는 거였다.

덕근은 부하군관의 경례를 받아보는 것도 마지막이라고 생각하니 어딘지 모르게 서글픈 생각도 들었다. 어둠 속에 혼자 남은 그는 잠시 뒷짐을 지고 별들이 총총한 밤하늘을 바라보며 서성거리다가 마침내, 결심을 하고 김포가도로 빠져나왔다. 거추장스런 모터지클의 사이드카부터 떼어버리고 오토바이의 오른쪽에 달린 안테나에 백기를 꽂았다.

화성에서 마지막 밤을 보낼 때 경옥이가 만들어준 백설보다 희고 고운 손수건 다섯 장 중 한 장이었다. 사랑하는 경옥을 위해 귀순을 결심한 이상 경옥이가 선물한 손수건을 나부끼며 국방군 진지를 찾아가고 싶었다. 사위가 너무도 고요했다. 저 멀리 인천 방면에서 밤하늘을 환하게 밝히는 조명탄이 비 오듯 쏟아지고 있었다. 그는 그 조명탄의 낙하지점을 향해 가속 페달을 힘껏 밟으며 들판을 가로질러 한없이 달렸다.

초행길이라 어디가 어딘지 분간할 수 없었다. 미 등만 켠 채 개활지를 지나 논두렁길로 접어드는 데 어디선가 개 짖는 소리가 들려왔다. 개가 짖는 곳에는 필경 마을이 있고 사람들이 살고 있다는 증거가 아닌가. 논두렁길이 끝나는 곳에 한적한 마을이 나타났고 횃불을 들고 다니는 사람들의 그림자가 불빛에 어른거렸다.

혹시 빨간 완장들이 아닌가 하는 생각에 가슴이 철렁했지만 그가 탄 오토바이는 이미 마을 입구로 진입하고 있었다. 빨간 완장들이 주덕근의 오토바이에 꽂혀 있는 백기를 보면 당장 반동으로 몰아붙일지도 몰랐다.

'에라, 모르겠다. 그대로 통과해 버리자.'

막 가속 페달을 밟으려는 데 횃불을 들고 앞길을 비추는 일단의 사람들이 다가왔다. 그들이 비추는 횃불 속에 태극기가 펄럭이고 있었다.

'살았구나!'

수복지역임을 확인한 순간 덕근은 자신도 모르게 안도의 한숨부터 삼켰다. 오토바이 페달에서 발을 떼고 서서히 그들 앞에 멈춰 섰다. 그들은 뜻밖에도 인민군 상급군관 복장에 번쩍거리는 가죽 장화를 신고 오토바이에 앉아 있는 덕근을 발견하고 아연 긴장하는 표정들이었다.

"선생님들! 반갑수다레. 내레 백기를 들구서리 국방군 진지를 찾아가는 길이외다."

덕근이 먼저 운을 떼며 그들에게 미소를 보냈다. 그제야 지도자인 듯한 자가 횃불을 들고 앞으로 다가왔다.

"나는 김포 양촌지구 자치치안대장 이관선이라 하오. 반갑소."

"예, 내레 국방군 진지에 귀순하러 가는 길이외다. 안내를 좀 부탁합시다레."

덕근은 지체 없이 허리춤에서 권총을 뽑아 그들이 보는 앞에서 탄창을 빼내 길바닥에 버리고 자치치안대장 이관선에게 건넸다.

"군관 선생! 환영합니다만 이 인근에 국군 진지가 없습니다. 우린 미군들 외에 아직 국군을 보지 못했으니까요.”

“내레 빨리 국방군을 만나야 합네다.”

“그렇지만 이 전쟁은 미군이 주도하고 있소.”

“내레, 미국에 충성드리려는 거이 아니라 대한민국에 충성드리기 위
해 찾아 왔수다.”

“그렇지만 우린 군관 선생을 미군 캠프에 인계해야 하오. 그 후 귀순
의사가

확인되면 다시 국군 캠프로 넘겨질 것이오, 그땐 우리가 군관 선생을
보증하리다.”

양촌지구 자치치안대장 이관선의 말에 좀 꺼림칙했지만 어쩔 수 없
었다. 이곳이 수복지구이긴 하나 작전이 계속되고 있는 미군의 위수지
역이기 때문에 미군 당국의 지시에 따라야 한다는 것이 그의 주장이었
다. 양촌지구 앞 관산官山에는 이미 미 제7사단 수색대가 포진해 있다
고 했다.

15. 써렌더Surrender (투항자)

9월 17일 동틀 무렵. 주덕근은 관산에 포진해 있는 미군 수색대에 신병이 인계되었다. 그러고는 곧장 지프에 실려 김포비행장으로 끌려 갔다. 아침 햇빛이 따갑게 비치자 그는 스스로 어떤 비참함을 느끼며 몸서리쳤다.

지프가 달리는 도로변 들판에 휘발유 드럼통과 탄약상자며 C-레이션 상자가 산더미처럼 쌓여 있는 데다 곳곳에 유엔기와 성조기가 나부 꼈다. 말로만 듣던 M-4 퍼싱 탱크와 장갑차, 포차 등의 행렬이 끊임없이 행주나루터 쪽으로 이어지고 있었다. 세계 최강국의 거대한 국력을 직접 확인하고 눈이 휘둥그레지지 않을 수 없었다.

김포비행장에 도착한 그는 또다시 경악했다. 대형 회전날개가 등에 달린 직승기直乘機가 빙글빙글 돌면서 수직으로 상승하고 하강하는 것을 생전 처음 봤기 때문이다. 그것은 바로 미국이 개발한 헬리콥터였다. 감히 상상도 할 수 없는 기상천외한 일이 벌어지고 있었다. 이제 막 한국전선에 배치된 비행기라고 했다. 공산주의 종주국 소련에도 그런 비행기는 아직 개발되지 않았다. 스탈린이 김일성에게 무기만 대주고 조선반도의 해방전쟁에 쉽사리 뛰어들지 못하는 이유를 이제야 알 것 같았다.

미국은 2차 세계대전 말 원자폭탄까지 개발해 일본을 단숨에 항복 시키지 않는가. 소련은 아직 원자폭탄의 근처에도 가지 못했다. 아마도 스탈린은 그런 미국이 두려워 김일성의 등만 밀어내고 자신은 뒷전에 숨어 미국의 눈치만 살피고 있는지도 모른다.

주덕근은 귀에 리시버를 꽂고 한쪽 손가락을 튕기며 한국어를 유창하게 구사하는 동양계의 미군 하사관 앞에 안내되었다. 하와이 출신인 그는 한국인 교포 2세라고 했다. 미군 병사들 사이에서 도무지 알아듣지 못하는 영어만 지겹게 듣던 그는 한국어를 구사하는 지아이와 마주치자 마치 지옥에서 천사를 만난 것처럼 반가움이 앞섰다.

"여기서 미 군복을 입은 동포를 만나니까니 참으로 반갑습네다. 내레 오랫동안 자유를 갈망해 왔시다."

"…?"

그러나 동포 2세 하사관은 말없이 그를 툭, 쏘아보기만 했다.

"내레 정의의 편에 서고자 대한민국을 찾아왔시다. 국방군은 지금 어디 있습네까?"

"미친 자식! 허튼수작 부리지 말고 묻는 말에 대답이나 해."

그는 아예 코웃음을 치며 덕근을 정신 나간 사람으로 취급했다.

덕근은 비록 적군이지만 계급의 존엄까지 무시당했다. 참담한 심정을 가눌 수 없었다. 순간적이나마 정의니, 자유니 하는 것은 한낱 망상에 불과하다는 사실을 깨달았다.

"야, 이 새꺄! 여기 이 작전지도를 봐. 어디다 폭격해야 하나?"

한국계 미군 하사관은 제네바협정에 따른 포로심문을 외면한 채 단도직입적으로 폭격 장소부터 대라며 윽박질렀다. 덕근이 작전지도를 한 번 훑어보니 군사시설은 없고 대부분 민가 밀집지역 뿐이었다.

"이 지도상에 군사시설은 한 군데도 없고 모두 민가 밀집 지역뿐이외다. 폭격은 군사적 목표에 한정하는 것이지 무고한 양민을 폭살 할 수 없지 않습네까?"

몇 차례 목격한 바 있지만 미 공군은 무차별 폭격을 감행하기 일쑤였다. 심지어 한국군 진지에까지 오폭을 감행해 많은 피해를 주었다. 게다가 지금은 인민군대가 모두 퇴각하고 피란민들이 수복지구로 돌아오고 있는 상황에서 민가 밀집지역을 무차별 폭격한다는 것은 그들이 입버릇처럼 강조하는 인도주의에도 반하는 일이 아닌가. 이것만은 막아야 했다. 그러나 상대는 안하무인 격이었다.

"야, 이 개새끼! 뭐라구? 너 같은 빨갱이들이 민가를 철저히 이용하기 때문에 폭격하는 거야. 그래, 너도 그동안 민가에 숨어 있었지?"

그는 덕근의 태도가 다소 오만스럽게 보였는지 시종 도끼눈을 치뜨며 화난 얼굴로 다그치기만 했다.

"아니오. 내레 서울 중앙정의 전선사령부에 있었시나. 차라리 그곳을 폭격하시오."

"그 외에 또 폭격해야 할 군사시설은…?"

그의 목소리가 다소 가라앉은 것 같았다.

"서울 용산에 있는 옛날 일제 치하의 일본군 사령부… 해방 후 육군본부와 미 군사고문단이 있던 건물이외다. 그곳은 현재 조선인민군 지휘부가 점령하고 있습네다. 위수사령부, 군 검찰소, 보위부, 내무성도 모두 그 주변에 몰려 있시다."

"너 보아하니 아주 불성실한 놈이로군. 한마디 경고해 두겠는데 말이야. 내 앞에서 건방지게 자유를 선택했느니, 살려달라니 하는 비열한 말은 함부로 나부랑거리지 말라구. 너 같은 빨갱이가 우리 편에 서지 않아도 우린 공산 괴뢰집단을 쳐부수고 반드시 승리한다. 알겠나?"

차마 견디기 힘든 모멸감이었다. 하지만 힘이 없으니 어떡하랴.

덕근은 다시 지프에 실려 김포비행장의 격납고 옆에 있는 반원형의 퀸시트 건물로 이송되었다. 그곳에 별도의 포로 심문반이 있었다. 역시 그곳에도 한국계 지아이 2명이 포로심문관으로 앉아 있었다. 덕근은 또 한 차례 "귀순자"니 "투항자"니 서로의 입장을 주장하며 실랑이를 벌여야 했다.

그들의 주장은 전투상황에서 아군 캠프로 넘어오는 적들이 하나같이 귀순의사를 밝히고 있지만, 그 말을 그대로 믿고 받아들일 수 없다는 거였다. 그래서 백기를 들고 미군 진지로 찾아온 주덕근도 귀순자가 아닌 투항자가 되었다. 전쟁포로로 취급하는 그들의 일방적인 원칙이었다.

"유 알 어 써렌더You are a Surrender(당신은 투항자다.)!"

포로심문관은 여느 미군들이 흔히 내뱉던 말처럼 유창한 영어로 외쳤다. 투항자는 한마디로 전쟁포로다.

'사선을 넘어 제 발로 찾아온 귀순자에게 투항자라니…?'

주덕근은 기가 막혔다.

한국군에 편입되어 대한민국에 충성을 바치겠노라고 결심한 것은 한낱 사치스런 망상에 불과했다. 자유니 정의니 하는 단어를 너무 쉽게 써먹다가 스스로의 인생을 망치고 말았다. 그들은 판에 박힌 듯 요지부동이었다.

"항복이라는 말은 받아들여도 귀순이라는 말은 받아들일 수 없다."

"내레 순수한 귀순자외다. 양촌지구 치안대장의 보증도 있지 않소. 나의 진심을 알아주시구레."

덕근은 눈물을 머금고 하소연했으나 그들은 막무가내였다.

"유 알 프리즈너 오브 워You are Prisoner of War(당신은 전쟁포로다)."

그는 결국 전쟁포로의 틀에서 벗어나지 못했다.

'내레 잘못 넘어왔군.'

뒤늦게 후회했지만 이미 엎질러진 물이었다. 덕근은 절망했다. 울분과 수치와 굴욕이 한꺼번에 치받쳐 온몸이 부들부들 떨렸다. 너무도 억울했다. 그러나 하소연할 데라곤 아무 곳도 없었다. 곱다시 전쟁포로가 되고 만 것이다.

그들의 일방적인 포로심문을 마치고 다시 끌려간 곳은 잡초가 무성한 들판에 원형 철조망을 친 1인용 포로수용소에 갇히는 신세로 전락했다. 이른바 독방인 셈이다. 그것도 북한 공산군 고급군관이라 하여 특별대우를 한 것이라고 흑인 경비병이 이죽거렸다.

덕근은 우리 안에 갇힌 들짐승의 신세와 다름이 없었다. 양 무릎을 구부리고 앉아 그 위에 머리를 파묻고 눈을 감았다. 경옥의 모습이 떠올랐다. 사랑을 갈구하는 홍조 띤 모습이 아니라 창백한 모습이었다.

'경옥이! 아니, 로사! 내레 국방군 중령이 되어 로사 앞에 떳떳이 나타나리라고 맹세했건만 이거이 무슨 꼴람.'

그는 이제 사랑하는 경옥을 영영 못 만날 것 같아 안타까운 심정을 가누지 못했다. 절망과 자포자기에 빠져 죽고 싶은 생각이 간절했다. 뭔가 툭툭, 떨어지는 소리가 들려 고개를 들어보니 오가던 미군 병사들이 동물원 구경하듯 초콜릿이며 양담배며 종이 성냥 등을 던져주는 거였다. 덕근은 자신이 그들에게 가련한 동정의 대상이 되고 있다는 사실에 또다시 굴욕을 느꼈다.

하지만 현실을 현실 그대로 받아들이지 않을 수 없었다. 절망적인 한숨을 푹푹 삼키며 주변에 떨어진 담배를 주워 입에 물었다.

저녁노을이 붉게 타들어 갈 무렵 20여 명의 인민군 포로가 잡혀 왔다. 며칠째 물 한 방울 찍어보지 못한 얼굴은 초연과 먼지와 땀으로 흉측스럽게 얼룩져 있었고 니코틴이 진액처럼 묻어 있는 입에서는 심한 악취가 풍겼다. 전투복은 낡고 헐어 허옇게 살결이 드러나 보였다. 두 눈동자만 유난히 빛날 뿐 짐승같은 몰골이었다. 그들은 모두 유엔군의 인천상륙작전에 따라 긴급출동했던 18사단 소속이라고 했다.

물론 덕근도 그들과 별반 차이가 없었지만 팔 다리에 광목천이나 러닝셔츠를 찢어 붕대로 감은 일부 부상자들은 치료를 제대로 받지 못해 고통스러워했다. 미군 경비병들은 덕근이 갇혀 있는 1인용 철조망 바로 옆에 둘러쳐진 큰 철조망 속으로 그들을 양 떼처럼 몰아넣었다.

그들은 하나같이 허탈한 상태였으나 초라하게 앉아 있는 덕근을 보자 일제히 거수경례를 올려붙이는 거였다. 엄격한 인민군대의 군사규율이 포로수용소에서도 기계적으로 작동하다니 놀라운 일이 아닐 수 없다. 그들 중 특무전사(상사) 계급을 단 자가 한 걸음 앞으로 나서며 부동자세를 취했다.

"군관 동무! 용서하시구레. 오늘 우리 부대는 침략자들을 무찌르기 위해 용감하게 싸웠지만 미제의 공습과 땅끄에 압도되어 전멸했단 말입네다. 최고 존엄을 결사옹위하기 위해 마지막 피 한 방울까지 싸워보지 못하구서리 흐흑….."

특무전사는 포로가 된 것이 너무도 억울하고 분하다며 미처 말끝을 맺지 못한 채 울먹이고 말았다. 그 특무전사를 바라보던 덕근은 가슴이 뭉클했다. '오히려 부끄러워해야 할 사람은 백기를 들고 귀순하려다 투항자로 몰린 내가 아닌가.'

그는 입술을 지그시 깨물며 말문을 열었다.

"동무들! 내레 동무들보다 더 부끄럽수다레. 동무들은 모두 용감한 전사들이외다. 지도자를 잘 만났든 잘못 만났든 동무들은 오로지 조국과 린민을 위해 투쟁해 왔시다."

"아니 옳습네다. 적의 포로가 된 마당에 무슨 할 말이 있갔습네까."

"특무전사 동무! 내레 기렇게 보지 않소. 조국해방전선에 나갈 때 우리 모두 조국과 린민을 위하여설라무네 목숨을 담보했소. 또 기렇게 싸워 왔시다. 이미 승패가 결정난 상황에 귀중한 생명을 십 전짜리 총알과 맞바꿀 수는 없디 않갔소?"

"군관 동무는 어디서 싸웠습네까?"

"내레 부끄러워 할 말이 없시다. 전선사령부에 있었시오. 다만 양 대국의 대리전쟁에 휩쓸려 수많은 린민과 전사들이 포화 속에 사라지는 거이 안타까울 뿐이외다."

"저희들도 평소 그런 생각을 가져 왔단 말입네다. 저희들의 갈길을 지도해 주시구레."

"동무들! 내레 이런 수치스런 신세가 되어 무슨 할 말이 있갔소. 다만 비열하고 가증스런 나 자신을 돌아보며 한탄하고 있을 뿐이외다. 허나 한 가지 당부하고 싶소. 앞으로는 허무맹랑한 선전 선동에 귀 기울이지 말구서리 양심에 따라 행동하기오. 그 양심이 지난날의 실수를 각성하고 새로운 삶을 이끄는 등불이 될 거외다."

밤이 깊어가자 무서리가 내려 으스스한 한기에 몸이 떨렸다. 미군 캠프에서는 포로들을 임시수용할 뿐이라며 몸을 감쌀 담요 한 장 보급해 주지 않았다. 게다가 급식마저도 외면했다. 포로들에게 잘 먹이고 따뜻하게 입혀야 한다는 제네바협정 위반이 아닌가. 그러나 항의할 기력조차 없었다. 이미 인간 이하의 대우를 받는 처지에 마치 달팽이처럼 온몸을 움츠리고 추위와 허기를 달래야 했다.

9월 18일.

미 공군의 폭격기지이자 공중중계지인 김포비행장은 이른 아침부터 분주하게 움직이고 있었다. B-29 중폭격기를 비롯한 B-26 경폭격기며 각종 전투기, 정찰기 등이 쉴새 없이 뜨고 내리며 비행 폭음이 끊이지 않았다.

기계화된 공병은 포크레인으로 활주로를 수리하거나 확장하고 격납고도 증설했다. 통신병들은 굴착기로 땅을 파고 전신주를 세워 통신시설을 가설하는 등 부산을 떨었다. 모든 것이 기계화로 척척 이루어지는 것을 보니 원시적인 인민군대가 이 전쟁을 어떻게 이끌어 왔는지 새삼 경이로울 정도였다.

정오가 되자 김포와 강화도 일원의 외곽경비를 맡아 저항하던 인민군 107경비연대 소속 초급군관과 하전사 등 50여 명의 포로가 새로 들어왔다. 오후에는 행주·능곡 방면에서 붙잡힌 100여 명이 또 들어왔다. 포로들은 수십 명, 수백 명씩 계속 몰려들고 있었다. 모두 김포반도 쪽에서 투항했다는 것이었다.

주덕근이 투항자로 끌려온 지 이틀 만에 임시수용된 공산 포로가 400여 명에 달하자 미군 관리 당국이 비로소 급식을 시작했다. 식빵과 양고기에 우유, 커피 등을 모처럼 배불리 먹었다. 그러나 커피 맛을 모르는 전사들 대부분은 쓴 커피를 외면했다. 포로들 중 최상급자인 주덕근은 오후 늦게 포로 심문반에 다시 불려 나갔다.

한국인과 일본인 2세들로 북적거리던 포로 심문반에 그들의 모습은 한 사람도 보이지 않았고 뜻밖에도 전투복 차림의 미 해병대 대령이 앉아 있었다. 첫인상에 이목구비가 선명하고 지적인 면모를 갖춘 그는 대뜸 맞은편 의자를 가리키며 중국어로 운을 뗐다.

"칭쬒請座(앉으시오)!"

단 한마디였으나 발음이 아주 유창했다. 그는 자신을 이데올로기(사상)戰戰을 전담하는 하이빙두이(해병대) 소속 윌리엄 로빈 상쇼오(대령上校)라고 소개했다. 숫제 욕설과 윽박지르기로 일관하던 하사관들과는 달리 매우 신사적으로 대해주었다.

"대령님! 중국어를 참 잘 하십니다."

덕근의 이 말에 그는 카멜 담배를 한 개비 권하며 자연스럽게 자신의 가정사부터 소개했다. 그는 아주 오래전에 선교사이던 부모님이 중국으로 건너가 선교 활동을 했으며 자신도 베이징에서 태어나 성장했다는 것이었다. 그러다가 2차 세계대전이 일어나기 직전 중국을 떠났노라고 했다.

덕근은 그의 인간적인 면에 감동한 나머지 기꺼이 자신도 중국 헤이룽장성 무단장에서 태어나 성장한 조선 민족의 후예라고 소개하고 한국전쟁의 근원적인 문제와 스탈린과 김일성의 적화야욕, 인민군대 역사 및 남침 준비, 전면 남침 경위 등을 소상하게 설명했다.

그리고 나서 마지막으로 귀순 동기를 밝히고 포로가 아닌 귀순자로 받아들여 줄 것을 간곡히 호소했다. 로빈 대령은 덕근의 얘기를 진지하게 들으며 긍정적으로 고개를 끄덕이곤 했다. 하지만 그는 덕근의 무릎에 손을 얹고 토닥이며 이렇게 말했다.

"귀하를 진심으로 이해하오. 기대에 어긋나 실망할지 모르겠지만 우린 지금 전쟁 중이오. 물론 귀하도 잘 알겠지만 전장에서는 적의 군복만 봐도 발포하게 돼 있소. 귀하가 귀순했다고 당장 자유를 누리시오,

하고 말할 수는 없지 않은가. 앞으로 얼마나 억류될지 모르겠지만 적절한 시기가 올 때까지 역경과 고난을 극복해야 하오. 유감이지만 현재 내가 귀하에게 해줄 수 있는 말은 고통을 참고 기다리라는 것뿐이오."

"대령님! 잘 알았습네다. 감사합네다."

덕근은 머리 숙여 감사의 뜻을 표했다. 로빈 대령은 다시 설득하듯 말머리를 돌렸다.

"그때까지 귀하는 공산군 포로 전체를 위해 협조해야 할 것이오. 귀하는 현재 그들 중 계급이 제일 높은 사람이오. 물론 포로들을 장차 새로 조성되는 수용소로 이송해야겠지만 우선 여기 임시로 수용하고 있는 포로만도 400여 명이나 되고 있소. 예상외로 많은 포로가 계속 몰려들고 있소. 그 사람들은 대부분 공산주의자들의 선전 선동에 속아 온 불운한 병사들이오. 그들 중 상당수는 청소년의 티를 벗지 못하고 있소. 이런 말을 해서 미안하지만 저 청소년들을 귀하와 귀하의 동료들이 의용군이라는 이름으로 전쟁터에 내 몰았기 때문이오."

"충고해 주셔서 감사합네다."

"전쟁은 쉽게 끝날 것이오. 그때까지 나이 어린 부하들을 잘 돌보고 평화가 찾아오면 그들을 모두 기다리는 부모 형제들 앞으로 돌려보내야 할 것이오."

덕근은 이 말을 듣는 순간 가슴이 뭉클했다.

그러나 덕근을 비롯한 공산 포로들은 김포비행장 임시수용소에 더 머물지 못했다. 로빈 대령과 약속한 지 불과 이틀 만에 새로 조성된 수용소로 이동 명령이 떨어졌기 때문이다. 피아간에 상관없이 명령에 따라 움직이는 군대의 상황이란 예측을 불허했다.

9월 19일 아침.

사방으로 휘장을 친 대형 GMC 트럭 10여 대와 호송 지프 2대가 원형 철조망 앞에 도착했다. 몸수색과 인원 점검이 끝난 다음 미군 호송병의 지시에 따라 이 열 종대를 지어 질서정연하게 승차했다. 이때 로빈 대령이 지프를 손수 몰고 나타나 주덕근을 찾았다. 그가 덕근의 등을 토닥이며 이렇게 격려했다.

"지금 당신이 가는 곳은 침실이 제대로 마련돼 있고 무엇보다 취사부가 설치돼 있어 지내기가 훨씬 수월할 것이오. 나는 귀하를 믿고 있소. 적절한 시기에 귀하를 부를 테니 잘 인내하기 바라오."

덕근은 진정 가슴이 뭉클한 격려를 받으며 작별인사를 나누었다. 그저 감사하다는 말밖에 달리 할 말이 없었다. 덕근이 탄 트럭이 떠날 무렵 로빈 대령이 손을 흔들며 큰소리로 외쳤다.

"닌 황신바(걱정하지마라)!"

달리는 트럭에서 휘장 사이로 비친 수복지구에는 며칠 전까지만 해도 인공기가 펄럭이던 거리 곳곳의 전신주에 유엔기와 성조기와 태극기가 나란히 나부끼고 사람들의 활기찬 모습도 보였다.

무장한 헌병이 탄 지프가 기관총을 거치하고 대낮에 헤드라이트를 밝히며 포로들을 실은 트럭 행렬을 콘보이했다. 차량 행렬이 부평 시가지를 지날 무렵 도로변에 운집한 사람들이 어떻게 알아챘는지 갑자기 시위군중으로 돌변했다. 그들의 표정은 멸시와 증오에 가득 차 있었다.

"전쟁포로다~. 북괴군 포로다~."

"빨갱이들! 다 죽여라~."

"김일성 타도! 스탈린 타도!"

흥분한 시위군중이 트럭 행렬 쪽으로 다가오며 살벌한 구호를 외쳤다.

이때 세 번째 트럭 뒤 칸에 앉아 있던 주덕근이 휘장을 약간 열어제치는 순간 성난 군중과 시선이 마주쳤다.

"이봐, 저기 빨갱이 두목이 앉아 있다~ 저 놈을 당장 끌어내려 쳐죽여랏!"

덕근은 얼른 휘장을 닫았으나 시위군중은 멈출 줄 모르고 트럭을 향해 돌팔매질을 해 댔다. 트럭의 휘장에 돌멩이 부딪치는 소리가 "퍽 퍽!" 울려왔다. 트럭에 타고 있던 포로들이 하나같이 새파랗게 질리며 전율했다. 이윽고 맨 앞쪽에서 잇달아 총성이 울렸고 서행하던 트럭 행렬이 속도를 내기 시작했다. 콘보이하던 헌병들이 시위군중을 해산시키기 위해 공포탄을 발사한 것이다.

'빨갱이 두목? 내레 차라리 맞아 죽구 싶구만. 자, 여러분! 내레 악인이며 죄인이외다. 이 빨갱이 두목을 쳐 죽이구서리 원한을 푸시구레.'

덕근은 달리는 트럭에서 당장 뛰어내리고 싶은 충동을 느꼈다. 그러나 트럭은 희뿌연 흙먼지를 일으키며 과속으로 달리고 있었다. 공산 포로들을 태운 트럭 행렬이 마침내 드넓은 바다와 인천시가지가 한눈에 들어오는 언덕배기에 도착했다. 휘장을 열어젖히는 순간 시원한 바닷바람이 불어와 가슴이 확 트이는 것 같았다.

일제강점기 때의 인천 소년형무소 건물. 마치 중세기의 성곽처럼 생긴 담장 주변에는 엉겅퀴와 강아지풀이 무성하게 피어 있었다. 담장의 사방 언저리에 우뚝 선 망루에는 기관총을 거치한 미군 경비병들이 삼엄하게 경계를 펴고 있었다. 새로 조성한 경인지구 포로수용소라고 했다.

이곳엔 이미 유엔군의 상륙작전 당시 인천지역의 해안을 경비하다가 투항한 226육전대와 918야전포병연대 소속 북괴군 포로 2000여 명이 수용돼 있었다. 수용소 연병장은 그야말로 수많은 포로로 와글거렸다. 그러나 이곳도 역시 임시수용소라고 했다. 장차 어디로 옮겨질지아는 사람은 아무도 없었다. 모든 것을 운명에 맡기고 자포자기가 된포로들의 첫인사는 대저 이러했다.

"동무! 담배 있소?"

"동무는 어디서 잡혔소?"

"동무는 어느 부대 소속이야요?"

경인지구 포로수용소는 A·B·C·D 4개 수용동棟으로 분류돼 있으나 마치 병영의 숙소 같은 옛 소년형무소 감방시설을 그대로 사용하고있었다. 그래서 포로들 사이에는 수용동이 아닌 감방으로 통했다.

주덕근은 미군 관리 하사관의 지시에 따라 B동에 배치됐다. 대낮인 데도 수용동은 캄캄했다. 햇빛이 밝은 데서 갑자기 안으로 들어서니 앞을 분간할 수 없어 잠시 복도에서 머뭇거렸다. 그런데 갑자기 어둠 속에서 사람들이 우르르 일어나는 소리가 들려와 덕근은 순간적으로 소스라쳤다. 눈에 심지를 돋우고 자세히 들여다보니 나무 침상 양쪽으로 벌거벗은 군상들이 기립 자세로 거수경례를 붙이고 있는 게 아닌가. 참으로 어이가 없었다.

"동무들! 웬일이우?"

"넷, 저희들은 전쟁포로로 잡혀 왔습네다."

"포로… 인민군 포로?"

"넷, 그렇습네다. 저희들은 하급 군사군관들입네다."

"긴데 왜서(왜) 모두 벌거벗구서리…?"

"저희들은 226독립육전대 소속으로 월미도를 방어하고 있었단 말입네다. 긴데 연 4일간의 함포사격과 2일간의 전투에서 400여 명이 전사하구서리 겨우 45명이 구사일생 했습네다. 하디만 피와 땀과 흙먼지로 전투복은 걸레조각이돼 버리구서리 포로로 잡힐 당시 미 해병대가 그 마저 홀랑 벗겨 여기까지 온갖 조롱을 다 받으며 알몸으로 끌려왔단 말입네다."

듣고 보니 기가 막혔다. 웃어야 할지 울어야 할지 종잡을 수 없었다. 덕근은 착잡한 심정을 가누지 못해 자신도 모르게 미친 듯이 고함을 지르고 말았다.

"김일성, 이 가이(개)같은 새끼!"

"옳소!"

뜻밖에도 그들이 박수를 치며 동조했다. 그를 향해 반동이니, 반역이니 하며 규탄하는 자는 아무도 없었다. 그들도 전쟁터로 내몰려 죽음만 강요해온 김일성에게 진저리가 난 것이다.

16. 살아남은 자의 슬픔

9월 20일.

유엔군의 인천상륙작전으로 한강 이남의 인민군대에 퇴로가 막힌 지 닷새가 지났다. 그 무렵 리학구 총좌가 참모장으로 있는 북괴군 13사단은 낙동강 전선의 격전지 다부동 인근인 경북 칠곡군 동명면 봉암리 팔공산 진입로와 대구 경계지역까지 진출해 있었다.

그러나 대구로 침투했다던 예인 특수공작대와 통신이 두절된 상태에서 가산산성과 팔공산을 눈앞에 두고 장대비처럼 쏟아지는 한미연합군의 열탄에 견디다 못해 결국 다부동 후면으로 밀려나고 말았다. 불과 한 달 전 피아간에 치열한 혈전이 벌어졌던 곳으로 되돌아 왔지만 이미 백선엽 장군의 국군 제1사단이 포진하고 있어 여기서도 퇴로를 찾지 못해 우왕좌왕할 수밖에 없었다. 낙동강 전선에서 필사적으로 저항하고 있던 북괴군에도 암암리에 유엔군의 인천상륙작전 소식이 전해져 있었기 때문이다.

일부 지휘군관들과 군사위원, 상급군관들은 극도의 불안감에 휩싸여 정신적으로 흔들리고 있었다. 그런 가운데 대구 침공을 눈앞에 두고 있던 13사단은 거의 절망적인 상황에 빠져들었다. 그동안 연합전선을 유지해 왔던 제3돌격사단도 지리멸렬해 퇴각하고 있다는 소식만 들려올 뿐 횡적인 연락이 완전히 두절된 상태였다. 3돌격사단 뿐만 아니라 그동안 대구 침공을 위해 연합작전을 펴왔던 1사단과 8사단, 15사단도 엄청난 손실을 보고 퇴각 중이라고 했다.

참모장 리학구는 이미 다부동 전투에서 미 제1기병사단과 국방군 제1사단을 상대로 혈전을 거듭하는 동안 병력과 장비를 거의 잃고 전투력이 겨우 1개 연대 규모로 줄어든 상황에서 도저히 배겨낼 재간이 없다고 판단했다. 게다가 전선사령부에서도 낙동강 전 전선에 걸쳐 퇴각명령이 내려진 상황이었다. 그러나 사단장 최용진 소장은 전선사령부의 퇴각명령도 외면한 채 자신의 벙커에서 독립대대장 회의를 소집, 대구 침공을 위해 "가산산성을 넘어 팔공산으로 진공로를 개척하라"는 최후의 공격명령을 내린다. 한마디로 폭약을 안고 불 속으로 뛰어드는 무모한 전략이었다.

참모장 리학구는 수백 명의 부상병을 후송도 못 한 채 전략적인 퇴각은커녕 공격을 고집한다는 것은 무모한 지휘권 행사라고 판단, 사단장 최용진의 명령을 거부하며 퇴각을 주장했다.

"사단장 동지! 무기도 탄약도 다 떨어졌는데 1500명밖에 남지 않은 헐벗고 굶주린 전사들을 적의 땅끄 앞에 내몰 수는 없디 않습네까?"

그러나 최용진은 막무가내였다. 일제 암흑기 소련의 비야츠크 제88국제정찰여단 소대장 출신인 그는 평소 소신대로 철수보다 무조건 공격이 우선이었다.

"야, 참모장! 기거이 무시기 소리임메? 이 간나새끼! 처음부터 작전지휘가 틀러먹었다 했더니 어전(이제) 나한테 항명하는 기야?"

평소 성격이 포악하기로 유명한 최용진이지만 독립대대장들 앞에서 참모장을 세워 놓고 "간나새끼!" 운운하며 모멸감을 주다니 해도 너무한 것 같았다. 도저히 묵과할 수 없었다.

"사단장 동지! 항명이 아니라 우린 이미 전투력을 상실했습네다. 전력이 바닥나 싸우고 싶어도 싸울 수 없다는 거외다. 사단장과 참모장이 죽더라두 휘하 군관들과 전사들을 더 이상 희생시켜서는 안 된다는 말이외다."

"야, 내레 항일 빨티산 시절 관동군의 포위망을 수없이 뚫은 퇴룡진이야. 학구, 너두 잘 알디 않아. 내 앞에서 함부로 철수니 뭐니 그딴 소리하문 당장 너부터 쏴 죽이구 말기야."

흥분한 최용진은 화가 치밀 대로 치밀어 참모장 리학구 앞에 작전지도를 집어 던지며 길길이 날뛰었다. 하지만 리학구도 물러서지 않았다.

"지금 전선사령부에서 전면 후퇴명령이 떨어져 있디 않습네까. 그런 판국에 상부의 명령을 거역하고 사단장 독단으로 부하들을 죽음의 구렁텅이로 몰아넣는 거이 항명이 아닙네까."

"이 간나! 알고 보니끼니 반동이구만. 이 반동새끼레 직방 쏴 죽여? 어엉!"

열이 치받친 최용진은 대뜸 허리춤에서 권총을 빼 들었다. 바로 그 순간 리학구도 격정을 억제하지 못하고 권총을 빼 들고 말았다. 하극상!

"그래, 이 똥가이(똥개) 새끼! 어디 해보라우."

그리고 누가 먼저 방아쇠를 당겼는지 알 수 없지만 요란한 총성이 울렸다. 사단장 최용진이 들고 있던 권총을 맥없이 떨어뜨리며 유혈이 낭자한 오른손을 치켜들고 고통스러운 얼굴로 쓰러졌다. 간발의 차이로 리학구가 먼저 방아쇠를 당긴 것이다.

"자, 동무들! 모두 날래날래 후퇴하라우."

리학구는 이렇게 외치고 사단장 벙커를 뛰쳐나오고 말았다.

그는 복무원(연락병) 한 명만 대동하고 터덜터덜 고지를 내려오면서 혼잣말처럼 구시렁거렸다.

"내레, 내 손으루 시작한 이 전쟁을 내 손으루 끝장 내갔어!"

패장의 정신적인 좌절에서 불쑥 내뱉은 넋두리였다.

한때 만주벌판에서 김일성이 이끌던 항일유격대의 복무원으로 따라 다니다가 인민군 총좌 지위까지 오른 그를 두고 최고사령관의 복심이 라고 자타가 공인했다. 그래서 그는 인민군대 내에서 무소불위의 권력 을 행사하기도 했다.

공식적인 직책은 제2집단군사령부 작전부장이면서도 최고사령부 총 부참모장 겸 작전국장인 류성철과 함께 작전통제관으로 남침작전계획 을 수립하는 데에도 깊숙이 관여했다.

그러고는 전선사령부 작전상황실까지 장악하고 남침 개시 암호명 '폭풍, 폭풍, 폭풍!'을 외쳤던 인물. 하지만 이제 그는 평양 모란봉의 지 하벙커에서 최일선의 처참한 전황을 외면한 채 "돌격, 돌격!"만 외치는 최고사령관 김일성에게 넌더리가 났다.

'백전백승의 강철같은 령장靈將이시며 위대한 군사전략가이신 김일 성 최고사령관은 대체 어디로 가고 공화국의 운명이 이 모양, 이 꼴로 돌아가고 있단 말인가.'

마오쩌둥의 전략처럼 유생역량有生力量으로 인재를 아끼고 유용하게 쓰는 용병술을 구사했더라면 이런 참담한 결과는 빚어지지 않았을 것 이다. 마오의 용병술인 유생역량이란 "땅을 잃고 사람이 살아남으면 잃은 땅을 찾을 수 있으나 사람을 잃고 땅이 남으면 사람이든 땅이든 모두 다 잃는다"는 뜻이었다.

8월 초순 박헌영 부수상 겸 외무상을 단장으로 군사원조단을 베이 징에 파견했을 때에도 마오쩌둥은 시불리時不利를 지적했었다. 이미 역 전세에 몰려 때가 불리하니 일단 한강 이북으로 철수하라는 충고였다.

그래야만 낙동강 전선으로 집중 투입되는 유엔군의 전력을 분산시켜 승기를 잡을 수 있다고 했다. 이 역시 마오의 유생역량 전술과 다름이 없다.

그러나 김일성은 마오의 심오한 전략전술을 무시해 버렸다. 음흉한 탐욕에 가득 차 있는 시베리아 백곰(스탈린)의 꼭두각시놀음에만 집착한 것이다. 그러다가 시의적절한 전략전술로 써먹을 수 있었던 '시불리'도, '유생역량'도 다 놓치고 말았다.

때문에, 지난 3개월 동안 남한 전역을 휩쓸다시피 남침전략에 집념을 쏟아온 김일성은 30만 병원兵員을 몰살시키며 공격만 고집하다가 결국 무력적화통일의 야망이 수포가 되고 말았다. 이 때문에 한반도 전역과 동북아시아의 소비에트화를 노리던 스탈린의 탐욕도 동시에 좌절돼 버렸다. 그런 와중에 최고사령부의 무모한 공격명령을 맹목적으로 추종하며 부하 전사들을 떼죽음으로 몰아넣은 최용진의 전횡과 횡포에 리학구는 견딜 수 없는 저항감을 가지게 된 것이다.

그는 지체 없이 백기를 들고 국군 제1사단 베이스캠프로 넘어와 사단장 백선엽 장군에게 귀순 의사를 밝혔다. 그러나 개전 초부터 작전지휘권을 미 8군사령관에게 넘겨준 한국군 지휘부로서는 그의 신병을 처리할 권한이 없었다. 하여 그의 귀순을 선뜻 받아들이지 못하고 미 8군 정보당국에 넘긴 것이었다.

리학구가 귀순 직후 실행에 옮긴 첫 과업은 미군 헬기를 타고 북괴군 진지 상공을 돌면서 육성방송으로 투항을 권고하는 일이었다.

"조선린민군 군관 · 전사 동무들! 내레 제13사단 참모장 리학구 총좌외다. 어전(이제) 공화국의 미래가 무너져 가고 있다. 우리 린민군대도 머지않아 전멸할 거외다. 무모한 공산주의를 청산하구서리 정의와 자유를 선택하라!

동무들! 실망하지 말구 다시 일어서라. 동무들은 지금까지 최선을 다해 싸워 왔시다. 동무들이 이렇게 비참한 운명에 놓인 거이 동무들의 잘못이 아니라 김일성의 적화 침략 도구로써 강제로 끌려 나온 결과외다.

동무들! 각성하라. 우리가 무엇 때문에 싸우고 누구를 위해 죽을 것인가? 동무들의 부모 형제는 오로지 동무들이 살아 돌아올 것을 두 손 모아 기도하고 있다. 댁각(즉각) 전투를 중지하라! 전투를 중지하라! 더 이상의 저항은 무의미하며 퇴로가 막혀 후퇴도 불가능하다. 살아남기 위해서는 직방(당장) 총을 버리구 넘어와야 한다.

대한민국은 동무들을 따뜻이 맞이할 거외다. 유엔군은 헐벗고 굶주리고 절망적인 상황에 빠진 동무들을 위해 따뜻한 밥과 침대를 마련하여 기다리고 있다."

공산군 진지 상공의 헬기에서 마이크를 들고 외치는 리학구의 심정은 한 마디로 착잡했다.

'지난 3개월 동안 종횡무진으로 남침작전을 전개하면서 온 산하에 피를 뿌린 결과가 고작 이거였단 말인가.'

폐허로 변한 전장에 남은 것이라곤 채반 위의 누에처럼 널브러진 수많은 전사자의 시체와 헐벗고 굶주리고 지쳐버린 채 정처 없이 달아나고 있는 패잔병들밖에 없었다. 영광과 굴욕, 자만과 수치, 기쁨과 슬픔, 희망과 절망 그리고 삶과 죽음… 이 모든 인생행로가 비록 종이 한 장 차이라고 하지만 현실은 너무도 가혹했다.

리학구의 육성방송에 감동해 투항한 북괴군 군관·전사들이 자그마치 2000여 명에 달했다. 그러나 미 8군 정보당국은 이 투항권고 방송을 끝으로 리학구의 귀순을 받아들이지 않고 투항으로 규정해 버렸다. 그는 의거 귀순한 자신을 "왜 냉대하느냐"고 미군 정보당국에 항의 했으나 그 이면에는 정치적인 복선이 짙게 깔려 있었다. 그것은 바로 개전 초기 대전 방면에서 포로가 된 미 육군 24사단장 윌리엄 딘 소장이 북한에 억류돼 있었기 때문이다.

미군 당국이 리학구를 정당하게 귀순자로 받아들인다면 북한 김일성은 그의 반역행위에 대한 보복으로 딘 소장을 학대할 우려가 크다는 판단에 따른 조치였다. 그래서 미군 당국은 리학구의 귀순이 이미 승기를 잡은 한미연합군의 작전에 별다른 도움이 되지 않는다고 판단하고 그를 투항한 전쟁포로 이상의 대우를 해줄 수 없다는 결론을 내리고 말았다. 이후 미군 당국은 그를 북괴군 상급군관 포로들을 집단수용하는 부산 동래 제100 포로수용소로 이송해 격리 수용했다.

포로수용소는 마치 인종전시장을 방불케 했다. 날이면 날마다 양 떼처럼 몰려드는 포로들의 성향분포를 보면 각 수용소에 따라 다소 차이가 나지만 대체적으로 투항 또는 생포된 북괴군 패잔병들이 전체 포로의 70% 이상에 달했다. 6·25 남침전쟁 개전 초기 국군 신분으로 후퇴하던 중 북괴군의 포로가 돼 하루아침에 인민군대로 편입된 이른바 해방전사와 점령지에서 강제 징집당한 의용군 그리고 남로당이나 북에서 남파된 빨치산 출신 등이 15%, 유엔군 접적 지역에서 낙오된 국군 출신이 10% 정도로 추산되었다. 그 외에 피란길에 미군 작전지역에 잘못 들어갔다가 포로가 된 민간인(피란민) 등이 5% 정도다. 이들 민간인 포로 가운데는 14~15세의 어린 청소년에서부터 60세 이상의 노인들도 상당수 포함돼 있었다.

국군 낙오병과 민간인 등 이른바 반공성향의 포로들은 입소할 때 비교적 깨끗하고 옷차림도 단정한 편이었다. 하지만 북괴군 패잔병인 공산 포로들은 몸에 걸치고 있는 전투복이 흙먼지투성이인 데다 그마저 낡고 헐어 갈기갈기 찢겨진 것을 걸치고 있어 첫눈에 보기에도 추레하기 짝이 없었다. 게다가 아예 전투복마저 벗어 던진 공산 포로들은 다 헤진 바지저고리 등 민간복을 걸쳤거나 달랑 팬티 하나로 치부만 가린 채 생포되는 바람에 얼핏 봐도 포로들의 출신성분을 한눈에 식별할 수 있었다.

특히 공산포로 중 하전사들은 하나같이 머리를 박박 깎아 남로당 프락치나 빨치산 출신들과도 확연히 구별할 수 있었다. 국군 낙오병 출신 포로들은 수적으로 전체의 10%에 불과하지만 절대다수를 차지하는 공산 포로들과는 달리 자신들이 억류되어 있는 포로수용소가 바로 '우리 땅, 대한민국'이라는 자긍심이 대단했다. 이 때문에 공산 포로들이 반공포로들을 향해 "텃세를 부린다"고 반발하기 일쑤였다. 반공 포로들은 나름 단어 몇 마디씩이라도 영어를 구사하는 능력도 있어 미군 경비병들과의 의사소통이 비교적 자유롭게 이루어지고 있었다.

공산포로 중 여성 포로만도 수천 명에 달했으나 그녀들 역시 예외는 아니었다. 여성 포로 가운데 북괴군 간호군관이나 위생전사, 통신원 또는 빨치산 출신의 후방(보급)요원, 공산당 여성동맹 · 농민동맹 · 민청 · 직업동맹 · 문화선전예술단 · 인민위원회 출신 등이 80% 이상 차지하고 있었다. 그들은 애초부터 사상적으로 똘똘 뭉쳐 당당하게 NK(North Korea) 출신임을 주장하며 으레 공산 캠프를 선택했다. 하지만 그들은 사상적으로 판에 박힌 행동만 취할 뿐 허탈감과 무기력 또는 체념상태에서 벗어나지 못해 하나같이 멍한 눈망울만 굴리며 정신적으로 방황하고 있었다.

그러나 그들 중 북괴군의 강요에 못 이겨 집단취사를 해주고 빨래를 해준 단순부역자들은 아둔하게도 유엔군과 국군이 진주해 왔을 때 그대로 눌러있다가 이웃들의 고발로 끌려온 사람이 대부분이었다. 그런 단순부역자들은 남한 출신들로 미군 관리 당국의 분리심사 때 거의 SK(South Korea)캠프를 지원했다. 하지만 미군 관리 당국은 여성 포로들의 수가 그리 많지 않아 분리수용이 어렵다는 이유로 SK나 NK로 구분하지 않고 일괄 같은 캠프에 배치하는 바람에 여성 포로수용소 안에서도 맹목적인 이념 갈등이 끊이질 않았다.

미 8군 사령부는 인천상륙작전 이후 경인 지구와 낙동강 전선에서 붙잡힌 전쟁포로들이 불과 일주일 만에 10만 명을 돌파하자 서둘러 전범색출에 나섰다. 학살·방화·파괴·약탈·강간 등 온갖 만행을 저지른 공산 포로 수천 명이 신분을 감추고 석방 또는 탈출의 기회만 노리고 있다는 첩보가 속속 입수되었기 때문이다.

유엔군을 대표해 포로 관리를 담당하고 있는 미군 당국은 이들 악질적인 공산 포로들을 전범으로 규정하고 있었다. 전범 가운데 한국전쟁 개전 이래 불과 3개월 만에 수많은 유엔군 포로들을 붙잡아 제네바협정에 의한 정당한 포로 대우를 외면한 채 무자비하게 학살을 자행했으며 특히 북한에서는 그러한 만행이 일상화되고 있다고 했다. 미군 관리 당국이 포로수용소에 대한 전범 색출작업에 나선 것은 미 국무성의 한국전쟁 종결계획에 따른 사전조치였다. 우선 전범색출과 함께 조사과정을 거쳐 북괴군의 전체적인 전범 현황을 파악하는데 그 목적을 두고 있었다.

9월 22일(미국 워싱턴 DC 시각).

미 국무성 극동 정책기획자문단은 성공적인 인천상륙작전으로 북진의 승기를 잡고 한국의 수도 서울 탈환을 목전에 둔 시점에서 소련군이나 중공군이 북한 공산군을 지원하기 위해 한반도에 진공하지 않는다는 가정하에 〈한국전쟁 종결계획〉을 마련했다. 그 배경은 한국에 대한 유엔의 정치적 목적이 1947년 및 48년, 49년 유엔총회 결의에 따라 한국의 완전한 독립과 통일을 이루는 데 있었기 때문이다. 미 국무성이 1급 비밀로 분류한 〈한국전쟁 종결계획〉은 다음과 같다.

〈소련과 중공이 한국전쟁에 개입하지 않고 북한 공산군이 궤멸(멸망)한다든지 한반도가 38도선 이북의 군사작전으로 통일되는 사태가 일어나면 그 결과는 소련과 중공에 중대한 의미를 줄 것이다.

때문에, 군사승리에 대한 정치적 조치는 유엔에 최대한의 이익을 주고 소련과 그 위성국가에는 최소한의 손실을 주는 방향으로 취해지는 것이 무엇보다 중요하다. 따라서 유엔군 총사령관에게 북한 점령을 하도록 권한을 주기 전에 유엔 회원국과 협의하고 그들의 승인을 받는 것이 필요하다.

공산군이 궤멸할 경우 유엔군의 북한 점령은 북한 당국의 항복조건 수락 후에도 공산군의 저항이 없을 때 실시하도록 한다. 공산군이 항복조건을 거부하고 계속 저항하는 경우 북한 점령은 군사행동에 의해 완수하는 것이 필요하다.〉

유엔군의 북한 점령계획

A. 항복

1. 모든 북한 공산군은 정규, 비정규를 막론하고 그 위치가 어디 있든 간에 적대행위의 중단과 함께 휴전과 관련한 유엔군 총사령관의 군사적 요구에 순응할 것.

2. 38도선 이남의 모든 공산군은 무장해제하고 그들의 고향으로 돌아갈 때까지 억류된다. 귀향은 유엔군 감독하에 상황이 허락하는 대로 조속히 수행할 것.

3. 38도선 이북의 모든 공산군은 무기를 버려야 한다. 공산군의 무장해제는 유엔군의 감독하에 실시되어야 한다.

4. 북한 통제하에 있는 모든 유엔군 포로와 억류되어 있는 민간인은 즉각 석방되어야 하고 이들에 대한 보호, 건강관리 대책을 마련해야 한다. 이들은 유엔군 총사령관이 지정하는 장소로 즉각 후송되어야 한다.

5. 유엔군 관리하에 있는 북한 공산군 포로는 가능한 한 조속히 그들의 고향으로 송환되도록 허용한다.

6. 한국 정부는 수복된 수도 서울에 다시 수립되어야 한다.

B. 점령

1. 유엔군은 북한의 주요지점을 점령한다.

2. 점령군의 구성은 우선 한국군으로 하되 유엔군이 이에 참여할 수 있다.

3. 북한 점령은 유엔군 총사령관이 한국 정부와 협의하여 수행할

것.

4. 한국군 외에 유엔군이 한반도 최북단에 진격해서는 안 된다.

5. 유엔군은 한반도를 해방시킨다는 자세를 가져야 하며 일체의 보복행위는 용납하지 않는다. 특히 유엔군 총사령관은 국제법에 의거한 것을 제외하고는 북한 공산군과 공산집단 관리 또는 민중에 대한 보복행위를 일절 금지시켜야 한다.

6. 유엔군 총사령관은 38도선 이북의 점령지 관할권의 한국 이양 시기와 방법을 한국 정부와 협의하여 결정한다.

7. 유엔군 사령부와 한국 정부는 전쟁을 획책한 전범을 제외한 모든 북한인과 정치범에 대해 전면 사면령을 내려야 한다.

C. 적대행위 종식 후의 정치적 조치

1. 유엔 한국위원회를 대체할 적절한 유엔 기구를 창설할 틈이 없다면 우선 유엔은 현재의 한국위원회에 권한을 강화하는 조치를 하고 새로이 아시아회원국을 추가하는 것이 바람직하다.

2. 현재의 한국위원회는 유엔의 조치로 다른 기구와 교체할 때까지 한국에서 모든 기능을 수행하도록 허용되어야 하며 남북통일을 위한 총선거가 실시되면 이를 감독하고 민간인에 대한 구조, 재건, 공공기관의 기능회복, 한국정부가 요구하는 군과 치안병력의 규모와 성격에 관해 건의해야 한다.

3. 유엔 한국위원회나 그 교체기구는 선거 일정 등 선거에 관한 사항을 한국 정부와 유엔군 총사령관이 협의해야 한다. 선거는 북한지역에서 실시되어야 하며 정치 상황을 안정시키기 위해 한반도 전체에서 실시되는 것이 바람직한 것은 물론이다.

4. 적대행위 종식 후 한국에 머무를 유엔군에는 반드시 아시아 국가의 군대가 포함되어야 한다. 상대적으로 미군은 감축되어야 하고 가능한 한 빨리 한국에서 철수해야 한다.

5. 유엔 한국위원회나 그 교체기구는 한국의 중립화 문제(비무장화는 아니다)를 고려해야 하고 다른 국가가 개별적으로 침략을 하지 못하도록 유엔이 취할 단계적 조치를 강구해야 한다.

6. 미국은 한국의 유엔 가입을 적극 추진해야 한다.

그 무렵 부산과 인천의 각 포로수용소에 수용 중인 전범들은 대개 미군 포로나 한국군 또는 한국의 지도층에 있는 우익인사들을 붙잡아다 잔혹하게 처단하는데 주도적인 역할을 해온 소좌(소령)급 이상 대좌(대령)급 등 상급군관들이 대부분이라고 했다. 그들은 유엔군에 생포될 당시 자신들의 정체를 숨기고 초급군관이나 상·하급 전사로 행세하며 포로수용소에 침투해 패배의식에서 사상적으로 흔들리는 공산 포로들을 간교한 방법으로 세뇌시키는 작업도 벌이고 있었다.

부산 시내 각 포로수용소에만도 그들 외에 유엔군의 인천상륙작전과 낙동강전선의 대반격작전에 밀려 퇴각하던 중 후방을 교란하며 선전 선동에 나섰거나 반공 애국지사들의 학살에 앞장섰던 남로당 프락치와 빨치산의 우두머리급 공산 포로들도 상당수 섞여 있는 것으로 알려져 있었다. 그러나 애초 그들 악랄한 공산 포로들을 가려내지 못한 채 머릿수만 확인하고 제네바협정 의무조항인 포로들의 신상파악을 외면한 것은 미군 관리 당국의 큰 실책이었다.

포로들이 입소할 당시 자신의 신상, 즉 관등성명과 소속, 원적지 등을 의무적으로 소상하게 밝히게 돼 있다. 그럼에도 불구하고 신상파악을 소홀히 한 바람에 특히 고위급이나 상급군관들이 대부분 신분을 숨기고 암약하고 있는 사실이 미 정보당국에 의해 뒤늦게 밝혀진 것이다.

17. 얼굴없는 전범

부산에서 최초로 설립된 거제리 포로수용소에서 헤게모니를 장악하고 있던 반공 캠프의 한상준 대위에게 중대한 정보가 입수되었다. 북괴군 주력인 13사단 참모장 리학구 총좌가 낙동강 전선에서 귀순했다는 것이다. 그러나 리학구는 미군 정보당국에 의해 투항한 전쟁포로로 취급되는 바람에 현재 상급군관 포로들을 집단수용하는 동래 제100포로수용소에 격리 수용되어 있다고 했다.

　리학구! 그가 누구인가? 한국군 지휘관들 사이에 널리 알려진 그의 정체는 6·25 남침작전 계획에 깊숙이 관여했고 북위 38도 선에서 "폭풍!"이라는 공격개시 암호명을 외친 주역이 아닌가. 이후 그는 낙동강 전선 다부동 전투에서 한미연합군과 혈전을 거듭하는 동안 병력과 장비를 거의 잃고 전투병력이 1개 연대의 절반도 안 되는 1500여 명으로 줄어들자 전의를 상실한 채 독전을 강요하는 사단장 최용진을 사살하려다가 실패하고 아군 캠프로 귀순한 인물이었다.

　미군 관리 당국은 밤낮없이 전쟁포로들의 머릿수만 헤아리는 이른바 헤드 카운트에 지쳐가고 있었다. 하루가 다르게 늘어나는 전쟁포로 관리에 어려움을 겪게 되자 마침내 포로조직을 중대·대대 단위로 재편성해 각 캠프(막사)별로 포로들에게 자치운영권을 부여하기에 이른다. 포로들의 인원 점검을 위한 고육지책이었다. 머릿수 인원파악은 미군 관리 당국이 포로수용소 설립 초기부터 일조·일석점호 등 하루 두 차례씩 실시해온 것으로 포로 관리에 가장 필수적인 기본 요건이었다.

그러나 포로수용소가 포화상태에 이르자 일일이 관리하기 어렵다는 이유로 자치운영권을 줘 포로 간부들이 스스로 인원파악에 나서도록 한 것이다. 문자 그대로 머릿수를 세는 헤드 카운트는 정확한 인원파악이 가장 중요한 목적이었다. 인원파악의 결과에 따라 포로들의 일보日報가 작성되고 각종 보급과 급식 및 포로 관리의 기본자료가 되기 때문이다.

그래서 각 캠프별로 하루에도 몇 차례씩 시도 때도 없이 포로들을 모아놓고 헤드 카운트를 벌이는 것이 가장 중요한 일과의 하나가 되기도 했다. 흔히 형무소에서 교도관이 날이면 날마다 재소자들의 머릿수를 세다가 하루해를 다 보낸다더니 포로수용소에서도 역시 예외는 아니었다. 이른바 헤드 카운트로 해가 뜨고 해가 지기 일쑤였기 때문이다.

일부 공산 포로들은 헤드 카운트가 실시 될 때면 미군 경비병들이 가장 가까이 접근해 온다는 사실을 알고 기다렸다가 구걸행각에 나서기도 했다. 그들이 미군 경비병들에게 구걸하는 주요 품목은 주로 럭키 스트라이커나 카멜 같은 양담배. 무엇보다 니코틴에 기갈이 든 공산 포로들은 금단현상에 시달리며 구차하게 손을 내밀기 일쑤였다.

"헤이! 기브 미 원 시가렛!"

그러나 미군 경비병들은 으레 모욕적인 욕설로 응수하기 마련이었다.

"쉿shit(똥)!"

하지만 미군 경비병이 내뱉는 욕설을 제대로 알아듣지 못하는 공산 포로들은 무턱대고 입에 발린 말만 되뇌곤 하는 거였다.

"기브 미 원 시가렛!"

그러고는 누런 이빨을 드러내며 비굴한 웃음까지 띠곤 했다. 그럴 때면 으레 미군 경비병들이 좀 더 심한 욕설을 내뱉었다.

"키스 마이 애쓰kiss my ass(내 항문에 키스하라)!"

하지만 영어로 뇌까리는 욕설을 전혀 알아듣지 못하는 무식하고 아둔한 공산포로들은 미군 경비병들로부터 인간 이하의 하등동물 취급을 받고 있다는 사실조차 모른 채 비굴한 웃음만 흘렸다.

유엔군의 북진 소식과 리학구의 귀순 소식을 전해 들은 반공 캠프의 한상준 대위는 포로들 사이에 '한 대장隊長'으로 알려져 있었다. 양쪽 볼을 시커멓게 덮을 정도로 구레나룻을 기른 그는 전쟁 초기의 용감한 지휘관 한상준 대위가 아니라 마치 일제강점기 독립군 사령관과 같은 풍모로 변해 있었다.

그는 유엔군의 인천상륙작전 소식을 전해 듣고 비록 미군에 의해 일방적으로 갇혀 있는 전쟁포로 신세지만 부관 조동식 중위와 함께 의기가 투합해 암암리에 비밀공작을 서두르고 있었다. '대한민국 국군으로서 북진대열에 동참하여 싸우지 못하고 포로수용소에 갇혀 있는 것이 너무나 한스럽다'는 내용의 호소문을 작성, 미군 관리 당국 몰래 육군참모총장 앞으로 전달하기 위한 공작이었다.

이 메시지 전달은 한국군 정보장교 출신인 김인수 중위가 맡기로 했으나 그를 포로수용소 밖으로 탈출시키는 게 문제였다. 한 대위는 궁리 끝에 매일 한 차례씩 외부로 드나드는 청소 차량을 이용키로 했다. 이 청소 차량에는 반공포로 4명씩 배치돼 미군 헌병의 감시 아래 쓰레기 처리를 담당하고 있었기 때문에 잘만 이용할 수 있다면 그야말로 포로수용소를 빠져나가는 것은 그리 어려운 일이 아닐 것이다.

그렇게 판단한 한상준은 마침내 육군참모총장에게 전달할 메시지를 휴대한 김인수를 청소 차량의 쓰레기더미 속에 편승시켜 탈출시키는 데 성공한다. 그로부터 며칠이 지나 한상준은 육군본부 부관감실에 메시지를 전달하고 현재 포로수용소에 억류된 국군 낙오병들의 실태를 소상히 알려 하루속히 구원해 줄 것을 호소했다는 김인수의 메모를 받고 잔뜩 고무되었다. 하지만 이후 몇 차례 김인수가 중간보고를 해온 메모를 종합해본 결과 일말의 희망을 접지 않을 수 없었다.

전쟁포로에 대한 관리업무는 제네바협정에 따라 주한 미 8군사령부가 전담하고 있기 때문이다. 한마디로 한국군 지휘부의 권한 밖이라는 것이었다. 따라서 국군 낙오병들이 억울하게 전쟁포로로 억류되어 있다는 사실을 한국군 지휘부가 확인하더라도 일단 미군 관리 당국이 전쟁포로로 인정한 이상 포로 교환에 따른 석방 외에는 별다른 대책이 없다고 했다.

한편 김인수를 통해 한상준의 소식을 접한 강문봉 장군도 백방으로 노력했지만 별 성과를 거두지 못했다. 한국전쟁의 작전지휘권을 미8군 사령관이 행사하고 있는 데다 국군통수권자인 이승만 대통령에게 탄원해도 해결점을 찾을 수 없었기 때문이다. 이후 한상준은 자신이 보낸 메시지에 대한 육군본부의 회신도 받아보지 못했다. 다만 한국군 경비헌병대장을 통해 안부를 전하는 강문봉 장군의 구두 메시지를 몇 차례 받긴 했지만 말이다.

"이게 약소민족의 설움이야. 결국 우리 정부가 힘이 없으니 모군으로부터 버림받고 있는 것도 어쩌면 당연한 일인지도 몰라."

한상준은 심히 낙담했으나 자신이 전쟁포로로 억류되어 있는 한 어찌할 방도가 없었다. 그는 원대 복귀의 꿈이 무산되자 지겨운 억류 생활에 점차 염증을 느끼기 시작했다. 자유를 박탈당한 채 억류돼 있다는 사실 그 자체가 그에겐 너무도 진저리나고 참담했기 때문이다.

한상준과 조동식은 극한 여건에서도 굴하지 않고 투쟁해온 보람도 없이 모군에서조차 버림받게 되자 그만 실의에 빠져 한동안 무력감에 젖어 있었다. 그 무렵 포로수용소 관리 당국의 미군 정보장교 콕스 대위가 레이밴으로 얼굴을 반쯤 가린 CID(미군 범죄수사대) 요원 3명과 함께 반공 캠프에 나타났다. 그들은 한상준을 비롯한 지도자급 반공포로들과 면담을 요청했다. 모두 콕스 대위 일행의 느닷없는 방문에 어리둥절했으나 곧 그들이 반공 캠프를 찾아온 목적을 알게 되었다.

"캡틴 한이 장악하고 있는 이 캠프는 대한민국을 열렬히 지지하는 반공 캠프라는 사실을 본관이 이미 잘 알고 있소. 그래서 본관은 평소 자유민주주의를 신봉하는 귀하들에게 호감을 가져 왔소. 본관이 오늘 귀하들을 찾아온 것은 여기 CID 요원들과 함께 전범 색출작업을 추진하기 위해서요. 다소 델리키트한 문제지만 귀하들이 비밀을 지키고 잘 협조해주기 바라오."

이 말에 한상준은 긴가민가 고개를 갸웃거리며 말했다.

"무슨 뜻인지 구체적으로 핵심을 말해 주시오. 그래야만 우리가 협조할 수 있는 일인지 판단할 거 아니겠소."

그는 대전에서 작전 중 낙오되었다가 어이없게도 전쟁포로로 붙잡힌 이후 사실상 미군을 신뢰하지 않았다.

"협조한다, 못한다가 아니라 귀하들이 꼭 역할을 맡아줘야 할 사항이오."

"그럼 문제의 핵심도 모르고 무조건 협조해야 한단 말이오?"

한상준은 불쾌한 표정을 감추지 않았다. 미군의 일방적인 조치로 억류되어 있는 것만도 억울한데 전쟁포로라는 신분 때문에 숫제 무시당하는 것 같았기 때문이다.

"그렇다면 비밀을 보장한다는 전제하에 자세히 브리핑해 주겠소."

콕스는 한상준의 완강한 태도에 한풀 꺾이지 않을 수 없었다.

그의 설명에 따르면 1급 비밀로 분류된 〈한국전쟁 종결계획〉에 명시돼 있다시피 현재 부산지역의 6개 포로수용소에 수용 중인 포로는 8만여 명에 달하고 이들 중 학살·방화·파괴·약탈·강간 등 온갖 만행을 저지른 공산 포로 수천 명이 신분을 감추고 집단탈출이나 석방의 기회만 노리고 있다는 거였다. 콕스는 미 정보당국이 주로 반공포로나 반공성향의 공산포로 등 광범위한 정보망을 통해 이들 전쟁범죄자들을 일일이 색출해 조사, 분석하고 국제법에 따라 처단할 방침이라고 했다.

"그러기 위해서 우리 조사 요원들은 공산주의자들의 전범 정보에 밝은 캡틴 한을 비롯한 귀하들이 얼굴 없는 전쟁범죄자를 직접 색출해 줄것을 요청하는 바이오. 이는 현시점에서 귀하들의 도움이 절대적으로 필요하기 때문이오."

한상준과 조동식은 마침 울고 싶던 차에 잘 되었다 싶어 복수심에 불타 행동대를 조직, 본격적인 전범 색출작업에 나서기로 뜻을 모았다. 반공포로들의 이른바 '빨갱이 사냥'이 시작된 것이다.

"귀하들이 협조하면 반드시 테이크(보답)할 것이오."

콕스는 이렇게 약속했으나 한상준이 바라는 석방과 동시에 원대 복귀를 요구한 문제에 대해서는 언급을 회피했다. 그것은 미국 정부가 풀어야 할 문제이지 결코 자신의 능력으로 해결할 수 없다는 거였다. 군대의 원리원칙만 강조할 뿐 요령이나 융통성이라곤 눈곱만큼도 없었다.

콕스가 밝힌 테이크가 반공포로 석방이 아니라면 자신의 재량권에 따라 비프 스테이크를 특식으로 제공하는 융통성에 불과할 것이다. 하지만 한상준은 미군 정보당국이 자신들을 단순한 전쟁포로가 아닌 국군 낙오병으로 인정해 주는 것만도 고맙다고 자위했다. 그래서 나름 자신의 정보망을 가동해 전범 색출작업에 착수한 것이었다. 하지만 그는 콕스 대위의 얄팍한 수작에 절대 넘어가지 않았다.

그는 무엇보다도 적발된 전범 중 악랄한 전력이 드러나는 전범은 미군 정보당국에 넘기지 않고 반공 캠프의 결정에 따라 처단하기로 결심했다. 왜냐하면, 전범들이 미군 정보당국에 의해 국제전범재판소에 기소될 경우 국제법에 따라 정식재판을 요구하며 적어도 2~3년이라는 세월을 버틸 수 있기 때문이다. 그 사이에 전쟁이 끝나면 포로교환 문제 등에 얽혀 흐지부지될 공산도 없지 않았다. 한국의 입장에서는 결과적으로 닭 쫓던 개가 지붕 쳐다보는 격이 될 수밖에 없었다.

한상준이 결행키로 한 전범 색출작업은 어쩌면 미군 정보당국에 협조하는 것이 아니라 자의적인 전범 처단으로 미군 정보당국과 갈등을 야기시킬 수도 있는 문제였다. 그러나 그는 평소 미군 정보당국이 반공포로들조차 불신하는 데다 뒤늦게 전범색출을 위해 이용하는 것이 못내 불쾌했다. 하여 이번 기회에 미군 정보당국을 역이용해 전범들을 직접 처단해 버리는 것이 북한 공산집단에 대한 보복이라고 판단한 것이다.

하지만 전범 색출작업은 생각대로 그리 순탄하지 않았다. 미군 CID와 반공 캠프에서 전범 색출작업을 본격화하자 적색공포에 휩쓸린 공산 포로들이 극렬하게 반발하고 나섰기 때문이다. 그들은 영어 회화에 능한 의무군관 출신인 포로수용소 병원캠프장 안동률 소좌를 앞장세워 "왜 NK만 전범으로 모느냐?"며 집단항의하는 소동까지 벌였다.

콕스 대위에게 면담을 요청한 안동률은 이렇게 주장했다.

"전쟁은 지금도 계속되고 있고 전시상태에서의 범죄행위는 상대적이외다. 기런데 귀관은 왜서(왜) 이를 무시하고 독을 써서 독을 제거하겠다는 거외까? 이는 제네바협정과 국제법을 위반하는 승전국의 횡포외다. 국제적으로 규탄받아야 마땅하외다."

쌍방 간 전쟁 중에 미군이나 미군 포로에 대한 인민군대의 학살과 만행이 발생했다면 이와 반대로 미군과 한국군에 의한 전쟁범죄 행위도 당연히 발생하게 마련이라는 것이 안동률의 터무니없는 주장이었다.

"이 보오다. 캡틴 콕스! 미 제국주의자들은 우리 조선반도에 대한 침략자외다. 기거이 국제적으로도 인정하고 있수다레. 조국해방전쟁은 우리 민족끼리의 내전이외다. 기런데 미군이 이 전쟁에 개입하문서리 무차별 폭격으로 수백만 명의 죄 없는 인민을 폭살하디 않았소. 그 책임은 누가 져야 하는 거외까? 귀관들이 이런 식으로 우리 공화국 포로들을 전범으로 몬다문 우린 죄 없는 수백만 명의 조선인민을 폭살한 트루먼 대통령과 맥아더 원수를 전범으로 국제전범재판소에 제소할 거외다."

그러나 콕스도 만만하게 물러서지 않았다.

"갓뎀! 게라 웨이!"

콕스는 성난 어조로 외쳤다.

"당신이 주장하는 민간인 폭살은 전쟁행위에 의한 불가피한 오폭이었소. 우리 미합중국 군인은 하느님을 믿는 사람들이오. 하느님은 위대한 신이오. 신의 섭리로 태어난 인간은 신을 믿지 않는 자들처럼 무자비하게 사람들을 학살하지 않소. 전쟁은 이제 끝나가고 있소. 평양은 이미 유엔군이 점령하고 당신들이 신처럼 받드는 김일성은 압록강을 건너 중국으로 달아났소. 이제 당신들의 공화국은 몰락해가고 있단 말이오. 따라서 우리는 단연코 하느님의 이름으로 당신들 전쟁범죄자들을 처단하고 말 것이오."

그러나 안동률을 비롯한 공산포로 대표들은 좀처럼 물러날 생각을 하지 않았다.

"흥, 좋을 대로 하시구레. 당신네 미제의 군인들이 리념 문제와 관련지어서리 공화국 포로들을 전범으로 처단한다문 우리 북반부에 억류 중인 미군 포로들도 결코 무사하지 못할 거외다."

그들은 서슴없이 북한에 억류 중인 미군 포로들에 대한 보복을 다짐했다. 심지어 6.25 전쟁은 그들의 의도적인 남침이 아니라 한국군의 북침에서 비롯되었다고 터무니없이 주장했다. 하여 그들은 반격작전에 나서 낙동강까지 진출했다는 주장도 판에 박은 듯 반복했다. 어디 그뿐인가. 그들 특유의 선전선동술로 생떼까지 쓰고 넘어졌다.

"남로당원들이나 빨치산 출신들도 자신들의 생존을 위해 리승만 패당과 투쟁해 왔을 뿐인데 전쟁포로로 부당한 대우를 받고 있수다. 이거이 역시 제네바협정 위반 아니외까. 남조선 괴뢰 정부와 군부가 8·15해방 이후 미 군정청 당국이 인정한 정치 활동과 사상의 자유를 억압하고 우리 공화국을 지지하는 인민들을 무자비하게 학살해온 거이 그 증거외다."

이 때문에 전범을 색출하려는 반공포로들과 전범 대상에서 빠져나가려는 공산 포로들 간에 치열한 투쟁이 벌어지면서 린치, 고문 등 피 터지는 폭력사태까지 빈발해 최악의 상황으로 치닫기 시작했다.

한상준은 반공 캠프인 75 막사에서 전범색출에 나서자고 운을 떼자 조동식을 비롯한 핵심 동료들이 일제히 앞장섰다. 반공포로들이 어느 정도 미군 정보당국의 묵인하에 결행하는 작업이긴 하지만 상당한 위험도 뒤따랐다. 저들이 손발을 놓지 않는 한 공산 캠프에 뛰어드는 것 자체가 목숨을 담보로 한 모험이기 때문이다.

전범을 가려내는 것도 문제지만 공산캠프에 침투하여 전범을 가려내는 과정도 간단치 않았다. 사생결단하고 저항하는 전범은 물론 공산 포로들이 집단적으로 반발할 경우 결국 쌍방 간에 피탈이 나게 마련이었다. 이러한 위험을 무릅쓰고 행동대원들은 야전침대 봉으로 무장하고 조동식의 인솔하에 전범이 들끓고 있다는 63 공산캠프를 습격했다.

저항하는 공산 포로들을 향해 침대 봉을 휘두르며 닥치는 대로 난타전을 벌였다. 여기저기서 비명이 울려 퍼지고 고통에 겨운 신음소리도 들려왔다. 그것은 정당한 방법을 동원한 전범색출이 아니라 말 그대로 난폭한 테러행위였다. 정상적으로 전범을 가려내는 것이 그만큼 어려웠기 때문이다. 그저 닥치는 대로 침대 봉을 휘둘러 매타작부터 해놓고 볼 일이었다. 조동식은 결국 전범 5명을 색출하는 성과를 올렸다. 그러나 한상준은 그것으로 성이 차지 않았다.

그가 주장하는 전범 색출작업은 개털 백 개보다 범털 한 개 뽑는 것이 더 중요했다. 캠프병원장 안동률 소좌!

"바로 그놈이 바로 범털이다. 그 범털을 우리 손으로 뽑아야 된다."

한상준은 이렇게 구시렁거리며 회심의 미소를 머금고 이빨을 지그시 깨물었다. 거물급 전범인 북괴군 책임 의무군관 출신 안동률 처단작업.

그는 포로수용소에 입소할 때부터 의무군관 출신이라는 이유로 병원 캠프를 차지하고 사악하게 세포 조직망을 운영해 왔다. 미 정보당국의 전범 색출작업에 반발하며 콕스 대위를 찾아가 "트루먼 대통령과 맥아더 원수를 국제전범재판소에 제소하겠다"고 협박했던 인물이 아닌가.

그는 북괴군 전선사령부 의무부부장으로 줄곧 서울에 머물러 있다가 8월 초순 책임 의무군관으로 낙동강 전선에 투입되었던 것으로 알려져 있었다. 그러나 그는 다부동 전선 인근에서 야전구호처(야전병원) 설립 장소를 물색하던 중 백선엽 장군의 아군 1사단 수색대에 생포돼 이곳 포로수용소로 이송된 후 줄곧 병원캠프장을 맡아 왔다.

그는 겉으로 드러난 전선사령부 책임 의무군관이라는 신분 외에도 다양한 경력의 소유자로 소문나 있다. 작은 키에 왜소한 체구지만 시커먼 사무라이 눈썹에 광대뼈가 튀어나온 음흉한 얼굴은 언제나 살기를 띠고 있었다. 평소에도 그에게서 평범한 인술을 베푸는 의료인의 풍모를 전혀 느낄 수 없었다. 게다가 얼음덩이처럼 냉혹한 성격의 소유자였다.

한상준이 수집한 그의 신상정보에 따르면 일제강점기에 불과 16세의 어린 나이로 중국공산당의 팔로군 조선의용군에 지원입대하여 국공내전에 참전하면서 마오쩌둥이 설립한 인민해방군 군의학교에 들어가 야전의학을 전공하고 의무군관이 되었다. 그러니까 정규 의과대학 과정과 인턴, 레지던트 과정을 전혀 거치지 않은 돌팔이인 셈이었다.

그래선지 그는 포로수용소에서도 병마에 시달리는 전쟁포로들에 대한 진료는 거의 간호군관이나 위생전사들에게 맡기고 공산 포로들의 세포조직에만 적극적인 활동을 벌였다고 했다. 병원캠프에 들어앉아 포로환자들을 치료하는 기회를 이용해 반공포로들에게까지 세뇌 공작을 벌여 좌익세력을 규합하는 중대한 임무를 띠고 있었다.

한상준은 진작에 이러한 안동률을 주요 관찰대상으로 보고 정보망을 총동원, 그의 과거 행적을 은밀히 내사해 온 것이다. 그 결과 끔찍한 전력까지 소상하게 밝혀낼 수 있었다. 북괴군이 파죽지세로 남진하던 6·25 개전 초기 서울로 들어와 전선사령부 야전구호처로 쓰이던 서울대학병원에서 인체실험까지 자행한 것으로 드러났다.

그는 정치보위부에 끌려간 우익인사들이 고문 후유증으로 사경을 헤매고 있을 때 인도적인 가료를 해준다는 구실로 장티푸스와 발진티푸스 등 각종 전염병원균을 투여하기도 했다는 거였다. 전향을 거부하는 우익인사들을 세균전에 대비한 실험도구로 이용하면서 심한 병마에 시달리다가 죽게 하는 등 비인간적인 만행을 저질렀던 장본인이 바로 안동률이었던 것이다.

인술의 탈을 쓰고 공산주의 사상공작의 천재성을 지닌 가히 간악하고 교활한 존재라고 해도 과언이 아니었다. 이 때문에 반공캠프에 수용돼 갈등을 겪던 공산 포로들이 반공으로 전향할 기미를 보이다가도 그의 사상공작으로 인해 다시 NK를 선택하는 일이 허다했다. 그는 반공포로나 공산포로에 관계없이 포로들이 질병 치료를 위해 병원캠프를 찾아올 경우, 진료는 뒷전으로 제쳐둔 채 세뇌 공작부터 벌이기 일쑤였다고 했다.

"동무들은 초시初時(애초)부터 조국해방전선에서 목숨을 바쳐 용감하게 싸웠소. 어케 포로가 되었든 그런 건 문제가 아니 되오. 위대한 김일성 최고사령관의 령도하에 있는 공화국은 초령(당연히) 동무들의 영웅적인 투쟁을 높이 평가할 것이외다. 지금은 비록 억류된 신세지만 결코 사상이 탈선해서는 아니 되오. 그러니 공산주의 사상으로 똘똘 뭉쳐 석방되는 날까지 부디 몸조심하기요. 내레 미제美帝의 좋은 약만 골라 동무들의 건강을 증명할 테니까니 암말 말구 나를 따르기요."

으레 이런 식으로 설득전을 편 다음 반공캠프에 수용돼 있는 공산 포로들에게 '身在南, 心在北(몸은 비록 남쪽에 있으나 마음은 언제나 북쪽에 있다)라는 메모를 적어 공산캠프로 빼돌리곤 했다. 이 때문에 SK캠프에서 반공으로 전향할 기미를 보이던 공산 포로들의 수가 눈에 띄게 줄어들기도 했다. 그뿐만 아니라 안동률의 마수는 병원캠프를 찾는 반공포로들에게까지 뻗쳐 자칫하다간 어리석은 일부 SK포로들이 집요한 세뇌공작에 넘어갈 위험마저 안게 되었다.

"안동률! 그 빨갱이가 인술의 탈을 쓰고 간교한 공산 프락치 활동을 자행하고 있는데 우리 모두 그 꼴을 보고만 있을 거야? 쥐도 새도 모르게 처단해 버려야지."

한상준은 반공캠프의 행동대원들이 있는 자리에서 비장한 투로 이렇게 내뱉곤 했다. 대원들은 하나같이 그의 말을 귀담아들으며 묵묵히 고개를 끄덕였다. 그것은 일종의 묵시적인 테러지령이라는 사실을 직감할 수 있었다.

좌우익의 이념대결이 치열한 포로수용소에서 은밀한 전범색출이 그렇게 진행되고 있었다. 피차에 말이 필요 없었다. 묵시적인 눈빛으로 교감하고 오로지 행동으로 충성심을 나타내는 것이 포로수용소의 불문율이기도 했다.

18. 이념의 굴레

9월 20일(인천상륙작전 5일째).

미 해병대 제1상륙사단과 한국 해병대 2개 대대가 행주 나루터와 능곡에서 LVT(수륙양용주정)로 한강을 도하, 이날 오후 선발대인 한국 해병대가 서울 서대문까지 진출했다. 미 해병대는 수색을 탈환한 데 이어 23일에는 연희고지와 이화여대 뒷산을 탈환했다.

한편 미 육군 제7사단은 영등포에서 동진하여 서울 남방의 간선도로를 차단하고 이어 뚝섬과 서빙고 방면으로 도하 후 남산을 탈환했다. 한국 육군 제7연대도 신사리를 거쳐 한강을 도하, 하왕십리까지 진출해 적의 퇴로를 차단했다. 이어 25일에는 미 해병대가 덕수궁까지 진격했고 한국 해병대 제2대대 6중대가 26일 정오엔 중앙청을 점령, 인공기를 내리고 태극기를 게양하는 감격의 순간을 맞이한다. 중앙청에서 태극기가 내려진 비극적인 날로부터 90일간의 암흑기에 종지부를 찍은 것이다.

그 이튿날인 27일에는 미 대사관에 성조기가 나부끼고 이날 오후 10시 20분을 기해 서울 탈환 작전의 상황이 종료되었다. 28일 한국 해병대 제1, 2대대가 종로4가까지 진출해 육군 제7연대와 서울중앙우체국 앞에서 합류함으로써 수도 서울 탈환의 극적인 상징성이 이루어졌다.

그러나 전쟁이 남긴 상흔은 너무도 심각했다. 완전 폐허로 변해버린 서울시가지는 말 그대로 홍진만장紅塵萬丈이었다. 적 치하 3개월 동안 갖은 고초를 겪었던 시민들이 손에, 손에 태극기를 흔들며 자욱한 초연에 휩싸인 거리로 뛰쳐나왔다. 하지만 그들은 하나 같이 헐벗고 굶주린 탓에 뼈만 앙상한 몰골로 국군과 유엔군을 환영하며 감격의 눈물을 흘렸다.

미 해병대 제5연대 2대대 D중대 소속 더스틴 하사는 연희고지 전투에서 맹공을 퍼붓는 적과의 치열한 교전 끝에 중대원 176명의 사상자가 발생했으나 극적으로 살아남아 덕수궁까지 진출했다. 독실한 가톨릭 신자인 그는 명동성당에서 울리는 평화의 종소리를 듣고 하얀 국화꽃 한 송이를 마련해 성모당을 찾았다. 연희고지에서 전사한 전우들의 명복을 기구하기 위해서였다. 하지만 막상 명동성당의 성모당에 발을 들여놓는 순간 그는 천상을 바라보고 서 있는 성모 마리아상이 탄흔 자국들로 크게 훼손돼있는 사실을 발견하고 소스라쳤다.

하지만 그는 이내 정신을 가다듬고 탄흔 자국으로 얼룩진 성모 마리아상을 향해 이마와 양 가슴에 십자성호를 긋고 묵주신공을 봉헌하며 착잡한 심정을 가누지 못했다.

"신을 모르는 폭도들!"

아마도 3개월 전 서울을 침공한 북한 공산군이 한국인들의 수난과 신앙의 상징인 명동성당에까지 쳐들어와 따발총을 갈겨대며 성모당을 쑥밭으로 만들어 버렸는지 모른다.

한미연합군의 서울 탈환과 때를 같이해 낙동강 전선에서 북상 중이던 미 제24사단 선발대인 34연대는 개전 초 쓰라린 패배를 맛봤던 원한의 대전을 탈환한 데 이어 북진의 고삐를 늦추지 않았다. 이 부대가 애초 고배를 마셨던 조치원과 천안은 미 제1기갑사단이 무혈점령하다시피 했다. 또 미 제2사단은 전주를 탈환하고 군산으로 진격 중이었다. 한국군 제1사단은 음성으로, 6사단은 이화령을 넘어 충주로 각각 진격해 내처 남한강을 따라 북상해 오고 있었다.

그러나 서울시민들에게는 서울수복의 기쁨도 잠시 스치는 바람결에 불과했다. 정치권과 사회지도계층 사이에서 이른바 도강파渡江派와 잔류파殘留派로 갈려 심각한 갈등 양상으로 치닫고 있었기 때문이다. 도강파란 서울이 함락되기 전 한강을 건너 피란을 떠난 사람들을 말하고 잔류파는 군 수뇌부의 서울사수 발표만을 믿고 남아 있다가 한강교가 폭파되는 바람에 적 치하에 갇혀버린 사람들이었다.

갈등의 불씨는 수복 후 서울로 돌아온 이른바 도강파가 자신들은 "유엔군을 따라 서울을 수복하는데 일조一助했으나 잔류파는 북한 공산집단에 협력한 부역자들"이라고 매도한 데서 비롯되었다. 이에 발끈한 잔류파는 "정부가 서울을 사수한다고 발표해 놓고 비겁하게 자기들만 몰래 달아나면서 한강교까지 폭파해 버렸다"며 "절대다수 시민들이 갖은 고초를 겪은 적치 3개월을 무엇으로 보상할 것이냐"고 규탄했다.

하지만 정부 입장에서는 부역자들을 그대로 덮어둘 수는 없었다. 자의든 타의든 서울에 남아 있던 시민들을 상대로 조사한 결과 부역자가 자그마치 6만여 명에 달했다. 그들 중 인민재판을 주도하거나 공산주의 활동에 적극적으로 가담한 친공분자들은 모두 정식재판에 넘겨 징역형이나 최고 사형까지 받게 하고 비교적 죄질이 가벼운 단순부역자들은 정상을 참작해 방면하는 것으로 일단 수습했다.

그러나 잔류파는 "도망갔던 자들이 무슨 자격으로 부역자를 재단하고 처벌하느냐"고 크게 반발하는 바람에 한동안 그 후유증이 심각했다. 북한 공산집단의 총칼 앞에서 갖은 위협과 탄압을 받으며 살아남기 위해 강제된 단순 부역까지도 친공으로 내몰았기 때문이다. 하여 이 문제는 두고두고 국민화합의 걸림돌로 작용했고 극단적인 이념 갈 등으로 비화하는 불씨를 남겼다.

서울이 수복되고 북괴군이 창황하게 쫓기게 되자 최고사령관 김일성은 뒤늦게 김책 전선사령관에게 38도선 이북으로 후퇴하라는 밀령密令을 내리는 한편 평양방송을 통해 다음과 같은 공개적인 격문을 내보냈다.

"위대한 조선인민군 군관·전사 동무들! 미제 침략자를 격파하기 위하여 더욱 더 용감무쌍하게 싸워라. 유리한 계선을 선취先取하여 최후의 피 한 방울까지 바쳐 현재 지키고 있는 참호·진지를 사수하라.

부득이 후퇴하지 않으면 안 될 경우 모든 방어시설·건물·교량·비행장·항구 등의 군용시설을 파괴하고 남조선 후방에 뒤처졌을 때에는 빨치산으로 변신하여 미제와 리승만 력적패당의 지휘부·병참기지·야영소·수비대·포차집결소·격납고 등을 모조리 습격, 파괴하라.

내무성 군대는 반동분자·월남분자 등을 제 때에 적발하여 무자비하게 처단하거나 38선 이북으로 연행하라. 공화국 전체 인민들은 전후방에 관계없이 식량·약품 등으로 인민군대를 후원하고 부득이 퇴각하지 않으면 안 될 경우 모든 물자를 조국(이북)으로 반출하라. 모든 기관차, 트럭, 한 톨의 쌀과 한 방울의 기름까지도 남반부에 남겨서는 아니 된다. 우리에게 승리의 축제가 올 것이다!"

"우리에게 승리의 축제가 올 것이다"란 말은 2차 세계대전 당시 소련군 최고사령관 이오시프 스탈린이 독일군에 포위된 스탈린그라드를 사수하기 위해 소련 인민들에게 호소한 '나나아 셈 울릿쩨 도오제 뿌우젯드 쁘라아즈 드니끄'란 말을 번역, 인용한 것이다.

김일성의 육성방송은 제법 비장감이 서린 호소로 들릴지 모르겠지만 현실과 너무도 동떨어진 주장이었다. 스탈린의 대인민對人民 호소는 나치 독일군의 약탈을 막기 위한 이른바 초토화 전술이었으나 북괴군은 이미 남침 초기부터 선량한 국민들을 대상으로 약탈 전술만 써오지 않았나. 남한의 도시는 말할 것도 없고 농촌 지역의 농가까지 뒤져 소·돼지·닭 등 가축은 물론 쌀과 보리쌀, 심지어 된장, 고추장까지 다 퍼가고 폐허로 만들어 버렸다. 그런데 쌀 한 톨, 기름 한 방울이 어디 남아 있단 말인가.

김일성의 육성방송 이후 북괴군의 조직적인 저항은 모든 전선에서 일시에 멎어버렸다. 아예 무기도 버리고 낡고 헐어빠진 전투복이 너덜거리는 몰골이란 한마디로 거지꼴이나 다름없었다. 굴욕과 수치와 허탈감에 빠져 수십 명 또는 수백 명씩 무리지은 거지 떼들은 그저 살아남기 위한 집념 하나로 안간힘을 쓰며 험준한 산악을 타고 북으로, 북으로 향하고 있었다. 그러나 곳곳에 복병이 기다리고 있었다. 결국, 투항하거나 생포되기 십상이었다. 그야말로 북괴군은 최후를 맞고 있었다.

주덕근은 만주에서 동북의용군의 일원으로 입조入朝한 이래 자신의 신분을 과시해 주었던 파란 소련제 군관복을 과감히 벗어 던졌다. 비록 낡고 땀에 절은 군관복이었지만 양쪽 어깻죽지에 붙어 있는 중성이中星二(중좌) 계급장이 반짝였다. 하지만 미련은 없었다. 수치스런 인민군대 신분의 표징이었기 때문이다.

그는 지체 없이 PW(Prisoner of War·전쟁포로)라는 스탬프 잉크도 선명한 미군 작업복으로 갈아입었다. 평소 갈망하던 자유를 선택한 명분치고는 너무도 초라했으나 그것이 운명인 것을 어찌하랴. 그가 수용되어 있는 경인지구 포로수용소에서는 보안이 철저한 김포비행장의 중계수용소와는 달리 비교적 자유를 허용하고 있었다. 낮에는 수용소 건물의 모든 문을 활짝 열어놓아 연병장에 나가 쏟아지는 햇볕을 받으며 삼삼오오 모여 앉아 자유롭게 얘기도 나눌 수 있었다.

덕근은 여느 포로들보다 더 자유롭게 활동할 수 있었다. 공산포로 대표라는 완장을 찼기 때문이다. 비록 전쟁포로 신분이었지만 완장의 힘은 권력을 의미했다. 그래서 미군 관리사무실을 무시로 드나들 수 있었고 포로수용소 소장과 면담도 자주하는 편이었다.

그가 처음 이곳 경인지구 포로수용소에 입소했을 때 수용소장 돈 보링 소령이 통역을 앞세워 다짜고짜 포로대표를 맡아달라고 제의했다. 그는 손사래를 치며 사양했으나 보링 소령은 덕근이 김포비행장에서 만났던 미 해병대 로빈 대령을 들먹이며 "그와의 약속을 잊었느냐?"고 다그치는 바람에 마지못해 수락한 것이었다.

덕근은 전쟁터에서 흔히 볼 수 있는 일개 전쟁포로에 불과한 자신을 로빈 대령이 잊지 않고 기억해주고 있다는 사실에 감동했다. 로빈 대령이 어쩌면 골치 아픈 포로들의 문제 해결에 자신을 이용하고 있다고 달리 생각해 볼 수도 있겠지만 로빈은 심리전 전문가이지 포로들을 직접 관리하는 책임자가 아니지 않은가. 덕근은 그렇게 생각했다.

아마도 로빈은 덕근이 철저한 이데올로기로 무장해 투쟁 일변도를 고집하는 여느 북괴군의 상급군관보다 인간적인 대화가 가능한 휴머니스트라는 의미에서 보링 소령에게 간접적으로 소개했는지도 모른다. 로빈은 그와 마주 앉아 대화를 나누는 자리에서도 살벌한 전쟁의 상흔을 들추기보다 인류애를 강조하지 않았던가. 메이저 보링도 비교적 인간적인 면모를 갖추고 있었다. 그는 가능한 한이면 공산 포로들에게 제네바협정에 준한 대우를 해주기 위해 노력하겠다고 약속했다.

"귀하는 그동안 신을 부정하는 세계에서 살아온 군인으로서 신의 존재가 무의미하겠지만 나는 신을 믿는 나라의 군인이오. 신의 존재는 위대하고 신의 사랑은 진실하고 영원하오. 우리 인간은 누구나 신의 가호 속에서 평등하게 살 권리가 있으며 신은 인간을 공평하게 사랑하오. 나는 신의 이름으로 여러분들을 공평무사하게 대할 것이니 부디 제반 규칙을 준수하고 상호 협조 정신으로 수용소를 원만히 운영해 나갈 수 있도록 도와주기 바라오."

메이저 보링은 약속한 대로 옛날 소년형무소 간수장이 쓰던 방을 포로대표부 사무실로 사용하도록 배려해 주었다.

보링 소령이 전하는 얘기에 따르면 9월 25일 현재 포로 총원이 3000여 명으로 기존시설은 이미 포화상태인데 500명이 더 들어와 포로 숙소로 사용할 텐트 증설이 시급하다는 것이었다. 게다가 앞으로 또 얼마가 더 들어올지 예측할 수 없다며 머리를 절레절레 내저었다.

덕근은 보링의 얘기를 듣고 말머리를 돌렸다.

"나는 공병장교 출신이외다. 간이숙소 설치, 도로 축조, 철조망 설치 등은 나의 본업이오. 도움이 필요하면 언제든지 말 하시오. 도와드리리다."

"그러잖아도 나는 귀하를 믿고 있소. 로빈 대령도 나한테 말씀하셨지만 귀하는 전형적인 정치군관 출신도 아니고 더욱이 경찰 고위관리 출신도 아닌 공병장교 출신이어서 한결 신뢰가 가오."

그래서 메이저 보링은 가끔 도움을 요청했고 덕근은 적극적으로 협조했다. 그는 옛날 소년원생들이 작업장으로 쓰던 건물과 창고 등을 개수해 숙소로 증설하는 데도 앞장섰다. 그러나 날이면 날마다 꾸역꾸역 몰려드는 공산 포로들의 증원으로 수용시설이 한계에 이르고 말았다.

이 소년형무소는 원래 일제강점기이던 1930년대에 조선총독부가 반일청소년들을 수용하기 위해 지은 건물로 200명 정원 규모의 시설을 갖추고 있었다. 그러나 주변의 부속농장과 운동장 등 부지는 상당히 넓었다. 태평양전쟁이 한창일 때엔 조선총독부 산하 황군(일본군) 헌병대장 노구치野口 대좌가 남방전선에서 생포해온 미군을 비롯하여 영국, 호주군 등 연합군 포로 800여 명을 집단수용한 것이 계기가 돼 한때 악명높은 포로수용소로 알려지기도 했다는 것이다.

그러다가 일본이 항복하자 연합군 포로들은 모두 석방돼 본국으로 돌아가고 그 대신 노구치 등 포로수용소를 관리하던 일본군들이 전쟁 범죄자로 억류되기도 했다. 특히 노구치와 군의장교 야스도시 소좌는 연합군 포로들을 대상으로 인체실험까지 한 죄상이 드러나서 미 군정 법정에서 사형선고를 받고 교수형으로 처형된 곳이기도 했다. 역사의 아이러니가 아닐 수 없다.

대한민국 정부수립 후에는 제주도의 4·3사건과 여순반란사건의 주모자급들이 이곳으로 이송돼 처형당하기도 했다는 얘기가 전해지고 있다. 게다가 불과 3개월 전 북한 공산집단의 6·25 남침 이후엔 내무성의 전용시설로 인천지역의 수많은 우익인사가 끌려와 집단학살을 당한 곳으로도 유명하다. 그래선지 아직도 그들의 원혼이 떠돌고 있다는 흉흉한 소문까지 나돌았다.

그런 악명높은 시설이 이번에는 연합군의 인천상륙작전으로 마치 정치 망 어장의 그물에 걸려든 물고기 떼처럼 투항하거나 생포된 공산군 포로들로 초만원 사태를 빚게 된 것이다. 오랜 세월 이념의 굴레에서 피를 뿌린 기구한 역사적 시설이 아닐 수 없다. 그나저나 정원의 20배가 넘는 포로들로 연병장이나 부속농장을 제외하고 발 디딜 틈도 없는데다 숙소도 숙소지만 위생시설도 엉망이었다.

첫째 화장실이 절대 부족해 수용소 담벼락에서 사방 5미터 이내에는 인분지대라 해도 과언이 아니었다. 곳곳에 인분이 쌓여가고 악취가 진동했다. 이러한 현상이 계속될 경우 오래지 않아 연병장이 화장실로 변할지도 몰랐다. 애초엔 4개밖에 없는 화장실 앞에서 줄을 서서 기다리는 포로들이 다급한 나머지 담벼락으로 몰려가 엉덩이를 까고 용변을 보기 시작했다.

담벼락에서부터 점차 인분 지대가 형성되면서 마치 누에가 뽕잎을 파먹듯 계속 앞으로 밀려 나오고 있었다. 일종의 도미노 현상이었다. 이를 보고 미군 경비병들은 "허니 벨트Honey Belt 또는 브라운 벨트Brown Belt"라며 비아냥거리기도 했다. 게다가 파리 떼까지 우글거려 포로수용소 전체가 동물농장을 방불케 했다. 위생 관념이 철저한 것으로 알려진 미군 관리 당국도 속수무책이었다. 그대로 방치할 수밖에 달리 해결할 방법이 없었기 때문이다.

불과 며칠 사이에 인간의 생리본능이 엄청난 사태를 빚고 말았다. 어쩌면 은연중 전쟁에 대한 패배의식을 오물 테러로 설욕할 공산주의의 속성이 발동했는지도 모른다. 개보다 못한 게 인간이라고들 하지 않던가. 완전히 이성을 상실한 하등동물들!

"공산주의 세계에서 계급 혁명만 있고 똥 혁명은 없는가? 똥 혁명을 한 번 일으켜 봅세다!"

주덕근은 미군 관리사무소에서 삽과 곡괭이 등을 지원받아 각 숙소별로 인분지대에 대한 대대적인 청소작업을 실시했다. 그러고는 그 자리에 긴 배수로처럼 구덩이를 깊게 파고 구덩이 위에 널빤지를 얹은 야전용 간이변소를 설치했다. 이른바 공산주의식 똥 혁명이었다. 하지만 대부분 포로는 아예 그런 위생 관념조차 없었다.

그들은 하나같이 허탈감과 무기력에 빠져 마치 넋이 나간 사람처럼 멍청하게 본능적으로만 움직일 뿐이었다. 그런 가운데 더러 포로대표부의 지시사항을 철저하게 지키며 겉보기에 돌아버린 사람처럼 싱글벙글 즐거운 표정을 감추지 못하는 포로도 가끔 눈에 띄었다. 그렇지만 그들은 돌아버린 것이 아니라 정신상태가 지극히 정상적이었다. 비록 포로 신세로 전락하긴 했지만 우선 무시무시한 전쟁의 공포에서 벗어난 데다 헐벗고 굶주림을 면할 수 있다는 안도감 때문인지도 몰랐다.

총탄이 비 오듯 쏟아지는 극한 상황에서 쇠사슬에 발이 묶여 자의적으로 후퇴하거나 달아나고 싶어도 달아날 수도 없었던 것이 최일선에 배치된 하전사들의 운명이었다. 마치 악마의 회초리처럼 뒤통수에 권총을 들이대며 돌격만 외치는 독전 군관의 위협이 그토록 무서웠다. 그런 끔찍한 공포에서 풀려났으니 일종의 해방감을 느끼지 않을 수 없었다. 언젠가 석방돼 부모 형제가 기다리고 있는 고향으로 돌아가는 것만이 그들의 유일한 꿈이기도 했다.

그러나 한 가지 주목할 것은 투항할 당시 사복을 걸치고 포로수용소에 입소해서도 상·하급 전사 행세를 하며 자신의 신분을 감추고 있는 상급군관들이 상당수 암약하고 있다는 점이다. 부산 거제리 수용소에 잠복하던 전범들과 같은 행태였다. 그러나 미군 관리 당국은 상급군관인 중좌 계급장을 달고 들어온 주덕근을 최상급자로 보고 포로대표로 앉혀두고 있다.

하지만 실은 주덕근보다 더 높은 중성삼中星三(중령과 대령 사이)인 상좌나 중성사中星四인 대좌(대령)급도 더러 섞여 있으며 중성일中星一(소령)

이나 소성少星(위관)급 군관들도 상당수 일반 하전사로 신분을 감추고 있었다. 그들은 하나같이 혁명정신으로 똘똘 뭉친 철저한 공산주의자들이었다.

덕근의 눈에 드러난 군관포로 만도 자신의 계급보다 높은 대좌와 상좌가 각각 1명, 중좌가 5명이나 된다. 그중 덕근처럼 유엔군에 귀순했다가 투항으로 받아들여진 내무성 중좌 강영모는 처음 입소할 때 낡고 헐은 여느 군관의 군복과는 달리 내무성의 상징인 초록색 줄무늬도 선명한 상급 군관복을 말쑥하게 차려입고 있었다. 그래서 그는 유달리 남들 눈에 잘 띄었다.

내무성의 상급군관이라면 혁명사상이 투철한 경찰 간부인데도 그는 성격이 비교적 온화한 인텔리겐치아의 품위를 지키고 있었다. 관리 당국의 지시사항을 의식적으로 피하고 일부러 딴전을 부리는 일부 정치군관이나 군사군관 포로들 때문에 애를 먹고 있는 덕근에게 그는 이렇게 귀띔해 주곤 했다.

"기거이 미제美帝에 항복하지 않갔다는 뜻이야요. 초시(애초)에 미군이 포로관리에 큰 실수를 한 거라니까. 왜냐하문 물고기 떼가 그물망에 걸려들었을 때 큰 물고기와 작은 물고기를 구별했어야지. 그런 절차를 무시하구서리 그물에 걸려든 대루 마구잡이로 긁어모아 철조망 울타리 안에 가두는 데만 급급했으니까 초령(애초) 이런 결과를 초래한 거이 아니외까."

덕근이 침울한 표정으로 긴 한숨을 삼키며 강영모에게 물었다.

"강 동무는 숨어 있는 상급군관이 얼마나 될 것 같소이까?"

"현재 표면적으로 나타난 군관이 40여 명에 불과하지만 신분을 숨기구서리 일반전사들 사이에 숨어 있는 군관수는 적어도 200명은 넘을 거외다."

"그렇게나 많이…?"

"아, 김포에서 주 동무와 함께 넘어온 200여 명 가운데 10여 명은 군관이라는 사실을 알아야디요. 전체 포로 중 적어도 5 빠쎈뜨(퍼센트) 내지 10 빠쎈뜨는 군관으로 봐야 할 거외다. 그중 한 절반 정도는 상급 군관 축에 들지두 몰라."

강영모는 내무성 상급관리답게 정보도 밝았다. 그가 쏟아내는 중요한 전황 정보 중 놀라운 사실은 추측에 가깝긴 하지만 신빙성도 있어 보였다.

"주 동무는 미군을 전적으로 신뢰하고 있디만 미군도 우리 인민군대 못지않게 잔인하다는 걸 염두에 두구서리 앞으로 잘 대처해야 할 거외다."

"왜서(왜) 그렇게 보오?"

"아, 유엔군의 인천상륙 때 초시 우리 인민군대가 미 해병대와 붙은 월미도 전투가 가장 치열했디 않아요. 긴데 미 해병대가 이 전투에서 인민군 사상자 350명, 포로 136명이라고 공식 발표한 전과를 보문 여기 들어온 월미도의 포로가 136명이라야 맞는 거 아니외까?"

"그렇소. 그렇지만 현재 월미도 포로는 35명에 불과하오."

"그렇다문 나머지 100여 명은 어디루 간 거외까. 그 100여 명은 미 해병대가 모조리 동굴 속에 가둬 화염방사기로 불태워 죽인 기야요. 그런 끔찍한 만행이 적아敵我에 관계없이 다반사로 저질러지고 있는 거이 조미朝美(북한과 미국)전쟁의 양상이외다."

"김일성의 사수명령은 언제나 비극을 초래했소. 기렇다문 여기 들어온 내무성 소속 포로는 얼마나 되오?"

"주 동무! 참, 딱도 하시구레. 아, 내무성 소속 군관이나 전사들은 포로가 되기 전에 먼저 줄행랑을 치는 거이 원칙이외다. 군관도 군관 나름이디만 전사들 역시 상전사(하사관) 이상인 데다 모두 당원들이기 때문에 그만치 사상이 투철하구 약삭빠르다는 증거가 아니외까.”

“기럼 강 동무레, 왜서 미리 빠져나가지 못했소?”

“아, 내레 주 동무처럼 넌더리가 나설라무네 작정하구서리 귀순한 기야요.”

“아, 기렇구만요. 기러니 지금부터라도 우리 우익끼리 규합해서라무네 갱생해야 합네다. 강 동무가 잘 협조해 주시오.”

“내레 기왕에 귀순한 몸이니까니 나름대루 우익성향을 조사해 보갔수다.”

그러나 바지저고리 차림으로 좌익성향의 농민행세를 하며 들어온 리철궁이란 자는 알고 보니 월미도 경비를 책임지고 있던 중성이中星二(중좌) 정치군관이었다.

나이는 덕근이보다 두어살 위인 30세 정도로 보이지만 작은 체구에 사무라이처럼 치올려진 눈썹이 유달리 짙어 살기를 뿜어내는 듯했다. 첫인상이 미소 한 번 볼 수 없이 얼음처럼 차가웠다. 그는 함경북도 북청 출신으로 어릴 때 중국으로 건너가 팔로군에 입대했었다고 자기소개를 거창하게 늘어놨다. 산시성의 타이항산에서 항일전에 참전했다가 세 번이나 부상을 당한 역전의 용사였다는 자랑도 서슴지 않았다. 스스로 꾸며낸 얘긴지도 모른다.

그는 평소 덕근이 포로대표를 맡고 있는 것을 못마땅하게 여기며 의심의 눈초리를 보내고 있었다.

“긴데 주 동무레, 어찌해서라무네 포로가 되었슴둥?”

리철궁이 덕근을 보고 추궁하듯 던진 말이었다.

"내레, 김포비행장을 사수하기 위해설라무네 대전차지뢰를 깔다가 달려드는 양코배기(미군) 땅끄를 미처 피하지 못하구서리 실신하고 말았시오. 나중에 깨어보니 포로수용소두만 기래."

덕근의 대답도 역시 꾸며낸 말이었다.

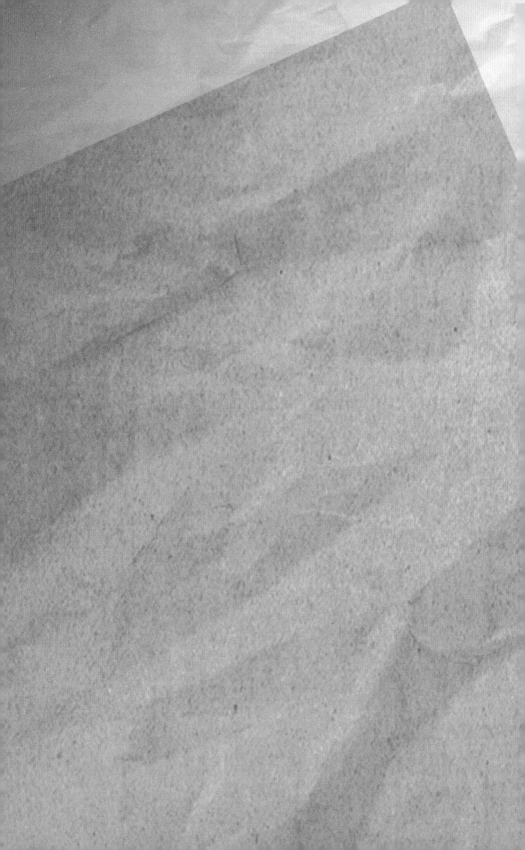

19. 레드 솔저

전쟁포로들은 내남없이 누구나 자신이 투항하거나 생포된 과정을 솔직히 말하는 경우가 드물었다. 제법 그럴싸한 명분으로 거짓말을 보태 자신의 흠집을 감추기 마련이었다. 그러나 그들은 하나같이 불안과 고독과 허무감에 몸서리치고 있었다.

　'초령(당연히) 쾅포(공갈)라 하더라두 꼬치꼬치 따지고 드는 건 결례가 아닌가. 그러려니 하고 서로 믿어주는 거이 포로수용소의 불문율인 게야.'

　주덕근은 자신도 엉뚱한 거짓부렁으로 일관했지만 남의 얘기도 액면 그대로 받아들여 주었다. 포로 관리에 어느 정도 참고가 될 수도 있기 때문이다. 그러나 리철궁은 틈만 나면 특유의 싸늘한 사무라이 눈을 치뜨며 반신반의하는 투로 꼬치꼬치 캐묻고 드는 거였다.

　"주 동무! 김포비행장에서 대전차지뢰를 깔다가 생포되었다는 거, 기거이 사실이오?"

　"아, 사실이잖구."

　"내레, 소문을 듣자하니 일부러 손을 높이 들구서리 넘어왔다던데 투항한 거이 앙이오?"

　"투항… 아, 세상에 포로가 되구 싶어 손을 높이 쳐들구서리 넘어올 미친 놈이 어디 있답데까."

　"글쎄다. 주 동무가 완장을 차구서리 미제의 졸도들과 자주 접촉하는 거이 아무래도 잡힌 사람 같지 않아서라무네 하는 소립메."

"내레, 포로대표가 된 걸 보구서리 기러는 모양인데 기렇담 좋소. 철궁 동무가 포로대표가 되시구레. 난 도무지 골치가 아파서리…."

덕근은 버럭 화를 내며 팔에 두르고 있던 포로대표 완장을 벗어 땅바닥에 내동댕이 쳤다. 그러자 리철궁이 다소 무안한 듯 누그러진 태도로 어색하게 말문을 돌렸다.

"아아, 주 동무! 너무 고깝게 듣지 마오. 우리가 어쩌다가 포로신세가 되었지만 상급군관일수록 조국과 수령님의 존엄을 위해설라무네 사상적으로 탈선해서는 아니 됨메. 그런 뜻에서 한 말이니 오해는 마오. 아, 신재위身在魏 심재한心在漢이라는 중국의 고사도 있지 않슴?"

그는 삼국지에 나오는 한나라의 군신 관우가 위군魏軍에 포위되어 서주徐州 동방에서 조조의 귀순 권고를 받고 '몸은 비록 위군 진영에 있으나 마음은 한나라에 있다'며 항복을 거부한 고사를 인용했다. 즉 '신재남身在南 심재북心在北'이라는 뜻이다.

리철궁은 자기 자신도 포로 신세로 전락했으면서 여느 귀순 군관이나 투항 군관에게 다짐을 받는 정치 군관다운 일종의 경고성 발언을 함부로 내뱉었다. 이후에도 그는 덕근의 일에 사사건건 걸고넘어지기 일쑤였다. 심지어 화장실 증축을 위해 포로들의 노력 동원으로 연병장에 땅을 파는 문제를 두고도 시비를 걸어왔다.

"이 보오다. 주 동무! 왜서(왜) 중정中庭(마당 가운데)에 땅을 파는 것임둥?"

"저거이 우리 모두를 위한 공중변소를 만드는 거외다."

"미제의 졸도가 땅을 파라고 시킨 거이 아임메?"

이에 화가 난 덕근이 큰소리로 외쳤다.

"누가 시켜서 땅을 파는 거이 아니라 우리 스스로의 위생 문제를 해결하기 위해서라무네 변소를 신축하는 거외다. 어전(이제) 내 말을 알아들갔소?"

"기런 쓸데없는 짓 하지 말구서리 불쌍한 하전사들을 좀 쉬게 하랑이."

"연병장이 인분 지대로 변해가고 불결해서라무네 가변소假便所를 만드는 거외다. 만약 전염병이라도 돌문 어케할 거외까?"

"아, 기래두 기런 거이 미제의 졸도들이 할 일이 아임둥. 우리가 굽실거리며 복종할 필요가 없슴. 앙이 그렇슴메?"

한마디로 기가 차서 말문이 막혔다. 리철궁은 여기에다 한마디 더 거들고 나왔다.

"아, 리승만 궁전이라는 경무대에 가보오. 우리 린민군 전사동무들이 싸놓은 똥을 치우느라구 졸도들이 애를 먹었다두만. 기런 거이 다 공화국에 충성드리는 똥 혁명이 아임둥?"

이미 포로수용소에도 파다하게 번진 소문이지만 경무대에 주둔해 있던 정치보위부가 한미연합군의 9·28 수복 때 퇴각하면서 벌여놓고 간 똥 테러를 두고 한 말이었다.

인간의 탈을 쓰고 도저히 저지를 수 없는 수치스럽고 야만적인 행위를 리철궁은 똥 타령으로 노래까지 흥얼거리며 즐거워했다. 철조망 울타리에 갇혀 있는 포로들에게 외부의 소문도 빨랐다. 아마도 수도 서울이 수복되면서 무더기로 잡힌 포로들이 매일같이 물밀듯이 밀려오면서 퍼뜨린 소문인지도 모른다.

이야기인 즉슨 한국 해병대에 의해 중앙청과 경무대가 수복되자 경찰관과 경비원, 청소부 등 20여 명이 우선 경무대로 달려가 청소부터 하려 했으나 본관을 비롯해 부속 건물 등 곳곳에 똥 사태가 나 악취를 풍기는 바람에 도저히 발을 들여놓을 수 없었다는 것이다. 모두 코를

싸매고 고무호스와 양동이로 물을 뿌리고 걸레질을 아무리 해도 좀체 악취가 가시지 않아 애를 먹었다고 했다.

옛말에 도둑이 들어와 도둑질을 하고 달아날 때 배설물을 사방에 뿌려놓고 간다는 말이 있듯이 그동안 경무대에서 편안하게 지내던 정치군관이나 전사들이 후퇴하기 며칠 전부터 계획적으로 똥을 싸제끼기 시작했다는 거였다. 짐승 만도 못한 놈들이 아닌가. 덕근은 그런 만행을 저질러 놓은 것을 두고도 애국운운하며 자랑하는 리철궁이 도무지 사람으로 보이지 않아 고개를 돌리고 말았다.

그는 강영모 중좌와 함께 수용소를 순시하던 중 우연히 주눅이 들어 기가 팍 죽어 있는 50여 명의 해방전사들을 만났다. 어쩌면 남에도 북에도 기댈 곳이 없어진 그들은 기구한 운명의 주인공들인지도 모른다. 그들은 원래 국방군 출신으로 6·25 남침전쟁 개전 초 반격전에 나섰다가 불행하게도 인민군의 포로가 된 후 비록 강압에 견디지 못했다고 하더라도 김일성에게 충성 맹세하고 인민군대에 편입된 자들이었다. 하여 북괴군의 남침작전에 견인차 역할을 자임하며 앞장섰다가 이제 또 미군의 포로가 되었으니 실로 기막힌 일이 아닌가.

현재 경인지구 포로수용소에 입소한 해방 전사만도 400여 명에 달한다고 하니 부산을 비롯한 여타 지역의 해방전사는 수천 명에 달할지도 모른다. '현지조달'이라는 김일성의 남침전략에서 파생된 비극적 현실이었다. 한국전쟁에서만 볼 수 있는 특이한 현상이 아닐 수 없다. 그런 점에서는 의용군도 마찬가지였다. 점령지역에서 나이 어린 학생들까지 무조건 끌어다 아예 달아나지 못하도록 쇠사슬로 묶어 독전하면서 총알받이로 내세운 것이 공산군 예비병력의 현지조달 방식이었다.

특히 미군 포로관리 당국에서도 이들을 변절자라 하여 곱게 보지 않앞다. 미군의 잣대로 본다면 이중 포로에 대해선 가혹할 정도로 엄격하게 다루는 것이 원칙이었다. 전투 중 적의 포로가 되는 것은 불가항력의 일이지만 떳떳하게 자신의 신분을 지킨다면 후일 영웅 대접을 받을 수 있다. 그러나 적의 포로가 되고 적에게 협력하거나 적을 위해 아군을 배신할 경우 반역죄로 다스리게 마련이었다.

그래서 해방전사들이 비록 국군 출신이긴 하지만 적의 포로가 돼 인민군복을 입고 아군을 향해 총부리를 겨누다가 다시 아군 포로가 되었다면 적으로 간주할 수밖에 없다는 것이 미군 관리 당국의 견해였다. 하지만 그들은 아군의 서울수복 이후 태도가 싹 달라졌다. 대한민국 국군 출신이라는 일종의 우월감에서 아예 공산 포로들과는 거리를 두기 시작했다. 그들 나름의 비굴한 생존전략이었다.

그래서일까, 새삼 저들끼리 공산 포로가 되기 전 국군에 소속돼 있을 때의 관등성명으로 호칭하며 서로 똘똘 뭉쳐 "억울하다. 부당하다."는 말로 미군 관리당국에 불평불만을 쏟아내기도 했다. 게다가 포로대표부에도 걸핏하면 시비나 걸고 특별대우를 요구하기 일쑤였다.

그러나 미군 관리 당국은 배신자Traitor 또는 이적행위자Cooperator라고 비웃으며 그들의 요구를 묵살하고 냉정하게 대했다. 때문에, 일부 지각知覺있는 해방전사들은 이 같은 관리 당국의 냉대에 반성하는 빛도 보였다. 비록 전쟁포로로 붙잡혀 인민군에 강제편입돼 뼈에 사무치도록 분하고 억울하다고는 하지만 오늘의 이 처지가 결과적으로 조국을 배반한 자승자박이기 때문이었다. 그런데도 그들은 세상이 뒤바뀌자 해방전사가 아닌 국군 낙오병 출신으로 행세하며 으스대기까지 했다.

그들 중 건장한 청년 10여 명은 마침내 "특수중대의 대표"라고 자칭하며 포로대표인 주덕근을 찾아와 또다시 특별대우를 요청하기에 이른다.

"우린 대한민국 국군 낙오병 출신 특수중대 대표들이외다."

"특수중대라니…?"

"아, 국군포로들만으로 조직된 단체란 말이오."

"아하, 해방전사들이구만 기래."

"이것 보시오. 앞으로 해방전사니 그딴 소리 하지 마시오. 우린 엄연히 대한민국 국군 출신 낙오병들이외다. 당신들과는 아예 출신성분이 다르단 말이오."

그들은 사뭇 위협적인 태도로 덕근을 괴롭혔다.

"우리 국군 포로의 인생을 망쳐놓은 자가 바로 당신네 수령 김일성이란 말요. 그래서 하는 말인데 우린 빨갱이들과 함께 있기 싫으니까 별도의 캠프를 마련해 주시오."

"기렇다문 기런 문제는 미군 관리 당국이나 대한민국 정부 또는 육군본부에 리야기 해야디요. 여러분도 잘 알다시피 우리 포로대표부는 아무 힘도 권한도 없시오."

"미국 놈들은 억울한 처지에 놓여 있는 우리 국군 포로들을 이해하기는커녕 꽐시만 한단 말이오."

"기럼 우리가 어케 하문 좋갔수? 좀 더 구체적으로 말해 보시구레."

"우리 국군 포로들을 대한민국 국군 낙오병으로 인정하여 별동別棟에 숙소를 정해주고 식사도 따로 배식해 주시오. 빨갱이들과는 눈도 마주치기 싫으니까."

"기거이 안 될 말이오. 여긴 해방전사들만 수용하는 곳이 아니외다."

"해방전사란 말, 더 이상 삼가시오. 우린 엄연한 국군 포로란 말요."

그들은 숫제 폭력이라도 행사할 듯 무섭게 눈을 부라리기까지 했다.

"어쨌든 여긴 린민군 포로수용소이디 국방군 포로수용소가 아니외다. 누구든 들어오면 제네바협정에 의해설라무네 포로 이상도 이하도 아니며 상하구별도 없이 공평하게 일인일식一人一食의 대우를 받을 뿐이외다."

그들은 마지 못해 덕근의 주선으로 포로수용소장 보링 소령을 만났으나 역시 대답은 한결같았다.

"전장에서 공산군 군복을 입고 투항한 자는 레드 솔저(붉은 병사)다. 여기 포로수용소에 들어온 것은 우리 미군의 잘못이 아니라 여러분의 변절행위 때문이다. 애초 한국군의 신분으로 왜 북한공산군에 투항했는가. 그리고 이번에는 공산군의 신분으로 유엔군에 투항하지 않았는가?"

이 말에 머쓱해진 그들은 물론 "살아남기 위해서"라는 말이 목에 걸렸지만 사실상 할 말이 없었다.

따지고 보면 포로의 종류도 여러 가지였다. 사상적으로 적개심이 왕성한 포로는 언제나 뒤처져 불평불만이나 쏟아놓고 사사건건 시비를 걸며 방해 공작을 일삼았다. 그런가 하면 용감하게 싸우다가 일단 포로가 되면 과감히 적개심을 버리고 포로수용소의 규칙을 준수하는 부류도 많았다. 그들은 사실상 대부분 공산주의자가 아니었다. 의용군이나 아니면 북한에서 강제징집된 비교적 나이 어린 소년병 출신들이었다.

그리고 또 하나, 변함없는 적개심을 품고 있으면서도 겉으로는 절대로 감정을 드러내지 않는 부류. 그들은 일단 유리한 기회를 잡았다면 적개심으로 돌변하여 목숨을 걸고 대항하기 마련이었다. 이런 류의 포로들은 골수빨갱이 리철궁의 선전 선동을 은근히 지지하고 있는 표리부동한 부류들이었다. 언제 표변할지 모르는 이중인격자들인 것이다.

북괴군에는 원래 투항이라는 말 자체가 없었다. 그래서 최일선에 배치된 전사들의 발목에는 발찌처럼 쇠사슬로 묶어 투항을 못하도록 독전하지 않았던가. 오직 공격과 전진만이 존재할 뿐이었다. 죽어도 차라리 그 자리서 죽어야 했다. 무적 조선인민군대! 그런 자들이 죽지 못하고 왜 투항했을까? 한마디로 살아남기 위한 최후의 선택이라고 했다. 살고 싶은 본능적인 욕구를 쉽사리 버릴 수 없었기 때문이다.

주덕근은 이런 환경에서 포로대표로 버텨내기가 점차 힘들어진다는 사실을 절감했다. 그래서 그는 자신의 신상 문제에 대한 견해를 들어보기 위해 보링 소령을 찾아갔다.

"나는 엄연한 귀순자외다. 증인도 있소. 나의 희망은 한국군에 편입되는 것이외다. 그런데 미군 당국이 나를 투항자로 보고 있소. 이거이 너무 억울하지 않습네까?"

"귀하의 경우 충분히 이해가 가지만 수용소장의 권한으로서는 어쩔 도리가 없소. 후일 포로교환 때 재심사과정을 거쳐 귀순 의사가 분명히 밝혀질 경우 귀순을 인정받게 될 것이오. 물론 로빈 대령도 약속했지만 나도 귀하의 석방을 위해 기꺼이 증인이 돼 줄 용의가 있소."

"그걸 언제까지 기다려야 합네까?"

"아마 전쟁은 곧 끝나게 될 것이오. 이미 서울을 수복하고 유엔군과 한국군이 38선을 돌파해 계속 북진 중이오. 통일은 멀지 않았소. 무력 침공에 의한 남북통일은 처음부터 김일성이가 원했던 것이지만 이제 거꾸로 돼가고 있소. 어떤 형태로든 한반도의 통일은 눈앞에 다가오고 있소."

그동안 경인지구 포로수용소에는 500여 명 내지는 1000여 명씩 대규모로 밀려드는 전쟁포로들을 수용하기 위해 기존의 제1수용소 외에 주변의 농토와 구릉지까지 징발해 제2, 3수용소를 증설했으나 조만간에 또 1000여 명이 들어온다고 했다. 포로 수가 자그마치 2만 명 가까이 불어난 것이다.

공산군 포로는 앞으로 얼마나 더 불어날지 예측할 수 없었다. 유엔군이 북진할수록 전의를 상실한 투항자수가 그만큼 늘어나고 있기 때문이다. 이런 소식을 접한 덕근은 실로 경악하지 않을 수 없었다. 도대체 그 많은 포로가 어디서 어떻게 발생했단 말인가?

낙동강 전선에서 투항하거나 생포된 포로들은 모두 부산을 거쳐 거제도로 이송한다고 했다. 그렇지만 경인 지역으로 몰리는 포로들은 대개 중서부 전선의 북상 퇴로가 막히면서 대량으로 발생했다는 것이다. 유엔군의 인천상륙작전과 수도 서울탈환작전 이후 이미 예측은 했지만 그런 현상이 너무도 빨리 현실로 나타나고 있었다.

주덕근은 노력 동원된 포로들을 이끌고 소년원 북쪽의 노역장인 경작지 들판에 또 20여 개의 대형 텐트를 치고 수용소 증설작업에 나섰다. 꾸역꾸역 구름처럼 몰려드는 포로들이 미어터지는 바람에 무엇보다 위생 문제가 시급했다. 포로들의 생리처리를 위한 간이화장실 설치와 상수도 문제가 가장 큰 고민거리였다.

"놀랄 것 없소."

포로수용소장 보링 소령이 대형 텐트 설치 현장을 둘러보던 중 혀를 내두르는 덕근을 향해 지나치는 말로 한마디 건넸다.

"한국에서는 이를 두고 인산인해라고 합네다. 산을 이루고 바다를 이룰 만큼 사람이 많다는 뜻이외다."

메이저 보링이 다시 말했다.

"부산에는 현재 6만여 명의 포로가 집결돼 있고 낙동강 전선과 동해안, 소백산 등지서 퇴로를 잃고 헤매던 공산군 포로가 하루 평균 2000여 명씩 부산으로 몰리고 있다는군."

이 말에 덕근은 또다시 눈이 휘둥그레졌다.

소련제 중무기로 완전무장한 정규 전투병력 10만과 예비병력 10만에 후방지원부대 10만 등 도합 30만 병력이 대거 남침작전을 개시한 지 불과 3개월 만에 철저하게 지리멸렬하다니… 한때 인민군대의 상급 군관이던 주덕근은 순간적으로나마 일종의 굴욕을 느꼈다.

"모두 언제까지 이곳에 머무르게 될지 모르겠지만 여러분이 당분간 있을 곳은 여기밖에 없소. 그러나 우선 이 노역장 외에도 장소가 모자라면 남문 밖의 개활지에도 철조망과 대형 텐트를 칠 계획이오. 텐트 설치작업과 소소한 토목공사 등 여러분이 이용할 시설은 가능한 한 여러분의 손으로 설치해주기 바라오."

"물론 그렇게 해야갔디요. 그리구설라무네 무엇보다 시급한 거이 노천 취사부외다. 취사부는 우리 손으로 지을 테니까 대형 솥이며 드럼통, 식기 등은 관리당국에서 공급해 주시구레."

"아, 그거야 당연히 우리 몫이지요. 탱큐! 나는 항상 맡겨진 일을 시원시원하게 처리하는 귀하를 고맙게 생각하고 있소."

메이저 보링은 이렇게 말하면서 덕근에게 살짝 귀띔해 주는 거였다.

"현재 남쪽의 외딴 섬 거제도에 전쟁이 끝날 때까지 전국의 포로들을 집단수용할 거대한 엔클로우저(초대형 포로수용소)를 건설 중이오. 그 캠프가 완공되면 여기 임시수용 중인 여러분도 모두 그곳으로 이동해 제네바협정에 따른 정당한 권리를 누리게 될 것이오. 그때까지 잘 협조해주기 바라오."

'거제도로 이동한다…? 집단수용이 아니라 격리수용이겠지. 내레 경옥이와 자꾸 멀어지누만 기래. 사랑하는 경옥이와 오순도순 함께 살구싶어 백기를 들고 찾아온 거이 이다지도 자꾸 꼬여들다니 아~ 지긋지긋한 포로생활….'

주덕근은 보링 소령의 귀띔을 듣고 맥이 풀렸다. 도무지 일이 손에 잡히지 않았다. 남쪽의 외딴섬 거제도란 말로만 들었지 한 번도 가보지 않은 곳이다. 그곳에서 다시 억류 생활을 시작해야 한다니 억장이 무너지는 것 같았다. 그것도 기약 없이 전쟁이 끝나 포로교환 때까지 기다려야 한다고 했다. 순수한 귀순자를 이런 식으로 취급하는 것이 제네바협정이란 말인가?

20. 추방

자정이 가까울 무렵 부산 거제리 포로수용소 반공 캠프 한상준 대장 휘하의 행동대원 3명은 미리 준비해둔 X레이 필름으로 마치 영화 쾌걸 조로에 나오던 조로의 가면처럼 두 눈만 보이도록 얼굴 가리개를 하고 침대 봉을 붕대로 감아 만든 몽둥이를 하나씩 들고 결행에 나선다. 인술의 가면을 쓰고 암약하는 병원캠프장 안동률 타도!

수용소 경비대의 서치라이트가 각 캠프를 한 바퀴씩 비치고 지나가는 틈새를 이용, 무거운 정적 속에 잠긴 병원캠프로의 잠입에 일단 성공했다. 모두 누가 업어가도 모를 정도로 곤한 잠에 떨어져 있었고 마침 안동률도 막사 맨 앞쪽 야전침대에 스탠드의 미등을 켜놓은 채 잠들어 있었다. 가까이 다가가니 안동률의 코 고는 소리가 신경을 곤두세웠다.

행동대원 둘이 손에 들고 있는 침대 봉에 잔뜩 힘을 주며 경계를 펴고 있는 사이 나머지 한 명이 양손에 힘겹게 들고 있던 날카로운 바윗돌을 자신의 눈높이까지 들어 올렸다가 안동률의 곤히 잠든 얼굴을 향해 무자비하게 내리쳤다. 바로 그 순간, 안동률이 찢어지는 비명을 지르며 두 손으로 피투성이가 된 얼굴을 감싸고 몸을 일으키려는데 나머지 둘이 기다렸다는 듯이 침대 봉으로 난타하기 시작했다.

안동률의 비명에 소스라친 환자들이 잠에서 깨어나긴 했으나 감히 아무도 저항할 엄두를 못 내고 야전침대 밑으로 몸을 숨기기에 바빴다. 수용소 캠프에서 흔히 발생하는 좌우익 충돌에 이골이 난 포로들은 일이 터졌다 하면 잽싸게 피신부터 하는 것이 습관처럼 몸에 배어 있었다.

그들은 눈 깜짝할 사이에 안동률을 처단하고 급히 병원캠프를 빠져나와 빈 퀀시트 뒤편에 몸을 숨겼다. 병원캠프에서 누군가 검은 그림자가 밖으로 뛰쳐나오는 모습이 보였다. 위생 포로인 모양이었다. 그는 안절부절못하고 발을 동동거리면서 두 손을 입으로 갖다 대고 정적에 잠긴 공산 캠프 쪽을 향해 외치기 시작했다.

"병원막사장 동지가 피습당했시오! 안동률 소좌가 죽었시오!"

그러나 공산 캠프에서는 좀체 인기척이 없었다. 무거운 정적만 가라앉아 있었다. 어둠 속에서 안동률의 죽음을 확인한 셋은 비로소 안도의 한숨을 토해내며 잽싸게 반공 캠프로 돌아와 제각기 담요를 머리끝까지 뒤집어쓰고 침상에 깊숙이 몸을 파묻었다.

바깥에서는 미군 경비병들의 호루라기 소리가 연거푸 울려 퍼지고 저벅거리는 군화 발소리와 함께 마침내 포로수용소 안에 비상이 걸렸다. 아니나 다를까, 어둠 속에서 한 사내가 손전등을 켜고 성큼성큼 다가왔다. 사내는 손전등을 밝히며 침상에서 숨을 죽이고 누워 있는 행동대원들을 일일이 확인하고 안도의 한숨을 몰아쉬며 발걸음을 돌렸다. 그 사내는 바로 조동식이었던 것이다. 그는 돌아서며 비로소 의미심장한 미소를 흘렸다.

포로수용소 안에서 벌어지는 사건은 가해자나 목격자나 누구든 침묵을 지키는 것이 하나의 불문율이었다. 으레 그런 엄청난 일이 발생하면 서로 시치미를 뚝 떼고 표정 하나로 묵시적인 대화가 오가게 마련이었다. 특히 끔찍한 타살 사건은 입도 뻥긋하지 않는 것이 원칙이었다. 그저 이심전심으로 알 뿐이지 아무리 같은 동료라도 비밀유지를 위해 입을 다물게 돼 있다. 공개적으로 발설하다간 줄줄이 엮어 엄청난 화를 자초할지도 모르기 때문이다.

공산당 세포조직책 안동률 소좌가 당한 것도 반공캠프 조동식 중위가 묵시적으로 알고 있는 이상 굳이 발설할 필요가 없었다. 속담에도 '침묵은 금'이라고 했다. 그러나 반공캠프의 비밀공작은 너무 빨리 탄로가 나고 말았다. 누군가 반공캠프에 미 정보당국의 첩자가 깊숙이 침투해 있었는지도 모른다. 누가 밀고했나?

그 이튿날 아침 6시. 전체 포로들이 기상 점호와 함께 헤드 카운트를 받기 위해 연병장에 집결해 있는 가운데 미군 경비캠프 쪽에서 난데없이 군화 발소리가 저벅저벅 요란하게 울려왔다. 바로 그 군화발의 주인들이 마침내 나란히 서 있는 강덕만과 허용준, 김철구 등 반공캠프 행동대원 3명 앞으로 다가와 걸음을 멈췄다.

포로수용소에서 원리원칙을 강조하며 군기 잡기로 소문난 경비장교 핸드슨 중위였다. 그는 대뜸 그들의 PW 작업복 윗도리 단추가 떨어져 나갈 정도로 세차게 풀어헤친 뒤 팔딱거리는 가슴에다 손을 갖다 대는 거였다.

"커뮤니스트 안티 커뮤니스트, 세임세임 갓댐!communist anti-Communist same same god damn!(공산주의자나 반공주의자나 다 같은 자들이다. 끌고 갓)!"

이렇게 내뱉은 핸드슨 중위는 두 말없이 뒤따라 온 미군 헌병 2명에게 그들의 연행을 지시하는 거였다. 그들은 맥없이 고개를 떨군 채 미군 헌병에게 양쪽 팔을 낚아채어 경비캠프로 끌려가는 운명에 처하고 말았다.

그런데 아아, 이럴 수가… 미군 헌병에게 끌려가면서 핸드슨 중위를 힐끗 쳐다보는 순간 공산캠프 병원 막사 간호군관 최경자가 회심의 미소를 띠면서 핸드슨의 등 뒤에 서 있었다. 결국 보복을 벼르고 있던 병원캠프의 술책에 넘어간 것을 뒤늦게 깨달았으나 이미 때를 놓치고 만 것이었다.

미군 경비캠프에서는 그들의 살인 혐의에 대한 조사도 하지않고 홀딩캠프holding camp로의 후송을 결정해 버렸다. 부산 적기항에 있는 홀딩캠프는 SK나 NK에 관계없이 문제를 일으킨 포로라고 판단될 경우 징벌의 한 조치로 부산에서 추방, 거제도 포로수용소의 별도 수용시설이 있는 봉암도로 이송하기 위해 수송선을 기다리며 대기하는 이른바 대기수용소였다.

그들이 미군 경비캠프에서 CID의 혹독한 조사를 받지 않은 것만도 천만다행이었다. 그것은 어쩌면 한상준 대장의 간접적인 영향력 때문인지도 몰랐다. 그들이 경비캠프로 끌려갔을 때 한상준은 즉시 정보장교 콕스 대위를 찾아가 공산 포로들을 감싸는 핸드슨 중위의 부당성을 지적하며 엄중하게 항의한 것이다.

"우리 대원들이 안동률을 처단한 것은 캡틴 콕스! 바로 당신이 지시한 전범 색출작업의 일환이었소. 우리 대한민국을 위기에서 구한 미군 당국이 우방인 우리 편에 안 서주면 발붙일 곳이 없지 않소? 부디 그들을 풀어주시오."

그러나 콕스는 종전의 태도를 일변했다.

"캡틴 한! 그건 안 되는 말이오. 내가 전범 색출작업에 나서주라고 협조를 요청한 것은 그들을 색출하여 제네바협정에 따른 국제법으로 대응하기 위한 것이지 살인을 하라고 지시한 것은 아니잖소? 메이저 안은 전투병과 장교가 아니라 부상병을 치료하는 닥터였소. 그런 사람을 돌과 몽둥이로 무참하게 쳐 살해하다니 그것은 야만인의 학살과 다름이 없소."

"메이저 안은 닥터이기 이전에 우익인사들을 대상으로 인체실험까지 자행한 인간 백정이오. 북한 공산군은 우리나라를 불법 남침하고 군인들뿐만 아니라 수많은 민간인까지도 총알이 아깝다며 예리한 죽장으로 잔인하게 학살했소. 그것도 모자라 인체실험으로 세균무기까지 만드는 공산군의 만행을 당신도 잘 알고 있지 않소?"

"현재 북한에는 수천 명의 유엔군 포로가 억류돼 있소. 당신들의 만행으로 인해 우리 유엔군 포로들이 보복을 당하면 어떡하겠소? 전시범죄는 상대적이오. 피가 피를 부르는 만행은 서로 삼가야 하오. 우리 미합중국 군대는 유엔군 포로들을 북한 공산군으로부터 학대받게 할 순 없소. 따라서 우리는 공산 포로들을 제네바협정에 따른 인도주의에 입각하여 관리할 것이오."

"캡틴 콕스! 당신은 북한에 억류된 당신의 전우들을 위해 공산 포로들에게 휴머니즘을 실천하겠다며 당신의 친구인 한국군 포로들은 아무렇게나 대우해도 된단 말이오?"

"노노. 공산군에게 특별대우를 하는 게 아니라 우리 미군 캠프의 원칙적인 판단으로는 한국군이나 공산군이나 야만적인 행동에는 별 차이가 없다는 것이오. 그렇기 때문에 우리는 양쪽 포로들을 모두 다 똑같은 원칙과 규정에 따라 관리하겠다는 것이오."

"이런 개자식!"

한상준은 더이상 할 말을 잃고 말았다. 전범색출을 위해 반공포로들을 이용할 대로 이용해먹고 이제와서는 외면하다니 콕스의 배신에 치를 떨었으나 어쩔 수 없었다. 전쟁 수행의 주도권과 포로 관리는 그들이 쥐고 있었고 한국군은 그들의 지휘권에 예속돼 있기 때문이었다.

한상준이 잔뜩 화가 나 욕을 한마디 내뱉고 돌아서려는데 콕스가 머쓱해진 얼굴로 말했다.

"그들을 처벌하지 않고 거제도로 추방하겠소."

추방이란 무슨 뜻인가? 미군 관리 당국이 안동률을 처단한 반공캠프 행동대원 3명을 비록 처벌하지 않더라도 피가 피를 부르는 거제도 포로수용소에서 어차피 공산군 포로들의 보복전이 벌어질 것을 예측하고 내뱉은 말이 아닌가. 따지고 보면 자신들의 손에 굳이 피를 묻힐 필요 없이 거제도로 추방하는 선에서 공산 포로들의 반감을 사지 않겠다는 의도가 다분했다.

양키들이란 원래 그런 속성의 인간들이었다. 그들은 겉으로는 휴머니스트인 척하면서 백인 우월주의의 속성에 젖어 속으로는 남을 이용해 이익만 챙기는 사악한 무리에 지나지 않았다. 그것은 아메리카 인디언들을 학살하고 아프리카 흑인들을 노예로 삼아 학대해온 그들의 역사가 증명해 주고 있지 않은가. 그래서 항간에는 '미국을 믿지 말라'는 극단적인 말이 유행어처럼 번지고 있는 것이리라.

한상준은 자신이 전선에서 낙오되어 본대를 찾아 헤매다가 미군 캠프를 찾아가 도움을 요청한 것부터가 잘못이었다는 사실을 새삼 절감하며 분노를 삭이지 못했다. 그때도 그랬다. 그들은 우방의 장교들을 보고 그러지 않았던가. "유 알 프리즈너 오브 워you are prisoner of war(당신은 전쟁포로다)"라고 말이다.

강덕만 등 반공캠프 행동대원 셋은 마침내 미군 헌병들에 의해 강제로 드리쿼터에 실려 홀딩캠프로 쫓겨가게 되었다. 한상준과 조동식이

용케 포로 캠프에서 빠져나와 그들을 전송해 주었다.

"너희들 문제는 우리 두 사람이 반드시 책임지고 해결할 테니까 절대 기죽지 마라. 우리가 꼭 해결할 거야. 우리 모두 살아남아 역사의 증인이 되어야 한다."

한상준이 목이 터지도록 외쳤다.

"부디 몸조심하고…."

흙먼지를 날리며 달리는 드리쿼터를 향해 목이 멘 조동식의 처연한 목소리도 허공으로 울려 퍼졌다. 그는 미처 말끝을 맺지 못하고 손만 흔들었다. 그들 셋은 한상준과 조동식의 눈가에 이슬이 맺혀 흐르고 있는 것을 발견하고 피붙이와 다름없는 전우애를 절감했다. 그 무렵 거제도에는 대규모의 포로수용소 촌이 한창 건설되고 있었다.

바닷바람이 차가웠다. 홀딩캠프인 적기항에서 2000여 명의 전쟁포로를 태우고 출항한 5척의 미 해군 LST 수송함은 부산 앞바다에서 거제도 연안으로 방향을 틀어 3시간여 항해하던 끝에 마침내 장승포항에 도착해 접안준비를 서둘렀다.

미 해군 수송함의 상갑판에서 바라본 거제도 포로수용소는 파도가 넘실거리는 해변에 야전 텐트가 게딱지처럼 다닥다닥 붙어 있는 평화스러운 천막촌을 연상케 했다. 해변의 평지에서부터 나지막한 구릉 지대에 이르기까지 마치 부산시가지의 산동네처럼 계단식으로 대형 텐트가 설치되면서 거대한 천막촌이 조성되고 있었다. 부산 거제리 포로수용소에 비해 상상을 초월할 만큼 엄청난 규모였다.

유엔군 총사령부는 인천상륙작전과 9·28 수복 이후 38도선을 돌파하여 파죽지세로 북진하면서 전 전선에 걸쳐 하루 수천 명씩 전쟁포로가 발생하자 이들을 일괄수용해 체계적으로 관리할 새로운 포로수용소 건설 문제가 시급한 현안으로 떠올랐다. 그래서 이 프로젝트를 추진할 장소로 선정된 곳이 바로 남해안의 외딴섬 거제도였다. 포로 관리상 외부와 차단되고 비교적 경비가 수월한 데다 병력과 보급품 조달이 편리한 군사시설의 요충지로 지목돼 왔던 곳이다.

미 8군사령부는 이 계획에 따라 거제도 고현리와 양정·수월·상동·문동·제산리 등 6개 마을 일대 250만 평의 토지를 수용, 대규모의 포로수용소를 건설하고 있었다. 그 무렵 대형포로수용소가 한창 건설 중인데도 미군 관리 당국은 이미 완공된 텐트촌에 전국의 임시포로수용소나 중계수용소에서 속속 이동해 오는 포로들을 집단수용하기 시작했다.

관리캠프를 제외하고 4개 지역별로 각각 50만 평 규모에 이중 철조망을 설치하고 삼엄한 울타리를 친 뒤 그 안에 전체적으로 최대 20만 명까지 수용할 수 있다는 거대한 캠프 엔클로우저enclosure(초대형 포로수용소)를 조성한 것이다. 종국에는 북한 공산집단이 전면 남침을 감행한 한국전쟁 초기의 전투병력과 지원병력이 모조리 전쟁포로가 되었다는 얘기가 아닌가? 미 8군사령부가 실로 상상할 수 없는 엄청난 프로젝트를 추진하고 있는 것이었다. 사실 그런 예측이 현실로 드러나고 있었다.

엔클로우저에 수용인원이 포화상태에 이르자 포로 관리상 많은 문제가 노출되기 시작했다. 포로수용소 관리 당국은 초기 전국 각지에서 이송돼 오는 포로들이 마침내 10만 명을 돌파하자 이들의 원활한 관리를 위해 대책 마련에 나선 것이 엔클로우저 핵분열 작업이었다. 요컨대 평균 5만 명씩 수용하는 4개 엔클로우저(대형복합포로수용소)에 6·7·8·9의 고유번호를 부여하고 1개 엔클로우저를 다시 8개 컴파운드compound(중형복합포로수용소)로 분리시킨 뒤 엔클로우저의 고유번호 다음에 1~8까지 다시 고유번호를 부여, 관리토록 했다. 가령 제6 엔클로우저 1컴파운드라면 고유번호가 61이 되고 따라서 제61포로수용소로 호칭하게 되는 것이다.

거제도 전체 포로수용소의 관리를 책임지고 있는 미 8군사령부는 포로 관리사령부를 설치하고 사령관에 장군(준장)을 보임했다. 그리고 그 산하 캠프인 엔클로우저의 운영을 책임지는 수용소장의 직급에는 중령이나 대령급을 보임해 운영토록 하는 한편 컴파운드 관리소장은 소령 또는 대위급을 임명해 경비병력을 배치했다. 1개 컴파운드에 수용되는 인원은 수용시설에 따라 적게는 2천 명에서 많게는 6천 명에 달했다.

여기에다 컴파운드는 대대 · 중대 · 소대 단위로 다시 핵분열을 시켜 포로대표를 선발하고 자치운영권을 부여했다. 이 밖에 비교적 시설 규모가 작은 제64포로수용소는 2000명까지 수용할 수 있는 여성포로 전용캠프로 조성하고 제65포로수용소는 부상 포로들의 전용시설인 병원캠프를 설립해 부상 포로뿐만 아니라 각종 질환자들까지 수용키로 했다.

하지만 부산 거제리 수용소는 순수한 반공포로들과 전선에서 중상을 입은 공산군 부상포로 및 폐결핵 등 법정전염병을 앓고 있는 환자들을 격리 수용하기 위해 그대로 존속시켰다. 따라서 한상준과 조동식 등 초창기부터 수용돼왔던 반공포로들은 모두 부산 거제리 수용소에 그대로 남게 되었다.

신설된 거제도의 거대한 캠프 엔클로우저의 각 컴파운드에서 대대 · 중대 · 소대 단위로 자치운영권이 부여되고 있었으나 수적으로 절대 우세한 공산 포로들이 사상적으로 결집하여 독재체제로 운영하는 바람에 이른바 빨갱이 소굴과 다름이 없었다. 어쩌면 거제도 포로수용소가 지옥이라면 부산의 포로수용소는 차라리 천국이라 해도 과언이 아니었다.

미군 관리사령부는 부산 거제리와 동래 및 경인 지역을 제외한 전국 각지에서 임시로 수용해오던 10여만 명의 전쟁포로들에 대한 관리와 장차 휴전협정에 따른 송환절차에 대비하기 위해 일단 거제도로 모두 집결시켰다. 그리고 또다시 포로들의 출신 지역별로 SK · South Korea 와 NK · North Korea 즉, 남북으로 분리하고 신상명세서도 새로 작성하는 작업에 들어갔다.

그러나 반공이나 친공의 사상적 성분조사에 따른 분리가 아니라 단순히 남북한 출신 지역별로 분류하고 신상명세도 본인의 진술에만 의존하는 바람에 객관성이 없었다. 가령 남한 출신인 국군 낙오병이나 민간인을 제외한 국군 신분에서 전쟁 중 포로로 나포돼 북괴군으로 편입된 이른바 이중군적軍籍의 해방전사며 남한 출신 의용군, 빨치산(공비) 포로들을 하나같이 SK(남한) 출신으로 분류했다.

물론 해방전사들이나 의용군 출신들은 살아남기 위해 스스로 남한 출신 반공포로임을 주장했으나 엄격히 따지고 보면 그들은 조국을 배반한 반역자들이며 친공 성향이 강한 빨치산 출신들 역시 반공포로로 전향했다고 볼 수 없었다. 게다가 공산 포로 중 상당수의 군관 출신 포로들도 대부분 불이익을 우려한 나머지 계급과 신분을 속이고 있어 객관적인 신상파악이 어려운 실정이었다.

NK로 분류된 북한 출신 공산 포로나 패잔병으로 공비가 된 빨치산 출신 포로들도 사상적 성분상 전적으로 북한을 지지하는 공산주의자라는 잣대로 판단할 수도 없었다. NK는 인천상륙작전과 낙동강 전선에서 대부분이 지리멸렬하는 과정에 자진 귀순한 포로와 투항한 포로가 수적으로 각각 절반 정도씩 차지하고 있었다. 그들 역시 같은 NK 출신이지만 귀순자와 투항자들이 서로 이데올로기의 갈등에 휩싸여 트러블을 일으키기 마련이었다.

반공 캠프에서 자체조사한 바로는 공산 포로 중에서도 거의 절반 이상이 속마음으론 SK를 희망하는 반공성향의 포로들인 것으로 알려졌다. 이 때문에 거제도 포로 관리사령부 산하 각 수용소의 경우 수적으로 절대 열세에 놓인 SK포로들이 NK포로들의 세뇌 공작이나 테러 위협을 우려하지 않을 수 없었다. 따라서 반공포로들은 미군 관리 당국에 SK나 NK를 불문하고 본인의 희망에 따라 반공·친공으로 사상적 성분을 분리수용 해 줄 것을 강력히 요구하기에 이른다.

그러나 포로 관리사령부 정보당국은 "포로들을 사상적으로 일일이 가려낸다는 것은 불가능하다"며 "제네바협정에도 민주주의와 공산주의 포로들의 분리수용을 명문화한 조항이 없다"는 이유로 반공 캠프의 요구를 받아들이지 않았다. 이 같은 미군 포로 관리사령부의 미온적인 태도로 날이면 날마다 반공·친공 포로들 간에 테러가 난무하고 유혈투쟁이 끊이지 않았다. 이 판국에 신변의 위협을 느낀 귀순자나 투항자들은 대부분 과격한 공산 포로들의 횡포에 시달리며 전전긍긍했다.

거제도 포로수용소에는 애초 공산 포로들이 대대적으로 이송돼 집결하기 전까지만 해도 캠프 건설에 동원된 SK 출신 반공포로들이 미군 관리 당국의 배경을 업고 수용소의 자치지배권을 행사하며 헤게모니를 쥐고 있었다. 부산에서 북괴군 의무군관 출신 안동률을 전범으로 처단하고 추방된 반공 캠프 행동대원 강덕만과 허용준, 김철구 등이 거제도에 도착하기 직전이었다.

그들은 거제도에 도착한 이후 그런 소식을 전해 듣고 일단 안도했다. 적어도 안동률을 처단한 데 대한 보복은 피할 수 있을 것으로 생각한 것이었다. 하지만 거제도에 도착한 날부터 공산 포로들이 우글거리는 데다 그로부터 한 달이 채 안돼 부산 거제리의 공산 포로들이 대거 몰려오는 바람에 그들의 신분이 탄로나고 말았다. 초대형 포로수용소인 엔클로우저가 완공되면서 우선 부산 시내 6개 지역에 분산수용 중이던 포로들부터 이송돼 왔기 때문이다.

45개의 대형 야전텐트가 들어선 제7 엔클로우저 3컴파운드(73포로수용소). 강덕만 일행은 부산 거제리 포로수용소처럼 머리글자가 7로 시작되는 캠프가 반공포로들이 장악하고 있는 곳으로 알고 내심 다행스럽게 생각했으나 실은 그와 정반대였다. 도무지 어디가 반공이고 어디가 친공인지 분간할 수 없을 만큼 반공·친공 포로가 뒤섞여 있었기 때문이다.

특히 머리 숫자가 7로 시작되는 캠프에는 절대다수의 친공 포로들이 몰려 있었다. 그중에서도 76·77·78포로수용소는 공산포로소굴이라고 해도 과언이 아니었다. 때문에, 그들은 입소 첫날부터 살벌한 분위기에 눌려 긴장과 불안감에 휩싸이기 시작했다. 그들이 입소한 73포로수용소에 만도 1개 텐트에 50명씩 모두 2250명의 전쟁포로가 수용돼 있었다.

전향 여부에 상관없이 80% 이상이 친공포로들이라고 했다. 번지수를 잘못 찾은 것이다. 그나마 반공포로들이 우위를 차지하고 있는 곳은 60·65·66·68포로수용소 등 6으로 시작되는 사실을 뒤늦게 알았으나 어찌할 방법이 없었다. 어이없게도 부산지역과는 정반대의 현상이 벌어지고 있었다.

거제도 포로 관리사령부는 수용소의 조직 편제를 1개 컴파운드에 3개 대대(1개 대대당 15개 텐트)로 편성했다. 그리고 이를 다시 중대(5개 텐트), 소대(1개 텐트)단위로 핵분열을 시켜 조직을 재편성하여 군대의 일반적인 인원보고 체계처럼 소대·중대·대대 단위로 헤드 카운트를 하여 전체적인 인원을 파악하도록 했다.

21. 상극

경인지구 포로수용소에서는 하루가 멀다하고 대형 텐트 증설작업이 계속되고 있었다. 그만큼 전쟁포로들의 숫자가 많이 늘어나고 있다는 증거였다. 또 30여 개의 대형 텐트가 새로 설치되고 진흙탕인 통로에 사람이 나다닐 수 있도록 큰 돌과 널빤지를 까는 작업이 시작되었다. 이 작업에 포로 200여 명이 노력 동원으로 불려 나왔다.

　주덕근이 처음 노력 동원에 나설 지원자를 모을 때는 서로 나가겠다며 손을 들었으나 막상 작업을 시작하고 보니 세월 한정이었다. 저마다 어슬렁거리며 돌과 널빤지를 나르는 목적은 사실 다른 데 있었기 때문이다. 담배였다.

　포로들에게 공급할 담배를 일본에서 제조하고 있다는 소식은 전해 들었으나 아직 담배를 보급받지 못해 대부분이 금단증상에 시달리고 있었다.

　그래서 그들은 작업장에서나마 접촉하는 미군 경비병들을 통해 담배를 한 개비씩 얻어 피우는 맛으로 서로 경쟁하듯 노력 동원을 자청한 것이었다. 하여 작업현장에 나간 포로들은 사실상 작업은 뒷전이고 미군 경비병들이 지나칠 때를 기다렸다가 경쟁적으로 손을 내밀기 일쑤였다.

　"플리즈 기브미 원 시가렛!"

　아무리 영어를 못한다 해도 이 정도는 누구나 입에 발려 있었다. 그러나 미군 경비병들도 이런 유혹에 호락호락 넘어가지 않았다. 지아이들은 으레 눈살부터 찌푸리며 욕설을 내뱉곤 했다.

"쉿shit(똥)!"

"키스 마이 애쓰kiss my ass(내 항문에 키쓰하라)!"

부산 거제리 포로수용소에서 흔히 벌어지던 해프닝의 판박이었다. 그런 양키들의 욕설을 알아듣지 못하는 포로들은 헤벌어진 입에 누런 이빨을 드러내며 "기브 미 원 시가렛!"만 끈질기게 나불거리곤 했다. 그러다가 양 담배 한 개비씩 얻어걸리면 서로 돌아가며 입술이 데도록 빨아 당기는 맛에 이루 형언할 수 없는 기분을 느끼기도 했다.

요행히 마음씨 좋은 지아이가 피우다 남은 담배를 갑째로 던져주는 날에는 그야말로 횡재하는 것이나 다름이 없었다. 갑째로 받아 챙긴 운 좋은 포로는 대개 인심도 좋아 많은 포로에게 한 모금씩 빨도록 시혜를 베풀기도 했다. 하지만 때론 미군 경비병에게 잘 보이려고 알랑방귀나 뀌며 아첨쟁이(아첨꾼) 노릇을 하다 되레 욕을 바가지로 얻어듣는 경우도 있었다.

주로 국군포로 출신인 해방전사들 사이에 그런 일이 벌어져 모든 공산 포로들로부터 왕따나 당하고 심지어 집단폭행사태로 번지는 추태까지 발생해 수용소 관리 당국을 곤혹스럽게 했다. 그들은 미군 경비병들에게 접근하는 방식부터 공산 포로들과는 달랐다. 여느 공산 포로들처럼 손을 내밀며 담배 한 개비 달라는 구걸 형이 아니라 떳떳하게 나서서 자신은 반공주의자라며 담배를 나눠 피우자고 요청하기 일쑤였다.

"아이 앰 안티 커뮤니스트! 유노우? 기브 미 원 시가렛(나는 반공주의자다. 담배 한 대 줘.)!"

"왓(뭐라고)?"

"아이 앰 코리안 아미! 안티 커뮤니스트!(나는 한국군이다. 반공주의자다)"

그러면 미군 경비병은 으레 이렇게 비웃기 마련이었다.

"안티 커뮤니스트 앤드 커뮤니스트 세임세임communist and anti communist same same(공산주의자나 반공주의자나 그게 그거 아닌가.)"

"오, 노노. 아이 앰 안티 커뮤니스트!(아니, 난 반공주의자다.)"

"겟 아웃! 겟 아웃 오브 히어get out! get out of here!(썩 꺼져, 여기서 물러가!)"

그러나 비굴하게도 끈질기게 매달리면 미군 경비병들은 못 이긴 척하고 담배 한 개비씩 던져주곤 하는 거였다. "목마른 사람이 우물 판다"는 옛 속담처럼 휴머니즘이 강한 미군에 한사코 매달리기만 하면 주게 돼 있다는 인식이 포로들 사이에 뿌리박히기 시작한 것이 아마도 그 무렵이었을 것이다. 그래서 훗날 포로수용소에서 이른바 헝거 스트라이크(단식투쟁)로 번져 미군 관리 당국에 골탕 먹이는 일이 다반사로 일어나기도 했다.

9월 30일.

서울이 수복되었다는 소식이 들려온 지 이틀 만에 경인지구 포로수용소는 그야말로 포화상태에 이르러 발 디딜 틈조차 없었다. 그런데도 또 부상포로 200여 명이 앰뷸런스로 실려 왔다. 4명의 의무군관과 10여 명의 간호군관 및 위생전사들이 함께 투항해 왔다. 그들은 미군 관리 당국의 지원으로 포로 관리사무소 옆 빈터에 대형 텐트를 치고 부상 포로들을 돌보기 위한 병동캠프를 설치했다.

앰뷸런스에 실려 온 부상 포로들은 흙먼지투성이의 인민군복에 낭자한 선혈이 배어 나온 광목천을 칭칭 동여맨 것으로 봐 최후의 주 저항선에서 방어전을 치르다가 생포된 모양이었다. 그중에서도 포·폭탄이나 기총소사의 표적이 돼 사경을 헤매는 중상자들이 절반을 넘었다. 그들은 하나 같이 들것에 실려 병동캠프로 옮겨지면서 통증으로 울부짖었다.

"아이고 오마니! 내레 죽소~."

"위생전사 동무! 물물물~."

"제발 지혈 좀 시켜주시구레."

모두가 서울과 수도권 방어전에 투입되었던 북괴군 제25여단 소속 전사들이라고 했다. 차마 눈 뜨고 볼 수 없는 처참한 장면이었다.

미 육군 대위 계급장에 십자가가 백색으로 표시된 철모를 쓴 군종 목사가 경황없이 들것에 실린 중상자들의 뒤를 따랐다. 군종 목사는 사경을 헤매는 포로들 앞에서 성경을 받쳐 들고 머리 숙여 기도를 올렸다.

"오, 거룩하신 하나님! 이 가련한 부상병들을 편안하게 해주시고 성령의 힘으로 새 생명을 주옵소서."

독일계 미국인 헤롤드 보그홀Harold Voughoel 목사. 그는 이후 3년 동안 거제도 포로수용소에서 목회 활동을 하며 공산 포로 144명을 전향시켜 목회자로 안수시킨 위대한 성직자였다.

죽음의 문턱을 넘나드는 중상포로들은 살아날 가망이 거의 없어 보였다. 턱이 뭉텅 떨어져 나갔거나 폐가 만신창이로 부서진 중상자, 골반이나 대퇴부가 완전히 날아간 부상자들은 야전구호처(야전병원)의 외과수술로도 고칠 방법이 없었다. 미국과 일본에는 현대의학으로 소생시킬 수 있는 시설을 갖춘 병원이 있긴 하나 너무 멀리 떨어져 있었다.

그들은 다만 신으로부터 죽음의 선고를 받고 보그홀 목사의 안내로 신께 좀 더 가까이 가기 위한 절차를 밟고 있을 뿐이었다. 신을 모르고 살아왔던 그들이 그나마도 신의 품에 안길 수 있다는 것이 다행한 일인지도 모른다. 무신론의 이론적 근거인 유물론 사상으로 인간도 한낱 물건 취급밖에 하지 않는 북한에 억류된 수많은 유엔군 포로들은 따뜻한 담요 한 장 덮지 못한 채 고통을 받고 있지 않은가? 유엔군 부상 포로들은 치료는커녕 그대로 방치해 버린 탓에 신을 믿고 신의 가호를 바라는 고별의 기도 소리도 한 번 듣지 못한 채 죽어가고 있는 것이었다.

그런 면에서 볼 때 패주하는 공산군 지휘관들이 부상당한 부하들을 헌신짝처럼 버려두고 달아나기에 급급했으나 유엔군은 이들을 거둬들여 야전병원에 수용하는 등 최선의 인도주의를 실천하고 있었다고 해도 과언이 아니다.

경인지구 포로수용소에 후송된 부상 포로 중 불과 하룻밤 사이에 40명이나 숨지고 말았다. 그들은 애초부터 살아날 가망이 없는 상태로 이곳에 실려 왔다. 묘비명은커녕 비목 하나 세워주는 이 없이 그들의 주검은 이름 모를 능선에 무더기로 매장되었다. 그들뿐만 아니라 낙동강 전선에서도 줄잡아 10만여 구의 주검들이 모래펄이나 풀밭에 묻혀 썩어가고 있었다고 한다. 겨우 2만여 명의 패잔병만 38선을 넘어 북으로 도주했다는 것이다. 그것이 김일성에게 안긴 전화戰禍의 산물이라고 했다.

주덕근은 사실 자신의 운명도 예측할 수 없는 상황에 놓여 있었다. 비록 전장에 나갈 수 없는 포로 신세지만 언제 어느 순간, 어떻게 죽을지도 모른다. 그런 우려가 바로 현실로 나타나 포로들의 생명을 위협하는 일이 잇달아 발생했다.

그는 거의 매일 포로수용소 건설 현장에서 미 공병대와 함께 이중 철조망 설치작업이며 야외취사장 신설, 도로정비, 배수구 설치 등 노력동원에 매달렸다가 해거름에 숙소로 돌아오곤 했다. 미군 경비병들도 오후 6시면 수용소 철조망과 연결된 문을 걸어 잠그고 숙소로 돌아가기 때문이었다.

그런데 미군 경비병들이 다 사라진 오후 7시쯤 1개 소대 가량의 무장한 한국군 외곽 경비병들이 출입금지구역인 포로수용소 안으로 들이닥쳤다. 그들은 "해방전사 포로들 중 아는 사람을 찾아왔다"고 했다. 덕근은 그동안 미군만 봐 왔지 실은 국방군의 모습을 단 한 번도 보지 못했다. 그가 얼마나 보고 싶어 했던 국방군인가.

귀순을 결심한 이후 그토록 애타게 기다리던 국방군 용사들을 직접 볼 수 있게 되었다니 가슴이 뛸 듯이 기뻤다. 어쩌면 서로 통성명이나 하며 남북 간에 화해의 악수를 할 수 있기를 기대했는지 모른다. 그러나 그런 기대는 한순간에 무너지고 말았다. 1개 소대 병력에 불과한 한국군 병사들은 마치 일제강점기 일본군 겐페이(헌병)들이 조선인 마을에 불을 지르고 총을 난사한 것처럼 살기충천하여 마구잡이로 총창을 휘두르는 거였다. 착검한 M-1 소총에 얼룩무늬 철모를 쓴 것으로 보아 아마도 포로수용소 외곽 경비병이 아닌 해병대 같기도 했다.

"으악!"

외마디 비명과 함께 퍽퍽, 터지는 소리가 들리고 각 포로 캠프마다 삽시간에 아수라장으로 변하고 말았다. 캠프가 비좁아 어디 마땅히 피할 곳도 없었다. 마구잡이로 휘두르는 총창에 찔리거나 얻어터지면서 맥없이 꼬꾸라지는 포로들이 태반이었다. 일종의 보복테러.

"구, 국군… 국방군이다아~."

"리승만 괴뢰도당의 테러다. 쳐부셔라아~."

어둠 속에서 악에 받친 공산 포로들의 목소리도 터져 나왔다. 정치군관 출신 리철궁의 목소리 같았다. 하지만 대부분 포로는 무릎부터 꿇고 두 손으로 싹싹 빌며 살려달라고 애원했다.

"아이고 살려주시구레. 국방군 선생님!"

"우린 공산주의를 반대하고 귀순한 포로들이외다. 용서해 주시구레."

하지만 그들의 난동은 그칠 줄 몰랐다.

'국방군이 왜 이러는가? 미워해도 김일성을 미워해야지. 가련한 포로들에게 테러를 가하다니 이럴 수가….'

멍하니 넋을 잃고 그들의 난동을 지켜보던 주덕근은 갑자기 "퍽!" 하는 소리와 함께 눈앞에서 불꽃이 튀는 것을 의식했다. 무자비하게 휘두르는 개머리판에 한 대 얻어맞은 것이었다.

"아이쿠! 동무들, 이거이 무슨 짓이외까."

"이런 개새끼! 동무 좋아하네."

상대방이 또다시 개머리판을 치켜올리는 순간 밖에서 호루라기 소리가 들리고 사이렌이 울리면서 마침내 미군 경비병들이 달려왔다.

난동을 부리던 괴한들은 비상 사이렌 소리에 놀라 부리나케 들어왔던 길을 되돌아 잽싸게 빠져나가 버렸다. 나중에 미군 관리 당국에 의해 확인된 사실이지만 그들은 한국 해병대가 아닌 해병대를 가장한 서북청년단원들이라고 했다.

서북청년단? 8·15 광복 후 월남한 북한 서북지방 출신 극우 청년단체였다. 그들은 반공의 최일선에서 좌익에 대한 사상투쟁보다 감정적인 복수심에서 테러를 일삼아 온 극우단체의 전위대라고 했다. 그들은 애초 국군 출신으로 인민군 포로가 되면서 김일성에게 충성맹세를 하고 남침작전의 전위로 활동한 이른바 해방전사들을 찾아내 응징하려고 쳐들어 왔다는 것이다.

그러나 정작 공산 포로들과 맞닥뜨리자 그만 감정이 폭발해 마구잡이로 폭행을 가했던 것으로 밝혀졌다. 피가 피를 부르는 보복의 악순환이 반복되고 있었다.

적치 3개월 동안 붉은 지배자에게 충성하기 위해 이른바 반동몰이로 인민재판을 주도했던 남로당·북로당·인민위원회·민청·여맹·농민동맹·직업동맹 등 무수한 좌익단체에서 우익인사들과 양민학살로 피바람을 일으켰다. 그러나 이제는 수복지구 곳곳에서 그 반대 현상이 일어나 끔찍한 피바람이 다시 휘몰아치고 있었다.

국군 특무대(방첩대)나 헌병대, 경찰은 말할 것도 없고 서북청년단·반공청년단·자치치안대 등 반공단체들이 좌익색출에 혈안이 돼 적 치하에서 미쳐 날뛴 빨갱이들뿐만 아니라 무식한 소치로 인민군들에게 밥해주고 빨래해준 단순부역자들까지 보복 살해를 당했다. 전쟁 수행과정이라는 이유로 정상적인 사법절차를 밟는 재판과정도 없이 집행자의 재량에 따라 훈방 아니면 총살이라는 극단적인 이분법의 즉결처분도 자행되었다.

이 때문에 엉뚱하게도 단순부역자인 훈방대상자가 총살당하고 정작 총살당해야 마땅한 악질 좌익분자들이 훈방으로 풀려나는 황당한 사태도 비일비재했다. 평소의 사감私感에 의한 밀고나 무고로 끌려가 처형당하는 애먼 사람들도 많았다. 그들 중에는 오로지 살아남기 위한 수단으로 인민군을 보고 인공기를 흔들어 주고 국군을 보고 태극기를 흔들어 준 죄밖에 없는 평범한 소시민들까지도 극단적인 이데올로기의 희생자가 되어야 했다.

그러나 살기 충천하는 광풍 속에서도 살아남을 수 있는 안전한 길이 딱 하나 있었다. 그것은 무조건 미군 진지를 찾아가 스스로 공산군을 자청하고 투항하는 길이었다. 미군이 관리하는 포로수용소에 들어가기만 하면 우선 생명의 위협에서 벗어날 수 있고 밥도 배불리 먹을 수 있기 때문이었다. 그래서 극도의 위협을 느낀 사람들은 무조건 두 손 들고 미군 진지를 찾아가는 데 혈안이 되기도 했다. 민간인 포로가 발생한 이유 중의 하나다.

2차 세계대전 당시에도 그랬다. 하지만 유럽 전선에서는 "최선을 다하고 투항한다"는 군사적 도덕이 있었다. 그래서 나포된 군인은 포로 신분임에도 불구하고 용기를 잃지 않았고 체포자는 포로들을 인도적으로 대우했다. 그렇지만 한국전쟁에서는 같은 민족끼리 피바람을 일으키는 이질적이고 극단적인 이데올로기만 존재할 뿐이었다.

주덕근은 개머리판으로 얻어맞은 왼쪽 턱이 으깨지는 바람에 상처 부위가 퉁퉁 부어오르고 한동안 심한 통증에 시달려야 했다. 국군에 귀순해 육군 중령으로 특임될 것이란 꿈이 얼마나 경박하고 순진했던가를 새삼 깨닫게 해준 사건이었다.

극단적인 이데올로기에 휘말린 남과 북은 맹독을 가진 두 마리의 전갈과 같았다. 서로 양보할 수 없는 적개심 때문이었다. 맹독을 뿜어내 먼저 상대를 죽이든가 아니면 두 맹독을 동시에 제거하지 않는 한 어떤 화해도 없고 평화도 없고 더욱이 통일이란 있을 수 없다는 현실을 덕근은 비로소 직시하게 된 것이다.

그는 매우 고통스러웠다. 개머리판으로 얻어맞은 턱의 통증이 아니라 마음의 상처가 너무도 깊고 아리고 쓰라렸다. 굴욕과 수치와 절망과 허탈감에 빠져 온몸이 부들부들 떨리기까지 했다.

'로사가 몹시 보구 싶구만.'

갑자기 임경옥이 생각이 떠올랐다. 그는 그만큼 뼈에 사무치도록 스미는 외로움에 몸부림쳤다.

'우리 경옥이! 지금쯤 어떻게 지내고 있을까. 여느 때처럼 바닷가에 나가 바지락이나 캐며 힘들게 살아가고 있겠지. 아니, 아니야. 경옥은 힘들지 몰라도 로사는 하느님이 계시잖아. 하느님께 묵주신공을 드리면 그럴 수 없이 마음이 편안해진다고 했었지.'

덕근은 미치도록 경옥이가 그리워졌다. 이렇게 서글프고 외로울 때 경옥의 백설같이 하얀 젖무덤에 얼굴을 파묻고 한없이 통곡하고 싶었다. 자유로운 신분이라면 당장 달려가 으스러지도록 끌어안고 싶었지만 그럴 수 없는 처지가 안타까웠다. 그다지 멀지도 않은 불과 두어 시간이면 달려갈 수 있는 곳에 경옥은 떨어져 있다. 앞으로 더 먼 거리에 떨어져 있을 것이다. 그러다가 영영 못 만나게 될지도 모른다.

'남해의 외딴섬 거제도로 이송되면 휘영청 밝은 달을 바라보며 경옥을 그리워하다 지쳐버릴지도 몰라.'

그는 포로대표부 벙커에 홀로 앉아 이마와 가슴에 십자성호를 긋는 경옥의 흉내를 내 봤다. 행동은 비록 어색하지만 그리 어렵지 않았다. 그러나 무엇보다 정신이 문제였다. 신의 존재를 인정하지 않은 체제에 길들여져 왔기 때문이다.

'메이저 보링도 말했었지. 신은 위대하고 신의 사랑은 진실하고 영원하다고. 인간은 누구나 신의 가호를 누릴 권리가 있으며 신은 인간을 공평하게 사랑한다고 말이다.'

덕근은 이제부터라도 경옥이처럼 신에게 의지하고 싶었다. 경옥이가 항상 묵주신공을 드리고 있는 위대한 신인 하느님을 가슴에 품고 싶은 마음 간절했다. 그는 경옥에게 편지를 쓰기 시작했다. 신의 가호를 누리고 있는 메이저 보링에게 부탁하면 경옥이가 받아볼 수 있을지도 모른다.

〈사랑하는 로사!

그렇게 경황없이 떠나온 후 소식 전하지 못해 미안하구려. 내레 그대와 약속한 일이 뜻대로 되지 않아 현재 포로수용소에 억류돼 있소. 언젠가는 우리의 꿈이 이루어지겠지만 우선 현실이 고통스럽고 암담할 뿐이외다.

초령 계획한 대로 귀순했지만 전쟁터에서는 포로로 간주할 수밖에 없다는 것이 유엔군의 견해라오. 어쨌든 시일이 좀 걸릴 것 같소. 내레 대한민국 육군중령의 제복을 입구서리 당신 앞에 떳떳이 나타나리라고 약속했던 꿈을 버리지 않고 있시다. 언젠가 때가 되면 반드시 그 꿈이 이루어 질 것이외다.

현재 인천의 경인지구 임시포로수용소에 억류돼 있으나 조만간에 저 멀리 남해의 거제도로 이송될 것 같소. 그곳에 전국의 전쟁포로들을 함께 수용할 거대한 수용소가 건설 중이라 하오. 아마도 그곳에서 새로운 심사를 거쳐 귀순의사가 밝혀지면 석방될 수도 있고 대한민국 국군에 재임용될 수도 있다니 너무 걱정하지 마오.

모든 일이 잘 풀릴 거외다. 부디 일이 잘 풀리도록 하느님께 기도나해 주시구레. 그리고 한 가지 기쁜 소식을 전하리다. 내레 로사의 하느님을 믿기 시작했시다. 여기 포로수용소장 보링 소령이 신은 위대하고 신의 사랑은 진실하고 영원하다고 했소. 내레 묵주는 없지만 당신처럼 성부와 성자와 성령의 이름으로 신공을 드리고 있소. 축복해 주오. 우

리의 사랑도 신의 가호로 진실하고 영원하길 기도해 주오. 사랑하는 로사!〉

그러나 이 편지를 부칠 길이 없었다.

22. 북진

9월 26일(미국 워싱턴 DC 현지 시각).

미 합참의장 오머 브래들리 원수는 유엔군 총사령관 맥아더 원수에게 다음과 같은 전문(1급 비밀)을 타전한다.

〈유엔군 총사령관 맥아더 원수 귀하!

국가안보회의NSC 문서 제81호에 의거 귀관의 군사행동 목표는 북한 공산군을 궤멸시키는 일이다. 이 같은 목표를 달성하기 위해 귀관에게 38도선 이북에 대한 수륙양면작전과 공중투하, 지상작전을 포함한 모든 군사작전을 명령할 수 있는 권한을 부여하는 바이다.

단, 이 군사작전은 소련이나 중공이 한반도에 진격하지 않고 또는 개입할 의사를 밝히지 않거나 북한에서의 유엔군 군사작전에 현저히 위협을 주지 않을 경우에만 수행할 수 있다.

그러나 어떠한 상황에서도 유엔군이 소·만蘇滿 국경선을 월경해서는 안 되며 정책적인 문제로서 소·만 국경을 이루고 있는 만주 동북 지역에는 한국군만 진격시키도록 한다.

북한 공산군의 조직적인 저항이 실질적으로 끝나게 되면 한국군으로 하여금 우선 잔류 공산군에 대한 무장해제와 항복조건을 이행하도록 하고 공산군의 게릴라 활동은 한국군이 전적으로 소탕 임무를 수행하도록 해야 한다.〉

그 무렵 맥아더 원수는 유엔군의 인천상륙작전을 계기로 이미 워싱턴의 정치적인 문제를 고려하지 않고 명예로운 종전을 위해 38도선을 돌파, 거침없이 북진을 강행한다는 방침을 굳히고 있었다. 적을 추격하는 상황에서 38도선을 경계로 군사작전을 일시적으로 멈춘다는 것은 어려운 일이며 특히 북진통일의 염원에 불타 있는 한국군을 정지시킨다는 것은 불가능하다는 판단 때문이었다.

게다가 유엔의 해·공군이 이미 개전 초부터 북한 전역에서 작전을 전개 중인데 지상군만 발을 묶어 둔다는 것은 전쟁 이론상 성립될 수 없었다. 추적권의 이론을 감안하더라도 유엔군이 38도선을 돌파, 북진한다는 것은 당연히 합법적인 행위라고 판단했다. 유엔군이 북위 38도선에서 북진을 정지한다면 북한 공산군은 언제든지 재남침할 수도 있다는 판단도 뒤따랐다.

북한 공산군 주력은 이미 궤멸되었지만 아직 신병으로 재편할 능력은 남아 있었다. 예상되는 적의 재침을 막기 위해서도 유엔군의 북진은 불가피한 것이었다. 그뿐만 아니라 유엔의 목적은 한국의 통일국가 수립에 있으므로 애초부터 한반도의 38도선은 미·소 강대국의 군사적인 목적으로 다만 2차 대전 종전과 더불어 일본군의 무장해제와 항복을 받기 위해 설정한 것이다.

때문에, 유엔의 전폭적인 지원으로 수립된 한국 정부는 "이제 38도선은 법적으로 존재하지 않는다"며 북진을 강력히 요구하고 있었다. 유엔 안전보장이사회는 북괴군의 남침 직후인 1950년 6월 27일 "한반도에서의 국제평화와 안전을 유지하기 위해" 참전을 결의했을 때 유엔군 총사령관으로 임명된 맥아더 원수에게 이미 북진할 수 있는 모든 권한을 부여했다는 해석이 타당하다고 했다.

맥아더는 브래들리의 메시지를 받은 즉시 다음과 같은 북진계획을 작성하여 합참본부에 타전한다. (1급 비밀)

〈1. 미 8군은 현재의 편제대로 38도선을 돌파, 북진하여 적도 평양을 점령하고 제10군단은 부산과 인천에서 승선하여 원산에 상륙시켜 서진西進하면서 8군과 협공한다. 또 해병대 제1사단은 한·만韓滿 국경을 향해 북진하고 지상군 7사단은 평양을 향해 서진西進한다.

2. 평안북도 안주와 함경북도 함흥을 잇는 라인에서 그 이북에 대한 작전은 전적으로 한국군에 한정시킨다.

3. 미 8군의 38도선 돌파 개시는 10월 15일과 30일 사이의 적당한 시기를 선택한다.〉

워싱턴의 미 합참본부는 인천상륙작전이 순조롭게 전개되자 유엔군의 서울수복을 하루 앞둔 9월 27일 맥아더 원수에게 또다시 다음과 같은 훈령을 하달했다.

〈유엔군 총사령관의 임무는 북한에 있는 무장집단을 섬멸하고 가능하면 한국에 민주적 통일국가를 수립하는데 있다. 이를 위해 귀관은 38도선 이북의 한반도에서 지상작전을 시도해도 좋다.〉

이어 9월 29일에는 조지 마셜 국방장관으로부터 "미 8군은 북한에서 자유로이 작전을 전개해도 좋다"는 승인이 떨어졌다.

그러나 맥아더 원수는 이미 10월 1일 동해안에서 북상 중인 한국군 제1군단 3사단과 수도사단에 "38도선을 돌파, 신속히 원산을 향해 돌진하라"는 명령을 내렸었다. 한국군은 북괴군의 6·25 남침 이래 최초로 38도선을 돌파, 북진을 개시한 기념비적인 이날을 기념해 후일 〈국군의 날〉로 선포한다.

한국군이 38도선을 돌파하기 하루 전인 9월 30일 유엔군 총사령관 맥아더 원수는 북괴군 최고사령관 김일성에게 공개적으로 항복을 권고했다.

〈귀관의 군대는 조속하고 전면적인 패배를 당하여 완전섬멸될 위기에 봉착했다. 이에 본관은 유엔의 모든 결정을 수행하는데 있어서 인명과 재산의 손실을 최소한으로 그치게 하기 위하여 유엔군 최고사령관의 자격으로 귀관과 귀관의 지휘하에 있는 전 군대에 대하여 무기를 버리고 적대행위를 정지할 것을 요구하는 바이다.

본관은 귀관의 감독하에 있는 모든 유엔군 포로와 더불어 비전투원 억류자들을 모두 석방할 것을 촉구하며 유엔군 수중에 있는 북한 공산군 포로는 실행이 가능하다면 즉시 귀가할 것을 허가할 것이다.

본관은 귀관이 더 이상 무용한 유혈과 재산의 파괴를 피할 기회를 놓치지 말고 조속한 결정을 내릴 것을 기대하는 바이다.〉

맥아더 원수의 최후통첩이었다.

그러나 김일성은 굴복하지 않았다. 맥아더는 김일성이 절대 굴복하지 않을 것이라는 것을 뻔히 알면서도 십자군적 기사도로서 북진에 대한 대의명분을 살리고 자신의 권위를 과시하는 것으로 만족해야 했다.

그의 집념은 한마디로 북진통일이었기 때문이다. 그의 지론에 따르면 승리의 조건이 이처럼 명확한 때가 없었다.

10월 8일.

미 8군 사령관 워커 중장은 맥아더 원수의 즉각적이고도 단호한 명령에 따라 마침내 전 예하 부대에 38도선을 돌파하도록 작명을 하달한다. 이에 따라 미 제1군단이 서부전선에서 선봉으로 38도선을 돌파, 북진을 전개했다. 앞서 10월 1일 38도선을 넘은 동부전선 한국군 제1군단의 3사단과 수도사단은 도보행군으로 이미 원산에 육박하고 있었다.

이로써 한국전쟁은 새로운 국면으로 접어들었다. 바야흐로 북진통일의 길이 열리고 있었다. 한국군에게는 38도선 돌파 명령이 충천하는 사기에 기름을 붓는 격이었다. 신성모 국방장관도 이와 때를 같이해 전 국군장병에게 다음과 같은 훈령을 내렸다.

〈북한 주민은 해방된 형제이며 적이 아니다. 따라서 대한민국 국군은 북한 주민의 수호자이다. 장차 대한민국 국민이 될 그들의 권리와 의사, 공적 소유권은 존중되어야 한다. 국군은 민주주의 군대이며 국민을 위해 살고 국민을 위해 죽는 국민의 군대이다. 민주주의 사도인 국군은 절대로 북한 주민을 탄압해서는 아니된다.〉

북한 공산집단의 수괴 김일성은 이미 6·25 남침 직후 담화문을 통해 침공군을 무산계급의 전사인 '인민의 군대'라고 지칭하며 남한 주민들의 생명과 재산을 보호하라고 강조했었다. 그래서 명색이 인민군대라고 부르지 않았던가. 그렇다면 '국민의 군대'와 '인민의 군대'가 무엇이 다른가?

살인과 파괴는 전쟁의 본질이다. 북괴군은 개전 초부터 혁명을 빙자하여 무고한 양민을 납치하고 투옥하고 학살하고 재산을 약탈했다. 이 같은 공산집단의 만행에 대하여 증오심에 불타는 국군도 별반 차이가 없었다. 북진하면서 곳곳에서 무자비한 보복 학살로 피바람을 일으켰다. 국민의 군대나 인민의 군대는 결과적으로 그게 그거였다.

피치자被治者의 입장에서 단순 논리로 생각해 볼 때 국민이나 인민은 총칼을 든 그들의 비위에 거슬리면 가차 없이 처단당하는 잡초 같은 존재에 불과했다. 애초부터 극단적인 이데올로기에 휩쓸려 최소한의 인도주의나 박애 사상이라곤 찾아볼 수 없었다. 따지고 보면 둘 다 무장폭도와 다름없는 공통점만이 존재할 뿐이다.

경인지구 포로수용소에 수용 중인 북한 내무성 상급군관 출신 강영모에 따르면 6 · 25 남침 당시 내무성의 주 임무는 집단학살이었다고 했다. 저들은 북진하는 유엔군에 한창 쫓기는 판국에도 처치 곤란한 반혁명분자나 국군포로들을 집단학살하고 달아나기 급급했다는 것이다. 심한 경우 그 가족들까지도 학살했다. 씨를 말리려는 극단적인 행태였다. 도시 · 농촌 할 것 없이 곳곳에서 피비린내가 진동을 쳤다고 한다.

그런 공산집단의 광풍이 할퀴고 지나간 지 3개월 만에 또 다른 피바람이 불어닥쳤다. 이른바 반공폭동! 이름도 그럴싸한 자치치안대 · 향토자위단 · 반공경비대 · 반공청년단 등등 각종 자생 반공단체가 우후죽순처럼 생겨나 좌익척결 · 우익보강에 혈안이 돼 있었다. 북한 공산집단의 남침 당시 남로당 · 적색치안대 · 민청 · 인민위원회 등 자생 친공단체의 악랄한 보복살인과 별반 차이가 없었다.

공산체제를 타파하고 자유민주주의를 받아들이기 위해 길을 닦는 이른바 숙정운동이 아니라 한마디로 복수혈전이었다. 진짜 빨갱이들은 다 달아나버리고 흔적도 없는데 적 치하에서 목숨을 부지하기 위해 협조했던 단순부역자들이 주로 처형대상이었다. 그래서 애먼 민초들만 수백, 수천 명씩 죽어 나자빠졌다. 피아간에 민족 자멸의 비극을 자초했다.

10월 9일.

동부전선의 국군 제1군단 3사단과 수도사단이 협공으로 마침내 원산을 점령했다. 국군이 원산으로 진격해 들어갈 무렵 유명한 명사십리 앞바다에는 공산집단이 수장한 우익성향 인사들의 시신이 4000여 구나 떠올랐다. 국군은 바다위에 떠 있는 이들 시신을 발견하고 처음엔 적이 기뢰를 부설해 놓은 것으로 착각했다.

원산에는 바닷물 위에 떠 있는 시신뿐만 아니라 도심지나 시가지 곳곳에 처참한 주검들이 채반 위의 누에처럼 널브러져 있었다. 양민학살의 현장이 도처에서 목격되었다. 원산을 방어하고 있던 북괴군 2개 연대 병력이 여왕산女王山 일대 고지와 기상대 고지에서 T-34 탱크와 포병의 지원을 받으며 완강하게 저항하고 있었다.

그러나 파죽지세로 북상하는 국군의 화력에 견디지 못하고 문천·고원 방면으로 퇴각했다. 아군이 원산을 점령할 당시 신고산新高山 터널에 숨겨 두었던 적의 최신형 따발총을 2개 화차 분량이나 노획했다.

10월 10일.

서부전선에서는 미 제1기갑사단과 영국군 제27여단이 개성 동북방을 탈환한 후 38선을 돌파하고 천마산과 두석산을 거쳐 예성강을 도하, 한포리汗浦里에서 적 19사단의 퇴로를 차단했다.

미 제1기갑사단은 금천 섬멸 작전에서 적 19사단 등 2개 사단을 맞아 6·25 남침 개전 이후 최초의 탱크전까지 벌였다. 이 탱크전에서 성능이 우수한 미군 M-4 퍼싱 탱크가 적의 T-34 탱크를 8대나 파괴했다. 금천을 돌파한 미·영 연합군은 내처 사리원으로 진격하기 위해 남천을 공격해 들어갔다.

이어 한국군 제1사단은 10월 11일 아침 6·25 남침전쟁 직전 포진했던 고랑포에서 38선을 돌파, 북진을 개시해 재령평야를 휩쓸고 황주·송림 방면으로 진출했다.

북괴군 최고사령관 김일성은 원산이 함락되었다는 보고를 접하고 급히 인민군대의 편제를 개편, 전 전선을 동서로 양분해 동부방어사령관에 전선사령관 김책, 서부방어사령관에는 유엔군의 인천상륙작전 당시 맨주먹으로 서해 방위사령관을 지냈던 민족보위상 최용건을 각각 임명하고 자신은 최고사령부와 국방위원회, 노동당, 내무성 등 내각의 모든 통치기관을 내 버려둔 채 한·만 국경에서 불과 40여 킬로 떨어진 강계로 달아났다.

긴박한 상황에서 전 인민군대를 총지휘해야 할 최고사령관이 자취를 감춰버리는 바람에 잔존병력마저 급속도로 와해되어 갔다. 평양~개천~희천 가도街道와 평양~안주~정주~신의주 가도, 평양~정주~삭주 가도, 평양~원산~흥남~함흥 가도는 총 없는 보병, 포 없는 포병, 탱크 없는 전차병, 자동차 없는 운전병 등 지휘부를 잃은 군관·전사들이 낙오돼 거리에 나뒹구는 낙엽처럼 정처 없이 내몰리고 있었다.

10월 12일.

미 중앙정보국(CIA)이 한국전쟁에 대한 중공의 전면적 개입 위협을 경고하는 1급 비밀 메모를 국무성과 국방성에 발송했다.

〈중공은 현재 해·공군의 지원능력이 부족하지만 한국전쟁에 매우 효과적으로 개입할 가능성이 높다.

최근 저우언라이周恩來 수상의 유엔군에 대한 국경침범이니, 잔학행위니 하는 도전적인 성명을 통한 선전공세와 중공군의 만주(동북 3성)쪽 이동상황 등 위협적인 징후를 보이고 있으나 그럼에도 불구하고 한국전쟁에 전면개입하리라는 실제적인 징조는 나타나지 않고 있다.

그러나 중공군의 개입을 촉발할 요인은 언제나 상존한다. 그 이유로 건국 이후 경제개혁 실패에 따른 책임에서 벗어나 아시아 지역에서 반서방反西方 무드를 자극시킬 수 있는 데다 종주국인 소련에 군사·경제 지원을 최대한 요구할 수 있기 때문이다.

베이징 정권은 미국과의 전투를 두려워하고 있으며 한국전에 본격적으로 개입할 경우 입게 될 물질적인 손실은 국내 경제를 위태롭게 할 정도로 막대할 것이다. 게다가 자유중국의 편에서 고무된 반공세력이 궐기하면 베이징 정권의 존립마저 위태로워질지도 모른다. 특히 소련 해·공군의 강력한 지원이 없다면 그 대가가 엄청날 것이며 중공의 유엔 가입과 안보리 의석을 차지할 가능성도 상당히 줄어들 것으로 전망된다.

만약 한국전쟁을 배후에서 조종하고 있는 소련의 지원을 받아 공개적으로 개입할 경우 베이징 정권은 더욱더 크렘린 정권에 의존하게 되며 결과적으로 만주에 대한 소련의 통제만 강화시켜 줄 뿐이어서 이를 탐탁치 않게 생각할 것이다. 베이징 정권이 한국전에 전면개입했다가 실패하면 소련의 괴뢰정부에 불과하다는 국제적인 비판에 직면하게 될 것이고 군사적인 관점에서도 적절한 시기는 아니라고 판단된다.

소련의 개입설에 대해서도 현 극동군은 실질적으로 사전경고 없이 압도적인 개입능력을 갖추고 있으나 현재로서는 소련이 직접 한국전에 개입하겠다는 징조가 없다고 판단된다. 왜냐하면 북괴군의 적대행위가 시작되고 난 후 크렘린은 공식성명이나 선전을 통해 한국사태와 관계가 없다고 계속 주장하며 발뺌해 왔기 때문이다.

게다가 소련이 공개적으로 한국전에 전면 개입할 경우 미국을 비롯한 유엔 참전 16개국과도 적대관계에 돌입하게 되고 자칫 세계대전으로 번질 것을 두려워하고 있다. 미국은 가공할 원자폭탄을 보유하고 있는 데다 수소폭탄까지 개발 중이나 소련은 아직 원폭을 개발하지 못하고 있는 것도 스탈린의 취약점으로 지적되고 있다. 하지만 소련은 북괴와 중공에 군사 및 경제원조를 계속 제공할 것으로 CIA는 판단하고 있다.〉

이로부터 사흘 후인 10월 15일.

압록강 만주 쪽 측면에서 북한의 신의주 비행장 부근 8000피트 상공을 비행 중이던 미 공군의 F-51 전폭기 1개 편대에 중공군의 대공포화 50여 발이 발사되었다. 이 피격으로 미 공군 전폭기 1대가 전파되고 조종사는 애기와 함께 전사했다. 미 전폭기 편대가 월경越境을 하지 않고 북한 상공을 비행 중이었는데도 중공군이 대공포를 쏴 유엔군의 항공기를 격추시키다니 국제법을 위반한 도발행위가 아닐 수 없다.

23. 파죽지세

10월 15일.

미 CIA의 정보 분석이 1급 비밀로 백악관에 보고된 지 사흘 후 압록강 상공에서 미 공군 F-51 전폭기 한 대가 격추되고 중공의 도발 징후가 나타나고 있는 가운데 트루먼 대통령과 맥아더 원수는 태평양상의 웨이크도島에서 한국전쟁 종식을 위한 최고 수뇌회담을 가졌다.

이 회담에는 오머 브래들리 합참의장과 아서 래드포드 태평양함대 총사령관, 프랭크 페이스 육군장관, 딘 러스크 국무성 극동담당차관보, 에버릴 해리먼 국무성 고문, 필립 제섭 순회대사, 존 무초 주한 대사 등이 배석했다.

주요 대담을 요약하면 다음과 같다.

트루먼: 한국의 재건상황은 어떤가?

맥아더: 군사작전이 끝날 때까지 재건은 시작될 수 없다. 남북한을 통틀어 정규적인 적의 저항은 추수감사절 때까지 끝날 것으로 믿는다. 38선 이남의 북한 공산군 저항병력은 1만5000여 명에 불과하다. 우리는 이들에게 손댈 필요도 없다. 겨울이 소탕해 줄 것이다.

우리는 현재 6만 명의 적 포로를 수용하고 있고 북한에는 아직도 10만 명의 보충병력이 있으나 훈련과 장비가 부실한 그들은 오직 체면 때문에 버티고 있는 것 같다. 동양인들은 흔히 체면을 잃기보다 죽음을 택한다고 한다.

나는 현재 제1기갑사단을 평양으로 진격시키고 있으며 원산은 이미 탈환했다. 크리스마스까진 미 8군을 전원 일본으로 철수시킬 수 있을 것이다. 내년 즈음이면 유엔이 선거를 실시할 수 있도록 기대를 걸고 있다. 미군의 점령으로 얻을 것은 아무것도 없다. 점령은 실패뿐일 것이다.

트루먼: (묵묵히 고개를 끄덕이며 맥아더의 브리핑에 동의를 표시했다).

맥아더: 한반도에서 선거가 끝나면 점령군은 모두 철수시키겠다. 한국군은 소규모이면서도 유능한 해·공군의 지원과 우리의 장비를 갖춘 지상군(육군) 10개 사단 규모는 유지되어야 한다. 이렇게 된다면 한국을 보호할 뿐 아니라 중공군의 남하를 막는 막강한 저지력이 될 것이다.

한국에 대한 부흥자금은 ECA(미 경제협조처)의 추산으로 약 9억 달러이고 현지의 또 다른 추산으로는 15억 달러가 필요하다고 한다. 그러나 내 생각으로는 대통령께서 1년에 1억5000만 달러 이상 쓸 수 없을 것으로 본다. 그렇게 3년간 원조하면 한국은 자립할 뿐만 아니라 생활수준도 상당히 높아질 것이다.

무초: 맥아더 원수는 중요한 지적을 해주었다. 우리는 한국의 경제면보다 정신적이고 심리적인 재건에 주력해야 할 것이다. 우리는 처음으로 공산주의자들이 지배했던 지역에 들어와 있다. 우리가 도전할 기회를 가진 셈이다. 물질적인 부흥보다는 교육, 정보면에 더 역점을 두어야 할 것 같다.

제섭: 원수께서 제시한 소요액에는 북한의 산업시설 복구비도 포함돼 있는가?

맥아더: 그렇다. 단, 군사시설은 제외된다.

브래들리: 내가 2차 세계대전 당시 유럽에서 경험한 바로는 철도 복구 등에 어려움이 있었다. 우리가 나중에 사용해야 할 건물 또는 움직이는 모든 표적을 조종사들이 모두 파괴해 버렸기 때문이다. 귀관도 그런가?

맥아더: 나도 그렇다.

해리먼: 남북한 사람들의 심리적 차이는 어떤가?

무초: 다 같이 한국인이다. 근본적으로 다를 것이 없다. 아무튼 80%는 농민이니까 소수의 정치인이나 지식인을 제외하고는 근본적인 분파가 없다.

해리먼: 월남한 200만 명의 북한인들은 어떤가?

무초: 그들은 대체로 중간계층이다. 그들은 조만간 고향인 북한으로 돌아갈 것을 희망하고 있으며 우리에게도 크게 도움이 될 것이다.

트루먼: 이승만은 남북한 동시선거를 어떻게 받아들이고 있나?

맥아더: 좋아하지 않는다.

무초: 지난번 5·10 선거는 비교적 공정한 선거였다. 극동지역에서 실시된 어느 국가의 선거보다 정직한 선거였다.

러스크: 현재의 한국 정부를 해쳐서는 안 된다. 1952년의 전국 총선거 때가 다가온다. 그때까지 끈질기게 참아야 한다.

해리먼: 선거 때까지의 과도기는 어떤가?

맥아더: 북한은 군 통제하에 들어가게 된다. 지방 행정기구는 한국 정부 관리들의 추천에 따른 지방관리들의 임명으로 유지될 것이다.

무초: 통화 문제, 토지개혁 문제도 있다.

맥아더: 과도기간 중에는 군이 토지소유권, 은행 및 통화를 동결시킨다. 현행 북한 화폐는 민간 정부가 인수할 때까지 달러나 한국 화폐

와 교환하지 않은 채 그대로 통용시킨다.

트루먼: 중공이나 소련의 개입 가능성은 어떤가?

맥아더: CIA의 분석대로 거의 없다고 본다. 아마도 개전 첫 한두 달 동안 개입했더라면 우리가 큰 타격을 입었을 것이다. 이제 우리는 그들의 개입을 더이상 걱정하지 않아도 된다. 현재 중공은 만주에 30만 병력을 배치해 놓고 있는데 그중 10만 내지 12만 병력이 압록강변에 배치돼 있으나 만약 한국전에 개입한다면 5만 내지 6만 명 정도가 도하할 수 있을 것이다. 게다가 중공은 공군도 없다.

우리는 이미 한국 곳곳에 공군기지를 가지고 있다. 만약 중공군이 평양을 향해 내려온다면 사상 최대의 살육을 각오해야 할 것이다. 이에 비해 소련은 좀 다르다. 시베리아에서 제대로 훈련된 조종사들로 1000대 이상의 전투기와 폭격기를 발진시킬 수 있다.

그러나 지상군을 동원, 투입하려면 적어도 6주일은 걸려야 할 것이다. 다만 소련이 취할 수 있는 것은 그들의 공군과 중공 지상군의 합동작전인데 공지空地합동훈련이 전혀 되어 있지 않기 때문에 소련 공군은 우리를 때리는 빈도만큼 중공군을 때릴 것이다.

러스크: 얼마 전에 모스크바 주재 인도 대사가 우리 대사에게 유엔군이 북진해 북한 전역을 점령할 경우 한만 · 한소 국경에 인도군을 배치, 완충지대를 만들자는 네루 수상의 아이디어를 전한 일이 있다. 그 아이디어를 살려보는 게 어떤가. 위험한 생각일까?

맥아더: 군사적 견지에서 그건 방어력이 못 된다. 나는 소련과 만주의 국경선에 한국군을 보낼 작정이다. 그게 바로 완충을 이룰 것이다. 한국군을 제외한 참전 유엔군은 모두 평양과 함흥 북방 20마일 선까지 철수한다. 한국군이 아닌 유엔군 부대는 선거가 끝나는 대로 속히

철수시키고 싶다. 한국군은 새로운 사태에 충분히 대처할 수 있을 것이다.

트루먼: 우리는 한국 정부를 계속 지원하지 않으면 안 된다.

10월 18일.

노도와 같이 북진 중이던 미·영 연합군은 평남 중화에 도달한 후 퍼싱 탱크와 장갑차를 앞세우고 기동보병車載兵과 각종 포차, 전투장비를 만재한 수천대의 차량이 도로와 들판을 누비며 일로 대동강으로 향하고 있었다.

백선엽 장군이 지휘하는 국군 제1사단은 19일 승호리·사동을 거쳐 문수리 비행장과 동대원리를 점령하고 평강에서 성천·양덕을 향해 북진 중이던 국군 7사단은 서북 방향으로 진로를 바꿔 대동강을 도하, 서평양의 대성산과 모란봉을 점령했다.

낙동강 전선에서 패주한 북괴군 제2집단군사령관 김무정은 김일성의 일방적인 명령에 따라 평양 방위사령관으로 임명된다. 그는 이미 전력이 소진될 대로 소진된 17, 18사단과 32사단의 잔존병력을 이끌고 동평양의 무진천·사동·문수리·선교리 일대에서 최후의 방어전에 돌입했지만 한·미·영 연합군의 압도적인 화력에 밀려 더 이상 버티지 못하고 퇴각할 수밖에 없었다.

그는 휘하의 잔존병력마저 다 잃고 창황하게 평양을 빠져나갔으나 결국 낙동강 전투와 평양방어전 실패의 책임을 뒤집어 쓰고 숙청당하는 신세로 전락하고 만다. 김일성과 앙숙지간으로 한때 북한 인민들의 절대적인 숭앙을 받았던 전설적인 인물 무정 장군! 그는 따지고 보면 참으로 불행한 군인이었는지 모른다.

10월 20일.

평양 입성의 첫발을 내디딘 아군은 백선엽 장군의 국군 제1사단. 백 장군을 비롯한 많은 지휘관·참모들의 고향이 평양이어서 그들의 감회는 이루 말로 표현할 수 없었다.

국군 제1사단은 김일성 관저를 비롯해 내각종합청사·평남도청·평양시청·민족보위성·내무성·조선노동당본부·김일성대학 등을 속속 접수하고 공산집단이 자랑하던 북한 최대의 병기창도 접수했다. 붉은군대가 해방군으로 진주한 이래 만 5년. 암흑의 적도 평양은 마침내 자유의 물결이 출렁거리는 광명의 날을 되찾았다.

숨을 죽이고 있던 평양시민들이 거리로 뛰쳐나와 태극기와 성조기를 흔들며 보무도 당당한 국군과 미군 장병들을 환영했다. 모란봉에서 평양역에 이르는 본통本通 거리와 중심가인 이른바 스탈린 거리에는 환영 인파와 태극기가 물결치고 만세 행렬이 구름처럼 몰려들었다.

동부전선에서는 미 제10군단에 배속된 미 해병대 제1사단과 미 육군 제7보병사단은 원산과 흥남에 각각 상륙하여 함흥·장진·홍원·이원으로 진격해 들어갔다. 이날 미 극동군사령부의 유일한 예비부대인 제187공정연대의 공정 대원들이 김포비행장과 여의도비행장에서 각각 C-119 및 C-54 등 수송기 113대에 분산 탑승했다.

대규모의 공정 대원들이 탑승한 이들 수송기는 한강 상공에서 편대를 이룬 후 서해안을 따라 북상했다. 이들 공정연대의 강하지점은 평양 북방 35마일의 숙천과 동방 17마일 순천이었다. 특히 주목할 것은 제187공정연대의 적진 강하 작전에는 맥아더 원수가 자신의 전용기 바탄호에서 직접 기상機上 지휘를 하고 있었다는 점이다. 그만큼 이 작전은 중대한 임무를 띠고 있었기 때문이다.

북한 공산집단 수뇌부와 주력부대의 퇴각로를 차단하고 평양 부근에 억류돼 있을 것으로 보이는 미군 포로들을 구출하는데 목적을 두고 있었다. 공정 대원들이 강하하기 하루 전인 10월 19일 밤, 평양에 억류돼 있던 미군 포로들이 열차편으로 이송되어 숙천 남방의 터널 속에 정차해 있다는 첩보가 입수된 것도 이 작전에 희망을 걸게 했다.

맥아더의 관심사는 무엇보다 개전 초기 대전 부근에서 적의 포로가 된 미 제24사단장 윌리엄 딘 소장의 생사여부였다. 이 때문에 맥아더는 제5공군사령관 스트레이트 메이어, 미 극동군 작전국장 라이트, 민정국장 커트니 휘트니 장군을 대동하고 시종 기상에서 한국전쟁 최초로 시도된 이 공정대의 기습 강하작전을 지켜보고 있었던 것이다.

작전은 C-54 제1번기에 타고 있던 연대장 보원 대령이 제일 먼저 점프하는 것을 신호로 그의 참모들과 휘하 공정 대원들이 일제히 투하되었다. 이어 지프와 105밀리 박격포, 90밀리 대전차포 등 중장비와 탄약이 집중투하 되었으나 선행한 전폭기들의 견제 공습 때문에 적의 저항은 그리 심하지 않았다.

22일까지 계속된 제187 공정연대의 강하 작전에는 광활한 평야와 구릉지에 4000여 명의 공정 대원들이 강하하고, 600톤의 전투장비와 보급품이 투하되었다. 그야말로 한국전 사상 최대의 공수 강하 작전이었다.

이날 오후 평양비행장에 내린 맥아더 원수는 종군기자들에게 단호한 어조로 말했다.

"유엔군은 적의 예상을 뒤엎은 공정대의 강하작전을 감행했다. 이로써 북한공산군 잔존병력의 절반인 3만 명이 평양을 점령한 미 제1기갑사단과 한국군 1사단, 그리고 미 187공정연대에 의해 완전히 포위되었다. 적은 전멸 아니면 항복밖에 남지 않았다. 우리는 교묘한 포위작전으로 적을 함정 속에 몰아넣었다. 이제 한국전쟁의 결정적 종말이 가까워졌다."

맥아더는 이 작전으로 적의 잔존병력을 완전히 소탕하고 북송 중이던 미군 포로들을 구출할 수 있다고 기대한 것이었다. 그리고 또 한 가지 잘만 하면 퇴각 중인 김일성을 비롯한 공산집단의 수뇌들을 생포할 수 있을지도 모른다고 생각했다.

그러나 맥아더의 판단은 완전히 빗나가고 말았다. 불행하게도 그의 낙관과 기대는 곧 무너지고 점차 절망적인 상황이 다가오고 있었다. CIA의 확신에 찬 정보분석과 웨이크도 수뇌회담의 성과와는 달리 중공군의 한국전 개입이 본격적으로 눈앞에 다가오고 있었기 때문이다.

트루먼과 맥아더의 웨이크도 회담 이튿날인 10월 16일. 중공군 724사단 370연대 병력 2500여 명이 만포진에서 압록강을 건너 부전댐 지역으로 진출했다는 첩보가 입수되었다. 이어 17일에는 신의주 부근 1만 피트 상공을 비행 중이던 미 극동공군 B-29 중폭격기에 만주 쪽에서 대공포 20여 발이 발사되었으나 피해는 없었다. 유엔군의 군사작전에도 아무런 영향을 받지 않았다. 그러나 조짐이 이상한 방향으로 흐르고 있었다.

유엔군의 북진으로 평양이 함락될 위기에 처할 무렵 다급해진 김일성은 박헌영 부수상 겸 외무상과 류성철 최고사령부 부총참모장 겸 작전국장을 또다시 베이징에 파견해 조·중朝中 상호방위협정에 따른 인민해방군의 참전을 강력히 요청했다. 지난 8월의 낙동강 전선 총공세 패퇴 이후 두 번째 파견한 군사사절단이었다.

조·중 상호방위협정이란 김일성이 6·25 남침을 감행하기 1년여 전인 1949년 5월 13일 베이징을 방문, 마오쩌둥과 맺은 상호방위협정을 말한다. 이 방위협정에 따르면 〈어떤 제국주의 세력이든 조선민주주의인민공화국 또는 중국공산당(중국의 정권수립 전 명칭)의 일방을 공격하는 경우 쌍방은 그 제국주의 세력에 대한 공동전쟁에서 공동행동을 취한다.〉고 명문화 되어 있다.

마오쩌둥은 김일성의 6·25 전면남침이 감행된 이후 줄곧 이 협정을 염두에 두고 있었다. 그러나 애초 김일성의 남침 시기를 두고 중공의 타이완 상륙작전 이후로 미루자는 자신의 의견이 무시당한 데다 남침 이후 "후방을 중시하라"고 충고한 것마저 외면하고 무작정 낙동강까지 쳐 내려간 김일성에 대해서는 괘씸한 감정을 지울 수 없었다.

그러나 마오는 북한의 군사원조 사절단이 다녀간 후 어차피 참전할 기회가 주어진 것으로 판단하고 중공군을 투입할 준비를 서두른다. 그래서 10월 18일 주더朱德 인민해방군 총사령관을 비롯한 10대 원수元帥가 전원 참석한 정치국 확대회의를 소집해 군사혁명위원회를 열고 한국전쟁 참전 여부를 논의하게 된다.

이 회의에서 주전파主戰派는 동북군구東北軍區 정치위원인 까우강高崗과 만주방위를 맡고있는 제4야전군사령관 린뱌오林彪이고 반대파는 공산당 부주석 류사오치劉少奇와 에징잉葉劍英이며 수상 저우언라이周恩來와 총사령관 주더는 자중파自重派였다. 때문에 만만디漫漫的 토론만 반복할 뿐 뚜렷한 결정을 내리지 못했다. 마오도 주전파이긴 했으나 자신이 독단적으로 선뜻 결정을 내릴 수 있는 사항이 아니었다.

이제 건국한 지 불과 1년밖에 안 된 시점에서 조선반도의 인민해방 전쟁에 참전한다는 것은 워낙 위험부담이 따르는 데다 중차대한 국가

적 문제가 아닐 수 없었다. 하여 그는 최종적으로 군사혁명위원이며 서북 군정위원회 주석 겸 제1야전군 사령관인 펑더화이彭德懷의 최종적인 의견을 듣기로 했다. 펑더화이는 사실상 인민해방군의 제2인자였다. 그는 자신의 견해를 피력할 발언권이 주어지자 다음과 같이 주장했다.

"조선반도의 지정학적 위치, 과거 군국주의 일본이 조선반도를 거쳐 두 차례나 우리 중국대륙을 침략한 역사적 사실, 그리고 이제 세계의 패권을 노리는 미 제국주의자들이 압록강과 두만강까지 점령한다면 언젠가는 또 다른 구실을 만들어 만주를 침략할 것입니다. 호랑이는 배가 고프면 사냥하게 마련입니다. 때문에, 우리는 미 제국주의자들과 접경接境을 피하기 위해서도 반드시 참전해야 한다는 것이 나의 소신입니다."

회의 석상은 가타부타 말없이 찬물을 끼얹은 듯 무거운 침묵이 흘렀다. 이에 자신감을 회복한 마오는 바로 참전을 결정한다. 그리고 그는 그 자리에서 펑더화이를 항미원조군 총사령관으로 임명한다. 공식명칭은 '중국 인민공화국 조선해방지원군 총사령관'.

이때 그들이 내건 슬로건은 "미 제국주의에 대항하여 조선을 지원하고 국가보위에 나선다"는 뜻의 〈抗美援朝家衛國항미원조보가위국〉이었다. 결국 중공의 한국전 참전 명분은 한민족의 운명과는 상관없이 자국(만주)의 안전보장이 위태롭다는 논리에서 결정한 것이다.

10월 19일 밤.

중국 인민해방지원군 총사령관 펑더화이는 자신의 지휘부를 호위하는 1개 사단 병력과 함께 압록강을 건넜다. 이날은 백선엽 장군이 지휘하는 한국군 제1사단 선발대가 적도 평양에 돌입한 날이기도 했다.

그는 강계江界의 피란캠프에서 김일성과 만나 단독회담을 열고 마오 쩌둥의 충고를 무시한 김일성에게 괘씸죄를 걸어 단호히 경고했다.

"이제부터 이 전쟁은 나와 맥아더의 전쟁이오. 귀하가 참견할 여지가 없으니 귀하는 뒷전에 물러나 있으시오."

김일성에게는 엄청난 모욕이었다. 그가 명색이 북한의 국가원수인 데도 불구하고 펑더화이는 애초부터 그런 예의를 깡그리 무시했다. 그 자리에서 당장 군사지휘권마저 박탈하고 사뭇 위협적인 태도로 나왔 다. 향후 전쟁 수행에서 김일성을 배제하겠다는 의도였다. 풍전등화의 위기에 빠진 김일성으로서는 거부할 명분이 없었다. 따지고 보면 수십 만 병력을 지휘해온 백전노장 펑더화이와 고작 기백 명을 거느렸던 빨 치산부대장 출신 김일성과는 군사경력도 아예 상대가 되지 않았다.

펑더화이는 조·만朝滿국경인 펑텐奉天에 '중조中朝통합사령부'를 설 치하고 군사지휘권도 없는 통합사령부 부사령관으로 연안파 출신인 북한의 박일우 부수상을 임명했다. 그러나 대외적으로는 김일성의 체 통을 존중해 주었다. 북한 정권 출범 초기 소련 진주 군사령관 스티코 프가 처신해 왔던 행태와 판박이었다.

그는 첫 단계로 동북 3성에 포진해 있던 제4야전군 사령관 리톈위李 川佑의 제13병단(3개 보병군단 및 1개 포병대)과 덩화鄧華의 제15병단 등 6 개 보병군단에 2개 포병대 등 총 30만 대군을 10월 21일까지 평북 운 산·구성선線에 전개토록 작전명령을 하달한다. 이들 대병력은 노출이 우려되는 평야지대를 피해 험준한 산악지대를 넘어 북한에 깊숙이 침 투한 뒤 유엔군에 대한 봉쇄작전에 돌입할 계획이었다.

운산 북방 북진北鎭에 전방사령부를 설치한 펑더화이는 우선 자신이 지휘하는 중공군과 유엔군의 전력을 비교, 분석하며 향후 작전 구상에 들어갔다. 장제스의 국부군을 몰아내고 천하를 통일한 노련미가 몸에 배어 있었다. 그래선지 그를 보고 '대륙의 여우'라고 했다. 미군을 비롯한 유엔군은 해·공군의 강력한 지원으로 무엇보다 화력이 강하고 기동력이 높아 정공법正攻法으로는 당해낼 재간이 없었다. 즉 야전에서 집중공격과 속전속결로 나올 것이기 때문이다. 거기에다 수천, 수만 대의 수송기와 트럭이 동원되는 보급선을 유지하기 위해선 비행장이나 간선도로 확보가 필수 불가결한 조건이었다.

"그렇다면 우리 인민해방군은 어떻게 대처해야 하나. 우리는 해군이나 공군력도 없다. 무기 역시 2차 대전 초기 수준의 구식 기본화기 위주이니 정공법으론 아무리 좋은 기회가 와도 절대 불리하다. 수송수단도 당나귀와 달구지와 지게에 의존하는 원시적인 수단밖에 없으니 장거리 보급 전에도 극히 불리하다."

펑더화이는 이렇게 판단했다.

그러나 전쟁터인 조선반도는 대부분이 험준한 산악지역이다. 광활한 평지에서 정공법으로 나오는 유엔군의 공격을 저지하고 수송수단을 방해하는 데는 중공군에 유리한 자연조건이 많았다.

"험준한 산악지역의 지형지물을 최대한 이용하여 매복·분산·기습으로 적의 기동력을 차단하고 접근전·단거리 기습전·백병전으로 맞선다면 반드시 승산이 있을 것이다."

대규모로 진격해오는 적을 산악지대 깊숙이 끌어들여 '避實而擊虛피실이격허', 적의 강한 곳을 피하고 허점을 찔러 '擊敵之所短격적지소단'으로 적의 약한 곳을 발견하여 신속히 공격하는 전략을 구사하기로 한 것이다. 이른바 '손자병법'이다. 2500여 년 전의 원시적인 전법을 현대전에 써먹겠다는 배포야말로 대륙의 여우다운 발상이 아닐 수 없었다.

그 무렵 전면적인 추격전을 단행한 유엔군의 전력은 서부전선에서 기동작전이 용이한 미 제1군단을 비롯해 영국여단 등 참전 16개국 병력 12만 명이 배치돼 있었고 동부전선에는 미 1군단에 배속된 서부전선 백선엽 장군의 제1사단을 제외하고 재편성한 한국군 6개 사단 병력 10만 명이 북진대열에 나서고 있었다. 그 후속 부대로 미 제10군단의 해병대 제1사단과 육군 제7사단이 각각 원산과 흥남에 상륙, 북진대열에 합류했다.

38도선 이북의 전 전선에 걸쳐 유엔군에 저항하는 공산군의 전투병력은 산악지대에서 산발적인 도발은 있었지만 거의 궤멸되었다고 해도 과언이 아니었다. 그때까지만 해도 중공군은 그림자도 보이지 않았다. 아군의 북진 속도는 그야말로 파죽지세였다. 그것이 중공군의 함정인 줄 아무도 몰랐다.

24. 보복테러

주덕근의 기약 없는 억류 생활에 또 하루가 지나갔다. 여느 때처럼 경인지구 포로수용소의 밤도 깊어가고 있었다. 이중 철조망 울타리에 50미터 간격으로 세워진 20여 개의 망루에서 미군 경비병들이 중기관총을 거치하고 간단없이 사방으로 서치라이트를 비추고 있을 뿐 사위는 칠흑 같은 어둠 속에 묻혀 있었다.

각 텐트별로 헤드 카운트(머릿수 세기)를 마치고 모두 고단한 몸을 누이고 잠자리에 들 무렵 어디선가 "세에~ 세에~" 하는 함성이 울려왔다. 포로대표부 벙커에서 잔무를 처리하던 덕근은 그 소리에 놀라 의용군 출신인 통역과 함께 밖으로 뛰쳐나가 보니 노역장의 신설 텐트 쪽에서 잇달아 함성이 울려왔다.

"대한민국 만세! 대한민국 만세~!"

무슨 일인가 싶어 급히 달려 가보니 웬걸 김일성이 항복했다는 거였다. 덕근은 자신의 귀를 의심했다. 하지만 포로들의 주장은 한결같았다.

"오늘 들어온 신포로가 전하는 얘기인데 김일성이가 맥아더 원수에게 무조건 항복했다는 기야요."

"설마 그럴 리가⋯ 아, 김일성이 어떤 놈인 데⋯."

그러나 만세소리는 좀체 수그러들지 않았다.

"아, 정말이래두 기러네. 오늘 들어온 신포로들이 하나같이 김일성의 무조건 항복을 전하구 있대니까니."

그러나 덕근은 그 말을 액면 그대로 받아들이기엔 뭔가 미심쩍었다. 불과 한 시간 전에 만난 수용소장 보링 소령도 맥아더 원수가 김일성에게 항복을 권고했다는 소식밖에 전하지 않았다. 아마도 맥아더의 항복 권고 소식이 포로들 사이에 와전되었을 것이다. 그는 그렇게 판단하고 우선 흥분한 포로들을 진정시키느라고 진땀을 빼야 했다.

"자자, 여러분! 진정하시구레. 맥아더 원수가 김일성에게 항복을 권고한 거이 무조건 항복한 걸로 와전된 거외다. 아, 김일성이레 어떤 인물인지 우리 모두 잘 알고 있디 않습네까. 쉽게 항복할 작자가 아니외다. 모두들 진정하구서리 진상이 완전히 밝혀질 때까지 침착하게 기다려 봅세다."

그러나 무엇보다 다행스러운 것은 포로들 대다수가 김일성이 항복했다는 와전된 소식에도 불구하고 '대한민국 만세'를 외칠 뿐이지 '공화국 사수'를 외치지 않았다는 점이다.

그것은 절대다수의 공산군 포로들이 대한민국을 지지하고 있다는 증거이기도 했다. 이윽고 흥분한 포로들의 소란이 진정될 무렵 난데없이 외곽경비를 맡고 있던 국군 헌병 10여 명이 야구 방망이와 곤봉을 휘두르며 텐트 안으로 들이닥쳤다.

"한밤중에 만세가 뭐야, 이 개새끼들아!"

덕근이 앞에 나서서 이들을 제지하며 말했다.

"별로 문제 될 거 없습네다. 김일성이 손들었다는 소식을 전해 듣구서리 모두들 기뻐서 대한민국 만세를 불렀단 말입네다."

"뭐라구? 이 개새끼들, 빨갱이 새끼들! 폭동 일으킨 거 아냐?"

"아, 아닙네다. 그런 일 없습네다."

"야, 이 새끼야! 우린 증거를 다 갖구 있어. 이건 반미폭동이야."

"아, 아닙네다. 기렇게 혼돈하거나 왜곡하문 아니 된단 말입네다. 이건 폭동두 아니구서리 그저 기뻐서 대한민국 만세를 부른 거란 말입네다."

아무리 사실대로 밝혀도 그들은 막무가내였다. 이미 테러를 전제하고 뛰어든 모양이었다.

"똑바로 말하지 못해? 이 개새끼야! 반미폭동을 일으킨 거지?"

순간 눈에 불이 번쩍했다. 어깻죽지며 등 짝이며 사정없이 내려치는 매타작에 견딜 재간이 없었다. 덕근은 입에 시뻘건 피를 토하며 그 자리에 까무러치고 말았다. 그들은 멍청하게 지켜보고 있는 포로들을 향해 닥치는 대로 야구 방망이와 곤봉을 휘둘렀다.

"퍽, 퍽!"

"아이고 오마니~."

매타작 소리와 함께 여기저기서 단말마적인 비명이 밤의 정적을 깨뜨렸고 포로들은 침상 밑으로 몸을 숨기기 바빴다.

"너희 놈들은 찢어 죽여도 속이 안 풀린다. 이 빨갱이 새끼들아! 어제같이 김일성에게 충성을 바치던 놈들이 이제와서 대한민국 만세라구? 이런 야비한 새끼들!"

좌충우돌 닥치는 대로 욕설과 매타작으로 난동을 부리던 경비병들은 마침내 지휘자의 "철수!" 명령 한마디로 바람처럼 어둠 속으로 사라졌다.

가까스로 정신을 가다듬은 덕근은 말할 수 없는 굴욕과 수치심으로 온몸을 떨었다.

'포로 신분에서 대한민국 만세를 부른 죄가 이다지도 무겁단 말인가.'

비록 단편적이고 일부이긴 하지만 이것이 대한민국 국민의 군대라는 국군이 투항한 포로들을 대하는 현실이었다.

악랄하기로 소문난 인민군대도 의거 입북하거나 투항한 포로들을 이렇게 야만적으로 대하지는 않았을 것이다. 의거 귀순해 대한민국 육군 중령이 되겠다는 희망에 부풀었던 덕근은 좌절감에 빠진 나머지 분노에 치를 떨었다. 국군 경비대의 난동은 일과성으로 끝나는 돌발사태가 아니라 북괴군에 대한 증오와 원한이 전군全軍에 만연돼 있다는 증거였다.

매타작을 당한 상급군관은 덕근뿐만 아니라 포로대표 벙커에 있던 강영모 중좌, 리기준, 김천식 소좌 등 10여 명에 달했다. 아마도 계획된 테러인 것 같았다. 평소 포로대표들과 감정이 좋지 않았던 해방전사들이 이간질했는지도 몰랐다.

정치군관 출신 리철궁 중좌는 이번에도 멀쩡했다. 그는 일단 위험이 닥치면 두 말없이 숨어버리는데 이력이 나 있는 위인이었다. 철저한 기회주의자였다. 그는 뒤늦게 포로대표부 벙커에 나타나 능청을 떨며 한마디 내뱉었다.

"대관절 어케된 노릇임둥?"

"국방군 경비병들이레 야구 방망이를 들구서리 난데없이 테러를 가해 왔수다."

김천식 소좌가 탄식처럼 말했다.

"미친개들! 미제의 셰빠뜨들!"

리철궁의 한마디에 여기저기서 국군 경비대를 성토하는 욕설이 마구 튀어나오기 시작했다.

"개승만 도당! 야만 무리들!"

평소 침착한 태도로 일관하던 강영모도 분노의 목소리를 높였다.

"미군의 치마폭에서만 놀아나던 국방군이레 무장해제한 포로들에게만 악날하게 굴다니 얼마나 야비한 짓인가. 뭐, 국방군이 민주주의의 사도라구, 북조선 린민의 수호자라구? 백수 거짓말이외다. 이런 포악한 국방군이 북진하여 우리 부모처자들을 수호한다니 가소롭기 짝이 없대니까니."

간단히 응급치료를 받고 난 덕근은 땅이 꺼질 듯한 한숨을 내쉬며 자괴심에서 우러난 목소리를 내뱉었다.

"우린 완전히 버림받은 사람들이외다. 남에도, 북에도… 우리에겐 인생의 재기再起가 없시다. 그저 영원한 포로일 뿐이란 말이외다."

그러나 리철궁은 뻔뻔스런 태도로 이렇게 주장했다.

"야야, 모두들 기렇게 낙담하디 맙세다. 오늘날 영어囹圄의 신세디만 두고 보라잉. 우리 공화국은 꼭 승리할 것임메. 그땐 재복수가 아이겠슴. 알아 들었슴둥?"

덕근은 불난 곳에 부채질만 하는 리철궁의 얘기가 듣기 싫어 얼굴을 잔뜩 찌푸렸다. 그러면서 그는 파고드는 통증에 견디다 못해 대표부 벙커 야전침대 위에 벌렁 드러누워 버렸다. 부질없는 짓이지만 그는 두 눈을 감고 순간적으로 이런 생각도 했다.

'여러분! 춥고 배고픈 이 열악한 환경에서 얼마나 고통이 많으십니까. 같은 동포로써 우리 국군이 여러분을 직접 관리하며 여러분의 고충을 십분 덜어드리지 못하고 언어소통도 안 되고 풍습도 다른 외국 군대의 관리하에 있으니 참으로 안타깝습니다. 그러나 우리 국군은 여러분을 형제로 생각하고 있으니 당분간 이 냉대와 굴욕을 참고 기다려 주시오. 오늘 형제 여러분이 대한민국 만세를 외친 데 대하여 우린 큰 감명을 받았습니다. 김일성 공산집단의 파멸은 시간문제입니다. 이제

우리 남북형제들은 굳게 단결하여 조국 재건에 앞장서야 합니다.'

아마도 이랬더라면 포로수용소가 떠나갈 정도의 박수갈채를 받고도 남았으리라.

이런저런 생각 끝에 잠이든 그는 이내 꿈속으로 빠져들었다. 흉몽인지도 모른다. 군모와 가죽 장화를 벗어버린 한 상급군관이 상주가 되어 모래언덕 위를 오르면서 빨간 포인세티아 잎이 뒤덮인 영구차 뒤를 따르는 꿈을 꾸었기 때문이다. 눈을 떠보니 새벽녘이었다. 들창에 비친 밤하늘의 북극성이 유난히 빛나고 있었다.

그 이튿날 포로수용소가 발칵 뒤집히고 말았다. 수용소장 보링 소령이 간밤의 난동 사실을 접하고 진상조사를 벌이는 등 야단법석을 떨었다. 그러나 주덕근은 수치심을 느꼈다. 난동을 부린 자나 당한 자나 같은 민족인데 미군들 앞에서 또다시 추태를 보여야 하나?

그가 보링의 호출을 받고 의용군 출신 통역과 함께 수용소장실에 가보니 마침 국제적십자사의 바이에리Bieri라는 스위스인이 와 있었다. 그는 국제적십자사 대표의 일원으로 전쟁포로 문제를 상담하며 한국에 머무르고 있다고 했다. 보링은 바이에리가 앉아 있는 앞에서 덕근과 통역의 상처 난 얼굴을 찬찬히 뜯어보며 흥분한 어조로 말했다.

"얼굴에 상처가 심하군. 이놈들, 한국군 경비병들! 그냥 두지 않을 테다. 오늘 아침에 상부에 보고하고 한국군 헌병사령관에게 공식적인 진상조사와 사과를 요구했소. 저쪽의 반응을 지켜봅시다."

"메이저 보링! 다 지나간 일입네다. 내레 일부 과격분자들의 일시적인 난동으로 보고 있습네다. 같은 민족끼리 창피하기도 하구요. 그래서라무네 이 정도로 덮어뒀으면 좋갔다는 거이 저를 비롯한 모든 포로들의 뜻입네다."

"아니오. 이것은 결코 지나칠 일이 아니오. 그들은 여러분에게 난동을 부린 게 아니라 우리 미군에게 도발한 것이오."

이때 마침 한국군 경인지구 헌병사령관에게서 전화가 걸려왔다.

헌병사령관의 계급이 대령이라고 했다. 그러나 보링 소령은 한국군 대령에 대한 예우도 무시하고 대뜸 주먹으로 책상을 치며 큰소리로 외쳤다.

"명색이 군기를 잡고 군법을 집행한다는 한국군 헌병이 이런 일을 저지르다니 한마디로 이거 깡패집단이 아니오? 야만스런 무리란 말요. 앞으로 다시한번 이런 일이 일어나면 당신은 파면이오. 갓댐!"

보링은 아예 상대방의 해명이나 사과를 듣지도 않고 자신의 분풀이만 한 뒤 일방적으로 전화를 끊고 말았다.

국제적십자사 바이에리가 설명하는 제네바협정이란 1864년 전시의 상병병傷病兵·포로·억류자의 보호를 목적으로 스위스 제네바에서 체결된 국제협약을 가리키는 말이라고 했다.

그러나 2차 세계대전 중 나치 독일군과 일본군, 소련군 등이 악랄한 수법으로 전쟁포로들을 학대하는 바람에 충격을 받은 유엔 회원국들이 이러한 악습을 뿌리 뽑기 위해 1949년 제네바에 다시 모였다. 이자리에서 문민文民의 보호 등 4개 조약을 추가해 개정한 국제협약을 1950년부터 적용해오고 있다는 것이다. 한국전쟁이 그 첫 번째 케이스라고 했다.

개정된 제네바협약의 줄거리는 다음과 같다.

−전쟁포로는 전투지역에서 영향을 받지 않는 지대로 옮겨서 수용하고 인도적이며 박애 정신에 맞게 대우한다.

—전쟁포로의 생활조건은 자국自國의 군인 수준과 동일하게 하되, 음식·피복·위생·거주환경 등은 포로의 건강상태에 따라 적합한 대우를 한다.

—전쟁포로는 국적·종교·연령·신분·정치적 이념(사상)을 불문하고 동등하게 대우한다.

—전쟁포로는 석방될 때까지 당국이 제정한 규칙을 준수하고 포로가 포로를 취체·압박·강제·착취 등을 할 수 없다.

그리고 부칙으로 전쟁포로는 당국에 성명·소속·관직(계급)·원적지 등을 알릴 의무가 있지만, 군사정보에 관한 심사를 거부할 수 있다. 당국은 포로심문에서 자백을 강요할 수 없으며 정보 제공 여부는 포로의 고유권리라는 조항을 명시했다.

하지만 이 협약은 한국전쟁에서 북한 공산집단은 아예 말할 것도 없지만, 미군 관리 당국도 제대로 준수하지 않았다. 한마디로 빛 좋은 개살구에 불과했다. 무엇보다 전쟁포로가 자신의 신상을 의무적으로 밝히도록 한 부칙 규정조차 외면하고 이른바 헤드 카운트로 머릿수를 세어 인원파악만 하는 바람에 살인·방화·약탈 등 중대범죄를 저지른 전범 포로들이 신분을 숨기기 마련이었다. 그것이 후일 거제도 포로수용소에서 발생한 유혈 폭동사건의 빌미가 된 것이다.

그 무렵 또 5000여 명의 새로운 공산포로가 이송되어 왔다. 그들은 대개 개성·해주·남천·연천 등 38선 접경지역에서 북진하던 유엔군에 의해 생포된 자들이라고 했다. 사열 종대를 이룬 포로행렬이 회색 구름처럼 메마른 구릉지를 넘어오고 있었다. 그들을 호송하는 미군 경비병들이 길가에 서서 긴 막대기로 대오를 정리하는 모습은 마치 목동이 양 떼를 몰아넣는 것과 흡사했다.

"저벅! 저벅!"

발걸음 소리만 요란할 뿐 모두 지치고 허기진 모습이 역력했다. 빡빡 깎은 민머리에 먼지가 뽀얗게 앉은 흙투성이인 데다 거의 절반 이상이 신발도 신지 않은 맨발이었다. 군복보다 바지저고리 차림의 사복을 입은 포로가 더 많아 보였다. 개중에는 15~16세의 앳된 청소년도 보이고 60대 이상의 노인도 가끔 눈에 띄었다.

한때 파죽지세로 남진하던 상승常勝 인민군대, 혁명의 전위대가 치욕스런 포로 신세로 전락하다니 북한 공산집단의 철저한 몰락이 눈앞에 다가오고 있다는 증거가 아닌가. 그러나 정작 붙잡혀야 할 전범들은 다 달아나버리고 본의 아니게 의용군이라는 이름으로 전쟁에 휩쓸린 강제징집자들이 포로의 대부분을 차지하고 있었다. 참으로 가슴 아픈 현실이 아닐 수 없었다.

보링 소령에 따르면 지금 부산지역에만 8만여 명의 포로가 집결해 속속 신설된 거제도 포로수용소로 이송되고 있다고 했다. 경인 지구의 임시포로수용소에 수용된 포로들까지 합칠 경우, 10만 명이 훨씬 넘는다는 이야기다. 경인지구 포로는 애초 2000여 명에 불과하던 것이 3만 명에 육박하고 있다는 것이었다. 원할한 포로 관리를 위해 대대, 중대 단위로 재편성하는 것도 현실적인 문제로 드러났다.

줄잡아 3만 명이 하루에 먹어치우는 식사량만도 쌀 30톤에 밀 5톤, 생오징어 1만5000 마리 등 4톤 트럭 10대 분량이다. 여기에다 감자·채소·고추장·된장 2 트럭 분이 추가된다. 10여만 명이라면 6·25 남침 첫날 하루 동안 38선을 넘어 공격대열에 섰던 전체 인민군대 주력과 맞먹는 숫자가 아닌가. 그런데도 하루 500~1000명씩 포로 숫자는 계속 늘어나고 있었다. 여기서도 양 떼처럼 머릿수만 세는 헤드 카운트를 거쳐 입소하는 포로들을 30여 명씩 줄을 세워놓고 온몸에 스프레이를 뿌리듯 DDT를 살포했다. 집단적 전염병 예방을 위해 DDT 스프레이를 뿌릴 때마다 백색 가루가 바람에 흩날려 수증기처럼 허공으로 흩어졌다.

주덕근을 비롯한 포로대표부는 편제를 짜기 전에 허기진 포로들에게 미리 만들어 산더미처럼 쌓아둔 주먹밥부터 배불리 먹였다. 그들은 대개 한 사나흘씩 굶었다고 했다. 허탈감에 빠져 무기력하게 멍청한 눈망울만 굴리던 그들은 주먹밥을 받아든 순간 하나같이 생기가 돌았다. 그들에게 따뜻한 피복도 지급되었다. 두툼한 양말과 팬티에서부터 러닝셔츠·내의·스웨터·PW 스탬프 잉크도 선명한 사아지 군복에 반코트·파커·담요·워커(가죽구두) 등 한 사람당 모두 18점에 달했다. 미군들에게 지급되는 보급품과 별반 차이가 없었다. 나프탈린 냄새가 코를 찌르는 신제품들이었다.

자연 포로들의 눈이 휘둥그레지지 않을 수 없었다. 담요는 말 털과 풀 가시가 찌르는 소련제에 비할 수 없을 만큼 부드러운 양털과 오리털이 포근함을 느끼게 했다. 털양말도 소련의 빨쫑까나 인민군대의 보편적인 발싸개에 비하면 천양지차가 났다. 생전 구경도 못 해본 고급 피복들이었다. 죽음의 시련과 저주의 함성을 견뎌온 인민군대에서는 상상도 할 수 없는 파격적인 대우였다.

그러나 부작용도 많았다. 옛말에 '돈은 옷 구실을 못 하지만 옷은 돈 구실을 한다'는 말이 있다. 신新 포로들의 생활이 갑자기 윤택해지자 철조망을 사이에 두고 이를 노리는 한국군 경비병들과 장사꾼들이 몰려와 물물교환이 이루어지곤 했다. 나프탈린 냄새가 채 가시지도 않은 담요 한 장이면 시루떡·인절미·엿·고추장·담배 등 군침 도는 한국 고유의 음식은 무엇이든지 손에 넣을 수 있었다.

진모眞毛인 스웨터는 특히 피복 보급이 시원찮은 한국군 경비병들에게 인기품목이었다. 양담배 한 보루에 스카치 양주 한 병까지 곁들여진다. 피아간에 누이 좋고 매부 좋은 암시장이 번개처럼 이루어지기 일쑤였다. 포로 생활이 그 만큼 윤택해졌다는 얘기다.

이 때문인지 몰라도 특이한 현상은 공산 포로들이 그동안 상급군관일수록 자신의 신분을 숨기고 일반 하전사나 민간인 행세를 하게 마련이었으나 이번에는 수치심을 무릅쓰고 스스로 관등성명까지 밝힌 군관이 200여 명에 달했다. 그중 제2집단군 후방부사령관(병참참모)으로 있다가 막바지에 5사단 부사단장으로 전임된 중성오中星五 홍철 총좌를 비롯해 연대장 출신인 김정욱, 신태봉 등 중성사中星四 대좌가 3명, 중성삼中星三 상좌 및 중성이中星二 중좌 등 고위군관만도 10여 명이나 되었다. 그들은 하나같이 허탈한 표정을 감추지 못했으나 한편으로는 차라리 미군의 포로가 된 것을 다행으로 여기고 있는 것 같았다.

육척 장신인 홍철 총좌는 비록 폐의파관弊衣破冠의 신세로 전락했지만 PW 스탬프 잉크가 찍힌 미군 작업복이 오히려 잘 어울려 보였다. 그는 덕근과 마주치자 먼저 반갑게 인사를 건넸다.

"아이구 이게 누구요. 반갑시다레."

"홍철 동지! 고생이 많으십네다."

"아, 포로대표가 주덕근이라 해설라무네 내레 누군가 했었디."

"전선사령부 공병부부장으로 있었댔시오."

"아, 알아. 알구 있시다."

홍철은 악수를 청하며 덕근의 어깨를 토닥여 주었다.

그는 팔로군의 조선의용군 출신이었다. 리철궁이 중국 산시성 타이항산에서 항일투쟁의 화려한 경력을 자화자찬 했지만 홍철이야말로 타이항산 항일 무장투쟁의 산증인이었다. 그는 타이항산의 동남쪽 깊은 계곡인 마전麻田에 포진했던 김무정 부대 출신이라고 했다.

그 당시 지금의 내각 부수상인 박일우와 제1집단군 사령관 김웅이 모두 김무정이 밑에서 지대장으로 있었고 6사단장 방호산이 부지대장이었다. 그리고 홍철은 방호산 밑에서 유격 중대를 지휘한 것으로 알려져 있었다.

25. 천우신조

경인지구 포로수용소장 보링 소령이 최근에서야 자신들의 신분을 밝힌 북한 공산군 상급군관들에게 특별히 별식을 대접하라며 주덕근에게 C-레이션을 큰 박스로 세 박스나 보내 왔다.

"와아, 이거이 뭐이가?"

"아, 보문 몰라? 깡통 아니가. 속이 꽉 찬 양코배기들의 야전식사라는 게야."

"이것 봐, 뭐 쇠고기며 양고기며, 초콜렛이며 여기, 양담배까지 먹음직한 별의별 음식이 다 들어 있구만 기라."

덕근이 날랜 솜씨로 C-레이션 박스를 뜯어 속에 든 깡통을 하나씩 따자 모두들 놀란 표정을 감추지 못한 채 입맛부터 다시는 거였다.

"양코배기들이레 이렇게 잘 먹구, 잘 입구 최신무기로 잘 싸우는데 피죽도 못 먹구서리 굶기를 밥먹듯 하는 우리 린민군대레 어케 대응할 수 있단 말이가."

자괴심에서 쓴웃음으로 한숨을 삼키기도 했다. 포로대표부 벙커에서 C-레이션을 배불리 먹으며 환담을 나누던 중 내무성 출신 강영모가 궁금증이 동한다는 투로 말문을 열었다.

"전장에서 일승일패는 병가지상사라는데 홍철 총좌 동지는 사단 병력을 거느리구서리 생포되었다니 선뜻 리해가 안 되누만요."

"내레 운이 나빴어. 운이… 포항에서 된통 깨지구서리 동해안을 따라 후퇴하는데 금강산에 도달하고 보니까니 식량은커녕 탄약도 다 떨어지고 부상자들만 수두룩하니 모두가 빈손 뿐이두만. 기래서라무네 마지막으로 특공대를 조직해서리 미군 진지로 돌진하다가 그만 포위당해 버린 거라."

그러나 그것은 새빨간 거짓말이었다. 그 당시 미 지상군은 서부전선에 집중 배치되어 있었고 동해안에는 국군 제3사단과 수도사단이 진격 중이었다.

소련군 출신인 신태봉 대좌는 전선사령부 박길남 공병부장과는 절친한 친구라고 했다. 연해주의 블라디보스토크에서 태어난 그는 1937년 스탈린의 소수민족 강제이주정책에 따라 우즈베키스탄 타슈겐트로 이주해 박길남과 함께 성장했다고 했다. 김정욱 대좌 역시 키도 크고 풍채가 당당한 프롤레타리아 인텔리겐차였다. 그는 불만이 섞인 투로 이렇게 말머리를 돌렸다.

"야, 이런 전쟁은 백전백패야. 내레 기가 막혀 말이 안나오누만 기래. 지난 여름 락동강에서 부상을 입구서리 피양(평양)으로 후송되었는데 상처가 아물기도 전에 유엔군이 북진하자 1개 패잔 중대를 주면서 황주를 방어하라는 게야. 우리 린민군대는 원래 사수라는 말은 있어두 방어라는 말은 없디않아. 긴데 더욱 기가 막히는 거이 퍼싱 땅끄로 무장한 미군 1개 연대와 맞서 싸우라는 기야. 어디 기거이 싸움이 되갔어? 가당찮은 일이디… 우리 김일성 최고사령관이레 목전의 전과에만 눈이 어두워설라무네 일촌(한마디로) 미래가 안 보이는 사람이야. 에잇 퉤!"

그는 벌컥 화를 내며 마른 침을 내뱉었다.

홍철이 맞장구를 치며 말했다.

"기래, 맞아. 김정욱 동무 말이 백번 옳은 말이외다. 내레 여기서두

느낀 일이디만 미군의 어마어마한 물량작전에 놀라 나자빠졌대니까니. 아, 여기 대 취사부를 보라우. 3만 명의 포로들을 한 끼도 안 굶기구서리 꼬박 하루 세끼씩 밥해 먹이는 걸 보구 양코배기들 역시 대단한 군사조직이구나 하구 생각한 기야. 아, 우리 조선린민군 후방국 사정이 어땠는지 알아?"

"…?"

"모두 모를 기야. 내레 제2집단군 후방부사령관을 해봐서 잘 아는데 조국해방전쟁(남침) 개전 초시(초기) 최고사령부에서 겨우 3일분의 식량만 보급하구서리 내내 쌀 한 토리(톨), 된장 한 통 받아본 일이 없시야. 각 전투사단의 후방부(병참)라는 거이 기냥 빈손으로 소방울처럼 따라다닌 기야. 식량과 부식 보급은 전적으로 남조선 농업지대에서 조달했다니까니. 기거이 일촌(한마디로) 약탈이디 뭐이가. 그러다가 양코배기들한테 된통 당한 기야."

"전쟁의 전망은 어케 봅네까?"

강영모는 끊임없이 질문을 던졌다. 홍철은 손사래부터 쳤다.

"공화국은 어전(이제) 망하는 길밖에 없시다. 망조가 든 기야."

"신태봉 동지께서는 어케 생각하십네까?"

"글쎄 내레 전쟁은 이미 끝났다구 보오. 승패를 논하기보다 전쟁 수행능력이 없단 말이외다."

이때 홍철이 다시 끼어들었다.

"초시부터 쭝국 린민해방군처럼 싸웠어야 했어. 적당한 선까지 전진하면 적당한 지점에서 후퇴하구, 기리구 나설라무네 민중을 우리 편으로 끌어안아야 하거든. 기거이 모택동 동지의 수어이론인 게야. 기런데 이건 뭐, 초시부터 약탈, 방화, 학살 등 못된 짓만 골라서 했으니까니 어느 누가 따라오갔어. 어카든 우린 졌다구."

그들의 이야기를 잠자코 듣고만 있던 덕근이 불현듯 리학구의 생각이 떠올라 운을 뗐다.

"제13사단 참모장 리학구 총좌를 잘 아시디요?"

"아, 잘 알다마다."

셋이 합창하듯 똑같이 답했다.

김정욱이 말을 이었다.

"내레 리학구와는 제4보병연대에 있을 때부터 친하게 지냈디. 학구가 연대장일 때 내레 부연대장을 했으니까네."

"리학구 동무는 공화국의 패망을 예견하구서리 유엔군 측에 넘어갔다는구만요."

"아, 학구가…?"

김정욱은 눈이 휘둥그레지면서 놀란 표정으로 되물었다.

"언제, 어케 넘어갔소?"

"지난 9월 20일께로 압네다만…."

신태봉이 말을 받았다.

"그치는 한때 김일성 수령의 총애를 한 몸에 받았댔디 않아. 하디만 그치도 리성(이성)이 있는 사나이니까네 이런 더러운 전쟁에서 서 푼어치 총알에 생명을 바치지는 않을 거외다."

덕근이 다시 말머리를 돌렸다.

"학구 동무는 귀순 초시에 미군에 많이 협조했고 남조선에 충성드리기 위해 국방군 편입을 요망했었답네다."

"기래서…?"

"긴데 군사정책이 미국에 의해 좌지우지되는 판국에 남조선 군사당국이 아무런 힘이 없단 말입네다. 기래서라무네 학구 동무의 신병을 미군에 넘겼는데 미군 당국이 제네바협정 운운하며 편입을 거부했다구 그러두만요."

"기럼 학구는 지금 어데 있는가?"

"부산… 부산에는 우리 상급군관들만 수용하는 군관 포로수용소가 따로 있다구 기럽디다."

"으음…."

김정욱은 긴 한숨을 삼켰다.

해 질 무렵 또 200여 명의 민간인 포로들이 해주 방면에서 이송되었다. 그들은 더러 한복 바지저고리 차림도 있었지만 대부분 회색 수의囚衣차림이었다. 대개가 50~60대의 중늙은이들이었다. 납북되었거나 이북에서 반동·반당·반혁명분자로 몰려 붉은 감옥에 갇혀 있던 우익 인사들이라고 했다.

그렇다면 당장 석방하는 것이 원칙이 아닌가. 그러나 미군 당국은 작전지역에서 나포된 민간인은 비록 우익인사나 난민이라 할지라도 무조건 전쟁포로로 간주해 포로수용소로 보낸다는 거였다. 그것이 제네바협정을 준수하는 것이라고 했다. 점령군으로서 정치적인 배려를 전혀 고려하지 않는 일종의 횡포인지도 몰랐다.

덕근은 우선 굶주림에 허덕이는 이들 민간인 포로들의 배식 문제 때문에 취사장에 들러 200명분의 식사를 1인당 쌀 5홉에 보리쌀 1홉을 섞어 정량보다 조금 넉넉하게 짓도록 하고 오징어국도 가능한 한 많이 끓이도록 당부한 뒤 막 돌아서려는데 누군가 그의 등을 가볍게 치는 사람이 있었다.

무심결에 뒤돌아보니 검은 색깔의 뿔테 안경에 대가 떨어져서 실로 연결해 양쪽 귀에 걸고 콧잔등에 걸친 사내가 싱긋이 웃고 서 있는 거였다. 어디서 많이 본 듯한 얼굴… 도무지 기억이 나지 않았다. 원체 찌든 몰골에다 흙먼지가 잔뜩 낀 남루한 인민군 군관복을 입고 있었기 때문이다. 그는 지금 막 도착한 신포로 중의 한 명이었다. 한마디로 녹초가 된 참담한 모습이었다. 그런데도 그는 반가운 미소를 흘리며 우두커니 서 있었다.

"누구더라… 아하, 장지혁 동무!"

"예, 맞았시오. 주 동무! 이제야 날 알아보는구랴."

"아니, 우리가 헤어진 거이 불과 5~6개월 전인데 장 동무! 변해도 너무 변했구려."

"세상이 기렇게 만든 거이디요."

"장 동무! 어쨌든 반갑시다레."

덕근은 반색을 하며 장지혁을 얼싸안았다.

장지혁은 평양의전醫專을 나온 의무군관 소좌였다. 그는 낙동강 전선의 금오산 기슭에 있던 야전 구호처(야전병원)의 책임 의무군관으로 있었다고 했다. 덕근은 우선 그를 당장 포로대표부 의무·위생 담당자로 발탁해 함께 있기로 했다.

"아, 주 동무! 비록 포로수용소이긴 하나 여기야말로 사람사는 곳이구만 기래."

그는 감격한 투로 놀라움을 금치 못했다.

"그렇소. 미군 당국이 제네바협정을 준수하고 있는 편이디요. 포로도 사람이니끼니 사람 대접을 받아야 한단 말이외다. 긴데 락동강에서 모두 어케된 기야요? 내레 줄곧 후방에만 있어서 전방의 전황을 전혀 모르고 지냈시오."

"아, 말 마시구레. 악몽의 연속이었단 말이외다. 우리 야전 구호처에서는 수술 도구는커녕 약도 없구, 붕대두 없구 맨손으로 하늘만 쳐다보다가 수만 구의 시신을 락동강 유역에 버려두고 후퇴한 기야요. 수천 명의 부상자들마저 붕대 한 장 감아주지 못한 채 금오산 기슭에 남겨두고서리 몸만 빠져나오기 바빴단 말이외다."

"…?"

"내레 총소리만 들어두 놀란 노루새끼처럼 시종 겁에 질려 먹지 못하구 쉬지도 못하구서리 추풍령, 속리산을 타구 올라가면서 농가에 들어가 식량을 훔치다가 자치치안대에 걸려 죽을 고비도 여러 번 넘겼단 말이외다."

장지혁은 실로 엮어 콧잔등에 걸친 뿔테 안경 너머로 코를 실룩거렸다.

그는 천신만고 끝에 평양까지 도달했으나 날이면 날마다 미 공군기가 하늘을 새까맣게 뒤덮고 폭탄을 퍼부어대는 바람에 미처 정신을 가다듬을 겨를도 없이 쫓겨 다녔다고 했다. 미 공군의 공습으로 이미 폐허로 변해버린 평양에는 출전 전의 모습은 어디에도 찾아볼 수가 없었다는 것이다.

그는 폭탄이 비 오듯 쏟아지는 탄막을 뚫고 가까스로 전선사령부 의무부부터 찾았으나 아무도 없이 텅 비어 있었다고 했다. 평양에 남아 있을 것으로 기대했던 가족들의 소식마저 끊긴 채 또다시 무거운 발걸음을 김일성이 은신해 있다는 강계 쪽으로 옮겨야 했다.

그는 전쟁 전 사랑하는 아내와 아들을 평양에 남겨두고 떠나 왔다. 그런 가족의 생사여부도 알아보지 못한 채 강계 쪽으로 발걸음을 옮기다가 순천에 투하된 미 공정대에 투항했다고 한다. 그 당시 숙천·

순천 등지에서 미 공정대에 포로가 된 인민군 패잔병만도 5000여 명에 달했다. 그중 3000여 명은 부산으로 이송되고 나머지 2000여 명이 인천으로 왔다는 거였다.

주덕근은 새로 입소한 포로들의 저녁 식사와 숙소 배정을 마치고 나니 이번에는 수원 방면에서 또 50여 명의 여성 포로들이 들어왔다. 그들은 대부분 남한 출신 여성들로 적 치하에서 동원령에 끌려가 간호전사나 전화교환원, 타자수, 선무공작대의 예능인 등으로 활동하다 생포된 자들이라고 했다.

6·25 남침 이후 북한 공산집단의 총동원령에 따라 최일선으로 끌려간 남한의 시·도립병원 간호사만도 5000명이 넘는다고 했다. 이른바 의용군이라는 명목으로 전투병력과 후방지원요원들까지도 현지 조달하는 김일성의 용병술에 따른 조처였다. 그러나 강제징집된 간호전사들은 머큐로크롬 한 방울, 붕대 한 조각 보급받지 못한 채 민가에서 구한 광목천이나 무명천으로 부상병들의 상처를 감싸주는 일 외에 달리 구호의 손길을 뻗칠 수 없었다.

덕근은 느닷없이 경옥이가 생각나 그들 여성 포로들에게 애틋한 연민의 정을 느꼈다. 그는 그들을 취사부로 데려가 뜨거운 밥과 국을 배식하도록 했다. 그는 그렇게 경황없이 하루를 보냈다. 그런데 배식을 기다리던 한 여성 포로가 덕근을 보고 아는 체를 하는 게 아닌가.

"군관 동무! 혹시 수원에서 지뢰 운반을 지휘하던 그 군관 동무가 아니신지요?"

"예, 맞아요. 내레 수원역에서 대전차지뢰 운반을 지휘한 주덕근 중좌외다."

"그때 전 여맹원으로 동원돼 이틀 동안 지뢰 운반사업을 도왔어요."

"아, 기렇구만요. 내레 기억납네다. 그때 려맹에서 부녀자 800여 명을 동원했었디요. 기렇게 도움을 받구서리 인사도 제대로 못하구 떠나왔구만요. 이렇게 서로 추레하게 만나서리 미안하외다."

"그게 아니라 실은 군관 동무께서 유숙하시던 혁명가의 집이 화성에 있었잖아요?"

"아, 예 경옥이를 말씀하시는구레."

"네, 경옥 동무…."

"우리 경옥이를 잘 아십네까?"

"네, 경옥 동무를 우리 여맹지부장으로 추대하기 위해 제가 몇 차례 혁명가의 집을 방문했거든요."

"아, 기러잖아두 경옥이 소식 궁금했는데. 잘 있디요?"

"…."

그러나 그 여성 포로는 대답 대신 그렁그렁한 눈빛부터 보였다.

"아니, 경옥이한테 무슨 일이라도…?"

순간 덕근은 가슴이 철렁 내려앉는 느낌을 받았다. 그동안 포로수용소 일에 매달리느라고 경옥을 잊고 지낸 것이 후회스러웠다.

"그 혁명가 집안의 여성동무가…."

"예, 그 려성동무레?"

"그 여성동무가 그만 운명을 달리했어요."

"뭬라구요? 아니 우리 경옥이가 죽다니, 기거이 무슨 말씀이외까?."

"지난 9월 30일 수원이 수복될 무렵 화성지구 자치치안대에서 부역자 처단선풍이 불면서 경옥 동무를 붙잡아다 즉결처분하고 혁명가의 집에 불을 질러버렸다는군요."

"아, 그럴 수가… 경옥을 부역자라니? 려맹에도 안 나가구서리 성당에만 다녔는데…."

덕근은 하늘이 무너지는 듯한 비보를 접하고 그 자리에서 털썩 주저앉아 버렸다.

"경옥 동무의 아버지·오빠·남동생이 모두 주목받는 좌익분자들이었으니까 거기에 연좌된 거죠. 게다가 군관 동무가 드나드는 것도 동네 사람들이 목격했을 테고요."

"아아, 기럴 리가…."

덕근은 치미는 분노를 억제하지 못해 일그러진 표정으로 한숨만 토해냈다. 간밤의 흉몽이 생각났다. 자신이 상주가 되어 빨간 포인세티아 잎이 뒤덮인 영구차를 따라가던… 하지만 꿈은 현실과 반대 현상이라고 하지 않던가.

"군관 동무를 뵙고 보니 슬픈 소식을 안 전할 수도 없고 해서…."

여맹원은 덕근의 충격에 빠진 모습을 보기가 민망해 되레 불쑥 내뱉은 말을 후회하며 안절부절못했다.

덕근은 슬픈 감정을 주체하지 못한 채 허탈한 모습으로 돌아섰다. 그는 경옥에게 보낼 편지를 써놓고 부칠 방법이 없어 품속에 넣어 둔 것을 꺼내 보며 눈물을 흘렸다. 이젠 정작 그 편지를 받아볼 주인공이 없지 않은가. 덕근은 절망감에 젖어 흘리는 눈물을 주체할 수 없었다.

'설마 그럴 리가… 그럴 리가 없어. 피바람이 불던 해방공간에서도 경옥이만은 무사하지 않았는가. 성당의 신부님이 보살펴 주고 동네 사람들도 경옥이가 불쌍하다며 동정을 베풀고 있다고 하지 않았나. 뭔가 잘못되었을 기야.'

덕근은 포로대표부 벙커로 터벅터벅 발걸음을 옮기면서 고개를 절레

절레 내저었다. 그 슬픈 소식을 액면 그대로 받아들이기엔 뭔가 석연
찮은 점이 한두 가지 아니었다. 경옥의 죽음을 결코 믿고 싶지 않았다.

그랬다. 덕근이 그토록 사랑하는 임경옥은 죽지 않고 살아 있었다.
하지만 덕근은 경옥이가 살아 있다는 사실을 확인할 방도가 없었다.
때문에, 그는 경옥이가 죽었다는 소식을 듣고 반신반의하면서 심한 충
격에 빠져 정신적인 방황을 반복하고 있었다. 그 여성 포로가 전한 말
이 너무도 생생하게 들렸기 때문이다.

그러나 경옥이 불에 타 죽었다는 그 시각. 9월 30일 밤 10시쯤 그녀
는 평소처럼 성당에서 저녁 미사를 봉헌하고 혼자 집으로 돌아가던 중
이었다. 동네 어귀에서 개 짖는 소리가 들려오고 바닷가로 이어지는 동
떨어진 자신의 외딴 초가집이 시뻘건 불길에 휩싸여 있는 것을 목격하
고 소스라쳤다.

그 불길 속에서 몽둥이를 든 검은 그림자들이 불꽃 놀이하듯 날뛰는
모습도 보였다. 순간 그녀는 오던 길을 되돌아 어둠 속으로 몸부터 숨
겼다. 마침내 올 것이 오고야 말았다는 사실을 본능적으로 직감했기 때
문이다. 그러잖아도 미사 전에 주임 신부님이 걱정하던 말이 생각났다.

"세상이 너무도 극단적이야. 모두 눈이 뒤집혀 서로가 서로를 죽이며
피바람을 일으키고 있단 말이지. 로사! 그래서 하는 말인데 당분간 피
신하는 게 좋을 것 같아. 여기 성당에 머무는 것도 좋고… 설마한들 인
공 때도 무사했던 우리 성당에까지야 해코지하지 않겠지. 여긴 하느님
이 계시는 신성불가침의 영역이니까."

이 말에 경옥은 말없이 미소만 머금었다.

60평생 십자고상을 우러러 미사만 봉헌해온 노老 신부님은 끊임없

이 복수극을 반복하며 피가 피를 부르는 동족상잔의 참극을 너무도 순진하게 보고 있었다. 그런 점에서 위기에 대처하는 방법은 경옥이가 신부님보다 한 수 위인지도 모른다.

그녀는 지체 없이 오던 길을 되돌려 마을을 떠났다. 총총한 밤하늘의 별빛 가운데 유난히 빛나는 북극성의 위치에서 일단 반대 방향을 선택했다. 남쪽이었다. 빨갱이로 내몰리고 있는 판국에 남쪽으로 내려가다니? 북쪽에는 성당이 없지 않은가 말이다. 그녀는 어디든 남쪽으로 가다가 성당이 보이면 찾아가 신부님께 고백성사를 하고 죽어도 하느님께 기구하며 죽고 싶은 마음만 간절했다.

그녀는 그만큼 절박했고 믿고 의지할 곳이라곤 성당밖에 없었다. 그녀의 도피생활은 그렇게 시작되었다. 그것이 자유를 찾아가는 길이기도 했다. 어쩌면 그녀가 그리워하는 덕근이도 남쪽 어디엔가에 있을지도 몰랐다. 그와 헤어진 후 전혀 소식을 알 수 없었지만, 막연히 국군에 귀순하고 육군중령으로 편입되었을 것이라는 기대는 버리지 않았다. 만약 그렇게 되었다면 그녀는 떳떳하게 대한민국 국군의 아내가 될 수도 있다. 그것은 그녀의 간절한 소망이었다.

그러나 그녀는 덕근이와 거리가 점점 더 멀어지고 있었다. 원래 돌에도 나무에도 의지할 데가 없었지만, 어둠 속에 홀로 내팽개쳐지고 보니 절절이 가슴에 맺히도록 그가 보고 싶었다. 그녀는 처음부터 산길을 이용했다. 사람들이 무서웠기 때문이다. 남쪽이든 북쪽이든 인기척만 나면 가슴이 철렁 내려앉곤 했다.

산에는 벌써 낙엽이 지고 있었다. 돌부리에 걸려 넘어지고 가시덤불에 찔리면서 이름 모를 계곡을 건너다 목이 타면 개울물을 손바닥에 떠서 마시고 허기가 지면 솔잎을 뜯어 씹었다. 그러다가 지치면 바위틈에서 낙엽을 긁어모아 덮고 새우잠을 청하기도 했다. 그렇게 꼬박 하룻밤을 걸어 빠져나온 곳이 평택에서 아산 쪽으로 빠지는 길목이었다. 다행히 마주친 사람은 아무도 없었다.

'여기서는 나를 빨갱이 가족이라고 손가락질하는 사람이 없겠지.'

마침내 동이 트고 아침 햇살에 눈이 부셨다. 그녀는 비로소 긴 한숨을 삼키며 피란민으로 가장해 발걸음을 재촉했다. 그러나 발이 퉁퉁 부어올라 쉽사리 발걸음이 떼어지지 않았다. 밤새도록 험준한 산길만 돌았으니 그럴 만도 했다. 그녀는 느닷없이 해미읍성이 생각났다. 유명한 가톨릭 성지! 우선 그곳부터 찾고 싶었다.

큰길로 빠져나와 길을 묻기 위해 서성거리고 있는데 어디선가 저벅거리는 소리가 들려왔다. 도보 행군으로 북상하는 일단의 미군 병사들이었다. 말로만 듣던 양코배기들이 살벌한 총기로 주위를 경계하며 행군하고 있었던 것이다. 그녀는 갑자기 얼어붙은 듯 걸음을 멈추고 말았다. 앞장서 오던 한 미군 병사가 뭐라고 고함을 지르며 총을 겨누고 다가왔다.

"유 알 프리즈너!(당신은 전쟁포로다!)"

그러나 그녀는 미군 병사의 말을 전혀 알아듣지 못했다. 사색이 되어 온몸을 부들부들 떨며 양손을 번쩍 들었다. 그렇게 해서 그녀는 전쟁포로가 되고 말았다.

그녀는 즉시 한국군 통역장교에 의해 천안역으로 호송돼 갔다. 역 광장에는 수많은 민간인이 포로로 잡혀 와 있었고 그들은 부산의 포로수용소로 이송되기 위해 열차를 기다리고 있는 중이라고 했다.

26. 무졸지장

북한 공산집단의 수뇌부를 비롯한 북괴군 잔존병력은 조·만 국경인 청천강 북방으로 전면 퇴각했다. 그 와중에 최고사령부와 전선사령부 등의 후퇴작전을 엄호하던 북괴군 239군 연대 병력 2500여 명이 미 제187 공정연대의 포위망에 걸려들고 말았다.

　그러나 김일성을 비롯한 북괴군 수뇌부는 이미 10월 12일 압록강 변 만포진으로 퇴각해 있었다. 그 시점은 미 제1군단이 38선을 돌파, 금천까지 진출했고 국군 제3사단과 수도사단이 원산을 점령했을 무렵이었다. 이때 적은 미군 포로들을 이미 숙천과 순천 북방으로 이송한 뒤이기도 했다.

　맥아더 원수가 집념을 불태우던 미군 포로 구출작전은 결국 실패로 돌아가고 말았다. 순천 북방 터널 속에 미군 포로 150여 명을 실은 2개 화차가 머무르고 있었지만 187공정연대가 강하할 당시 적 호송병들이 기관총을 난사해 모두 사살해 버린 것이었다.

　윌리엄 로저스 중령이 지휘하는 특수부대가 수색한 결과 학살된 미군 시체 73구를 발견하고 23명을 구출했으나 생존자 2명은 이날 밤을 못 넘기고 숨졌다. 미 제187공정연대는 이곳에서 소탕전을 벌여 3일 동안 적 1000여 명을 사살하고 3800여 명을 생포했다.

　미 제1군단은 여세를 몰아 다음 공격목표를 신의주, 한국군 제2군단은 만포진으로 공격의 고삐를 바짝 조이기 시작했다. 이에 따라 미

제1군단장 프랭크 멜번 중장은 주력인 24사단을 압록강 35마일 접근선인 이른바 맥아더 라인의 서쪽 선천을 향해 최후의 추격전을 벌이고 한국군 제1사단은 압록강의 수풍 댐으로, 7사단은 신의주 방면으로 진격하게 했다. 한국군 제2군단장 유재홍 소장은 순천에 진출한 6사단으로 하여금 희천을 거쳐 한·만 국경선인 초산과 벽동으로 진격하게 하고 덕천에서 북상한 8사단을 김일성의 마지막 거점이던 강계 방면으로 투입해 만포진까지 공격할 계획이었다.

한편 동부전선의 미 제10군단장 네드 아먼드 중장은 원산에 상륙한 해병대 제1사단을 함흥에서 고토리를 거쳐 장진호長津湖까지 북상시키고 제7보병사단은 이원~북청~혜산진을 거쳐 한·만 국경선으로 전진케 했다. 또 미 본토에서 출동해 원산에 상륙한 미 제3사단은 원산~함흥 일대의 지역을 담당하며 군단의 보급로를 확보하고 주변에 준동하는 공산 게릴라들을 소탕하도록 명령했다.

동부전선 최우익을 전담해온 김백일 소장의 한국군 제1군단은 이원~혜산진을 진격로로 설정하여 해안도로를 이용해 두만강 연안의 만주 동북국경까지 진출키로 했다. 이로써 서부전선과 동부전선은 대체로 북위 40도 선을 돌파하면서 전선의 균형을 유지해 나갔다. 서부전선의 청천강과 동부전선의 성천강을 잇는 한반도 이남은 이미 유엔군의 수중에 들어가 있었다. 이에 반해 북괴군의 영역은 북부와 동북부의 험준한 산악지대만 일부 남아 있었다.

북한 공산집단은 이른바 조국해방전쟁이라는 명분으로 남침을 개시한 이래 불과 4~5개월 사이 기존의 전투병력 20여만 명과 예비병력 10여만 명 외에 연인원 50여만 명의 병력을 강제징집했다. 그중 전사자와 부상자가 줄잡아 40만 명, 포로가 14만 명에 달하고 10여만 명이 뿔뿔이 흩어져 패주했다. 여기에다 전투 장비는 개전 초 북괴군이 자랑하던 T-34 탱크 500여 대, 중포 3000여 문, 포차·트럭 등 각종 차량 1만여 대를 한강과 낙동강, 금강전선에서 상실한 것으로 알려졌다.

그러나 졸지에 무졸지장無卒之將이 되고 만 김일성은 항복할 줄 모르고 강계의 안전캠프에서 군 수뇌부와 회동, 향후 항미원조군抗美援朝軍으로 본격 참전하게 될 중공군과의 연합작전계획을 검토하고 있었다. 그 무렵 중공군은 의용군이라는 명분으로 압록강을 건너 북한지역 깊숙이 침투해 있었다.

중공군은 박헌영 부수상을 비롯한 북한 군사사절단이 베이징을 방문한 이후 이미 일부 병력이 들어와 한반도의 전세를 면밀히 파악하고 있었다. 이 때문에 낙동강 전선에서 패주하는 북괴군 지휘군관들 사이에는 전사들의 사기를 북돋우기 위해 "조만간에 중국의 인민해방지원군이 참전한다"는 소문이 나돌기도 했다.

김일성은 군 수뇌부와의 회동에서 나름대로 패전 요인을 다음과 같이 분석했다.

"우수한 공군과 해군이 있는 미제의 참전을 예견티(치) 못해설라무네 사전에 아무 대비가 없었던 거이 큰 실택(책)이었다. 기럭하구 미제와 같은 강력한 침략자와 투쟁함에 있어서리 충분한 례비병력과 후방(보급)사업을 준비하지 못한 것두 내레 지휘군관들의 경험부족과 임기응변을 너무 믿었던 탓이외다.

특히 군관동무들의 정치활동이 부족해설라무네 일선 상하급 전사들의 사상성이 빈약하구 조직이 튼튼하디 못해서리 규율이 이완되구 상부의 명령을 제대루 실천하디 못한 것두 패전의 원인인 게야. 최용건

동무, 김책 동무, 김웅 동무, 김무정 동무! 모두 반성해야 할 거외다. 현 전선을 사수하구서리 적의 주력을 섬멸하는 거이 가장 중요한 문제인데두 기걸 격파하디 못하구서리 분산도주한 거이 기가 막힐 노릇이외다.

더욱이 적 후방에서 유격전을 전개해설라무네 제2전선을 펴디 못한 거이 땅을 티구 싶은 심정이야. 우리가 남조선으로 쳐내려 가문 민중봉기가 일어날 거라구 큰소리 빵빵 친 박헌영 동무레 이거 어케 책임질 거야?"

군사지도자들은 찬물을 끼얹은 듯 침묵으로 일관했다. 김일성이 군사지도자들에게 패전의 책임을 씌우기 위해 숙청의 칼을 뽑아 들었다는 사실을 예견하고 하나같이 전전긍긍했다. 말 한마디, 한마디에 최고사령관 스스로의 무능과 실책을 인정하는 자아비판은커녕 숙청대상자 이름까지 거론했기 때문이다.

그는 애초 낙동강 전선에서 패색이 짙어지자 총참모장 강건 대장에게 패전의 책임을 씌우려 했으나 강건이 안동지역에서 전선시찰 도중 지뢰를 밟아 죽는 바람에 뜻을 이루지 못했다. 그래서 궁여지책으로 우선 제1집단군사령관 김웅과 제2집단군사령관 겸 평양 방위사령관이던 김무정을 '전투조직 미숙'이라는 죄명으로 숙청대상에 올려 모든 직권을 박탈했다.

여기에다 붉은군대 기갑장교 출신으로 최고사령부에서 탱크전을 조율하던 최표덕(러시아명 표드르 최) 중장은 김일성에게 패전의 책임을 추궁하며 정면에서 비판했다는 이유로 독살당하는 비운을 맞았다. 김일성은 또 후방(병참)사업을 책임지고 있던 김렬 소장을 파면하고 일선 사단장·여단장들도 대거 이기주의·개인주의·무능·전투조직 태만 등의 이유로 파면하고 정치교화소에 보냈다. 숙청대상은 장령(장성)급을 비롯한 총좌·대좌·상좌 등 고위좌급 군관선線뿐만 아니라 상·하급 군관과 특무전사(상사)·상급전사(하사관)에 이르기까지 광범위하게 적용했다.

그러나 따지고 보면 미국을 비롯한 유엔군의 참전과 동시에 북괴군의 패전은 이미 예고돼 있었다. 남침의 전위를 맡았던 서울사단(제4돌격사단)의 리권무가 두려워 했고 소련의 스탈린이나 중공의 마오쩌둥이 우려했던 일이었다. 그래서 스탈린은 음흉하게 무기를 대주고 전쟁을 부추긴 후 개전 초부터 "이 전쟁은 어디까지나 김일성 동무의 전쟁"이라며 한 발 뺐고 마오 역시 "조선반도의 내전"으로 치부한 것이었다.

그러나 김일성은 미국이 참전하기 전에 속전속결로 서울을 점령하고 내처 부산까지 석권할 수 있다고 장담하며 무모한 남침작전을 감행한 것이었다. 게다가 팔로군 출신들로 조직된 강력한 6, 12사단을 주공 방향에 배치해야 한다는 최용건의 건의를 묵살하고 광활한 농업지대인 호남 방면으로 침공케 한 것은 전략전술의 기본도 모르는 최고사령관의 책임이 아닐 수 없다. 그럼에도 김일성은 책임진다는 말을 단 한마디도 입 밖에 내지 않았다.

그가 "조국해방전쟁"이라고 주창해온 6·25 남침전쟁은 스탈린의 환심을 사기 위한 이른바 '적화팽창'의 망상에 불과했다. 이 때문에 애초부터 북괴군 창건이나 양성·훈련·전쟁준비·작전지휘 등 독립성이 전혀 없는 모든 군사적 주체를 소련 군사고문단의 통제하에 둔 것이었다. 각종 무기·탄약·연료 등 전투장비와 전쟁물자를 전적으로 소련에만 의존했으므로 일선 전투부대에서는 소련의 군사원조가 원활하지 못할 시 우선 병참 지원부터 차질이 생길 수밖에 없었다.

여기에다 개전 초기 점령지에서 조급하게 실시한 토지개혁과 강압적인 농민정책·의용군 강제징집·가열한 식량 탈취·혹독한 노력동원·무자비한 포로학대·야만적인 양민학살과 체포·구금 등 민심을 일탈한 점령정책이 부차적인 패인으로 지적되었다. 그러나 최고사령관 김일성은 이 모든 책임에서 벗어나 있었다.

포로수용소에 억류된 인민군대의 일선 지휘군관들은 비록 전쟁포로로 전락했지만 그나마 잘 싸웠다는 자부심을 버리지 않았다. 그들은 개전 초기 불과 2주일 정도 버틸 수 있는 전력으로 세계 최강국 미국을 비롯한 참전 16개국의 유엔군을 상대로 4개월간에 걸쳐 용전분투했다. 제대로 먹지 못하고, 입지 못하고, 쉬지도 못하고, 부상을 당해도 기초적인 응급치료마저 받지 못한 채 오로지 공격명령과 사수명령만을 수행하기 위해 초개와 같이 목숨을 바쳤다.

현기증이 나는 낭떠러지 고지에서 싸우고, 쇠사슬에 발이 묶여 독전대의 싸늘한 총구를 의식하며 진흙탕 참호 속에서 싸우고, 뗏목으로 강을 건너 총탄이 비 오듯 하는 적진을 돌파했으며 선혈이 낭자한 백병전으로 피를 토하며 사생결단으로 싸웠다. 마치 화살과 도끼밖에 없는 만주족이 대량살상무기를 갖춘 러시아의 코사크기병대를 상대로 몰살을 당하면서도 최후의 한 사람까지 싸우던 원시적인 전법과 조금도 다름이 없었다.

그래서 태백산과 소백산의 우거진 나무와 바위에 피 칠갑을 하고 굽이치는 낙동강 물결이 시뻘건 핏빛으로 변해 모래펄까지 선혈로 물들었지만 물러설 줄 몰랐다. 그럼에도 김일성은 피 끓는 전사들을 가열한 전쟁터로 몰아넣고 따뜻한 밥 한 끼 먹이지 않고 독전만 강요했다. 부상당한 전사들에게 붕대 한 조각 감아주고 약 한 알 입에 넣어주지 않았다.

어디 그뿐인가. 단풍처럼 핏빛으로 물든 북녘땅 방방곡곡에는 입에 풀칠할 것이라고는 아무것도 없었다. 아들 잃고 남편 잃고 아버지 잃은 부녀자들의 애절한 통곡 소리만 메아리치고 있을 뿐이었다. 2차 세계대전 직후 스탈린이 단행한 붉은군대의 숙청 선풍과 흡사했다. 김일성이 소련 비밀경찰 두목 베리아에게서 붉은 사냥개 학습을 받은 그대로 답습하고 있었던 것이었다.

10월 21일.

평양을 수복한 미 제1군단장 프랭크 멜번 장군은 군단 산하에 군정부軍政部를 설치하고 북한 수복지역에 대한 군정을 실시키로 했다. 그러나 이승만 대통령은 북한의 수복지역은 당연히 대한민국 영토로 단정하고 조병옥 내무장관으로하여금 시정방침을 밝히는 동시에 북한에 파견할 행정관까지 임명해두고 있었다.

이 때문에 북한 수복지역에 대한 행정을 둘러싸고 한미 간에 근본적인 견해차가 드러나면서 새로운 갈등의 불씨가 되었지만, 그것은 이 대통령의 착각에 불과했다. 유엔 한국위원회에서 "북한은 대한민국의 영토가 아니라 유엔군의 점령지역이어서 유엔군 총사령관인 맥아더 원수가 통치한다"는 오스트레일리아濠洲의 제안이 가결되자 미국은 이를 근거로 군정을 기정사실화 한 것이다. 그 결과 이미 북한에 파견했던 한국 정부의 관료들이 되돌아오거나 유엔의 군정 기관에 흡수되는 진통을 겪어야 했다. 때문에 수복지역의 행정은 한때 진공상태에 빠져들기도 했다.

미 8군이 군정을 실시한 북한 점령지역은 2차 세계대전 이후 일본 점령군으로 오사카 시장을 지낸 민정장관 먼스키 대령이 군정관으로 부임했다. 그는 한국인 고위관료 출신인 김성주를 평남지사, 우제순을 평양시장으로 각각 임명하고 군정 준비작업에 들어갔다.

그러나 이미 이 대통령에 의해 평남지사로 임명된 김병연이 나타나는 바람에 한국인 관료끼리 서로 자리다툼까지 벌이는 추태를 보였다. 여기에다 이 대통령의 특명을 받고 평양지구 헌병사령관으로 부임한 김종원 대령과 그 휘하 참모들이 강력한 권력을 행사하는 등 미 군정이 이른바 삼두체제로 변질하여 오히려 무질서를 부추기는 결과를 초래하고 말았다.

김종원 대령은 평양에 진주하자마자 헌병사령관 명의로 포고령과 경고령을 남발하는 바람에 헌병대와 경찰이 적색분자를 색출하는 과정에서 이중삼중으로 양민들을 체포해 구금하기 일쑤였다. 공산 치하에서 직업동맹·여성동맹·청년동맹·농민동맹 등 노인과 어린이를 빼놓고 북한 주민 거의가 강제로 편입되었던 각 사회단체에까지 검거 선풍이 불어 북한 사회를 공포의 도가니로 몰아넣기도 했다.

심지어 군정 당국의 흑백논리에 편승한 주민들 사이에서도 보복살인과 방화가 잇달아 시골 마을에까지 피바람이 불었다. 때문에, 김종원에게 산천초목도 떤다는 '백두산 호랑이'라는 별명이 붙었다. 게다가 공공창고에 쌓아둔 피복이며 신문용지 등 값비싼 물품을 무단반출해 남으로 실어 날랐고 일부 병사들은 점령군 행세를 하며 가정집의 값나가는 귀중품까지 약탈했다. 광복 이후 북한에 진주한 로스케(소련군)들의 약탈행위와 별반 차이가 없었다. 개전 초기 북괴군이 남한에서 저지른 약탈행위와도 흡사했다.

적산敵産과 역산逆産을 노린 간상 모리배들이 국군을 뒤따라와 약탈에 편승하고 헐값에 사들이는 눈꼴사나운 모습도 곳곳에서 발각되었다. 그들은 계급표시만 없을 뿐 국군처럼 군복차림으로 평양에 들어와 총칼 든 군인보다 더 악랄한 횡포를 부렸다. 공공창고, 건물, 가옥 등에 접수 딱지를 붙이거나 푯말을 세우고 쌀과 피복 등을 마구 약탈하여 남으로 실어날랐고 일부는 브로커를 통해 북한 주민들에게 되팔아 먹기까지 했다.

그러나 동부전선 함경도의 군정은 서부전선과 너무도 대조적이었다. 미 제10군단은 서부전선의 미 8군과는 달리 맥아더 사령부의 직할부대였다. 여기에다 한국군 제1군단이 미군보다 15일이나 먼저 함경도를 수복해 일사분란하게 군정을 주도해 나갔다. 우선 식량 배급과 전기 · 상수도 시설의 복구가 시급했다. 각 시 · 군 단위로 과도행정기구인 자치위원회를 구성하고 공공창고에 쌓아둔 양곡부터 꺼내 굶주리고 있는 주민들에게 무상으로 배급했다.

파괴된 발전소를 복구해 전기와 상수도를 공급하는 문제를 신속히 처리했다. 그리고 제조공장을 비롯한 산업시설은 관리위원회를 두어 북한 주민들이 자율적으로 운영케 했다. 도청소재지 함흥을 탈환한 지 1주일 만이었다. 이후 10월 26일 원산에 상륙한 미 제10군단장 네드 아먼드 장군은 이 같은 한국군의 군정을 모범적이라며 그대로 승인한 것이다.

10월 25일.

유엔군이 가장 염려했던 중공군이 마침내 '항미원조抗美援朝'의 슬로건을 내걸고 압록강을 건너 한국전쟁에 본격적으로 참전한 사실이 마침내 공식 확인되었다. 만주에 포진해 있던 린뱌오林彪의 제4야전군 12만 병력이 1차로 18일 동안 500여 킬로를 도보행군으로 한 · 만韓滿 국경을 넘었다는 것이다. 동북야전군 30만 대군 중 절반에 가까운 대

병력이었다.

　유엔군 총사령관 맥아더 원수가 웨이크도島에서 트루먼 대통령과 수뇌회담을 가질 때 분명 중공군의 한국전 개입이 없을 것이라고 장담했었다. 그러나 이와 정반대 현상이 일어나고 말았다. 중공 주석 마오쩌둥은 1949년 5월 김일성과 체결한 조 · 중朝中상호방위협정에 따른 정당한 자위 조치라고 주장했다. 이 때문에 중공군은 유엔군에 대해 아예 선전포고도 없이 북한으로 침투해 온 것이다.

　유엔군이 서부전선의 38선을 돌파한 지 불과 4일 만에 중공군이 압록강을 건너 속속 침투해 왔으나 유엔군과 한국군은 평양을 점령할 때까지만 해도 감쪽같이 속고 있었다. 왜냐하면, 중공군은 야간에만 행군하고 동이 트면 모든 병력과 장비를 깊은 산속 계곡이나 우거진 숲속에 엄폐시키고 잠을 자거나 휴식을 취했기 때문이다. 숙영지에서는 이유 불문하고 아무도 모습을 드러내지 않았다. 국공내전 당시 대장정 때의 전략전술과 다름 아니었다. 기동력에만 의존하는 유엔군으로서는 상상도 할 수 없는 일이었다.

　린뱌오가 지휘하는 제4야전군은 서부전선에서 청천강을 건너 남진하는 한편 동부전선으로는 장진호와 부전호를 향해 말 그대로 쥐도 새도 모르게 침투해 왔다. 이들 중공군은 알려진 것처럼 당장 인해전술로 쳐들어온 것이 아니라 우선 아군의 전력을 탐색해 보는 소대 · 중대 단위의 국지적인 침투 작전을 전개하고 있었다. 인재를 아끼고 유용하게 쓴다는 중공군 특유의 '유생역량有生力量 전술'이었다. 그러면서 11월 중순에는 무려 30만의 대군이 국경을 넘었다. 대체 뭘 어쩌겠다는 것인가?

27. 휴이대첩전携大捷戰

중공군이 처음으로 아군에 노출된 것은 압록강을 눈앞에 두고 한국군 제1사단 15연대 7중대와 조우한 평북 운산雲山 전투였다. 백선엽 장군이 지휘하는 국군 1사단이 평양을 탈환한 후 예하 15연대는 여세를 몰아 압록강을 향해 파죽지세로 북진했다. 그 무렵이 정확히 1950년 10월 25일 이른 아침이었다.

　선발대인 한제근 대위의 7중대는 운산에서 4킬로쯤 북상했을 때 120밀리 박격포와 기관총으로 무장한 중공군의 조직적인 화망 구성에 따라 집중적으로 공격을 받았다. 그동안 경험했던 북괴군의 화력과는 달리 포사격술이 뛰어났다.

　한 대위는 순간적으로 이미 지리멸렬한 북괴군의 저항과는 다르다는 느낌이 들어 즉각 전투태세에 돌입했다. 수색정찰조의 확인 결과 좌우 양쪽 능선에 포진해 있는 중공군 전초진지에서 맹렬한 공격을 가해 오고 있었다. 아군 7중대는 이날 하루 동안의 전투에서 140여 명의 대원 중 겨우 18명만 살아남았다. 그럼에도 유엔군과 한국군 지휘부는 중공군의 참전을 반신반의하며 믿지 않았다.

　설마한들 그럴 리가…? 그러나 설마가 사람 잡는다는 속담도 있지 않은가. 최일선 전투부대에서 접전 중 한두 명씩 중공군 포로가 잡혀오면서 그들의 참전 실체가 드러나기 시작했다. 겉보기에는 두툼한 누비옷에다 쌀과 밀가루, 미숫가루 등을 넣은 팔뚝만한 미대米袋(쌀자루)

를 어깨에 멘 형편없는 농민군에 불과했다. 게다가 각자가 휴대한 기본화기도 3명당 구식소총 한 자루씩인 이른바 '3인 1총'이고 소총을 휴대하지 않은 병사는 방망이 수류탄을 5~6개씩 배에 두르고 있었다. 현대전에서 총 든 병사에게 돌팔매질하는 것과 다름이 없었다.

하지만 그들은 장장 1만2500 킬로미터의 옌안延安 대장정에서 축적한 경험으로 행군능력이 뛰어났다. 포로심문 결과 저들은 작은 몽고말과 군용견까지 데리고 다니면서 하룻밤 사이에 100리(40킬로미터)를 거뜬히 행군해 북한으로 침투해 들어왔다고 했다.

저들의 특이한 전법은 놀랍게도 20세기의 현대전에서 기원전 춘추전국시대의 손자병법을 활용하고 있다는 점이다. 중조中朝통합사령관 펑더화이彭德懷는 애초 대군을 투입해 38도 선까지 유엔군을 밀어내는 단기전을 계획했었다. 바로 2500여 년 전 손자孫子가 월국越國의 명장 범여를 격파한 '휴이대첩전携李大捷戰'을 원용하는 전술이었다.

방화·함성·나팔·피리 등으로 전투부대의 이동이나 공격을 가장하는 '양동양공佯動佯攻'작전으로 적의 진지를 교란하면서 적군 지휘관의 판단을 흐리게 하다가 마침내 주 공격로에 대병력을 산개시켜 거대한 파도처럼 밀고 들어가는 전술을 말한다. 이른바 '인해전술人海戰術'이다.

펑더화이는 손자병법을 원용한 공격의 명수였다. 한국전쟁에서 그가 활용한 손자병법은 −방비가 없는 곳을 공격(공기무비攻其無備) −불의의 기습공격(출기불의出其不意) −적을 피로하게 만들어 공격하고 패멸시킨다(일이로지佚而勞之) −강력한 곳을 피한다(강이피지强而避之) −적을 굶주리게 하고 아군은 포식한다(식이기지食而飢之) 등의 희한한 전술이었다.

그러면서도 주둔지의 인민들에게 절대로 민폐를 끼치지 않았다. 물 한 모금도 각 병사가 스스로 떠다 마시도록 했다. 특히 군율이 엄격해 민가의 재물에 함부로 손을 대지 못하게 하고 부녀자들과의 접근을 아예 엄금했다. 민폐를 끼치다가 적발될 경우 이유 여하를 막론하고 총살형으로 즉결처분했다.

전쟁통에 살인과 방화, 약탈과 강간으로 실인심失人心해버린 북괴군의 행태와는 영 딴판이었다. 물이 없으면 물고기가 살 수 없다는 마오쩌둥의 '수어이론水魚理論'을 철저히 신봉하기 때문이었다. 즉 민심을 잃으면 전쟁에 이겨도 진 것과 다름이 없다는 것이다. 민심이 천심이라는 마오의 이론을 철저히 지키고 있었다.

11월 1일(미국 시각).

미 CIA는 다음과 같은 충격적인 정보보고를 2급 비밀로 분류해 트루먼 대통령에게 제출했다.

〈소련제의 새로운 장비를 갖추고 재무장한 북괴군이 한국전선에 등장하고 있으며 중공군 또한 유엔군에 맞서고 있음이 확인되었다. 현재 중공군은 기동부대로 편성된 1만5000~2만 명의 병력을 북한에 침투시켜 작전 중이나 본대는 만주에서 출동 대기 상태에 돌입해 있다.

북한과 중공의 접경지 단둥~신의주에 미그기가 나타났다는 정보는 중공군의 보급선을 보호하기 위한 소련 공군의 전술 비행임을 시사한다. 중공이 소련의 지령 아래 한국전에 전면 개입할 가능성을 배제 할 수 없으나 주된 동기는 압록강 남쪽에 제한된 보호구역을 확보하려는 것 같다. 그 1차적인 목표는 그들이 침략자로 규정한 유엔군으로부터 만주 국경의 안전을 보장하고 만주의 산업시설에 중요한 수풍水豊 수력발전소로부터 전력공급을 확보하려는 의도인 것 같다.

압록강의 북한 쪽에 설치된 수풍 수력발전소는 남만주에 많은 전력을 공급하고 특히 뤼순旅順항 해군기지의 전력을 대부분 공급한다. 중공에 직접 관심이 되는 이런 사항은 패주일로에 있는 북한 공산군이 계속 저항하도록 도와줌으로써 국제공산주의를 확대한다는 일반적인 욕망과도 일치한다.

　　중공은 유엔의 목적이 명확함에도 순전히 만주에 대한 침입을 두려워하고 있는 듯하다.〉

　　아닌 게 아니라 과연 CIA의 정보보고를 뒷받침하듯 이날 오후 1시쯤 신의주 상공에서 편대비행 중이던 미 공군 F-86 세이버 전폭기 13대 중 한 대가 압록강의 만주 쪽에서 발사한 중공군의 대공포화에 격추되고 말았다. 조종사는 산화한 것으로 알려졌다.

　　11월 4일.

　　유엔군 총사령관 맥아더 원수는 브래들리 미 합참의장으로부터 난처한 전문을 받았다. 그것은 한국전쟁에 중공군이 전면개입 여부에 대한 확인요청이었다. 맥아더는 이렇게 회신했다.

　　〈중공군의 전면개입 가능성을 생각할 수도 있겠지만 그것을 부정할 만한 여러 가지 납득할 수 있는 이유가 있다. 현시점에서 중공군의 전면개입을 확인할 만한 충분한 증거를 입수하지 못했다.〉

　　하지만 맥아더는 세계전쟁사에 길이 남을 역사적인 인천상륙작전 성공에 도취한 탓이었을까. 애초부터 중공군의 한국전쟁 개입을 우습게 봤던 것이 일생일대의 오점으로 남게 된 결정적인 미스였다. 그는 중공군의 개입 여부에 대해 애초부터 일관되게 '노No!'라고 주장해 온 것이다.

그로부터 이틀 후인 11월 6일 브래들리 합참의장은 맥아더 원수와 견해를 달리하는 전문을 다시 발송한다.(1급 비밀)

〈미합중국 정부 수준에서 한국사태에 대한 긴급검토가 있었다. 한 가지 이유는 최근 한국전쟁의 확전을 반대해온 주요 동맹국이자 연합국의 일원인 영국과 상의 없이 향후 만주에 대한 군사적 행동을 취하지 않기로 한 공약 때문이다.

따라서 귀관은 본관의 추가 명령이 있을 때까지 한 · 만 국경 5마일 내의 공격목표물에 대한 모든 폭격을 중지하고 특히 오늘 귀관이 극동공군에 명령한 압록강 철교 폭격에 대해 귀관의 상황판단과 이유를 제시하기 바란다.〉

같은 날 맥아더 원수의 회신(1급 비밀).

〈중공군의 병력과 물자가 대량으로 만주에서 압록강의 모든 교량을 통해 북한으로 쏟아져 들어오고 있다. 이런 움직임은 본관 휘하의 유엔군 부대를 위태롭게 할 뿐만 아니라 궁극적인 파멸의 위협을 가하고 있다.

적의 실제 도하는 야음을 틈타서 자행되고 있으며 압록강과 우리 예하부대와의 거리가 너무 가까워서 적은 우리 공군의 공격을 크게 받지 않고도 대치할 수 있는 이점을 노리고 있다. 때문에 적의 전력증강을 중지시키는 유일한 길은 교량을 파괴하는 것이며 또한 적을 지원하는 북쪽 지역의 모든 시설을 우리 공군력에 의해 최대한 파괴하지 않을 수 없다.

이 조치를 단 한 시간이라도 늦춘다면 우리 미군과 다른 유엔군의 막대한 피해로 대가를 치러야 할 것이다. 특히 신의주에 있는 주요 교량은 앞으로 수 시간 내에 폭격해야 하며 이 임무는 실제로 대기 상태에서 상부의 명령만 기다리고 있다.

본관이 유엔군 총사령관으로서 이 전쟁을 수행하면서 공격을 명령하는 것은 전적으로 전쟁규칙과 유엔 안전보장이사회의 결의와 지시에 합치하는 것이며 중공의 무자비한 국제적 무법성에도 불구하고 중공 영토에 호전적인 행동을 취할 의도는 조금도 없다.

본관은 귀하가 부여한 제한조치로부터 초래될 물리적, 심리적 재난을 아무리 강조해도 지나치지 않다고 생각한다. 따라서 본관은 이 문제에 대한 대통령의 즉각적인 주의가 환기되어야 한다고 믿는다. 왜냐하면 귀하의 지시는 대통령의 개인적이고 직접적인 사태 파악이 없이는 본관으로서는 책임질 수 없는 막대한 재난을 초래할 것이기 때문이다.

시간이 대단히 긴박하므로 본관은 이 문제에 대해 즉각적인 재검토를 요청하며 그때까지 귀하의 명령은 완전히 준수될 것이다.〉

어쩌면 미합중국 국군통수권자인 대통령을 무시하는 오만한 태도라고 할까, 조금도 소신을 굽히지 않는 맥아더다운 배포와 항의의 답신이었다. 그도 그럴 것이 브래들리가 지금은 맥아더보다 직급이 높은 합참의장에 앉아 있지만, 군경력으로 따지자면 새까만 후배에 불과하다.

미군 최고참 장성으로 당시 70세인 맥아더는 1903년 웨스트포인트를 수석 졸업하고 1935년 육군참모총장에 올랐을 때 13년 후배인 브래들리의 계급은 육군 소령에 불과했다. 게다가 맥아더는 2차 세계대전이 막바지로 치닫던 1944년 군 최고계급으로 5성 장군인 원수에 올랐으나 브래들리는 6년이나 늦은 1950년 합참의장에 오르면서 원수로 승진했다.

같은 날.
군의 대선배를 존중하는 브래들리의 신속한 회신(1급 비밀)이 맥아더에게 타전되었다.

〈압록강 교량 파괴는 귀관의 휘하 부대에 도움이 될 것이라는 데에 전적으로 동의한다. 다만 그런 조치로 인해 중공군의 개입이 증가되지 않고 만주에 대한 제한적인 공격으로 해석되어 소련이 반응을 보이지 않는 조건에서만 그렇다는 것을 명심하기 바란다.
이러한 결과는 귀관의 휘하부대를 위태롭게 할 뿐만 아니라 분쟁지역을 확대시키고 미국의 관여를 위험에 빠뜨릴 수 있기 때문이다. 그러나 귀관 휘하부대의 안전에 긴요하다고 판단된다면 압록강 교량의 북한 쪽 끝단과 신의주 목표물을 포함한 국경 주변의 폭격계획을 이행토록 승인한다.
유엔 정책 및 명령에 대해 최상의 입장을 유지하고 전쟁을 한반도에 국한시키는 것이 미국의 국익에도 긴요하므로 만주의 영토와 영공을 침해하지 말고 만주로부터의 적대행위는 즉각 보고되도록 극도의 주의를 기울이는 것이 중요하다.〉

같은 날.
미 국방성 정보국장 로퍼 장군은 한국전쟁에 개입한 중공의 군사행동에 대응하여 미국의 원자폭탄 사용 가능성을 토의하기 위해 니체 국무성 정책기획국장을 방문한다. 로퍼 장군과 장시간 토의한 니체 국장의 메모(1급 비밀)는 다음과 같다.

〈만약 한국에서 원자폭탄을 사용할 경우 중공군과 북괴군의 병력집결지 및 포병지원시설에 대한 전술적 목적에 국한될 것이다. 그러한 목표에 대해 일본을 굴복시킨 원자폭탄이 효과적임을 입증해야 하지만 그런 목표는 정상적으로는 아마 생기지 않을 것이고 다만 유엔군의 전술작전에 의해 조정되어야 할 것이다. 목표물이 생기지 않으면 원폭은 거의 사용할 수 없기 때문이다.

순전히 군사적 효과 이외에 이런 목적으로 원폭을 사용하게 되면 중공의 한국전 개입을 막는 전쟁 억지력의 효과는 충분히 거둘 수 있을 것이다. 여기에다 원폭이 전술적 목적으로만 사용된다면 민간인이 대량살상될 가능성은 거의 없을 것으로 판단한다.

그러나 만약 원폭이 무단장, 하얼빈, 다롄 등 만주의 주요 도시를 공격하는 데 전략적 목적으로 사용된다면 많은 민간인을 살상하게 될 것이고 필연적으로 소련을 참전시킬 가능성이 거의 확실하다.

따라서 원폭사용은 반드시 유엔의 동의 아래 이루어져야 세계의 도덕적 힘이 우리와 함께 하겠지만 원폭사용의 일방적인 결정은 미국을 도덕적으로 불리한 입장에 빠지게 할 것이라는 결론에 도달하게 된다.〉

그러나 결국 원폭사용 문제를 두고 시간만 질질 끄는 미국 행정부의 우유부단한 정책 때문에 불행하게도 유엔군은 미구에 중공군의 인해전술에 밀려 총퇴각전에 돌입하지 않을 수 없게 된다.

맥아더 원수의 휘하 극동군사령부 정보망은 한국전쟁 이전부터 광범위하게 활동해 왔고 수집된 정보는 워싱턴보다 더 정확하고 빨랐다. 이 때문에 중공군이 이미 10월 중순부터 압록강의 국경선을 넘어 대거 북한으로 침투해 오고 있다는 첩보를 입수하고도 맥아더 또한 중공군의 개입 규모를 대수롭지 않게 너무 낙관적으로 판단한 것이었다.

아마도 만주와 압록강 연안의 발전시설인 수풍댐을 보호하고 한·만 국경의 일정한 방어선을 확보하기 위해 중공군의 일부 병력이 출병할 가능성이 있다고 전망했는지도 모른다. 그런 점에서는 맥아더의 견해가 CIA의 정보 분석과도 일치했다.

어쨌든 워싱턴의 우유부단한 정책에 항의하며 고집을 꺾지 않았던 맥아더는 마침내 유엔 안전보장이사회에 보낸 특별보고서에서 〈유엔군은 현재 중공군과 전면적인 교전에 돌입해 있다.〉라고 처음으로 중공군의 개입을 인정했다.

그리고 그는 이와 함께 특별성명을 통해 "베이징 정권과 평양 정권은 역사적 기록에 남을 국제적 불법행위를 저질렀다"고 맹비난하고 이 난관을 돌파하기 위해 미 극동공군 사령관 스트레이트 메이어 중장에게 B-29 중폭격기 90대를 출격시켜 압록강 철교를 폭파하도록 명령한다.

하지만 이 폭격명령은 만주에 대한 오폭을 우려하는 트루먼 대통령과 브래들리 합참의장의 부정적 시각 때문에 이틀이나 지연되었다. 그러다가 11월 8일

에서야 겨우 북폭의 승인을 받고 B-29 중폭격기를 비롯한 총 600대의 미 공군기가 압록강 철교와 신의주에 대한 대대적인 공습을 감행하기에 이른다.

28. 100만 대군과 손자병법

11월 24일.

맥아더 원수는 일본 도쿄에서 자신의 전용기 바탄호에 탑승하고 점령지 북한으로 날아가 청천강 변의 미 8군 전방사령부를 시찰한 뒤 유엔군에 즉각적인 대공세를 명령한다. 이른바 종전終戰공세다.

그는 이 대규모의 군사작전에 돌입하면서 유엔 안보리와 미 국방성에 다음과 같은 전황을 보고했다.

〈한국전쟁을 종결시키기 위한 유엔군의 공세는 이제 최종단계에 접어들고 있다. 유엔군의 강력한 가위형 포위군은 1950년 11월 24일을 기해 예정대로 전면적인 작전을 개시했다.

미 공군은 전력을 다하여 적 후방지역의 수송을 완전히 차단하고 있다. 적의 방어선을 넘어 압록강 국경 전역에 걸쳐 감행한 공중정찰에 의하면 적의 군사활동 징조는 거의 발견되지 않았다. 아군의 좌익인 미 8군과 우익인 10군단도 진격을 계속하고 있다. 아군의 피해는 극히 경미하다. 병참이나 보급상태도 공격작전이 계속 유지될 수 있도록 충분히 조정돼 있다.

우리의 사명은 정의에 입각한 것이며 우리의 과업을 조속히 완료할 수 있다는 전망은 모든 유엔군 장병의 사기에 그대로 반영되고 있다.〉

맥아더는 이 전황 보고와는 별도로 청천강 변에 포진하고 있는 유엔군 장병들에게도 특별 메시지를 발표했다.

"승리는 바로 우리의 눈앞에 있다. 여러분은 크리스마스 이전에 고향으로 돌아가게 될 것이다."

이날은 미국의 추수감사절이었다. 고지에 포진해 있는 병사들에게 추수감사절 특식으로 뜨거운 스프와 칠면조고기가 배식 되었다. 유엔군 병사들의 사기는 충천했다. 크리스마스 이전에 고향으로 돌아가게 된다는 총사령관 맥아더 원수의 특별 메시지에 한껏 고무된 것이었다.

그러나 그것은 맥아더의 엄청난 오산이었다. '종전총공세령'을 내리면서도 실제로 북한에 들어와 있는 중공군 병력 30여만 명 규모를 5만~7만 정도로 가볍게 보고 있었던 것이다. 정밀하기로 유명한 미 공군의 정찰비행일지라도 야간에만 어둠 속에서 움직이는 중공군의 행군능력을 전혀 파악할 수 없었기 때문이다.

이에 반해 중공군은 미군의 전력을 훤히 꿰고 있었다. 그들은 보전포 합동작전에서 미군 포병전술은 단연 압도적이었고 미 공군의 공중폭격은 가공할 만큼 위력적이라는 사실을 잘 알고 있었다. 그러나 미 지상군은 공군의 폭격과 탱크·야포에 너무 의존했다. 때문에, 유엔군의 주력인 그들은 지프나 드리쿼터, 트럭 등 기동력이 없으면 당장 전의를 상실하고 후퇴하기 마련이었다. 따라서 미 지상군의 이러한 취약점을 이용해 게릴라전법으로 적의 후방을 차단해야 한다는 것이 중공군의 전략상 기본작전 개념이었다. 강력한 곳을 피하고(강이피지强而避之) 방비가 없는 곳(공기무비攻其無備)을 불의에 기습(출기불의出其不意)하라는 손자병법이다.

미 지상군이 진격해오면 신속히 우회하여 적의 후방을 차단하면서 탱크와 포병의 화력이 집중되는 도로나 개활지를 피해 험준한 산악에 숨어 야간전투 위주로 소부대 단위의 전술을 유지한다. 여기에다 애조 띤 피리와 나팔을 불어대고 꽹과리를 치며 적의 심리상태를 혼란케 하여 스스로 지치게 만든 뒤 패멸시킨다(일이로지佚而勞之)는 것이다.

중공군의 공격요령은 전선의 좌우 양쪽, 즉 양익兩翼이나 간격間隔을 비집고 침투해 측면과 배후를 기습하고 정면에서는 인해전술로 돌격을 감행하여 적의 화력을 소진시키게 하는 것이다. 인해전술이란 병력손실을 도외시한 공격 수법으로 적진에 아군의 시체가 산더미처럼 쌓여도 끊임없이 공격을 반복해 심리적 공포를 가하면서 패주케 하는 전법이다.

11월 8일.

미 CIA가 2급 비밀로 분류해 놓은 중공의 한국전 개입에 대한 국가정보평가는 다음과 같다.

〈현재 만주에 주둔하고 있는 중공군은 약 70여만 명으로 추산된다. 그중 정규야전군 20여만 명이 사단 규모의 조직·지휘·장비가 비교적 잘 갖춰진 전투병력으로 대대·중대 단위의 소규모로 분산, 한·만 국경 20~100마일 떨어진 북한지역 여러 곳에서 유엔군과 교전 중이다. 최근에는 소련제 미그 전투기까지 등장, 미 공군기와 교전하기도 했다.

중공의 한국전 개입 목적은 정치적 심리적 재난을 피하기 위해 유엔군의 북진을 중지시키고 북한 공산정권을 유지시키려는 것 같다. 그러나 중공의 지도자 마오쩌둥은 북한에 군대를 투입하여 한국전쟁을 확대시킬 위험이 수반되는 결정을 결코 단독으로 행사하지 않았으며 반드시 소련의 스탈린으로부터 승인이나 지시를 받았을 것이다.

중공의 북한에 대한 무력지원의 직접적인 동기는 미군을 비롯한 유엔 참전군이 38선을 넘어 북진을 강행하면서 북한 공산군이 순식간에 궤멸적 타격을 입었기 때문이다. 만약 중공이 개입하지 않았더라면 유엔군은 이미 압록강 선線에 도달하여 한·만 국경과 대치상태에 돌입했을 것이며 북한 정권은 소멸되고 망명정부나 게릴라 활동밖에 남지 않았을 것이다.

중공은 이 가능성에 직면하여 소련과 협의하에 유엔군의 조속한 승리를 저지하고 한반도 내에 공산정권을 계속 존속시키기로 결심한 것이 분명하다. 중공이 한국전에 두 개의 중요한 단계, 즉 유엔군이 대구·부산지역의 아슬아슬한 디딤돌만을 딛고 있을 때와 그 후 인천상륙작전을 감행했을 때 무력개입을 하지 않았던 사실은 의미심장하다. 중공이 이때 행동하지 않았던 것은 유엔군이 38선을 넘기 전까지 전쟁의 확산이나 위험을 심각하게 받아들이지 않았던 탓인 것 같다.

중공은 유엔군이 38선을 돌파, 북진하자 비로소 자기들의 주장과 북한 괴뢰정권의 주장이 일치한다는 것을 깨닫게 되었을 것이다. 때문에, 중공의 당면 목적은 유엔군의 진격을 저지하는 데 있다. 지금까지 전개된 중공의 군사작전은 병력배치의 성격으로 보아도 제한된 목표를 가진 잠정적 군사작전으로 추정된다. 이런 견해는 한반도와 같이 산악이 많은 지역에서는 겨울철에 군사작전이 제한된다는 점을 고려할 때 더욱 확실하다고 판단된다.〉

본격적으로 압록강을 건너기 시작한 중공군은 11월 중순까지 전개한 제1차 공세에서 산악지대의 유리한 교두보를 확보하고 계속 전투병력을 보강하여 60만 대군을 은밀히 집결시키면서 이러한 전법으로 제2차 공세를 준비하고 있었다.

만주에서 입조入朝한 린뱌오의 제4야전군 산하 13군의 18개 사단 40만 대군은 구성~운산~온정~희천을 잇는 산악지대를 공략하면서 평양 반격을 계획하고 있었다. 동북부 전선에서는 제9군의 12개 사단 20만 대군이 험준한 개마고원을 넘어 장진호와 남쪽 고토리, 수동 방면에 매복해 있다가 일제히 기습공격을 감행하여 함흥으로 진출할 계획이었다. 유엔군으로서는 전혀 예상하지 못했던 엄청난 함정이었다.

유엔군의 종전 공세 하루만인 11월 25일을 기해 우지화吳克華가 지휘하는 15병단 예하 40군단과 41군단이 북진 중인 유엔군의 남방에서 국군 6사단을 2중, 3중으로 포위하고 특유의 손자병법으로 조여들기 시작했다. 중공군의 대대적인 2차 공세가 전개된 것이다.

류진劉震의 39군단은 미 제1기병사단 예하 5, 8연대를 포위, 기습해 막대한 손실을 입혔다. 여기에 양싱초우梁興初가 지휘하는 10군단은 구성 북쪽에서 미 제1기갑사단을 맹타했다. 양청우楊成武가 지휘하는 66군단은 희천에서 진격해오는 국군을 압박하고 허충원赫忠雲의 365사단은 수풍발전소 인근 벽천강구壁泉江口에서 역시 미 제1기갑사단의 선발대를 공격하여 대파했다.

그 무렵 미 제1군단과 9군단이 큰 타격을 입었고 미 8군의 우익을 맡고 있던 한국군 2군단은 예하 부대가 분산돼 버렸다. 특히 한국군 2군단과 미 2사단, 터키여단 등은 부대를 재편해야 할 정도로 엄청난 손실을 입었다. 국군은 전 전선에 걸쳐 6~7개 대대가 전멸하고 3000

여 명이 중공군의 포로가 되고 말았다. 유엔군과 한국군이 도처에서 악전고투의 대혼란에 빠져들면서 안타깝게도 붕괴 조짐까지 나타나기 시작했다.

중공군은 유엔군과 한국군의 위계질서가 흐트러지고 전열이 분산되면서 혹한 속에서 활로를 찾기 위해 전전긍긍하고 있을 때 징을 치고 애조 띤 나팔과 피리까지 불어댔다. 이 때문에 유엔군 병사들과 한국군 병사들은 극도의 공포에 사로잡혀 정신적 공황증세까지 일으키고 있었다.

2500여 년 전 손자의 원시 전법이 20세기 말 현대전에서 막강한 전력을 과시하는 유엔군의 전의를 떨어뜨리는 데에 대단한 역할을 하고 있다니 기가 막혔다. 형편없는 원시 전법이 현대과학이 개발한 최신무기가 총동원된 육·해·공전戰이 무색할 정도로 효력을 발휘한다는 것은 실로 아이러니가 아닐 수 없었다.

유엔군 총사령관 맥아더 원수는 이때까지 자신의 전략에 대해 조금도 흔들림이 없었다. 그의 속 깊은 전략은 태평양전쟁 말기 일본의 무조건 항복을 받아낸 것처럼 압록강 북쪽 단둥이나 다롄, 헤이룽장성黑龍江省의 무단장, 하얼빈 등 만주의 주요 도시에 대한 원자폭탄을 투하하는 것이었다. 원폭 단 한 발에 중공을 굴복시킬 수 있다고 자신했기 때문이다.

그것은 개전 초부터 맥아더가 구상해온 전략이었고 그동안 국방성과 국무성에서도 꾸준히 논의되고 검토해 왔던 사항이었다. 그래서 위기상황이 점차 가중되고 있는 당시에도 워싱턴 당국과 정치적인 견해를 달리하며 군사작전 결행의 고집을 꺾지 않고 있는 것이었다.

11월 25일.

유엔군 총사령관 맥아더 원수가 브래들리 합참의장에게 타전한 전문(1급 비밀).

〈한국전쟁의 규모를 제한시켜야겠다는 워싱턴 당국의 관심은 충분히 이해하나 귀하가 제의한 방법은 오히려 전쟁을 피하려는 사태를 자초할 것으로 우려된다.

어제 본관이 직접 정찰한 바에 따르면 압록강 일대의 지형은 귀하가 지시했듯이 강의 남쪽 고지에 포진하고 국경 일대를 방어한다는 것은 불가능하다. 압록강의 지형은 결코 그런 식의 방어에 적합하지 않으며 강 자체가 자연스러운 방어선을 제공하기 때문에 강의 남쪽 연안에 포진하는 것이 적합하다고 판단된다. 또 군사적으로나 정치적으로 한국의 영토 보존성을 확보하기에 가장 적합한 이 방어선을 포기한다는 것은 용인하기 어렵다.

그뿐만 아니라 한반도의 통일과 평화를 달성하기 위해서는 북쪽 국경의 남쪽에 있는 모든 적을 섬멸해야 한다는 지금까지의 공식 목표를 포기할 경우 참담한 결과가 초래될 가능성이 크다. 한국인들은 이를 그들의 영토를 지켜주겠다고 천명한 유엔의 공약에 대한 배신으로 볼 것이며 중공을 비롯한 모든 아시아 국가들은 우리가 공산 침략에 대해 유화책을 택한다고 생각하게 될 것이다.

그런 식으로 국제적인 침략행위를 보상하게 된다면 오히려 앞으로 더욱 국제적 불법행위를 조장하게 될 것이다. 그뿐 아니라 한·만 국경에서 앞으로 모든 불법행위를 방지하려면 우리가 장악할 수 없는 곳에 국경을 방치해 두어서는 안 될 것이다.

본관이 소련과 중공의 선전물을 아무리 살펴봐도 그들이 압록강의 남쪽 강안을 유엔군이 점령하는데 대해 크게 우려하고 있는 듯한 증거를 발견할 수 없었다. 그들이 북한 내 수풍발전소에 관심을 가지고 있다는 주장도 미국과 영국의 정치적 정세판단에만 나와 있지 중·소 측 선전물 속에는 들어 있지 않았다.

　미 제10군단이 발전소를 점령한 지 이미 한 달이 되었고 그동안 이 시설을 가동하지 않아 만주 쪽에 배전을 못하고 있지만 중공이나 소련이 이에 대해 불평하고 있다는 증거는 하나도 없다. 이러한 사실로 보아 수력발전소에 관한 문제 제기는 사실에 바탕을 둔 것이 아닌 정치적 견해인 것으로 판단된다. 우리가 우리 군대를 한국전에 참전시켰을 때 이미 중공군과의 대전對戰을 각오했었다.

　만약 우리가 낙동강 전선에서 포위되었을 때 그들이 개입했더라면 우리에 대한 타격은 상당했을 것이다. 그러나 지금 그들이 활동할 수 있는 지역은 역전되어 얼마 남지 않았다. 우리 군대는 국경지역 전체를 점령할 목표를 가지고 있으며 동부전선에서는 이미 강안江岸에 도달했지만 소련이나 중공에서 군사적이거나 정치적인 반응을 전혀 보이지 않고 있다. 우리는 이미 여러 차례 공개적으로 소련이나 중공의 영토에 대해 침략적인 의도를 갖고 있지 않다고 천명해 왔었다.

　본관은 우리 군대가 압록강 주변을 완전점령하는 등 군사적 목표를 달성하는 즉시 이 지역을 한국군에 맡기고 철수하면 중공 지도자들도 이에 수긍할 것으로 본다. 만약 수긍을 안 하더라도 지금 우리의 군사적 조치를 중단시키거나 변경하기는 어차피 어려운 것이다. 현재로서는 단호하게 군사적 목표를 향해 매진하는 것이 최선책이라고 판단한다.〉

맥아더는 이 전문을 통해 결코 포기할 수 없는 자신의 완고한 주장을 워싱턴 당국에 다시 한번 상기시켰다.

그가 종전공세 문제로 워싱턴 당국과 정치적인 갈등을 빚고 있는 가운데 물밀듯이 밀어붙이던 중공군의 파상적인 공세가 뜻밖에도 12월 1일부터 갑자기 주춤하며 전 전선에 걸쳐 소강상태에 돌입하는 거였다. 왜 그랬을까?

그 무렵 유엔군은 숙천~순천~성천~양덕 일대에서 저지선을 구축하면 평양을 충분히 방어할 수 있을 것으로 판단하고 있었다. 맥아더의 추측대로 중공군의 한국전 개입 의도가 남진 목적이 아니라 수풍발전소를 비롯한 한·만국경의 보호에 있다고 판단했기 때문이다. 그러나 그것은 너무도 어리석은 생각이었다.

중공군이 갑자기 공격 템포를 늦추고 소강상태에 돌입한 것은 만주에서 오는 병력 보충과 병참 보급을 받기 위한 전략인 것이었다. 그럼에도 적정에 어두운 유엔군은 이 절호의 기회를 놓친 채 반격은커녕 저지선 구축에만 급급했다. 중공군은 이 틈을 노려 12월 1일과 2일 이틀 동안 남만주에서 속속 도착한 전투병력과 장비, 식량 등 병참 보급을 받고 전열을 정비해 3일부터 대대적인 공세를 재개하게 된다.

중공군의 끊임없는 인해전술에 밀려 유엔군의 저지선은 어이없게 뚫리고 평양 방어의 핵심지역인 성천이 결국 유린되고 말았다. 성천은 평양 동북방으로 불과 50킬로밖에 떨어져 있지 않았다. 이런 긴박한 상황에서 퇴각하는 유엔군이 자칫 평양을 방어하려다가 이중삼중으로 조여오는 적의 포위망에 걸려들지도 몰랐다. 평양을 포기해야 할 절체절명의 순간이 다가오고 있었다.

이런 가운데 동부전선에서는 장진호와 부전호에 갇혀 있는 미 해병대 1사단이 가장 비극적인 혈전에 휘말려 있었다. 미 해병대는 쑹쓰룬宋時輪이 이끄는 중공군 제9군 12개 사단에 완전포위된 채 영하 25~30도의 혹한 속에서 포위망을 뚫기 위해 악전고투하고 있었다. 개마고원蓋馬高原의 유담리와 하갈우리·고토리·진흥리 일대에서 격전을 치렀으나 구름처럼 몰려오는 인해전술에는 중과부적이었다. 미 해병대는 중공군과 맞닥뜨린 고지마다 전투다운 전투를 전개해보지 못한 채 유혈이 낭자한 수많은 전사자만 발생했다.

미 공군의 B-29를 주축으로 한 각종 폭격기와 전폭기가 갈가마귀 떼처럼 하늘을 뒤덮고 희천·강계·만포·혜산진을 맹폭했지만 별 효과를 거두지 못했다. 미 공군의 공습은 동부전선 성진·길주·나남·청진과 서부전선 신의주·초산·벽동·구성·북진·정주 등 북한 전역을 불바다로 만들었으나 충천하는 중공군의 기세를 꺾지 못했다. 변방이나 산악지역에 대한 포·폭격은 별 효과가 없었기 때문이다.

게다가 유엔군이나 한국군의 경우 연대 규모의 타격만 입어도 치명적인 손실인데 반해 중공군은 1~2개 사단 정도는 전멸해도 끄떡도 하지 않았다. 꾸역꾸역 몰려드는 인간폭탄(인해전술)에 질리지 않을 수 없었다. 2차 공세에서 승기를 잡기 시작한 중공군은 예비부대인 양더즈楊得志가 지휘하는 제19병단의 63, 64, 67군단을 만주로 이동시켜 소련제 최신 무기로 전투장비를 강화하고 압록강으로 출동시켰다. 여기에다 제2야전군 소속 최정예 리더성李德生부대와 첸스롄陳錫聯의 중포사단도 한국전선으로 이동을 전개했다. 줄잡아 총 100만 병력이었다.

미군의 막강한 전력을 한낱 지호紙虎(종이호랑이)로 평가한 중공군의 사기는 하늘을 찔렀다. 유엔군은 결과적으로 중공군의 대반격에 큰 혼란이 일어나 총퇴각을 결정하게 된다. 일보 후퇴는 10보 후퇴로 밀리고 10보 후퇴는 점차 100보 후퇴로 밀리게 마련이었다.

유엔군 총사령관 맥아더 원수는 마침내 "중공군 100만 대군이 북한에 집결 중이며 이제 새로운 전쟁에 직면하게 되었다"는 자신의 소신을 접는 굴욕적이고도 고통스런 성명을 발표하기에 이른다. 한국전선에서 사라지는 노병의 고뇌에 찬 마지막 모습이었다.

70평생 야전을 누비며 후퇴를 몰랐던 그는 한국전쟁 개전 이래 처음으로 유엔군에 38선까지 총퇴각을 명령하고 워싱턴의 미 합참본부에 다음과 같은 전황을 보고하게 된다.

〈본관은 현재의 전황으로 볼 때 평양 확보가 불가능하다고 판단한다. 평양~원산 간의 방어선 구축도 불가능하게 되었다.

중공군은 이미 30개 사단을 전선에 투입하고 있으며 만주에는 20만 이상의 대군이 대기하고 있다. 험준한 산악지대가 많은 한국전선의 지형상 공군의 공중폭격도 효과가 적은 데다 적의 주공은 중앙 산악지대를 향하고 있기 때문에 해군의 함포사격 또한 제대로 영향을 미치지 못하고 있다.

한국군은 경찰력으로서는 아직 사용할 수 있지만 적의 완강한 공세를 차단할 전력으로선 기대하기 어렵다. 현재의 정세는 전혀 새로운 상황에서 새로운 전쟁을 치러야 한다는 기초적인 백지상태로 돌아가 판단할 필요가 있다.

현실에 부합한 정치적 결단을 내리고 새로운 전략계획을 수립해 줄 것을 요청하는 바이다. 시간이 가장 중요하다. 분초가 지날 때마다 적의 전력은 증대하는 반면 아군의 힘은 쇠퇴하고 있다.〉

맥아더 원수의 궁극적인 목적은 만주 폭격이었다. 그는 중공군이 한국전에 개입한 직후부터 만주 폭격을 일관되게 주장해 왔다. 그러나 워싱턴 당국에 의해 번번이 거부당했다. 워싱턴에서 염려하는 것은 소련의 개입이기 때문이었다. 그래서 이번에도 이를 빌미로 맥아더의 마지막 요청을 거부했다. 한국전에 증원할 미 지상군의 예비병력도 이미 바닥나 있었다. 진퇴양난이 아닐 수 없었다.

한국전쟁을 주도하고 있는 미 8군 사령관 워커 중장은 종전공세에 돌입한 지 나흘 만인 11월 28일 마침내 공세를 포기하고 우선 청천강 유역까지 유엔군의 철수를 결심하게 된다. 그러나 유엔군의 파국은 예상보다 더욱 심각하게 다가오고 있었다.

29. 절체절명의 위기

1950년 11월 28일.

유엔군의 작전상황은 긴박하게 돌아가고 있었다. 일본 도쿄의 유엔군 총사령부에서 맥아더 원수가 브래들리 합참의장에게 타전한 한국전 전황보고(1급 비밀)는 다음과 같다.

〈북한에 투입된 중공군의 세력은 막강하며 그 규모는 점점 더 커지고 있다. 그들이 내세우는 인도적 견지의 소규모 지원이라는 구실은 이제 믿을 수 없게 되었다.

우리는 완전히 새로운 전쟁에 직면하게 되었고 적의 전세는 우리 야전군 지휘관들에 의해서도 일일이 확인되고 있다. 현재 야전 지휘관들에 의해 확인된 적의 전투병력만도 북괴군 5만 명의 군소부대를 제외한 중공군이 60만 명에 달하고 있으며 조만간 100만 명으로 압도할 것이다.

중공의 책략은 이제 명백한 패턴을 드러냈다. 중공은 인천상륙작전 이후 중심병력을 계속 이동시켜 만주에 대규모의 병력을 집결시켰고 이어 중립지역을 통과하여 조직적으로 야간에만 이동시킴으로써 북한지역에의 침략을 본격화 했다.

지난 10월 북괴군을 섬멸한 유엔군이 압록강을 건너지 못하도록 막았던 중공은 부분적으로 자신들이 먼저 그 협정을 파기했으며 계속해서 전적으로 그것을 위반하여 물밀듯이 전투병력을 남파하고 있는데 이는 아마도 다가올 내년(1951년) 춘계대공세를 위한 준비단계인 듯하다. 그들의 궁극적인 목적은 한반도 내의 모든 유엔군을 결정적으로 파괴하기 위한 것이다.

현재 압록강의 결빙은 그들의 병력증강과 수송에 다시없는 통로를 제공하고 있어 우리의 공군력으로는 이 같은 대병력의 이동을 방해하기 어려울 정도이다. 선전포고조차 없는, 그래서 더 유리한 중공군에 대항해 전쟁을 치르기에는 우리의 현재 병력이 절대적으로 불충분하고 결과는 현지 미 8군사령관의 결정권 밖 세계에까지 완전히 새로운 국면을 전개시킬 것이다.

현지 사령부로서는 인력으로 가능한 모든 수단을 강구해 보았으나 이제 어떻게 할 수 없을 만큼 힘에 벅찬 새로운 상황에 직면해 있다.〉

맥아더가 최종적으로 판단한 한국전쟁 상황이 매우 긴박하게 돌아가고 있다는 사실을 적시한 것이다.

11월 28일(미국 워싱턴 시각)

트루먼 대통령은 백악관에서 애치슨 국무장관을 비롯한 마샬 국방장관, 브래들리 합참의장, 페이스 국가안보보좌관, 콜린즈 육군참모총장, 셔먼 해군참모총장, 반덴버그 공군참모총장, 해리먼 국무성 고문, 제섭 순회대사 등 20여 명의 고위 관계자들이 모인 가운데 긴급 국가안보회의를 주재했다. 회의는 주로 마샬 국방장관과 브래들리 합참의장이 진행해 나갔다.(1급 비밀)

브래들리: (한반도의 지도를 펼쳐 들고 개괄적인 군사 상황을 브리핑하면서) 지금 우리가 당면한 문제는 맥아더 장군의 전문에서도 지적된 것처럼 새로운 전쟁에 직면해 있다. 그리고 한국전쟁을 총지휘하고 있는 그에게 새로운 지휘명령을 주어야 할 것인가의 여부를 결정하는 것이 시급하다. 합참에서는 앞으로 48시간 또는 72시간 후라면 몰라도 아직까지는 새로운 지휘명령이 필요없다고 보고 있다.

맥아더 장군은 유엔이 행동을 취하는 동안 방어태세에 돌입해 있을 것이다. 사태가 좀 더 명백해질 때까지 기다리는 것이 바람직하다. 현재 적군이 공격을 전개하고 있는 지역은 산세가 지극히 험하고 길도 거의 없기 때문에 그들이 병력을 유지하려면 수송에 장애가 많을 것이다.

지금 만주에는 200대의 쌍발폭격기를 포함한 300대의 적 항공기들이 출격준비 중에 있다. 그것들은 아군에게 굉장한 타격이 될 것이다. 합참본부에서는 우리가 국경을 침범해야 한다고는 생각지 않고 있다. 한국과 일본의 공군기지는 모두 활주로가 비좁아서 우리는 비행기 한 대에 대해서도 의존도가 대단히 높은 편이다. 그만큼 우리 공군기지는 공격당하기 쉽다. 지형상 도로 수송의 경비도 어렵다. 적기가 한 대씩 날아와 우리 공군기지 한군데에 폭탄 몇 개를 떨어뜨리고 갔는데 우리 항공기 여섯 대가 파괴될 정도다.

트루먼: 그러한 공중공격에 대비한 방어수단은 없는가?

반덴버그: 적군의 비행장을 폭격하거나 우리 항공기를 안전하게 일본으로 대피시키는 방법밖에 없다.

마샬: 우리는 유엔의 다른 국가들과 함께 한국의 동란을 진압하는 데 참여하고 있다. 그런데 우리는 또 중공의 새로운 도발에 직면하고 있다. 하지만 우리는 유엔을 통해 행동해야지 단독으로 해서는 안 된

다. 중공군의 행동이 대체로 소련의 최고 정치권력에 의해 지시된 것이라 해도 우리는 지금 공식적으로 소련의 책임을 물을 단계가 아니다.

우리의 목적은 유엔에서의 의무를 다하는 것이지 단독으로나 유엔의 회원국으로서나 중공군을 상대로 한 전면전에 말려드는 것은 아니기 때문이다. 그런 짓을 하는 것은 소련의 교묘한 함정에 빠져드는 결과밖에 안 된다. 우리는 이 전쟁을 최소한으로 줄이기 위해 모든 정치적, 경제적, 심리적 조치를 취해야 한다. 한정된 국지전으로만 끝내기 위해서는 강력한 군사지원이 필요하다.

우리는 중공 영토 안으로 밀고 들어가서는 안 되며 자유중국(대만) 군대를 사용해서도 안 된다. 그 어느 쪽의 경우도 중공군과의 전면전이 벌어질 위험을 가중시키기 때문이다. 우리는 미군을 제외한 유엔군의 숫자를 더 늘려야 하며 우리가 비용을 지불해서라도 그들을 한국에 투입시켜야 한다. 이를 위해 우리는 1951년도 제2차 추경예산을 긴급히 작성하고 의회에 그보다 더 필요할 거라고 미리 통고해 두어야 하며 1952년도 예산안 역시 수정되어야 할 것이다.

그러나 가장 어려운 당면 문제의 하나는 우리 부대가 익숙지 못한 중공의 공중폭격에 대한 위험이다. 유엔에서의 동맹군을 어떻게 규합하는가 하는 것은 국무성이 할 일이지만 중공과의 전쟁을 절대 피해야 한다는 사실을 염두에 두어야 할 것이다.

브래들리: 현시점에서 주 방위군을 더 이상 소집해서는 안 된다. 우리가 보낼 수 있는 지상군은 더는 없다. 맥아더 장군은 그곳에 이미 충분한 육군과 해군력을 가지고 있다. 한국 상황은 어쩌면 1~2주일 후에 바뀔지도 모른다. 합참본부 역시 우리가 중공과의 전쟁에 끌려 들어가서는 안 된다는 강력한 의견을 갖고 있다.

맥아더 장군은 공격만 하면 반드시 성공할 거라는 확신을 갖고 있다. 하지만 그는 자기 현 위치의 우측 산악지대에 적의 세력이 집결하고 있다는 사실을 눈치채지 못했다. 그렇게 많은 병력이 진작에 그 지역(만주)으로부터 강과 산을 넘어오리라고 생각지 않아서 그렇다.

마샬: 맥아더 장군이 크리스마스 전까지는 전쟁을 종식시키고 장병들을 귀국시키겠다고 발표한 성명서는 우리를 당황하게 한다. 현재 보고된 전투병력 20만 명과 예비병력 10만 명이라는 중공군의 숫자는 지난번 우리가 추산한 병력을 엄청나게 상회하는 것이다. 그것은 대단히 암담한 전망인데 본인은 솔직히 그 해결방법을 모르겠다. 한국에서 꼼짝 못 하고 발이 묶이고 싶지 않지만 현재로서는 명예롭게 발을 뺄 수 있는 방법이 없다.

브래들리: 어쨌든 맥아더 장군은 현재의 상황에서 방어를 계속할 권한을 갖고 있다.

콜린즈: 앞으로 한 달 정도 남았지만 내년 1월 1일 이후면 한국의 미 지상군에 대한 개별적인 병력 보충을 해줄 수 있다. 하지만 3월 1일 이전에는 새로운 전투부대의 파견이 불가능하다는 판단이다. 전체적인 병력 운용상 한국전에서 입은 병력손실을 보충할 꾸준한 보충병의 파견도 1월 이후에라야 가능하다. 그렇게 해서 현재 한국에 주둔하고 있는 부대의 30~40%에 달하는 결원을 보충할 계획이었다. 그것도 제10군단이 철수하지 않는 한 북쪽의 좁은 협곡지대에 설정돼있는 현 전선을 유지하는 조건에서 계획된 것이다. 그러나 지금 상황은 매우 어렵게 전개되고 있지 않은가.

마샬: 맥아더의 국경 위반은 공산군의 상황을 알기 위해 필요한 일이었으나 이제 우리도 그것을 잘 알고 있다.

셔먼: 만약 중공군이 국경을 넘어 공격해 오면 이를 반격하지 않고
서는 우리가 그 지역에 계속 주둔할 수 없다.

트루먼: 그것은 나도 동감이다. 그러나 그런 일이 닥치면 그때 가서
대처해야 할 것이다. 한국 해역에서 해상공격을 받을 우려는 없는가?

셔먼: 한국 해역은 78척의 우리 잠수함이 활동 중이며 제해권을 아
군이 완전히 장악하고 있다.

그로부터 이틀 후인 11월 30일 브래들리 합참의장에게 타전한 맥아
더 원수의 긴급전문(1급 비밀).

〈중공군은 우리 공군력의 저지를 무릅쓰고 북한지역에 대대적인 병
력을 증강시키고 있다. 불과 일주일 전에 만주에 주둔하고 있던 중공
군은 이제 우리들의 전선을 향하고 있음이 명백해 졌으며 그들 2개 군
단이 우리들의 2개 작전지역에서 전투를 전개하고 있다. 이 과정에서
북괴군 사령부는 실질적으로 뒷전에 밀려나 있는 상태다.

한 · 만 국경지대의 중립지역에 있는 중공군은 이틀만 야간행군을
하면 곧바로 우리의 전선에 도달할 수 있다. 이 때문에 적은 급속하게
병력증강을 계속할 수 있으며 즉시 동원 가능한 적의 잠재적 세력은
중공의 다른 지역으로부터 보충할 수 있는 병력까지 합친다면 100만
이상에 달한다.

그 결과 우리 8군 현지 사령부는 후방의 병력을 계속 보충해 주지 않
으면 매우 힘든 상황에 직면할 것이다. 모든 사태에 비추어 볼 때 중공
군의 목적은 유엔군을 완전히 섬멸하고 한반도 전역을 점령할 것이라
는 결론이다.〉

11월 30일 아침(미국 워싱턴 시각).

해리 트루먼 대통령은 백악관에서 기자회견을 열고 미리 준비한 성명서를 낭독했다.

"미합중국은 한국에 대한 침략행위를 저지하기 위해 유엔과 협력하여 계속 노력할 것이며 미국의 국방력 증강은 물론 세계 어느 곳의 침략 가능성에도 대비할 수 있도록 우방에 군사원조를 제공할 것이다."

그는 또 중공에 대해서 미국이나 유엔이 어떤 공격 의사도 갖고 있지 않다는 사실을 재확인했다. 그러나 그는 "우리는 현재의 전황에 필요한 모든 수단을 동원할 것"이라고 주장했다.

트루먼은 "원자폭탄도 포함되는가?"라는 기자들의 질문에 거침없이 "우리가 가진 모든 무기가 다 포함된다"고 답했다. 그는 "우리가 가진 모든 무기라는 것은 원자폭탄을 실제로 사용하는 문제가 거론되고 있다는 뜻인가?"라는 기자들의 거듭된 질문에 대해서도 "원자폭탄 사용 문제는 언제나 거론되어왔다. 하지만 나로서는 사용하고 싶지 않다. 그것은 무서운 무기이며 이번 침략과 아무 관계가 없는 무고한 민간인들을 해칠 우려가 있기 때문"이라고 말했다.

이후 국무성과 국방성 및 합참본부 참모들 간에 중공에 대한 원폭사용 문제를 꾸준히 거론했으나 "실현성이 희박한 데다 그로 인해 현재의 상황이 크게 변할 것이라는 기대를 갖기도 어렵다"는 원론적인 논의만 반복했을 뿐이었다.

12월 2일 오전(미국 워싱턴 시각)

미 CIA는 트루먼 대통령에게 소련과 중공의 동향에 대한 긴급보고서(1급 비밀)를 냈다.

이 보고서에 따르면 최근 긴박하게 전개되는 중공군의 한국전 개입은 한국 내에서 미군을 비롯한 유엔군이 더 이상을 버틸 수 없게 하는 데 목적을 두고 있다는 것이다. 중국대륙 전 지역의 비상방어태세와 베이징 정권의 완강한 태도는 이미 미국과의 전면전 가능성까지 계산에 넣고 철저하게 준비해온 것으로 드러났기 때문이다.

〈중국공산당이 선전포고도 없이 한국전 개입의 모험을 감행키로 한 것은 소련이 효과적인 지원을 공공연히 약속하지 않는 한 있을 수 없는 일이다. 현재 소련의 움직임은 중공군의 작전에 군수물자와 각종 전투장비, 필요하다면 지원부대까지 파견하여 대대적인 군사지원에 나서고 있는 것으로 포착된다. 여기에다 북한과 가까운 만주 동북 3성에 소련의 최신형 미그 전투기와 대공포, 고도로 훈련된 기술지도원들을 제공해줄 것이 예상되고 있다.

만약 미군이나 유엔군이 이들의 행동에 앞서 중공 영토 내에서 작전을 전개한다면 소련은 소·중 조약의 준수라는 구실로 전쟁에 돌입한 중공에 대해 공공연한 군사지원을 계속하게 될 것이다.

스탈린을 정점으로 한 소련지도층은 이미 중공의 한반도 침략을 지시했거나 비호했거나 간에 3차 세계대전의 위험을 계산하고 그럴 경우에 대한 대비책까지 세워놓고 있음이 분명하다. 그러나 지금 그들이 세계대전을 도발할 것인가는 분명치 않다. 만약 그런 의도가 있다면 아시아에서 시작하는 편이 낫다고 판단할 것이며 다른 한편으로는 한국전쟁의 확대가 중공 대對 미국의 전면전으로 발전하는 것이 소련에 유익하다고 여기고 있을 것이다.

세계대전으로 발전하든 안 하든 소련이 중공과 미국의 전면적인 전쟁으로 기대할 수 있는 이익은 첫째, 미국과 그 우방국들을 불확실한 지역의 전투에 끌어넣어 군사력을 소모시키고 그 지역에 발을 묶어 둘 수 있다는 점이다. 그리고 둘째, 미국의 동맹국들은 유럽보다 아시아에 융통성 있는 태도를 갖고 있기 때문에 이 전쟁으로 인해 우방국들 사이에 분열을 일으킬 수도 있으며 셋째, 애초 북한 공산군의 한국 침략에 대해 보였던 유엔의 단호한 단결력이 점차 분산될 가능성이 있다.

이밖에 북대서양방위조약(나토)에 의한 서유럽의 방위계획에 미칠 차질과 한국과 동남아에서의 공산화 목표를 촉진할 수 있다는 점 등이다. 소련은 미국이 아시아에서 즉각적인 반응을 보이지 않을 경우 마음 놓고 한반도와 인도차이나에 세력을 확장시킬 계획도 마련해 놓고 있는 것으로 판단된다.〉

트루먼 대통령은 즉각 애치슨 국무장관, 마샬 국방장관, 브래들리 합참의장 등 행정부 고위층을 백악관으로 불러 CIA의 정보보고서와 함께 날로 악화하는 한국전쟁의 상황을 최종점검하기 위한 회동을 가졌다.

마샬: 한국 상황은 매우 악화되고 있다. 우리는 지금 어떻게 우리의 군대를 구하며 동시에 국가의 명예를 보호해야 하느냐는 딜레마에 빠져 있다. 우리는 양심상 한국 국민들을 버릴 수 없다고 생각한다. 어떤 결론을 내리든 상당히 오랜 시간 신중히 생각해서 결정해야 할 것이다.

브래들리: 군사적인 상황은 극히 비관적이어서 앞으로 48~72시간도 못가 완전히 궤멸 상태가 되어버릴 정도인 것 같다. 제10군단의 병력은 최소한 5일간이면 철수시킬 수 있을 테지만 휴전이 되지 않는 한 어떤 방법으로 철수시킬 수 있을지는 의문이다.

제7사단은 아마 무사히 빠져나올 것 같고 3사단은 항구 가까운 곳에 주둔하고 있으니 역시 안심해도 좋을 것 같다. 원산은 빼앗기겠지만 흥남은 아군이 철수를 완료할 때까지 확보할 가능성이 높다. 그러나 한국의 수도 서울과 다른 부대들을 남겨두고 우리 군대만 빼낼 수 없는 일이다.

마샬: 만약 중공이 공군력을 투입한다면 덩커크 타입의 철수조차도 계산착오로 끝나기 쉽다.(덩커크 철수작전이란 제2차 세계대전 초기이던 1940년 5월, 당시 나치 독일의 침공으로 프랑스 덩커크 해안지역에서 포위된 프랑스와 영국군 33만 명을 구출하기 위한 대규모 철수작전이다.)

트루먼: 한·만 국경을 넘어 작전을 개시해야 한다는 맥아더 장군의 견해는 어떤가?

애치슨: 마샬 국방장관에게도 말했지만 그러한 결정은 오로지 그것이 우리 군대에 도움이 될 것인가, 해가 될 것인가에 따라 결정되어야 할 것이다. 중공의 공군기지를 분쇄함으로써 소련군을 끌어들이게 되지 않을 것인가에 대해서는 대단히 현명한 군사적 상황판단이 요구된다.

이 결정은 맥아더가 할 것이 아니라 마샬 장관이 현재 도쿄에 머물고 있는 콜린즈 육군참모총장의 조언을 받아 결정해야 할 문제다. 그러한 기습작전은 한국을 지키기 위해서나 단순히 중공에 대한 보복을 목적으로 할 것이 아니라 필요할 경우 우리 군대를 무사히 철수시키기 위해서만 행해야 할 것이다.

마샬: 우리가 결정을 내릴 때까지 남은 시간은 아마 48시간밖에 안 될 것이므로 가능한 한 빨리 해결책을 결정해야 한다.

애치슨: 결정적인 행동에 돌입하기 전 애틀리 영국 수상과 최소한 상의하는 척이라도 해야 한다. 그것은 중요한 전제조건이다.

같은 날(일본 도쿄시각 12월 3일).

맥아더 원수가 브래들리 합참의장에게 타전한 긴급전문(1급 비밀).

〈현재 철수 중인 미 지상군 제10군단은 가능한 한 최대의 속도로 함흥·흥남지역으로 물러나고 있다.

워커 8군사령관의 보고에 의하면 아군은 평양지구를 확보할 수 없으며 적의 압력이 가중됨에 따라 결국 서울까지 밀려나게 될지도 모른다는 것이다. 전반적인 전황으로 볼 때 본관도 그런 사실을 수긍하지 않을 수 없다.

현재로선 8군과 10군단을 합류시키려는 시도는 불가능할 뿐 아니라 아무런 소득도 기대할 수 없다. 수적으로도 적에게 완전히 밀리고 있기 때문에 설사 서로 연접시킨다 해도 더 강한 전투력을 발휘하기는커녕 해상으로부터의 보급이나 전략적 이동이 분리된 상태에서 자유로운 움직임조차 매우 곤란한 실정이다.

지난번에 보고했던 것처럼 한반도의 허리를 가로질러 방어선을 전개하는 것은 지리상으로 보나 아군 병력의 무수한 결점으로 보나 실행하기 어렵다. 그것은 각개의 지역 안에 있는 항구들을 통해 방어선의 양쪽 두 군데로부터 보급을 받아야 한다는 점, 또 이 지역에 뻗어 있는 험준한 산악지대가 방어선을 두 개의 동떨어진 토막으로 갈라놓게 된다는 지리적 여건도 그렇다.

그러한 방어선은 공중 직선거리로 약 120마일, 도로상의 실제 거리는 150마일에 달할 것이다. 만약 본관 휘하의 미 지상군 7개 사단을 이 방어선에 배치한다면 1개 사단이 야간에 험한 산악지대를 통해 침투해 오는 수십 배 병력의 적에 대항하면서 약 20마일의 방어선을 수비해야 한다는 계산이 나온다.

충분한 폭을 확보하지 못한 그런 빈약한 선線 뿐인 방어선은 아무 힘도 없으며 군사학적 견지에서도 적의 침투가 계속되면 결국은 포위 작전에 말려들고 산산히 분쇄되기 쉽다. 그러한 전략은 비교적 약세인 북괴군에 대해서는 효과가 있을지 모르지만 수십만 병력을 동원해 인해전술로 나오는 중공군의 주력부대에 대해서는 아무런 힘도 쓰지 못할 것이다.

본관은 중공군이 공공연하게 대거 전투에 투입된 이후 일어난 근본적인 변화에 대해 워싱턴 당국이 완전한 이해를 하고 있다는 사실을 믿을 수 없다. 중공군은 이미 26개 사단에 달하는 대규모의 정규병력이 전투에 참가하고 있으며 최소한 20만 명이 적의 후방으로부터 증강되어 작전에 투입되고 있다. 이 밖에 북괴군의 잔여 병력이 적의 후방에서 재편성돼 대기 중이며 이 모든 병력의 배후에는 중공의 잠재력이 뒷받침하고 있다.

현지의 자연적인 지형은 적의 보급망을 차단하려는 우리 공군의 지원을 무색하게 만들고 있으며 반대로 적의 위장·분산 전술에는 큰 도움이 되고 있다. 따라서 우리의 우세한 공군력은 한·만 국경을 넘지 못한다는 핸디캡과 험준한 산악지대 때문에 전혀 위력을 발휘하지 못하고 있다. 적이 대거 내륙지방에 집중공격을 가함으로써 우리 해군도 바다에서의 활동이 위축돼 함포사격의 지원도 극도로 제한을 받고 있다.

지난번의 보고에 이어 거듭 주장하지만 지상군의 대폭적인 증강이 즉시 이루어지지 않는 한 현지 사령부는 계속 저항력이 약화되어 후퇴를 거듭할 때마다 큰 피해를 입게 되거나 소극적 방어로 해안의 요새를 찾아 지구전을 벌일 수밖에 없을 것이다.

본관 휘하의 지상군 각 사단은 해병대 제1사단을 제외하고는 모두 5000여 명씩 정원 미달이며 그동안 충분한 수의 보충병을 받아본 적이 없다. 반면에 적은 완벽하게 소련제 무기로 편성돼 있고 놀라울 만큼 훈련과 장비가 뛰어나 실전에 돌입하기에 최상의 컨디션을 유지하고 있음이 분명하다. 실제로 적에 비해 소규모에 불과한 아군이 선전포고도 없이 인해전술로 침략해 온 적을 상대로 싸우고 있으며 이 전투의 승산을 기대하는 것은 무리일 수밖에 없다.

　전투가 장기화할수록 아군의 소모는 계속될 것이고 결국은 궤멸 될 수밖에 없는 상황이다. 현지의 아군은 지금까지 훌륭한 사기와 뛰어난 능률성을 보여 왔으나 지난 5개월 동안 끊임없이 전투에 시달렸으며 정신적으로 피로해 있는 데다 신체적으로도 지칠 대로 지쳐 있다. 본관 휘하의 한국군은 보안 유지를 위한 경찰력이나 헌병대 역할 외에 전투력은 상당히 미흡하다.

　이곳의 전황에 대한 전반적인 판단을 위해서는 전혀 새로운 환경에서 엄청난 병력을 갖고 있는 전혀 새로운 군대와의 새로운 전쟁에 돌입해 있다는 사실을 재차 강조하며 이를 계속 염두에 두기 바란다. 현재 본관이 따르고 있는 본국의 명령은 북괴군을 적으로 상대하여 작성된 것이다. 현재의 새로운 상황에서는 전혀 쓸모가 없으며 우리의 소규모 병력이 소련의 최신장비를 공급받은 막강한 중공군의 주력 공세에 대항하고 있다는 사실을 분명히 인식해 주기 바란다.

　북괴군에 대해서도 성공하지 못했던 작전계획을 그런 막강한 적군에 계속 적용한다는 것은 불가능한 일이기 때문이다. 새로운 전략과 병력의 보충계획이 정치적으로 결정되지 않으면 안 된다. 매시간 적의 세력은 증강되고 아군은 열세에 몰리고 있으므로 그러한 결정은 경각을 다투어 지체 없이 이루어져야 할 것이다.

30. 유엔군의 퇴각

12월 4일 새벽.

미 8군 예하 공병여단은 유엔군과 한국군이 평양에서 철수를 완료하자 지체없이 대동강 철교를 폭파하고 만다. 그때까지만 해도 평양시민들은 유엔군의 철수를 전혀 모르고 있었다.

민정장관 먼스키 대령은 대동강 철교 폭파 직전 정보를 입수하고 평남도지사에게 "평양시민의 이동을 준비하라"는 지시를 내렸으나 지켜지지 않았다. 한마디로 명령 위반이었다. 유엔군 측의 김성주 지사와 한국 정부 측의 김병연 지사 등 이원적 체제를 고집하던 두 사람의 평남지사가 서로 책임을 미루며 선무정책 하나 펴지 못한 채 평양시민들의 대피령마저 외면했기 때문이다.

여기에다 평양지구 헌병사령관 김종원 대령은 막강한 군사 권력을 행사하며 평양시민들에게 무자비한 탄압만 가했을 뿐 제대로 보호할 줄 몰랐다. 6·25 남침전쟁 초기 서울시민들이 겪었던 비극과 너무도 흡사한 혼란이 반복되고 있었다. 평양이 함락되기 직전 북한 출신 일부 국군 장교들이나 관료들이 자기 가족과 친인척들만 피신시켰을 뿐 평양방송에서는 김종원 대령의 지시로 여전히 "국군이 백두산을 향해 계속 북진하고 있다"며 "국군은 평양을 지키고 있으니 시민들은 안심하라"는 식의 거짓 방송만 내보냈다.

김 대령은 "피란민들이 휩쓸리면 유엔군의 철수 작전에 방해가 된다"며 방송내용과 같은 엉터리 포고문까지 시가지 곳곳에 써 붙여 의도적으로 평양시민들을 고립시켜 버렸다.

5개월여 전 북괴군의 침략에 의해 대한민국 수도 서울이 함락될 당시 "아군이 해주까지 진격했다"며 "미 공군의 B-29 폭격기 100대가 출격했다"는 등의 거짓 방송을 내보내 서울시민들의 발을 묶었던 것과 똑같은 방식으로 평양시민들을 기만한 것이다. 그러나 평양시민들 사이에는 패보敗報와 흉보凶報가 잇달아 들려오고 유언비어까지 나돌아 민심이 극도로 흉흉해지고 있었다. 국군이 빠져나간 평양은 그야말로 공포와 전율, 암흑과 혼란의 도가니 속으로 휩쓸리고 말았다.

미처 피란도 못 가고 주저앉아버린 평양시민들은 국군의 배신에 치를 떨었다. 그때까지만 해도 중공군은 100여 리(40여 킬로미터) 북쪽에 있었다. 중공군의 행군속도가 아무리 빨라도 평양까지 하루, 이틀은 족히 걸릴 것으로 보였다. 그런데도 평양은 순식간에 유령도시로 변하고 말았다.

"김일성이 인민들을 배반하고 혼자 달아난 거나 리승만이 평양시민들을 버린 거나 뭐가 다른가. 그게 그거 아닌가?"

평양시민들의 원성이 하늘을 찔렀다.

대동강 철교 폭파와 동시에 평양은 또다시 암흑 속으로 빠져들었다. 붉은 용(중공)이 그렇게도 두려웠단 말인가? 중공군이 북괴군을 선발대로 앞세우고 순안을 거쳐 서포까지 들어온 것은 12월 5일 오후. 서평양을 바로 눈앞에 둔 시점이었다.

미 공군의 맹폭으로 평양은 불바다로 변해 시가지 전체가 검붉은 화염에 휩싸였다. 평양시민들은 미 공군의 공습을 피해 무작정 대동강변으로 몰려들었다. 하지만 숨을 곳도, 갈 곳도 없었다. 폭파된 대동강 철교의 구조물에 위태위태하게 매달려 강을 건너고 있는 시민들의 울부짖음과 원성이 허공을 맴돌았다. 일부 시민들은 부표浮漂에 의지한 채 얼음이 둥둥 떠다니는 대동강으로 뛰어들었다가 그대로 물속에 가라앉아 버리기도 했다. 한때 '어머니의 강'으로 불렸던 대동강은 평양시민들의 목숨을 삼킨 저주의 강, 눈물의 강, 죽음의 강으로 변했다.

천신만고 끝에 강을 건넌 사람들도 마찬가지였다. 다만 종이 한 장 차이일 뿐, 기진맥진하여 얼어 죽고 굶어 죽은 사람이 부지기수로 늘어났다. 자유를 찾아 마치 곡예를 하듯 대동강을 건넜지만 결국 눈 속에 파묻혀 죽어가는 할아버지, 할머니, 아버지, 어머니, 어린아이들의 시신을 안고 울부짖는 피란민들의 처절한 모습에 하늘도 울고 땅도 울었다.

비극은 그것으로 끝나지 않았다. 흉조凶兆의 먹구름은 끊임없이 남쪽으로 흘러가고 있었다. 남부여대하고 가까스로 평양을 빠져나온 피란민들은 평양~사리원 길로 꾸역꾸역 몰려들었지만 본가도本街道와 간선도로에는 유엔군의 탱크와 장갑차, 포차, 트럭 등 중장비가 미어터지고 있었다.

철수하는 미군과 유엔군들은 피란민들과 뒤섞여 곳곳에서 체증으로 길이 막히자 국군은 아예 신의주와 서울 간의 경의선 본도本道의 민간인 출입을 통제했다. 심지어 일부 병사들은 집요하게 밀려드는 피란민 행렬을 향해 사격까지 가했다. 그들의 명분은 피란민들 속에 뒤섞여 있는 공산 게릴라들을 색출한다는 것이었으나 군병력과 장비를 우선적으로 빼돌리기 위한 술책과 다름이 아니었다.

사리원에서부터 쫓겨난 피란민들은 신막~남천~개성으로 이어지는 경의선 본도로 들어가지 못하고 서남 방향으로 우회하여 재령~신천을 거쳐 해주로 빠져나와야만 했다. 하지만 미처 남쪽 땅을 밟기도 전에 중공군이 들이닥쳐 길을 가로막는 바람에 적어도 300만 명의 평안도 · 황해도 주민들이 주저앉을 수밖에 없었다. 그들 중 특히 반골의 고장인 신의주와 해주 주민 수십만 명이 반동으로 끌려가 몰죽음을 당했다고 한다.

동부전선에서도 피란민의 참극은 별반 차이가 없었다 하지만 유엔군의 흥남 철수작전 때 다행히도 9만8000여 명이 미 해군 수송함에 승선할 수 있는 행운을 잡았다. 성진에선 1만2000여 명의 피란민들이 구조돼 부산과 거제도로 내려왔다.

그 당시 흥남에서 미 해군 수송함에 타고 피란민들의 손발이 되어주던 미 군종 목사 해롤드 보그홀은 살을 에는 갑판 위에서 진통을 겪고 있던 한 산모의 아기를 받아내며 하늘을 우러러 이렇게 외쳤다고 했다.

"국가는 망해도 민족은 영원하다. 오! 하나님이시어 이 귀중한 생명을 지켜주소서!"

훗날 한 편의 코미디 같은 이야기로 회자되었지만 권력 남용과 기만으로 평양시민들을 궁지에 몰아넣었던 평양지구 헌병사령관 김종원 대령은 성공적인 평양 철수 작전의 공로(?)를 인정받아 이승만 대통령으로부터 최고 서훈인 태극무공훈장까지 받았다고 했다.

민족상잔의 비극인 6 · 25 남침전쟁 전 20대 초반에 평양 시내 은전리에서 라지오(라디오) 전파상을 운영하던 변도흡은 인민군대 징집 영장을 받고 달아나 고향인 정주에 피신해 있다가 국군이 평양에 입성하자 서둘러 해방된 평양으로 돌아왔다. 그러나 그는 불과 40여 일 만에 또다시 중공군에 쫓겨 남행길에 올라야 했다.

대동강 철교는 이미 끊겨버린 상황. 어쩔 수 없이 청천강 하류를 통해 강을 건너기로 했다. 청천강 변에도 수많은 피란민이 구름처럼 몰려들었다. 청천강은 원래 조수간만의 차가 심해 만조를 이용해 배로 건너야 했다. 피란민들을 태우기 위해 강변에 머물러 있던 20여 척의 어선 중 먼저 300여 명을 태운 배가 미처 강물이 차기도 전에 노를 저어 강을 건너다가 그만 하폭이 400여 미터나 되는 강 중간지점에서 좌초하고 말았다. 변도흡도 그 배에 타고 있었다. 강 한가운데에서 오지도 가지도 못하고 밀물이 밀려올 때까지 기다려야 했으나 이때 어디선가 나타난 미 공군의 쌕쌕이(세이버 제트기) 편대가 날아와 기총소사를 가해 왔다.

배는 순식간에 뒤집히며 화염에 휩싸이고 강물로 뛰어든 피란민들은 기총소사에 그대로 노출된 채 강물을 검붉게 물들이며 죽어갔다. 게다가 강변에 정박해 있던 20여 척의 선단마저 폭격을 맞아 대부분 피란민이 폭사하거나 익사하고 말았다. 폭살 당한 피란민들이 적어도 2000여 명은 넘었을 것이라는 게 용케 살아남은 변도흡의 증언이다.

미 공군 전폭기가 피란민 선단을 중공군의 도하작전으로 오인한 오폭이었다. 그 아비규환의 생지옥에서도 강을 건너 살아남은 사람은 변도흡을 비롯 10여 명에 불과했다. 200분의 1의 숫자였다. 그러나 살아남은 사람들도 모두 미군의 전쟁포로가 되고 만다.

집결지인 구안주舊安州 극장에 끌려가 보니 700여 명이 붙잡혀 있었다. 그 중낡아 빠진 인민군복을 걸친 포로는 20여 명에 불과했고 대부분이 순수한 피란민들이었다. 그곳에서 다시 미군 GMC 트럭에 실려 한참을 달려 동평양 선교리의 평양방직공장에 도착했다. 이 방직공장에 수용된 민간인 포로만도 자그마치 5000여 명. 모두가 피란길에 잡혀왔다고 했다. 초만원 상태였다.

제대로 서지도 앉지도 못하고 발 디딜 틈만 있으면 서로 차지하겠다고 아우성이었다. 한마디로 우리에 갇힌 짐승과 다름이 없었다. 도저히 견딜 수가 없어 적게는 4~5명, 많게는 10여 명씩 탈출을 감행하다가 미군 경비병들의 난사亂射에 수없이 죽어갔다. 너무도 억울한 죽음이었다. 대부분 새파란 20대 전후의 청년들이었다.

그들은 애초부터 공산주의가 싫어 강제징집에 불응했다. 대부분 반골의 고장인 평안도와 황해도 출신들로 해방 직후부터 평양 의거와 신의주·해주 의거로 붉은군대에 저항해 반소反蘇·반공 활동에 앞장섰던 우익청년들이었다. 유엔군이 북진했을 때 곳곳에서 자치치안대를 조직하고 태극기와 성조기를 흔들며 환영했으나 결과는 포로 신세로 전락하고 만 것이다.

12월 4일(미국 워싱턴 시각).

트루먼 대통령은 백악관에서 미국을 방문 중인 애틀리 영국 수상과 한국전쟁을 의제로 긴급회담을 열었다. 한국전쟁 참전으로 인해 유럽의 안보공백을 우려한 영국은 애초부터 소련·중공 등과의 확전을 반대해 왔다.

배석자는 미국 측에서 애치슨 국무장관과 마샬 국방장관, 스나이더 재무장관, 브래들리 합참의장, 제섭 순회대사, 월터 지포드 영국주재 대사 등이며 영국 측에서는 올리버 프랭크스, 로드 테더, 로버트 스코트 경卿, 윌리엄 슬림 원수(국가안보 고문), 데니스 리케트 수석비서관 등이었다.

먼저 트루먼 대통령의 개회 인사 후 브래들리 합참의장이 애틀리 수상 일행을 위해 한국전쟁 전황에 대해 간결하게 브리핑을 했다.

브래들리: 유엔군이 퇴각 중인 현재 한국에서 새로운 방어선이 인천 ~서울 간에 형성되고 있다. 미 제10군단은 함흥~흥남지역으로 집결했고 제7사단도 큰 저항을 받지 않고 철수 중이며 해병대 제1사단과 육군 7사단의 1개 연대가 개마고원 일대 장진호로부터 철수 중이지만 중공군의 완강한 기습작전에 휘말려 고전하고 있다.

부산에는 한국군 3개 사단이 보급을 받고 출동대기 중에 있으며 인천은 지형상 한쪽에 임진강이 흐르고 해안 쪽에서 해군이 지원하므로 방비는 비교적 견고한 편이다. 순양함 한 척과 구축함 두 척이 현재 대기 중이다.

공군의 전력은 대단해서 어제 하루 동안 600회의 출격을 기록했다. 우리 군대 전투병력이 7대 1이라는 수적 열세에도 불구하고 용케 버티고 있는 것은 오로지 공군의 지원 덕분이다.

최근 적기의 활동은 거의 뜸한 편이다. 어제 4~5대의 소련제 미그기가 우리 정찰기 한 대와 전투기 한 대를 기습했다. 정찰기는 무사히 빠져나왔지만 전투기는 심하게 파손되어 돌아왔다.

슬림: 북한에 있는 교두보를 확보하는 것은 대단히 중요한 일이다. 이것이 적과의 타협 거점이 될 수 있을 테니까.

브래들리: 그 교두보인 각 항구의 크기와 적군 세력의 크기를 감안하면 별로 가능한 일 같지는 않다.

슬림: 그래도 그것을 유지하고 있으면 중공은 우리가 병력을 증강한다고 생각할 것이다. 부산의 상황은 어떤가?

브래들리: 한동안은 게릴라들의 공격에 대항하여 그곳을 지켜야 한다. 하루에 3만 톤 이상 처리할 수 있는 우리의 주 보급로 구실을 하는 항구이기 때문에 부산은 매우 중요한 후방기지이다. 게다가 우리는 그

근처에 15만 명의 공산포로들을 수용하고 있다.

슬림: 한국군의 전투력을 어느 정도 믿고 있는가?

브래들리: 상당히 잘 싸우고 있지만 장교들에 관한 한 훈련이 충분히 안 돼 있는 것이 사실이다. 사단장들 가운데 3년 이상 복무한 사람은 한 명도 찾아볼 수가 없는데 그 기간을 가지고 장교들을 제대로 양성하기란 불가능한 일이다.

애틀리: 그렇다면 한국군이 한반도를 가로지르는 방어선을 지킬 수 없다는 얘기인가?

브래들리: 사실 그렇다. 적군의 침입이 너무도 막강한 규모이기 때문이다. 우리 유엔군의 병력을 총동원한다 해도 한반도의 가장 좁은 허리를 지킬 수 있을지 의문이다.

마샬: 최전방을 사수하고 있는 우리 해병대와 육군 7사단에 배속된 한국군이 3만 명이나 있다. 그러나 훈련이 제대로 안 돼 있는 데다 그들의 가장 큰 약점은 지휘계통이다. 개개의 병사들은 전투력도 있고 아주 극심한 피해를 입고도 재편성되어 전투에 다시 투입되는 등 잘 싸우고 있다.

애틀리: 우리들의 공군력은 제대로 확보할 수 있는가?

브래들리: 아직까지는 별 문제가 없다. 우리는 해안선에서 떨어진 곳에 5척의 항공모함을 대기시켜 놓고 있으며 7개의 기지에서 각종 항공기를 출격시키고 있다. 북한 점령지역의 원산비행장은 이제 끝장이 났고 함흥비행장도 쓸모가 없게 되겠지만 남한의 김포·수원·대구·대전·부산의 공군기지 중 수원은 해안 교두보에서 너무 먼 취약점이 있고 대구와 대전은 게릴라들의 준동 때문에 약간 위험하긴 하나 충분히 활용할 수 있다고 본다.

트루먼: (애틀리에게 시선을 보내며) 수상께서도 들으신 것처럼 우리는 대단히 중요한 군사적 결단을 내려야 할 입장이다. 또 유엔에서의 행동 방향도 결정해야 한다. 우리는 수상이 도착하기 전에 이 문제를 단독으로 결정하지 않기로 했다. 이렇게 직접 대면하여 상의하면 서로 보다 더 큰 이해와 협조가 가능하리라고 여겼던 것이다.

우리 미국은 동서양에 모두 책임을 지고 있다. 물론 유럽의 안보를 가장 우선적으로 고려하고 있지만 영국이 홍콩과 싱가포르에 대해 책임을 지고 있는 것과 똑같이 우리는 한국·일본·필리핀에 대해서도 책임을 느끼고 있다. 따라서 우리가 가장 먼저 토의해야 할 것은 중공군의 한국 침략에 대한 대책이다. 충분한 토론을 거쳐 오늘이나 내일 중으로 결론을 내렸으면 한다.

애틀리: 첫째로 중요한 것은 유엔의 특권과 권위를 유지하는 일이다. 미국은 현재 유엔을 지탱하는 가장 중심적 지주이며 대영제국 역시 가능한 모든 협조를 다할 것이다. 우리 양국은 한국 문제가 유엔의 권위에 의해 침략자들을 규탄함으로써 해결되기를 바라는 공통된 견해를 가지고 있다. 그렇지 않고 여러 나라의 군사력이 개입하기 시작하면 또 하나의 세계대전을 초래할지도 모른다.

그래서 우리는 전쟁의 확대를 피할 것을 열망하고 있다. 중공에 우리 병력이 묶여 있는 한 다른 지역에서의 방위력이 약화 될 것이기 때문이다. 대통령께서 말한 것처럼 우리 영국이나 프랑스 역시 아시아에 이해관계를 갖고 있지만 그렇다고 아시아에만 완전히 매달리게 되면 소련을 이롭게 하는 결과가 될 것이다.

본인은 그동안 아시아의 연방 국가들과 긴밀한 의견 교환을 계속해 왔다. 그 결과 우리가 중공과의 전쟁에 돌입하면 아시아는 물론 유럽과 미국 내의 여론에 심각한 영향을 끼칠 것을 우려하지 않을 수 없다. 중공은 유엔 회원국이 아니므로 유엔군에 대한 심각한 고려보다 그들이 싸우고 있는 상대국 군대, 즉 미국과 직접 거래를 하려 들 것이다.

베이징 정권은 중국대륙의 합법적 정부로 인정받기 위해 유엔 가입을 조건으로 내세울지도 모른다. 그런 면에서는 우리가 위축된 태도를 보일수록 휴전에 더 큰 대가를 요구하고 나설 것이다. 우리는 우선 협상의 방법과 그 한계를 정해야 한다. 예컨대 유엔 내에서 제3국집단을 통해 이 협상을 진행할 것인가 등등, 우리뿐만 아니라 유엔 자체도 극동에서 체면을 잃게 될지도 모르지만 우리는 어느 방향이든 손익을 계산해 대처하지 않으면 안 될 것이다.

협상에서 열세를 보이지 않으려면 한국의 전황을 보다 유리하게 전개시킬 필요가 있다. 큰 희생을 치르지 않고 가능한 한 오래 중공을 괴롭히기 위해서 최대한 얼마 동안이나 한국 내의 교두보를 확보할 수 있겠는가?

브래들리: 단언하기 어렵다. 동해안에서는 퇴각 중 손실이 클 경우 얼마 버티지 못할 것이며 인천에서는 중공이 인명의 손실을 무릅쓰고 인해전술로 총공격을 해오지 않으면 1~2개월, 총공격을 감행해 올 경우에는 몇 주일 못 가서 손을 떼야 할 것이다.

애틀리: 중공의 행동이 어느 정도까지 소련의 조종을 받고 있는가에 대해서는 의견이 분분하다. 왜냐하면 그들의 본색은 민족주의자인지도 모른다는 견해가 있기 때문이다.

트루먼: 현 정권에 관한 한 중공은 틀림없이 소련의 위성국가이다. 공산주의와 대결하는 길은 그것을 근절시키는 방법밖에 없다. 그렇다고 총동원령을 발동하여 중공과 전쟁을 하자는 것은 아니다. 협상의

여지는 끝까지 남겨두어야 하겠지만 성공할지는 미지수다.

애치슨: 강경한 태도를 취하는 편이 우리에게 이로울 것이다. 중공이 소련의 위성국가인가, 아닌가 하는 문제는 중요하지 않다. 요컨대 그들의 선의를 기대해서는 안 된다는 점이다.

애틀리: 그 점은 본인도 동감이다. 물론 중공의 인민들도 민족주의적 감정을 가지고 있을 것이고 언제까지나 소련의 지시에 따르지는 않겠지만 그런 것은 현재 우리에게 아무 도움도 되지 않는다.

트루먼: 수상께서는 우리가 지금까지 중공과의 전쟁을 피하기 위해 가능한 모든 방법으로 인내심을 가지고 그들의 침략에 대처해 왔음을 인식해 주기 바란다.

본인이 웨이크도에서 유엔군 총사령관인 맥아더 원수를 만났을 때 만주의 중공군이나 블라디보스토크의 소련군을 자극하지 않도록 하라고 주의를 환기시켰다. 그 당시만 해도 맥아더는 중공은 개입하지 않을 거라면서 한국전쟁은 이제 거의 끝난 셈이니 2개 사단을 유럽으로 이동시키려 한다고 말했었다. 그럼에도 불구하고 지금 중공군은 한반도로 밀고 내려와 있으며 유엔군을 한국에서 축출하려 하고 있다.

맥아더는 이것을 막기 위한 대대적인 작전을 원하고 있으나 우리는 유엔을 거치지 않은 한 아무런 조치나 명령조차 그에게 부여하지 않았다. 동맹국의 협조없이 독자적인 행동을 원하지 않았기 때문이다.

애틀리: 문제는 어떻게 하면 소련의 농간에 놀아나지 않고 가장 효과적인 대책을 세우는가 하는 점이다. 또 우리의 행동이 아시아의 여론에 어떤 영향을 미칠 것인가도 고려해야 할 것이다.

트루먼: 아시아 각국 정부들은 티베트나 한국에 대한 중공의 행동을 용인하려 한다. 이것이 두통거리다. 그들은 모든 사태의 책임을 미국

에 돌리고 있는데 이 계통에서 소련의 선전 공세는 인도에까지 침투해 있다.

애틀리: 아시아 국가들은 이것이 쇼에 불과하다고 보는 모양이다. 아무튼 우리가 시급히 대책을 확정하지 않으면 어떤 일이 더 크게 터질지 알 수 없는 일이다.

트루먼: 우리는 그냥 물러나서는 안 된다. 남아 있는 모든 한국군은 학살될지도 모른다. 공산주의자들은 인명을 전혀 존중할 줄 모르는 잔인한 자들이기 때문이다. 우선 우리가 결정해야 할 문제들을 요약, 정리한 내용을 읽어 드리겠다.

첫째, 받아들이기 어려운 조건만 아니라면 즉시 휴전이 성립되는 것이 군사적인 상황으로 보아 유리하다. 물론 유엔의 전폭적인 지지를 받아야 할 것이다. 유엔군을 위험에 빠뜨린다거나 중공의 유엔 가입 같은 다른 조건을 걸고 휴전에 응해서는 안 된다.

둘째, 정세가 안정될 만큼 휴전안이 확정되면 유엔은 정치적으로 한국이 통일된 독립국이 될 수 있는 방법을 모색해 주면서 전후 복구를 추진해 나가야 한다.

셋째, 만약 중공군이 휴전안을 거부하고 38도선 이남으로 총공격해 오면 유엔군의 퇴각은 불가피해질 것이다. 그러한 공격에 대해 우리가 자진해서 철수하거나 우방인 한국군을 버린다는 것은 군사적으로 긴급한 사정이 아닌 한 있을 수 없는 일이다.

넷째, 유엔은 즉각 중공을 침략자로 규탄하고 그들에 대해 정치적, 경제적으로 가능한 모든 제재를 가해야 할 것이다. 또는 내부의 반공 세력을 양성하거나 자유중국의 국부군을 대만으로부터 출동시키는 방안도 고려해야 할 것이다. 기타 아시아의 비공산국가들에 대한 원조,

회유 등 정책을 적극적으로 강구할 방침이다.

〈3권으로 이어짐〉